HEYNE BÜCHER



**Fantasy**

Herausgegeben von Friedel Wahren

Von SEAN RUSSELL erschienen in der Reihe
HEYNE SCIENCE FICTION & FANTASY:

DIE BARBAREN-TRILOGIE

1. *Der Erleuchtete* · 06/9075
2. *Wolkensammler* · 06/9131
3. *Der Goldene Khan* · (in Vorb.)

SEAN RUSSELL

# *Wolkensammler*

*Zweiter Roman*
der
BARBAREN-TRILOGIE

Deutsche Erstausgabe

WILHELM HEYNE VERLAG
MÜNCHEN

HEYNE SCIENCE FICTION & FANTASY
Band 06/9131

Titel der Originalausgabe
GATHERER OF CLOUDS
1. Teil
Übersetzung aus dem amerikanischen Englisch
von Norbert Stöbe
Das Umschlagbild malten Zoltán Boros und Gábor Szikszai/
Agentur Kohlstedt

*Umwelthinweis:*
Dieses Buch wurde auf
chlor- und säurefreiem Papier gedruckt.

2. Auflage
Deutsche Erstausgabe 4/2001
Redaktion: Joern Rauser

Erstausgabe bei DAW BOOKS, INC., New York
Dieses Werk wurde vermittelt durch die literarische Agentur
Thomas Schlück GmbH, Garbsen

http://www.heyne.de
Printed in Germany 2001
Umschlaggestaltung: Nele Schütz Design, München
Satz: Schaber Satz- und Datentechnik, Wels
Druck und Bindung: Presse-Druck Augsburg

ISBN 3-453-17901-3

*Widmung*

Für S. J. R., wegen ihrer Anmut und ihres Humors

# DAS REICH WA

*während der Herrschaft Akantsu II.*

*Regen,*
*Kalt wie der endlose Winter,*
*Rinnt blaue Kacheln hinab*
*Und bildet einen Perlenvorhang*
*Zwischen unserem Gemach und der Außenwelt.*
*Der Hof ist nun ein kleiner See.*

*Straßen werden weggewischt wie Tintenkleckse*
*Die Neuigkeiten – tröpfelnde Gerüchte.*
*Es heißt, irgendwo in Oe*
*Hätten die Flüsse jedes Maß verloren*
*Und bedeckten die Fläche einer halben Provinz,*
*Ein flacher See, gesprenkelt mit Hügelinseln.*
*Bauern staken in Sampans aus Wagenbrettern umher,*
*Die Augen von der langen Suche gerötet.*
*Sie suchen überall*
*Nach ihren ertrunkenen Angehörigen.*

*Man hat mir gesagt,*
*Der Anblick täte den Reisenden im Herzen weh.*

*Als der Kaiser den Justizminister fragte,*
*Was man tun solle,*
*Antwortete dieser:*
> *Eine Generation, die die Not nicht kennt,*
> *Wird niemals Verständnis für die Kosten eines Krieges aufbringen.*

*Diese Weisheit klingt hart,*
*Ist aber zweifellos zutreffend.*

Die Klage der Hofdame,
aus dem ›Palastbuch‹ der hohen Dame Nikko

# 1

Mit dem Herbst war der Wind aufgekommen, der Nagana genannt wurde, und nun verwandelte er die Hauptstadt der Provinz Seh in eine Stadt des Raunens und der Seufzer. Auf den nahezu menschenleeren Straßen machte er sich breit, drängte sich zwischen die unbewohnten Häuser, rüttelte an Fensterläden und füllte die Straßen mit dem Echo des lebhaften Treibens, das hier geherrscht hatte, bevor die Pest über den Norden hinweggefegt war. Rhojo-ma war eine Stadt, die nur zur Hälfte von temperamentvollen Nordländern, zur anderen aber von den Geistern der Pesttoten bewohnt war; vor einem Jahrzehnt erst waren sie verstorben – und lebten noch in der Erinnerung weiter.

Gegen Abend begann der Nagana von Norden her zu wehen und suchte die Stadt mit den Stimmen der Vergangenheit heim, und die Menschen auf den Straßen eilten weiter und bemühten sich, die Laute zu überhören. Keine Familie war von der Pest verschont geblieben, und das Wispern der Geister sprach zu jedermann.

Am Rande einer Nebenstraße saß mit dem Rücken zur niedrigen Mauer einer Kanalbrücke ein junger botahistischer Mönch. Ohne auf seine Umgebung zu achten, sang er vor sich hin – der tiefe, kaum melodisch zu nennende Ton vermischte sich mit der Klage des Winds, die eine Steintreppe herunterhallte und von einer nahe gelegenen Mauer zurückgeworfen wurde.

Wenn er sich der Stadt nicht bewußt war, so galt dies auch umgekehrt, und man könnte sagen, daß die Stadt, oder zumindest die Menschen auf den Straßen, ihm kaum mehr Beachtung schenkten. Zwar schlugen sie im Vorbeigehen reflexhaft das Zeichen Botaharas, doch nur wenige blickten sich nach dem Urheber des Gesangs um. Ein Mönch mit seiner Almosenschale bot einen ebenso alltäglichen Anblick wie ein Ruderer auf dem Fluß.

Als eine Münze mit dumpfem Klang in die Lederschale des Mönchs fiel, verneigte der sich zweimal in rascher Folge, ohne seinen Singsang zu unterbrechen und zu seinem Wohltäter aufzusehen.

Unvermittelt kühlte die ohnehin frische Luft noch stärker ab, und der Wind erstarb. Das Wispern der Geister wurde zu einem bloßen Raunen. Es schien so, als bewegte allein der Gesang des jungen Mönchs noch die Luft, und die Passanten zögerten, als hätten sie auf einmal vergessen, weshalb sie vors Haus gegangen waren.

Eine Weile herrschte eine unheimliche Stille, dann ließ ein tiefes Donnergrollen die Mauern von Rhojo-ma erbeben, und alle hatten den Eindruck, es stamme aus der Tiefe der Erde, so körperlich fühlte es sich an.

Die Luft nahm Gestalt an und wurde weiß, während ein Hagelschauer niederstürzte. Das Trommeln der Eisklümpchen auf dem Pflaster übertönte alle anderen Geräusche, wurde aber sogleich leiser, dann verwandelte sich der Hagel in Regen.

Beim ersten Donnerschlag suchten die Einwohner von Rhojo-ma Schutz und ließen den singenden Mönch, dem der Hagel trotz seines dünnen Gewands nichts auszumachen schien, allein an der Mauer zurück.

Der Wohltäter stand unter der Brücke; er hoffte auf ein baldiges Ende des Regenschauers und sann über die seltsame Fügung nach, daß sich gleich nach seiner Gabe die Himmelsschleusen geöffnet hatten. Dies war nicht der Segen, den er sich von Botahara gewünscht hatte. Er schüttelte die Hagelkörner vom Gewand und wischte die weißen Körnchen, die über dem Herzen den Stoff zierten, von der Shintablüte und dem fliegenden Pferd.

Mehrere einfache Bürger von Seh leisteten dem Mann in seinem Unterschlupf Gesellschaft, hielten jedoch auf Abstand, nachdem sie sich zuvor tief verbeugt und seine Aufforderung zum Eintreten abgewartet hatten. Noch jung an Jahren, gehörte Unteroffizier Rohku bereits Gouverneur Shontos Leibgarde an, was ihm trotz seiner Jugend und seines niedrigen Rangs eine gewisse Bedeutung verlieh.

Der Vater des Unteroffiziers war der Hauptmann von Shontos Leibgarde, und insgeheim hoffte der junge Mann, eines Tages selbst diesen Titel zu führen. Zudem war es sein Traum, den Namen der Rohku durch einen Generationen währenden Dienst in hoher Stellung mit dem der Shonto zu verbinden – so wie in der Vergangenheit die Shigoto als Elitesoldaten der Mori-Kaiser zu Ruhm gelangt waren. Einstweilen mußte er sich freilich mit einer niederen Stellung bescheiden, denn es war nicht einmal ausgemacht, daß Fürst Shonto überhaupt seinen Namen kannte.

Außerhalb der Brücke wurden die Hagelkörner zwischen den Pflastersteinen fortgeschwemmt und lösten sich auf ihrem gewundenen Weg zum Kanal auf. Unteroffizier Rohku ertappte sich dabei, wie er ihnen mit dem Blick folgte, um festzustellen, wo die Hagelkörner aufhörten, Eis zu sein, und in Wasser übergingen. Ein zweites Donnergrollen ließ die Erde erbeben, und gerade in diesem Augenblick tauchte ein prachtvoll verziertes Flußboot aus dem Nebel über dem Kanal hervor. Ehe Rohku des Bootes so recht gewahr geworden war, verschwand es auch schon wieder, tauchte abermals auf und verschwand dann endgültig im Dunst wie ein von einem Windhauch geformtes Nebelgespinst.

Der Shonto-Soldat hatte Regen und Hagel vergessen und eilte, jeweils drei Stufen auf einmal nehmend, die Treppe zur Straße hoch und auf die Brücke hinaus. So angestrengt versuchte er die Nebelwolken mit den Augen zu durchdringen, daß er den Neophyten, der am anderen Ende der Brücke stand und nicht minder konzentriert in den Nebel starrte, gar nicht bemerkte.

Sie brauchten nicht lange zu warten, denn das Boot tauchte abermals auf, diesmal deutlicher zu erkennen. Es war mit aufwendigen Schnitzereien verziert, rot und golden bemalt, und die Wimpel hingen im strömenden Regen schlaff herab.

Einem der Wimpel indes war auch so anzusehen, daß er das kaiserliche Rot zeigte. Verborgen unter den Seidenfalten mußte ein fünftatziger kaiserlicher Drache die Sonne umkreisen. Die übrigen Wimpel waren nicht zu erkennen.

Unteroffizier Rohku wartete so geduldig, wie das einem jungen, lebhaften Mann nur möglich war. Ein zweites Boot, ein typisches Flußschiff, tauchte hinter dem kaiserlichen Boot auf, denn daß es sich um ein solches handelte, daran bestand nun kein Zweifel mehr. Gerade als der junge Soldat meinte, er hielte es nicht mehr aus, zupfte ein Lufthauch, ein schwacher Seufzer nur, an den Wimpeln. Auf dunklem Grund breitete der Falke der Choka die Schwingen aus, als wollte er davonfliegen, dann aber, als der launische Wind wieder erstarb, sackte er in sich zusammen.

Schon hatte der Soldat seinen Wachposten verlassen und rannte in Richtung Gouverneurspalast. Als er die Brücke überquerte, kam ihm ein junger botahistischer Mönch entgegen, doch der junge Soldat beachtete ihn nicht, geschweige denn, daß er seine Verneigung erwidert hätte. Für Höflichkeiten gegenüber Fremden war keine Zeit. Jaku Katta war eingetroffen – mehrere Tage früher als erwartet.

Unteroffizier Rohku eilte weiter und behielt das

Tempo bis zu seinem Ziel bei, wo er kurz anhielt und verschnaufte, um dann mit allen Anzeichen von Würde Meldung zu machen.

General Hojo Masakado, Fürst Shonto Motorus oberster militärischer Berater, kniete zwischen seinem Lehnsfürsten und den beiden mit einem Wandschirm umstellten Öffnungen des Gemaches, die in einen Außenraum und auf den Balkon hinausgingen. Dies war eine alte Gewohnheit, die er während der Interimskriege im Dienste von Shontos Vater angenommen hatte. Hojo war sehr stolz darauf, den Shonto bereits in der zweiten Generation zu dienen, und stellte häufig Vergleiche zwischen den beiden Fürsten an. Von ihrer Erscheinung her waren sie ohne Zweifel Vater und Sohn; die hohe, breite Stirn der Shonto trat in beinahe jeder Generation auf, und beide Fürsten hatten genau die gleiche Größe und das gleiche Gewicht – beides etwas über dem Durchschnitt. Von der Persönlichkeit her unterschieden sie sich jedoch. Der Vater war reservierter und förmlicher gewesen, ein recht angesehener Biograph und Historiker; sein Humor war trocken und intellektuell. Motoru wirkte weniger förmlich, dem gesellschaftlichen Leben mehr zugetan, und er genoß die Gesellschaft von Menschen, die wesentlich älter oder jünger waren als er. Wie bei den meisten großen Führerpersönlichkeiten bewirkte seine Ausstrahlung, daß jeder sich in seiner Gegenwart wohlfühlte.

Fürst Shonto saß vor einem niedrigen Tischchen, gegenüber von Hojo und Bruder Shuyun, dem spirituellen Berater der Familie Shonto, die sich abwechselnd über den Tisch beugten und auf dessen feingemasertem Holz drei kleine Münzen begutachteten – quadratische Goldmünzen mit jeweils einem runden Loch in der Mitte.

»Es besteht kein Zweifel, Fürst«, sagte General Hojo, »daß sie sich gleichen.«

Mit hochgezogener Braue, wie es seine Art war,

wandte Shonto sich an den botahistischen Bruder. Shuyun hatte sich die Münze auf die kleine Hand gelegt und betrachtete sie mit seinem alterslosen Blick, der jedem auffiel, der ihm begegnete. Hojo rief sich in Erinnerung, daß dieser kleine Mönch, der kaum älter war als das edle Fräulein Nishima, einmal den berühmtesten Kickboxer von ganz Wa besiegt hatte. Trotz seiner äußeren Erscheinung und seiner stillen Art war er ein ebenso tüchtiger Kämpfer wie General Hojo – vielleicht sogar ein noch besserer.

»Ich bin vollkommen Eurer Meinung, Fürst Shonto«, sagte Shuyun. »Sie stammen aus demselben Prägestock. Am Innenrand ist eine kleine Unregelmäßigkeit zu spüren.« Er drehte die Münze um und fuhr mit der Kuppe des Zeigefingers am Loch entlang. Hojo und Shonto taten es ihm nach. Als Shonto den General ansah, schüttelte dieser kaum merklich den Kopf.

»Ich bezweifle nicht, daß Ihr recht habt, Shuyunsum«, sagte Shonto, »wenngleich ich selbst nichts spüre.« Der Fürst wendete das Goldplättchen in der Hand und stellte fest, daß es die Münze war, die sie dem Barbarenkrieger bei dem Überfall abgenommen hatten. Der in die glänzende Oberfläche eingeprägte seltsame Drache schien ihn argwöhnisch zu mustern. »Fürst Kintaris ausschweifender Sohn, ein Barbarenkrieger – und jetzt die Münzen, die das edle Fräulein Nishima von Tanaka erhalten hat: ›aus einer Truhe, welche die Kaisergarde an Bord eines Schiffes geschafft hat‹, wie Tanaka uns wissen ließ. An Bord eines Schiffes, das nach Norden fährt. Mehr wissen wir nicht.«

Sie schwiegen, und als es plötzlich donnerte, setzte ein Hagelschauer ein, der auf dem Ziegeldach einen solchen Lärm veranstaltete, daß eine ruhige Unterhaltung – ein vertrauliches Gespräch – nicht mehr möglich war. Shonto öffnete den Wandschirm einen Spalt weit, damit sie das Schauspiel beobachten konnten.

Als sich der Hagel in Regen verwandelte, brach Shuyun das Schweigen. »Eine der Lektionen, die alle Botahisten irgendwann lernen, besagt, daß es manchmal keinen Sinn hat, seine Zeit mit Rätselraten zu verbringen, Fürst Shonto, General Hojo, wenn Ihr mir diese Bemerkung gestattet. Wenn wir wirklich alle Möglichkeiten bedacht haben, müssen wir uns damit abfinden, daß wir noch nicht genug wissen. Die Münzen stammen aus Yankura und gelangen irgendwie in die Wüste – das ist alles, was sich mit Sicherheit sagen läßt. Außerdem gibt es noch andere Probleme, mit denen wir uns befassen sollten. Meine Lehrer haben mich gelehrt, dort zu beginnen, wo es sich anbietet, und mich ansonsten in Geduld zu üben.«

»Ihr hattet kluge Lehrer, Shuyun-sum«, erwiderte Shonto zu General Hojos Verwunderung. Mit Ausnahme des früheren spirituellen Beraters Satake hätte sich wohl keiner getraut, mit der Kritik an seinem Lehnsfürsten so weit zu gehen. Dies machte deutlich, welch großes Vertrauen Shonto in der kurzen Zeit, da Shuyun in seinem Hause weilte, zu dem Mönch gefaßt hatte. Der Fürst wendete die Münze ein letztes Mal um, dann legte er sie auf den Tisch.

Als am inneren Wandschirm kaum hörbar geklopft wurde, schob General Hojo ihn einen Spalt weit auf. Er lauschte auf eine Stimme, die weder Shuyun noch Fürst Shonto hören konnten, dann nickte er und schloß den Shoji wieder.

Fürst Shonto zog eine Braue hoch, eine Geste, die für Angehörige seines Stabes keiner weiteren Erklärung bedurfte.

»Jaku Katta ist in Rhojo-ma eingetroffen, Fürst.«

Shonto streckte unwillkürlich die Hand nach den Münzen aus, dann hielt er inne. »Hm.« Er blickte wieder zur Öffnung zwischen den Wandschirmen hin. »Bestimmt wäre es aufschlußreich zu hören, was der Befehlshaber der Kaisergarde über diese Münzen zu berichten weiß.«

Hojo nickte.

»Bitte arrangiert so bald wie möglich ein Treffen mit General Jaku. Wir wollen doch mal sehen, ob es wirklich stimmt, daß die Tiger im Dunkeln besser sehen als Menschen.«

Der Präfekt von Seh war selbst nach den Maßstäben der Botahisten ein sehr alter Mann, und das Alter zeigte sich bei ihm auf eine für die Botahisten höchst ungewöhnliche Weise. Die Mönche blieben noch in einem Alter schlank und jugendlich, da Nichtinitiierte längst gebrechlich wurden, falls sie überhaupt solange lebten.

Bruder Nyodo, Meister des botahistischen Glaubens und Präfekt von Seh, bewegte sich so langsam, daß man stets den Eindruck hatte, er vollende gerade eine erste Schließung der Gestalt.

Er legte ein fest zusammengerolltes Schriftstück auf den Arbeitstisch und wandte sich ganz langsam zu seinem Gast um, dem älteren Bruder Sotura, dem Qui-Quan-Meister des Klosters Jinjoh.

»Bei uns ist kein Bruder dieses Namens eingetragen; ein *Hitari*, das ja, aber kein *Hitara*. Hat sich Bruder Shuyun auch bestimmt nicht vertan?«

»Präfekt, ich glaube nicht, daß er einen solchen Fehler machen könnte.«

»Ihr habt eine hohe Meinung von diesem jungen Initiierten, Bruder Sotura. Ich würde ihn gern kennenlernen.«

»Vielleicht läßt sich das irgendwann einrichten, Präfekt. Einstweilen ist es der Wunsch des Großen Meisters, daß wir uns nur sporadisch mit Shuyun treffen. Fürst Shonto soll den Eindruck gewinnen, daß er sich voll und ganz auf seinen spirituellen Berater verlassen kann.«

»Ich hoffe bloß, daß dies bei ihm nicht zu einer ähnlichen« – der Mönch suchte nach Worten – »Halsstarrigkeit führt wie bei Bruder Satake.«

»Das hoffe ich auch, Präfekt.«

»Hitara …?« wiederholte bedächtig der Präfekt. »Daß er ein Schwindler ist, halte ich für ausgeschlossen.« Seine Bemerkung hatte nicht wie eine Frage geklungen, daher enthielt sich Sotura einer Entgegnung. »Kommt nicht ein Bruder Hitara im Buch der Illusionen vor, Sotura-sum? Ich meine, mich erinnern zu können …« Seine Stimme verlor sich, dann zeichnete sich in seiner Miene Verärgerung über sein schlechtes Gedächtnis ab.

»Bei der Beschreibung des Göttlichen Wals«, nahm Sotura den Faden auf. »Das hatte ich ganz vergessen. *Hitara* – der starb und wiedergeboren wurde. Der Diener, der den Vollkommenen Meister auch dann noch bediente, als ihn alle anderen aus Angst vor dem Kaiser verließen. Hitara stieg aus den Flammen des Scheiterhaufens auf: ›*Es war, als träte er aus dem Nebel hervor, und wenngleich der Qualm und die Flammen ihn zu verzehren drohten, vermochten sie Hitara doch nichts anzuhaben. Er ähnelte einem Menschen, der aus einem traumlosen Schlaf erwacht. Als man ihm berichtete, er habe sieben Tage lang wie tot dagelegen, während seine Familie um ihn trauerte, fiel er auf die Knie nieder und begann zu beten. Und sein Begräbnis wurde zur Feier seiner Wiedergeburt, und die Feier seiner Wiedergeburt wurde zur Feier seines zukünftigen Lebens, denn noch niemand hatte ein solches Wunder geschaut.*‹«

Die beiden Mönche schwiegen eine Weile. Regen fiel auf das Hofpflaster und schwemmte die Hagelkörner fort. Am Innen-Shoji wurde geklopft.

»Herein«, sagte der Präfekt, verwundert darüber, daß er unwillkürlich geflüstert hatte.

Der Shoji glitt beiseite, und ein Initiierter verneigte sich bis auf die Strohmatte.

»Initiierter?« sagte der Alte, der seine Stimme mittlerweile wieder etwas mehr in der Gewalt hatte.

Der junge Mönch trat vor und stellte in Reichweite seines Oberen ein kleines Tischchen mit einem säuberlich gefalteten Brief darauf ab, dann trat er wieder zurück und wartete schweigend.

»Bitte verzeiht, Bruder Sotura, ich muß mich zunächst um dies kümmern.« Er faltete das steife Papier auseinander und überflog den Brief. Der Präfekt nickte wie zur Bestätigung einer gesprochenen Mitteilung, dann wandte er sich wieder an den wartenden Initiierten. »Er muß ständig beobachtet werden, soweit dies möglich ist. Ich erwarte täglich einen Bericht.«

Der Bote nickte, verneigte sich, verließ den Raum und schloß hinter sich den Shoji.

Der Präfekt wandte sich an den Chi-Quan-Meister. »General Jaku Katta ist in Rhojo-ma eingetroffen. Er reist in einem Boot des Kaisers, was in Anbetracht der Neuigkeiten, die Bruder Hutto berichtet hat, verwunderlich ist.«

Sotura dachte einen Augenblick lang nach. »Der Sohn des Himmels hat sich in der Öffentlichkeit jeder Geste enthalten, die darauf hindeuten würde, daß Katta seiner Gunst verlustig ging. Allerdings hat sich in der Vergangenheit gezeigt, daß es ein großes Risiko bedeutet, Bruder Huttos Informationen in den Wind zu schlagen.«

Der Ältere nickte. »Ich bin ganz Eurer Meinung, Bruder. Der äußere Schein bedeutet dem Kaiser wenig. Er behandelt Fürst Shonto als großen Favoriten, wovon sich aber nur ein Narr täuschen lassen würde.«

»Jaku Katta in Seh … das gibt Anlaß zur Sorge. Das Ganze ähnelt mir zu sehr der Eröffnung bei einer Partie Gii. Die Figuren sind so zahlreich, daß man leicht den Überblick verliert. Die Berichte über die Barbarenstreitmacht machen alles noch komplizierter. Das ist so, als stünde ein weiterer vollständiger Figurensatz im Begriff, sich aufs Brett zu stürzen.« Sotura sah dem Präfekten in die Augen. »Wir müssen den Großen Meister unverzüglich von dieser Entwicklung in Kenntnis setzen.«

»Ja, gewiß, Bruder Sotura. Das steht außer Zweifel. Ich habe bloß deshalb gezögert, weil ich mir noch nicht ganz schlüssig bin, inwieweit ich dem Bericht Eures jungen Schützlings Glauben schenken soll.«

»Ich gebe zu, Bruder Shuyun hat nicht die volle Anzahl der Krieger gesehen, auf die das Lager hinzudeuten scheint, trotzdem glaube ich nicht, daß es sich um eine Finte der Barbaren handelt. Wie Shuyun bereits sagte, rechnet man dort nicht mit Reitern aus Seh. Ich fürchte, dies entspricht der vollen Wahrheit, Präfekt, und schlage vor, Bruder Hutto und den Großen Meister in unser beider Namen unverzüglich zu benachrichtigen.«

»Ich bin noch nicht überzeugt, Bruder Sotura.« Der Ältere wirkte wieder ebenso konfus wie zuvor. »Es fällt mir schwer, dies zu glauben. Eine Armee dieser Größe? Wie sollte das zugehen? Nicht einmal die Barbaren sprießen aus dem Wüstensand hervor. Wenn es diese Armee gar nicht gibt, würden wir bestenfalls als Schwarzseher dastehen. Ich zögere, meinen Namen unter einen Bericht zu setzen, der auf derart dürftigen Tatsachen beruht.«

»Verzeiht, Präfekt, aber darf ich Euch daran erinnern, daß Fürst Shonto keinen Zweifel an Shuyun-sums Bericht hat?«

Der alte Mann schüttelte den Kopf. »Bei Fürst Shonto weiß man nie, woran man ist, Bruder. Er kämpft um sein Leben und die Zukunft seines Adelshauses. Sollte der Sohn des Himmels eine Armee nach Seh entsenden, um das Reich vor den Barbaren zu retten, und sollte Shonto den Oberbefehl über diese Armee erhalten – bedenkt das nur –, dann würde sich das Gleichgewicht im Reich verschieben.« Der Präfekt deutete bedächtig auf die Wände, als umfaßten sie ganz Wa.

»Ich behaupte nicht, Shontos geheimste Gedanken zu kennen, Präfekt, aber ich nehme nichts, was er tut oder sagt, für bare Münze. Gleichwohl haben wir einen Bruder im Hause Shonto – einen Berater, dem der Fürst sein Vertrauen schenkt.«

Die Bewegungen des Präfekten verloren auf einmal jede Geschmeidigkeit und wurden nahezu steif. »Wir hatten schon einmal einen solchen Berater im Hause Shontos, verzeiht, wenn ich Euch daran erinnere, Bruder, und dessen Loyalität galt eher seinem Fürsten als dem Orden. Uns liegen keine nachprüfbaren Informationen über die Größe der Wüstenarmee vor. Außerdem möchte ich darauf verweisen, daß dies nicht der erste Bericht über Barbarenhorden ist, der mich erreicht.«

Sotura ließ sich das eine Weile durch den Kopf gehen. »Sollte ich unseren Oberen unter meinem eigenen Namen Bericht erstatten, was würde der Präfekt dann tun?«

»Ich würde mich verpflichtet fühlen, zu berichten, daß mich Bruder Shuyuns Schilderungen nicht überzeugt haben.«

»Einander widersprechende Berichte würden wahrscheinlich zur Folge haben, daß keine Maßnahmen ergriffen werden. Wenn Shuyuns Informationen zutreffend sind, ist rasches Handeln geboten. Dann bleibt keine Zeit mehr, sich Gewißheit zu verschaffen.«

»Verzeiht mir die Bemerkung, Bruder Sotura, aber Fürst Shontos spiritueller Berater ist ungeachtet all seiner Vorzüge ein junger Mann, der noch nicht lange im Norden weilt. Nach meinen jahrelangen Erfahrungen in Seh spricht nichts für das Vorhandensein einer solchen Streitmacht. Wenn ich Shuyun-sums Bericht Glauben schenken würde, hätte ich das Gefühl, den mit meiner Stellung einhergehenden Pflichten nicht gerecht zu werden.«

Der alte Mann sackte ein wenig zusammen, als hätte diese Erwiderung seine geistigen Reserven aufgebraucht.

»Ich fürchte, ich habe Euch ermüdet, Präfekt. Bitte verzeiht, wenn ich Eure innere Harmonie gestört haben sollte.« Der Chi-Quan-Meister verneigte sich. Er schaukelte langsam auf den Fersen zurück. Tut mir leid, alter Mann, dachte Sotura, aber ich kann nicht zulassen, daß Ihr mit Euren Bedenken verhindert, daß getan wird, was getan werden muß. Es steht mehr auf dem Spiel als Eure angenehme Stellung. Möge Botahara mir verzeihen.

Das edle Fräulein Nishima saß vor einem niedrigen Tisch und betrachtete das Muster, mit dem sie eines ihrer Gewänder besticken lassen wollte. Gerade eben war ihr, wie es häufig geschah, eine Melodie in den Sinn gekommen, eine Volksweise, die ein begabter höfischer Komponist für die kaiserliche Sonsa-Truppe verwendet hatte. Ihre Besucherin hatte allerdings ihre innere Harmonie gestört, und nun verklang die Musik in ihrer Vorstellung, als rückten die Musiker in immer weitere Ferne.

»Das betrifft mich nicht, Kusine«, sagte Nishima in bemüht gleichmütigem Ton. »Selbst wenn Jaku Katta an meiner Tür erschiene, würde ich dennoch nicht mit Malen innehalten.«

Die bloße Erwähnung von Jakus Namen rief Erinnerungen in ihr wach, an denen sie lieber nicht gerührt hätte. Sie fürchtete, bei dem Gedanken an ihre letzte Begegnung mit Jaku vor Verlegenheit oder auch Scham zu erröten. *Ich habe ihn in seinem Gemach aufgesucht,* dachte sie.

Das edle Fräulein Kitsura Omawara nickte mitfühlend. »Ich wollte damit nicht andeuten, ich glaubte, du … würdest dich über die Neuigkeiten freuen, Kusine. Ich bin bloß die Überbringerin der Nachricht.« Ihr Lächeln hätte selbst das kälteste Herz erwärmt.

»Ich wollte dich nicht vor den Kopf stoßen, Kitsusum. Bitte verzeih mir. Ich bin dir dankbar für deine Rücksichtnahme.« Sie rang sich ein Lächeln ab. Kitsura hatte ihr schließlich keinen Kummer bereiten wollen;

Kitsura wußte nicht, was zwischen Jaku und ihr vorgefallen war. Um das Thema zu wechseln, bemerkte Nishima: »Du machst einen hervorragend informierten Eindruck, Kitsura. Weiß Fürst Shonto schon Bescheid? Oder verläßt er sich ganz auf dich?«

»Ich bin überzeugt, dein geschätzter Vater erfährt alles, was ich weiß, zehnmal schneller als ich.« Sie blickte auf ihre Hände hinab, die sie im Schoß gefaltet hatte, und drehte einen zierlichen Goldring einmal um den Finger. Wenn Kitsura Nishima nicht in die Augen sah, ließ sich daraus schließen, daß sie irgend etwas im Schilde führte, das ihrer Meinung nach das Mißfallen ihrer Kusine erregen würde. »Ich möchte bloß, daß wir beide auf dem laufenden bleiben. Ich habe mich mit einigen Bediensteten deines Vaters angefreundet und werde von ihnen bisweilen ins Vertrauen gezogen. Wer, mit Ausnahme des edlen Fräuleins Nishima, wäre schließlich auch mehr um das Wohlergehen ihres Herrn besorgt als ich?«

»Ich bin mir nicht ganz sicher, ob ihr Herr diesen Verstößen gegen die Sicherheit ebenso große Nachsicht entgegenbrächte«, erwiderte Nishima mit gespielter Entrüstung, während sie sich bemühte, ihrer Verwirrung Herr zu werden. Dabei fürchtete sie, ihre Gefühle könnten ihr trotz aller Anstrengung anzusehen sein. Sie versuchte, ihre Unsicherheit mit Worten zu kaschieren. »Jedenfalls ist es wichtig für uns, möglichst viel in Erfahrung zu bringen.«

»Ich bin ganz deiner Meinung, Kusine. So vieles liegt im Dunkeln, während alles, was uns wichtig ist, in Gefahr ist.« Sie wechselte zum nächsten Ring über, den sie ein wenig heftiger drehte als den ersten. »Glaubst du, es wäre möglich, daß Fürst Shonto sich irrt? Oder sollte der General des Kaisers wirklich bei Hofe in Ungnade gefallen sein?«

Nach einem letzten Blick auf die Zeichnung begann Nishima, den Pinsel zu reinigen. Die Unterbrechung würde wohl länger dauern. »Ich kenne den Informanten des Fürsten Shonto bei Hofe nicht, daher kann ich darüber auch nicht urteilen. Allerdings verfügt mein Vater über die unheimlich anmutende Gabe, Informationen nach ihrem Wahrheitsgehalt beurteilen zu können. Es fällt auf, daß er sich zu Jakus gegenwärtiger Stellung nicht mit Bestimmtheit äußert.«

»Gerade das macht mir Sorgen, Kusine. Wenn Fürst Shonto recht hat, dann steckt hinter Jaku Kattas Verbannung der Plan, den Befehlshaber der Kaisergarde in den Kreis unserer Vertrauten einzuschleusen. Ist Jaku aber tatsächlich in Ungnade gefallen, was bei einem so ehrgeizigen Mann nicht verwundern würde, dann stellte es für Shonto ein aussichtsloses Unterfangen dar, wollte er mit Jakus Hilfe den Kaiser dazu bewegen, ihn in der bevorstehenden Schlacht gegen die Barbaren zu unterstützen. Das ist eine äußerst heikle Situation. Es verhält sich so, wie du gesagt hast; unser Wissen ist beschränkt, gleichwohl hängt vieles davon ab.«

»Wenn Jaku Katta meinem Vater die Falle in der Denji-Schlucht ohne Wissen des Kaisers gestellt hat, wie Fürst Shonto vermutet, dann spräche dies dafür, daß unser stattlicher General in Ungnade fiel.« Nishima schob das Tischchen beiseite. »Das alles scheint ausgesprochen verwirrend. In den Norden geschickt zu werden, um die Ordnung auf dem Kanal wiederherzustellen, deutet kaum darauf hin, daß man in Ungnade gefallen ist.«

»Als Gouverneur nach Seh geschickt zu werden, läßt ebenfalls nicht darauf schließen, daß man in Ungnade gefallen ist, Nishi-sum.« Kitsura hielt den Ring ins Licht, betrachtete ihn eingehend. »Es verhält sich so, wie Bruder Shyuun sagt; am Gii-Brett braucht der Plan des Gegners gar nicht besonders gut zu sein, es reicht schon aus, daß man ihn übersieht.«

»Ich habe gar nicht gewußt, daß du dich mit Bruder Shuyun über das Gii-Spiel unterhältst«, meinte Nishima mit einem Anflug von Mißbilligung.

»Shuyun-sum war so freundlich, mich in die Feinheiten des Spiels einzuweihen … und sich mit mir auch über geistige Dinge zu unterhalten.«

Die beiden Frauen verstummten. Donner grollte wie ein weit entfernter Drache. Regen prasselte auf den Kiesrand des Gartens.

»Nishima-sum?« fragte Kitsura leise. »Wir müssen uns über Jaku Kattas Stellung bei Hofe absolute Gewißheit verschaffen.«

Das edle Fräulein Nishima nickte. Ja, dachte sie, und ich muß wissen, was dieser Mann von mir erwartet. Sie dachte an Jakus letzte Bemerkung an dem Tag, an dem sie ihn auf seinem Schiff aufgesucht hatte – sie würden sich in Seh unterhalten, hatte er gemeint. Jetzt wußte sie nicht, worüber sie sprechen sollten.

»Ich glaube, ich weiß, wie sich das bewerkstelligen ließe«, sagte Kitsura mit ruhiger Stimme, »doch ich fürchte, du wirst nicht damit einverstanden sein.«

Schwester Yasuko hielt das Papier hoch und pustete ganz ganz sachte auf die Tinte, damit sie nicht verlief. Die Abendfeuchte drang in ihre Gemächer, und sie hielt sich dicht beim Holzkohleofen und der Lampe. Sie pustete erneut.

»So«, flüsterte sie und hielt das Papier an die Lampe. Es handelte sich um einen Brief an ihre Oberin, die Priorin Saeja.

*Verehrte Schwester:*

*Dies ist eine Zeit der schweren Zweifel. Ich wünschte, ich hätte bessere Neuigkeiten zu vermelden. Der Zustand unserer lieben Schwester Morima-sum hat sich kaum gebessert, seit ich das letzte Mal zum Pinsel gegriffen habe. Bisweilen scheint sie ihre Krise überwunden zu haben, aber die Schriftrollen der Brüder verfolgen sie noch immer in ihren Träumen. Wir geben die Hoffnung nicht auf, Schwester. Wir geben die Hoffnung nicht auf.*

*Der jungen Novizin, die Morima-sum begleitete, ist es nicht gut* ergangen. Es schmerzt mich, zu berichten, daß sie uns vor drei Tagen verließ. Das war sicherlich tragisch, verblaßt jedoch gegenüber dem Verlust einer Schwester mit Morimas Fähigkeiten. Der Glaube unserer jungen Novizin wurde durch Morima-sums Krise erschüttert, und einmal sagte sie zu mir: ›Wenn der Pfad für jemanden wie die ältere Schwester Morima zu mühsam ist, wie sollte ich dann glauben, ihn beschreiten zu können?‹ Vielleicht wird sie schon bald zu uns zurückkehren. Ich bete darum.

Das Gerücht, wonach der spirituelle Berater des Fürsten Shonto in Begleitung des Fürsten Komawara in die Wüste vorgedrungen sei, klingt zwar unglaublich, scheint sich aber zu bewahrheiten. Unser Freund im Gouverneurspalast berichtet, Shonto gehe davon aus, daß im Frühjahr eine große Barbarenstreitmacht Seh angreifen werde. Zum gegenwärtigen Zeitpunkt können wir dies weder bestätigen noch verneinen, doch wenn Gouverneur Shonto und sein Stab davon ausgehen, sollte unser Orden meiner Ansicht nach so handeln, als bestünde keinerlei Zweifel mehr daran.

Wenn ich an die Entbehrungen eines Krieges und dessen Auswirkungen auf unsere Arbeit denke, wird mir das Herz schwer. So wie Kinder, die schwierigen Lektionen aus dem Weg zu gehen versuchen, hoffen wir ja stets, zu Lebzeiten vom Unglück verschont zu werden. Doch auch die Kinder müssen lernen: wenn nicht jetzt, dann später.

Heute ist Jaku Katta eingetroffen. Es wird nicht leicht sein, jemanden in seiner näheren Umgebung unterzubringen, aber seid versichert, daß wir uns nach Kräften bemühen werden. Jedenfalls haben wir einen zuverlässigen Freund in der Nähe des edlen Fräuleins Nishima und werden sicherlich davon erfahren, sollte sie die Korrespondenz mit dem Befehlshaber der Kaisergarde fortsetzen.

Im Augenblick sucht Fürst Shontos Tochter die Gesellschaft von Kitsura Omawara und Okara Haroshu, wenngleich auch Shontos spiritueller Berater ihr regelmäßig Besuche abstattet – bisweilen hält er sich länger in ihren Gemächern auf, als schicklich wäre: das ist alles, was ich im Moment zu berichten weiß.

In Seh wurden jetzt seit mehreren Monaten keine neuen Pestfälle mehr gemeldet, wofür wir den botahistischen Brüdern danken sollten, auch wenn sie ansonsten wenig Ruhmreiches vollbracht haben. Wie ich höre, ist es Chiba schlechter ergangen. Die zahlreichen Anhänger Tomsos haben in dieser Provinz fürchterlich gelitten.

*Dem Gerücht, wonach der Udumbara geblüht haben soll (Botahara sei gepriesen, Schwester!), wird in Seh kein Glauben geschenkt – dieses Gerücht hat man schon zu oft vernommen. Außerdem hat die Bruderschaft dementiert, wie Ihr voraussagtet. Nichts in der an Verrat reichen Geschichte der Bruderschaft finde ich so empörend wie dieses Dementi. Weshalb sollten sie es abstreiten, wenn ein Erleuchteter Meister unter uns wandelt? Wenn ich daran denke, wird mir ganz kalt vor Angst.*

*Die Arbeit in der Priorei geht ihren geregelten Gang und erfordert geringeren Aufwand, als wir zu hoffen gewagt haben: Botahara hält jetzt seine schützende Hand über uns. Ich würde mich gern nach Eurem Befinden erkundigen, Priorin, doch die höfliche Antwort kenne ich bereits. Auch mir geht es gut genug, um Ihm zu dienen.*

*Möge Botahara Euren Namen singen,*
*Schwester Yasuko*

# 2

*In der Ferne ragen Berge*
*Aus einem Meer*
*Windzerzauster Wolken*

*Gipfel werden zu Inseln*
*Inmitten bleich schäumender Wogen*

Das sporadische Plattern, mit dem der Schneematsch von den Bäumen ins Unterholz fiel, wurde ständig lauter. Fürst Komawara zupfte an den Zügeln und trieb seine Stute weitere zwanzig Schritte in den Nebel hinein, hielt an und lauschte zum hundertsten Mal.

Tief im Nebel, der seit Tagen in den Jai Lung-Bergen hing, war der Ursprung des Geräuschs kaum zu orten. Es hallte wider, wurde verzerrt und schien von überallher zu kommen.

Komawara ließ das Pferd eine vollständige Drehung beschreiben; ähnlich langsam bewegte sich Bruder Shuyun, wenn er seine Bewegungsübungen praktizierte. Nichts … bloß verschwommene Andeutungen geheimnisvoller Formen: zur Rechten ein verkrümmter, ausgestreckter Arm, der möglicherweise zu einer alten Kiefer gehörte; hinter ihm ein nackter Fels, der an das Gesicht eines mürrischen Berggotts denken ließ.

Komawara nahm den Bogen in die Rechte und bewegte die Finger, die ganz steif geworden waren, weil er zu lange die Sehne gespannt hatte. Gleich darauf legte er den Pfeil wieder an und lauschte erneut.

Es war Jahre her, seit Komawara zum letztenmal in den Jai Lung-Bergen gejagt hatte – in Begleitung seines Vaters, der damals noch nicht zu schwach zum Reiten gewesen war. Seitdem hatte sich mehr verändert, als er sich damals hätte vorstellen können.

Jetzt gab es in den Bergen Räuber. An einigen Anwesen waren nachts die Tore eingeschlagen worden, und nur noch bewaffnete Gruppen wagten sich auf die Straßen.

Der Fürst hielt abermals an und lauschte, wie Shuyun es ihn in der Wüste gelehrt hatte. Am Schulterblatt, wo das Lederhemd durchgescheuert war, drückte ihn der Panzer, in der Linken bekam er schon wieder einen Krampf, seine Stiefel waren undicht, und die Stute bevorzugte das rechte Vorderbein. Als reichte das noch nicht aus, hatte er auch noch seine Gefährten aus den Augen verloren und wußte nur ungefähr, wo er sich befand. Ein schwacher Nieselregen fiel, der allmählich durch die Nähte des Panzers drang. Er lauschte.

Schneematsch rutschte von einem Ast und fiel dem Pferd vor die Füße, das sofort scheute. Komawara fand, dies sei ein deutlicher Hinweis auf den Aufruhr, der in seinem Innern herrschte – die Stute hatte es gespürt, das hieß, sie hatte ihn ertappt. Die dumpfen Geräusche waren immer noch zu hören.

Er trieb die Stute ein paar Schritte weiter, dann hielt er an und spitzte die Ohren. War da irgendwo im Nebel ein Pferd? Oder war es das Knarren eines Astes, verzerrt durch die Entfernung und die Macht der Einbildung?

Komawara reckte sich, um Rücken und Schultern zu entspannen. Im Nebel konnten noch andere Gefahren als Räuber lauern; seinen eigenen Männern traute er, doch die Einheimischen, die sich der Jagd nach Banditen angeschlossen hatten, bewahrten ein Schweigen, das ihre Angst nur schlecht verbarg. In einem solchen Nebel konnte man leicht aus dem Gleichgewicht geraten. Es war so, wie Shuyun gesagt hatte; wenn man nichts mehr sah, wurde jedes Geräusch zu einer Bedrohung – selbst ein herabfallender Klumpen Schneematsch stünde jetzt in Gefahr, von einem leichtfertig abgeschossenen Pfeil getroffen zu werden. In der Schlacht erlagen mehr Soldaten den Pfeilen der eigenen Leute, als man offen zugeben wollte.

Zehn Schritte vor. Halt. Lauschen.

Und dann inmitten der zahllosen eingebildeten Laute unverkennbares Hufgetrappel auf steinigem Boden. Die Stute spitzte die Ohren. Komawara ruckte am Zügel und zog das Maul des Pferds an seine Wange hoch.

»Pst«, flüsterte er, als ob es ihn verstünde. Nach drei weiteren Schritten hatten sie eine Ansammlung langnadliger Kiefern erreicht. Der Fürst zog der Stute die Zügel über den Kopf und zwang sie, sich hinzulegen, komplett mit Sattel und Satteltaschen. Als er sich niederhockte und mit der Umgebung verschmolz, tastete er unwillkürlich nach dem Schwert in der Scheide.

Pferde, das Geräusch sich verlagernder Steine, das Knarren von Leder. Komawara spannte zur Hälfte den Bogen. Ein Pferd stolperte, und jemand sprach beruhigend auf es ein – zu verstehen war er allerdings nicht.

Wo? Komawara wandte den Kopf nach allen Seiten, zunächst überzeugt davon, das Geräusch käme von weiter oben, dann nicht minder sicher, es käme von rechts.

Er bemühte sich, eine bekannte Stimme herauszuhören. Verhalte dich ruhig, dachte er, laß sie vorbei, im Schnee werden die Spuren gut zu erkennen sein. Gegen Abend werden sie ein Lager aufschlagen, dann kann man immer noch herausfinden, was für Leute das sind. Doch während er sich diesen Rat gab, machte er keine zwanzig Schritte voraus eine Bewegung aus. Eine dunkle Gestalt inmitten der blendenden Helligkeit. Die näherkam? Sich entfernte? Er versuchte, eine Farbe zu erkennen, einen vertrauten Umriß. Ein Mann zu Fuß, der sich langsam bewegte. Komawara hätte sich beinahe aufgerichtet, um besser sehen zu können, so sehr hatte ihn der Anblick überrascht; ein dunkler Bart in einem von Wind und Sonne gegerbten Gesicht, eine Weste aus Rehfell über einem leichten Kettenpanzer.

*Ein Barbar!* Ein Barbarenkrieger, der ein Pferd durch die Jai Lung-Berge führte.

Komawara duckte sich noch mehr, während der Mann über den Hang näherkam. Ihm folgten weitere Männer, die im Nebel erstaunlich groß wirkten. Da Komawara wußte, daß er im Nebel kaum zu erkennen war, verhielt er sich vollkommen still. Die Stute bewegte sich unruhig, beinahe meinte er, sie zittern zu fühlen. Beweg dich nicht, dachte er, sei ganz still. Unwillkürlich kontrollierte er seinen Atem und entspannte willentlich die verkrampften Muskeln.

Die Barbaren wandten sich nach rechts und überquerten den Hang, angeführt von einem Mann, der zu Fuß den Weg auskundschaftete, der zwischen Bäumen und Felsen einherführte. Sechzehn Bewaffnete, und sie machten nicht den Eindruck, als würden sie gejagt.

Sollten sie etwa nicht wissen, daß wir sie verfolgen? Und auf einmal hatte er den Eindruck, der Boden schwanke unter seinen Füßen. Kalte Erkenntnis. Nein, sie hatten keine verletzten, reiterlosen Pferde dabei. Es war ausgeschlossen, daß sie bei einer Begegnung mit Komawaras Soldaten gänzlich ungeschoren geblieben waren.

Als der letzte Mann des Trupps weniger als einen Steinwurf von Komawara entfernt im Nebel verschwand, atmete dieser erleichtert aus. Barbaren in den Jai Lung-Bergen! Die von Banditen ausgehende Bedrohung erschien auf einmal bedeutungslos – kaum mehr als ein Ärgernis. *Barbaren* in den Jai Lung-Bergen!

Der Fürst wartete, während das Knarren des Leders und das Hufgetrappel immer leiser wurden. Er blickte sich in der schattenlosen Helligkeit um und überlegte, wann es wohl dunkel werden würde. Er dachte oft an seine Gefährten, zwanzig seiner eigenen Soldaten und halb so viele Einheimische, die irgendwo im Nebel umherirrten. Sie waren nicht schlecht bewaffnet, wie man es in Seh auch erwarten konnte, doch keiner trug eine komplette Rüstung.

Komawara hatte sich die Männer, die eben an ihm vorbeigekommen waren, genau angesehen – sie führten nur leichtes Gepäck mit sich, waren offenbar kaum gepanzert und lediglich mit Kurzbogen und Schwertern bewaffnet. Außerdem hatten sie bestimmt Jagdmesser dabei. Waffen, die gut geeignet waren für das Gebirge. Er wünschte, Shuyun wäre bei ihm gewesen; mit seiner scharfen Beobachtungsgabe wäre ihm bestimmt noch mehr aufgefallen.

Komawara ergriff die Zügel und brachte die Stute mit schmeichelnden Worten zum Aufstehen. Er setzte sich auf die Fährte der Barbaren. Mit den Ledersohlen rutschte man auf dem schmelzenden Schnee leicht aus, gleichwohl beschloß der junge Fürst, zu Fuß weiterzugehen. Die Stute hätte ihn auch tragen können, doch er wollte ihr eine Ruhepause gönnen – und zu Fuß konnte er die Fährte im nun doch allmählich nachlassenden Licht besser erkennen.

Hin und wieder drang das verzerrte Echo von Hufgetrappel aus dem Nebel hervor, und bald darauf stellte Komawara fest, daß die Fährte auf einen schmalen Weg führte, der sich um den Hang herumschlängelte. Wenngleich ihm die Umgebung von ferne bekannt vorkam, wußte er noch immer nicht, wo er sich befand.

An manchen Stellen hoben sich die Hufabdrücke scharf vom Schnee ab, und als Komawara sie näher inspizierte, hielt er plötzlich inne. Er hatte die Barbaren vorbeireiten sehen, und es war ihm nicht einmal aufgefallen, daß sie auf *Pferden* ritten, und zwar keineswegs auf schlechten. Sie hatten die gleichen Pferde dabeigehabt, wie sie auch die Einheimischen der Provinz Seh benutzten – oder Banditen und Barbarenhäuptlinge! Das Pferd war für das Leben in Steppe und Wüste nicht geeignet und wurde dort durch die ausdauernden Barbarenponies ersetzt.

»Barbaren«, flüsterte Komawara. Und er, Berater des kaiserlichen Gouverneurs, hatte seine Gefährten verloren und sich im Gebirge verirrt. Was für ein Fang das für einen Barbarenhäuptling wäre! Wenn sie auch nur ahnten, daß jemand, der über die Pläne des Gouverneurs genau Bescheid wußte, im Gebirge umherirrte, würden sie sogar in den Wolken nach ihm suchen.

In seiner Eigenschaft als Berater des Gouverneurs war ihm bewußt, daß er leichtsinnig handelte, doch als junger Fürst, der hier geboren war und eine entsprechende Erziehung genossen hatte, mußte er allem nachgehen, was eine Gefahr für seine Heimatprovinz bedeuten konnte. Solche Gelegenheiten wünschten sich die Männer von Seh sehnlichst herbei – Heldentaten wie diese wurden in Gedichten gefeiert und im Gouverneurspalast und am Kaiserhof in Liedern besungen.

Wassergeplätscher drang aus dem Nebel hervor; die Entfernung war schwer zu schätzen. Die Fährte mündete auf einen breiteren Weg, der zwischen hohen Kiefern und Zedern einherführte, die im Nebel nur andeutungsweise zu erkennen waren.

Wolkenwanderer, dachte Komawara, dann merkte er auf einmal, daß er im Begriff stand, eine Holzbrücke zu betreten, die einen schmalen Bach überspannte. Stromaufwärts hatte sich ein kleiner Tümpel gebildet, und dahinter sah man einen beweglichen Vorhang herabstürzenden weißen Wassers, als habe sich der Nebel dort verdichtet.

Ein Windstoß fuhr in die Mähne der Stute und rührte im Nebel, der chaotische Formen bildete. Über ihm trat eine Granitwand aus dem Nebel hervor, und Pferdegeruch mischte sich mit dem Modergeruch des verrottenden Laubs und dem schwer zu fassenden Duft der Schneeschmelze.

Der junge Fürst zügelte eilig die Stute, bevor die Hufe über die Holzbohlen polterten. Ob sie wohl nahe beim Wasser lagern würden? Er zog das Pferd fünf Schritte zurück, dann ließ er die Zügel zu Boden gleiten. Der schwache Wind blies Löcher in den Nebel, – Löcher, die sich wie Pupillen kurzzeitig öffneten, um sich gleich wieder zu schließen. Es war, als blickte man durch einen sich bauschenden Vorhang: Man meinte etwas zu erkennen, doch im nächsten Augenblick war es auch schon wieder verschwunden.

Komawara näherte sich der Brücke und bemühte sich, das Rauschen des Wasserfalls zu durchdringen. Die Spuren der Barbaren waren hier so verworren, daß Komawara daraus schloß, daß sie am Tümpel die Pferde getränkt hatten. Er überquerte möglichst leise die Brücke und stieß am anderen Ufer auf die Fortsetzung der Fährte; für ein Lager reichte der Platz hier nicht aus.

Komawara folgte der Fährte der Barbaren, tränkte das Pferd, trank auch selbst etwas und füllte den Wasserschlauch auf. Es war merklich dunkler geworden, und obwohl der Wind im Nebel rührte, würde er bald nichts mehr sehen können und wäre dann allein auf seine Vorstellungskraft angewiesen. Der Fährte würde er nicht länger folgen können. Komawara wurde klar, daß er zu den Barbaren aufschließen mußte, wenn er sie in der Dunkelheit nicht verlieren wollte.

Ich muß die Hoffnung aufgeben, daß mich meine Gefährten einholen könnten, dachte er, dadurch werde ich nur langsamer und neige zur Unentschlossenheit. Die Stute am Zügel hinter sich herführend, schritt er nun rascher aus als zuvor. Den Bogen hängte er wieder an den Sattel, damit die Rechte fürs Schwert freiblieb; bei diesem Tempo war nicht auszuschließen, daß er einem

Gegner unmittelbar in die Arme lief, ehe er merkte, daß er jemanden vor sich hatte.

Der junge Fürst wünschte, Bruder Shuyun wäre auch diesmal wie in der Denji-Schlucht und in der Wüste an seiner Seite gewesen. Der botahistische Mönch schien im Dunkeln anscheinend nicht auf seine Augen angewiesen zu sein, und Komawara war überzeugt, daß die Nebelwolke keine größere Herausforderung für ihn darstellen würde als die nächtliche Wüste. Da Shuyun auch über ein unheimlich scharfes Gehör verfügte, vermutete Komawara, Shuyun spüre die Nähe anderer Lebewesen. Er spürt ihr *Chi*, dachte der junge Fürst, was immer das heißen mag.

Komawara merkte, daß seine Konzentration trotz der unmittelbar drohenden Gefahr nachließ. Er ertappte sich dabei, daß er an das edle Fräulein Nishima und ihre Kusine Kitsura Omawara dachte. Seit ihrer Ankunft in Seh hatte er erst einmal mit ihnen gesprochen, jedoch einen starken Eindruck davon zurückbehalten. Im Vergleich zu den Frauen der Hauptstadt wirkten selbst die begehrtesten Damen von Seh wie ungebildete Bauerntöchter. Komawara fürchtete, jetzt, da er wahrhaft kultivierte und schöne Frauen kennengelernt hatte, werde es ihm schwerfallen, mit einer Frau aus der Provinz glücklich zu werden.

Als ein Klumpen Schneematsch zur Erde niederfiel, wandte er sich wieder den naheliegenderen Dingen zu. Die Fährte der Barbaren war nicht mehr zu erkennen. Es war vollständig dunkel geworden. Als er in die Hocke ging und nach der Fährte tastete, stellte er fest, daß er sie nicht nur aus den Augen verloren hatte – sie war überhaupt verschwunden.

Irgendwo im Nebel rief eine Eule. Ein Schwarzflügel klapperte mit dem Schnabel. Sie müssen kurz hinter mir den Weg verlassen haben, dachte er. Botahara steh mir bei! hätte der junge Fürst beinahe geflüstert. Und wenn ich nun ganz dicht an ihnen vorbeigekommen bin? Er fuhr herum und zog unwillkürlich das Schwert halb aus der Scheide, da er meinte, Barbarenkrieger schlichen sich an ihn heran. Er wartete, bis sich sein Herzschlag wieder beruhigt hatte, und lauschte auf das Geräusch, das er am meisten fürchtete: auf das leise Klirren gepanzerter Männer, die sich bemühten, lautlos vorzurücken.

Nachdem er eine Weile in vollkommener Reglosigkeit gelauscht hatte, kam Komawara zu dem Schluß, daß die Barbaren ihn noch nicht bemerkt hatten. Er ging den Weg zurück, den er gekommen war, und zählte sorgfältig seine Schritte. Fünf Schritte, dann hielt er an und lauschte. Er tastete den Boden ab; vom kalten Schneematsch schmerzten ihn bereits die Hände. Fünf Schritte weiter.

Da war die Fährte wieder. Komawara spürte die Abdrücke der Hufe im weichen Matsch. Nach sorgfältiger Suche entdeckte er einen abzweigenden Weg, der den Hang hinunter und in den schwarzen, wogenden Nebel hineinführte.

Er tastete im Dunkeln umher, bis er einen jungen Schößling entdeckte, an dem er die Stute festband, in der Hoffnung, sie werde während seiner Abwesenheit nicht scheuen und in Panik davonrennen. Vorsichtshalber nahm er ihr die Satteltaschen ab und legte sie außerhalb der Reichweite der Hufe auf den Boden – hoffentlich fand er sie später auch wieder. Er öffnete eine Tasche, holte ein Brot heraus, das noch nicht naß geworden war, und verzehrte es, in der Dunkelheit und im Nieselregen auf dem Boden hockend.

Er lauschte. Er war umgeben von den Geräuschen der Jai Lung-Berge – knarrenden Bäumen und plätscherndem Schmelzwasser. Als abermals eine Eule rief, fragte sich der Fürst, ob es wohl tatsächlich eine Eule war. Ansonsten wirkte alles ganz normal; es waren weder ungewöhnliche Laute zu vernehmen, noch herrschte eine unnatürliche Stille. Die Barbaren sind hier selbst Teil ihrer Umgebung, dachte er.

Als Komawara das Brot verzehrt hatte, folgte er weiter der Fährte, bisweilen in der Hocke, dann wieder auf allen vieren – voller Angst, er könnte in der Dunkelheit auf einen Schlafenden stoßen und zu spät merken, daß er das Lager der Barbaren erreicht hatte. Doch dazu kam es nicht. Hin und wieder vernahm er Stimmen, außerdem roch er ein Lagerfeuer.

Abermals hielt Komawara an. Was sollte er jetzt tun? Wenn sich der Nebel am Morgen höbe, würde er nach seinen Gefährten suchen, doch bis dahin hätten sich die Barbaren womöglich schon aus dem Staub gemacht. Der Fürst bezweifelte, daß es ihnen gelänge, ihrer Fährte zu folgen, vor allem dann nicht, wenn sie es darauf angelegt hätten, ihre Spuren zu verwischen. Banditen, dachte er – und schnaubte. Banditen, jawohl.

Er näherte sich den Stimmen. Ich werde sie beobachten, dachte er, und mich erst dann entscheiden, wenn ich weiß, was sie bei Sonnenaufgang tun werden.

Die Barbaren lagerten auf einer Lichtung inmitten der Kiefern, an einer Seite durch eine Felsleiste vor dem Wind geschützt. Noch ehe er das Feuer sah, hörte er das Zischen des feuchten, qualmenden Holzes. Der Geruch, der vom Lagerfeuer zu ihm herüberwehte, weckte seinen Hunger. Sie braten einen kaiserlichen Hirschen, dachte er und hätte beinahe gelächelt.

Er verbarg sich hinter geborstenen Felsen, ließ sich auf dem feuchten Boden nieder und bereitete sich auf eine lange Nachtwache vor, in einer Haltung, die es ihm jederzeit ermöglichte, sich rasch aufzurichten. Jetzt sah er das Lager der Barbaren. Zwei Lagerfeuer brannten, und an beiden wurde gekocht. Man hatte notdürftige Unterkünfte errichtet, offenbar unter Verwendung der Bespannung der Zelte, die die Nomaden ihr Zuhause nannten. Komawara kannte das Material – es war zäh und praktisch wasserdicht, wenn es mit dem gekochten Saft der Tekkowurzel behandelt wurde.

Die Männer tranken aus dampfenden Schalen, und

wenngleich sie sich in gedämpftem Ton unterhielten, war doch nicht zu übersehen, daß sie alle mehr oder weniger berauscht waren.

Bislang hatten sie noch keine Wache aufgestellt, da noch alle wach waren. Später würden sie zweifellos Wachposten aufstellen, doch offenbar war ihnen nicht bewußt, daß sie gejagt wurden.

Der Jäger beobachtete sie, verborgen in der Dunkelheit und mehr als nur ein bißchen neidisch auf die Männer, die heißen Wein tranken und bald schon speisen würden.

Ich muß mich still verhalten, dachte Komawara, sonst werde ich vom Jäger zum Gejagten, ehe ich mich's versehe. Er praktizierte die einfache Atemübung, die Bruder Shuyun ihn gelehrt hatte, doch sein Herzschlag wollte sich nicht beruhigen, und seine Muskeln blieben verspannt.

Auf einmal drückte eine harte, kalte Messerspitze gegen seinen Nacken, und eine Stimme mit dem Akzent der Wüstenbewohner flüsterte ihm ins Ohr: »Keine Bewegung, Fürst. Ganz ruhig bleiben.«

Die vor Komawara ausgebreitete Szenerie verschwand, und zurück blieb eine dunkle Gestalt am Rande seines Gesichtsfelds. Das Feuer flackerte kurz auf, und Komawara spürte, wie ihm der Schweiß ausbrach. Sie foltern ihre Gefangenen mit Feuer, dachte Komawara, bevor sie sie töten.

Auf einmal ließ der Druck des Messers nach. »Bruder Shuyun schickt den Kalam mit Botschaft. Freund«, flüsterte der Mann. Und dann glitt Bruder Shuyuns Diener, der Nomade, der ihnen in der Wüste als Führer gedient hatte, neben den verblüfften Fürsten.

Während Komawara langsam ausatmete, wallte Zorn in ihm auf. »Weshalb …?« Er betastete seinen Hals.

Der Nomade zuckte mit den Schultern. »Ihr sehen Wüstenmann im Dunkeln, woher wollen wissen, er der Kalam? Ihr nehmen Schwert, ich tot, und die da«, er deutete auf die Männer, die sich um die Lagerfeuer drängten, »hören und jagen Fürst Komawara.« Er zuckte die Achseln, dann beobachtete er eine Weile lang schweigend die Nomaden.

»Wie hast du mich gefunden?«

»Ich habe meine Gefährten verloren«, antwortete der Kalam und deutete in die Dunkelheit. Dann zeigte er auf die Barbaren. »Ich sie finden. Ich Euch finden.«

»Was sind das für Leute?« wisperte Komawara. »Was wollen sie hier?«

Der Kalam setzte zu einer Antwort an, schüttelte dann aber den Kopf. Offenbar suchte er nach Worten; ihm fehlte sein Übersetzer, Bruder Shuyun.

»In der Wüste .... Drachenknochen ...« Abermals schüttelte er ärgerlich den Kopf.

»Ama-Haji?« fragte Komawara.

Der Nomade nickte, verwundert darüber, daß Komawara sich noch daran erinnerte, so als müsse sich die Trennung aufgrund der unterschiedlichen Sprachen auch in unterschiedlichen Erfahrungen widerspiegeln. »Ama-Haji, ja. Männer des Drachen.« Abermals verstummte er und suchte nach Worten.

»Anhänger des Khans«, sagte Komawara.

Der junge Barbar schüttelte den Kopf. »Nein, nein. Die Männer des Drachen ... diese Männer«, sagte er und deutete zum Feuer. »Sie gekommen, um zu suchen ... um zu sehen. Die Augen des Drachen«, setzte er gestikulierend hinzu.

»Ah«, machte Komawara, obwohl er sich nicht sicher war, daß er seinen Gefährten verstanden hatte.

Schweigend beobachteten sie die Barbaren, die mittlerweile ihre Mahlzeit begonnen hatten und dabei weiter tranken. Die Unterhaltung war nicht lauter geworden, und wenn jemand lachte, so tat er es sehr gedämpft.

»Die Nachricht von Shuyun-sum?« flüsterte Komawara.

Der Kalam nickte. »Ja.« Er sammelte sich. »Ein Krieger … ein großer Krieger kommt – Daku Kaita.«

»Jaku Katta«, verbesserte ihn Komawara. »General Jaku Katta.«

»Ja«, nickte der Nomade. »General bedeutet großer Krieger?«

»Ja«, antwortete Komawara, »sehr großer Krieger. Ist er bereits eingetroffen? In Seh?«

Allgemeines Gelächter veranlaßte sie, wieder zum Feuer zu blicken.

»In Seh«, bestätigte der Kalam, »ja.«

»Ah«, machte Komawara, doch wenn er noch mehr hatte sagen wollen, so kam er nicht mehr dazu.

Es ertönte ein wilder Schrei, dann stürzten Bewaffnete aus dem Wald hervor und fielen mit gezogenen Schwertern über die Barbaren her. Komawara sprang auf und zog sein Schwert, dann hielt er inne und packte seinen Gefährten beim Arm. »Du mußt hierbleiben!« brüllte er den Kalam an. »Meine Leute würden dich nicht erkennen!«

Der junge Nomade nickte, zog aber gleichwohl sein Schwert.

Es war höchste Zeit. Die Schlacht war bereits voll entbrannt, und wenn sie auch das Überraschungsmoment auf ihrer Seite hatten, wurde doch rasch klar, daß die Männer aus Seh in der Unterzahl waren. Komawara rannte zehn Schritte weit, dann hatte er das Getümmel erreicht und schlug einen Barbaren nieder, der gerade im Begriff stand, einem gestürzten Mann den Rest zu geben. Ohne abzuwarten, ob sich der Barbar wieder erheben würde, stürzte Komawara sich auf den nächsten Gegner. Sie kreuzten kurz die Klingen, dann fiel auch dieser Barbar.

Als sich ein Soldat in grünbetreßter Kavallerierüstung gegen Komawara wandte, mußte der Fürst zunächst einen Hieb parieren, ehe sein Gegner merkte, daß er keinen Barbaren vor sich hatte.

Doch bevor Komawara sich dem nächsten Gegner zuwenden konnte, hatte er das Gefühl, ihm explodiere der Kopf, dann fand er sich auf einmal auf den Knien wieder, tastete nach dem Schwert und schnitt sich die Hand an der Klinge auf. Der grünbetreßte Krieger sprang an ihm vorbei, und Komawara beobachtete, wie er einen knüppelschwingenden Barbaren angriff. Komawara richtete sich gerade noch rechtzeitig auf, um den Hieb eines hünenhaften Nomaden abzuwehren.

Der Fürst stellte fest, daß er jetzt, da er durch den Schlag auf den Kopf in seinen vielgerühmten Reflexen beeinträchtigt war, zurückgedrängt wurde. Ein zweiter Barbar näherte sich von rechts und zwang Komawara zu parieren. Als der größere seiner beiden Gegner seine ungeschützte Seite angriff, straffte er sich und wartete auf das Eindringen der Klinge. Doch der Schmerz blieb aus. Statt dessen erstarrte der Barbar und sank auf die Knie nieder, nachdem er von der Schwertklinge eines anderen Nomaden durchbohrt worden war.

Komawara beobachtete, wie der Kalam seine Klinge hervorzog, doch dieser Blick hätte ihn beinahe einen Arm gekostet. Sein zweiter Gegner spürte, daß er geschwächt war, und zeigte sich entschlossen, die Gelegenheit zu nutzen.

Komawara verschwamm die Sicht vor Augen, und er schüttelte in der Hoffnung den Kopf, dadurch wieder klarer sehen zu können. Der Feuerschein war auch keine große Hilfe. Er wurde zwar von der Schwertklinge seines Gegners reflektiert, aber wenn sich das Schwert bewegte und in einem anderen Winkel zum Feuer stand, flackerte es und verschwand immer wieder momentweise, was Komawara ganz wirr machte. »Paß auf seine Hände auf«, sagte Komawara laut, eingedenk der Lektionen seines Vaters. *Wenn es dunkel wird, beobachte die Hände deines Gegners, die werden dir sagen, was das Schwert tun wird.*

Der junge Fürst durchforschte seine Erfahrung nach

irgend etwas, das ihn retten könnte, denn so wie die Dinge lagen, würde er nicht mehr lange standhalten. Sein Gegner würde schon bald eine Lücke in seiner Deckung entdecken.

Er schießt übers Ziel hinaus, dachte Komawara und änderte seine Rückzugsbewegung dahingehend ab, daß er zuerst mit dem linken Bein zurücktrat. Der Mann parierte und zielte dann mit der Schwertspitze auf Komawaras Brust. Der Fürst schwankte und wandte sich nicht rasch genug ab, so daß die Schwertspitze unter seinem linken Arm durch die Lücke im Panzer drang. Im gleichen Augenblick aber, da er die Klinge des Barbaren zu spüren bekam, traf Komawara den Mann unter dem Kinn, und damit war es vorbei. Als der Barbar zusammenbrach, löste sich die Schwertklinge von der Seite des Fürsten.

Komawara vermochte sich kaum noch auf den Beinen zu halten, und sein Gesichtsfeld hatte sich zu einem dunklen Tunnel verengt.

Nur noch wenige Männer waren auf den Beinen, verteilt über das ganze Lager – ausnahmslos Männer aus Seh, grünbetreßt wie derjenige, der ihm das Leben gerettet hatte. Komawara hatte den Eindruck, sie starrten ihn an, ohne daß ihm der Grund dafür klar gewesen wäre. Allmählich wurde ihm aber bewußt, daß links von ihm Schwerter klirrten, und er drehte sich entsetzt in die Richtung. Der Kalam kämpfte mit zwei grüngekleideten Männern, und ein dritter eilte ihnen bereits zu Hilfe.

»Nein!« wollte Komawara rufen, brachte aber nur ein Krächzen hervor. Er wollte eingreifen, wäre aber beinahe gestürzt. »Nein«, flüsterte er. Blut trat an der Schulter des Kalams hervor und färbte seinen Arm rasch rot.

Als Komawara das Schwert hob, verschwamm ihm die Sicht. Mit letzter Kraft holte er aus und schlug einem der Männer dessen Schwert aus der Hand. Er parierte einen Hieb und stellte sich zwischen die Männer aus Seh und seinen ehemaligen Führer.

»Nein«, sagte er kraftlos, »er gehört zu mir.«

»Und wer seid Ihr, daß Ihr Euch zu diesem Mörder bekennt?«

Komawara blickte die Krieger an und mußte sich eingestehen, daß der Schlag auf den Kopf sein Urteilsvermögen getrübt hatte. Das waren nicht die Einheimischen, die sich mit seiner Leibgarde zusammengetan hatten. Diese Männer trugen gut gearbeitete, grünbetreßte Panzer, die von häufigem Gebrauch kündeten. Der Kalam faßte sich an die Schulter.

»Ich bin Komawara Samyamu, und dieser Mann ist mein Diener.«

Weitere Männer drängten hinzu, und Komawara stellte fest, daß ihnen der Fluchtweg in den Wald nun versperrt war. Er vermochte sich kaum noch auf den Beinen zu halten.

Die Grünbetreßten wechselten Blicke, es wurde halblaut protestiert und geschimpft. Komawara hörte jemanden fluchen.

»Fürst Komawara, Ihr pflegt einen seltsamen Umgang«, sagte einer der Männer. Er schob die Gesichtsmaske zurück, deutete eine Verneigung an und nahm den Helm ab. Ein hinter ihm stehender Krieger trat vor.

»Leutnant, ich habe beobachtet, wie ein Barbar einen seiner Leute niedermachte – einen Barbaren, der Fürst Komawara angegriffen hat. Ich bin sicher, es war dieser Mann.«

Der Leutnant nickte. »Verzeiht meine schlechten Manieren, Fürst Komawara, ich bin Narihira Chisato, ehemaliger Angehöriger der Kavallerie des Fürsten Hajiwara Harita.«

Botahara steh mir bei, dachte Komawara. Die grünen Tressen – ja! Die Hajiwara. Das Haus, zu dessen Sturz ich in der Denji-Schlucht beitrug. Unwillkürlich senkte Komawara die Arme, da er spürte, daß sie jeden Moment zu zittern anfangen würden. Blut sickerte aus seiner Seite, und der Kalam war anscheinend auch nicht besser dran.

Komawara erwiderte die Verneigung des Leutnants mit einem Nicken. »Leutnant. Ich kenne Eure Absichten nicht, aber meine Leute halten sich ganz in der Nähe auf. Wir durchsuchen die Hügel nach Banditen. Doch offenbar stecken diese Hügel voller Überraschungen. Ich möchte Euch für Eure Unterstützung im Kampf gegen unsere Feinde danken.«

»Obwohl Ihr mitgeholfen habt, unseren Fürsten zu stürzen?« bemerkte ein anderer Mann in bitterem Ton. Der Leutnant gebot ihm mit erhobener Hand Schweigen.

»Fürst Komawara, wie Ihr Euch denken könnt, empfinden wir nach dem Sturz des Hauses Hajiwara einen gewissen … Groll gegenüber denen, die unser Unglück verschulden. Wenngleich Fürst Shonto und seine … Verbündeten dazu beitrugen, so ist uns doch bewußt, daß der Sturz unseres Fürsten durch den Verrat anderer herbeigeführt wurde. Wir ehren sein Andenken.

Die Erfahrenen unter uns sind der Ansicht, daß es nicht unbedingt klug von unserem Lehnsfürsten war, sich gegen Fürst Shonto zu stellen. Bitte bedenkt, daß sich unser Groll gegen andere richtet. Fürst Shonto konnte nicht anders handeln. Und das gilt auch für Euch, seinen loyalen Verbündeten. Ihr seid verletzt, Fürst, und wenngleich wir nicht begreifen, was dieser Mann in Euren Diensten zu suchen hat, so liegt die Entscheidung darüber doch bei Euch.« Er verneigte sich erneut, tiefer als beim erstenmal.

»Wir werden unsere Schwerter weglegen und unsere Verwundeten versorgen. Ich würde mich gern um Eure Verletzungen kümmern, Fürst Komawara. Ich kenne mich damit ein wenig aus.«

Wenngleich einige der Hajiwara noch finster dreinblickten, wurden die Schwerter in die Scheide gesteckt, und die Männer wandten sich wieder zu den Lagerfeuern um. Komawara und der Kalam steckten ebenfalls die Schwerter in die Scheide und stützten einander auf dem Weg ans Feuer. Dort angelangt, ließ der Fürst sich zu Boden sinken, froh über die Wärme, denn ihm war fürchterlich kalt. Das Blut rauschte ihm noch in den Ohren, und er fühlte sich benommen und schwach.

Der Nomade atmete schwer. Er hat Blut verloren, dachte Komawara, während man ihm den Panzer öffnete und das Lederwams aufschnitt. Er fühlte sich losgelöst von der Umgebung, als trüge sich alles, was er hörte und spürte, in weiter Ferne zu. Als jemand zwei Tote meldete, hoffte er, es beträfe nicht seine eigenen Leute.

Schlafen. Komawara wünschte sich nichts sehnlicher, als zu schlafen. Er wollte den Kopf schütteln, doch seine Muskeln versagtem ihm den Dienst. Der Kalam wirkte so fern, daß Komawara sich wunderte, wie er dies angestellt hatte, da sie doch eben noch dicht nebeneinander gelegen hatten. Und dann wurde es dunkel um ihn.

Als Komawara erwachte, wußte er nicht, wo er sich befand und wie lange er geschlafen hatte. Das weiche Lager, auf dem er lag, duftete nach Wald. Kiefernzweige, dachte er und zog die Decke aus Rehhaut höher. Das Feuer brannte noch, und davor saßen Männer, die Gesichter der Dunkelheit zugewandt, Schwerter in Händen.

Hajiwara, fiel ihm ein, Soldaten der Hajiwara. Soldaten auf der Flucht, denn das Adelshaus, dem sie gedient hatten, existierte nicht mehr. Jetzt wurden sie geächtet von den Butto, mit denen ihr Lehnsfürst in Fehde gelegen hatte. Er schüttelte den Kopf. Als er sich an die Seite faßte, stellte er fest, daß sie mit Seide verbunden war, durch die ein wenig Blut hindurchgesickert schien. Nichts Ernstes, dachte er, doch der Schädel brummte ihm noch immer, und die Männer am Lagerfeuer sah er unscharf und doppelt. Banditen, dachte er, Banditen in den Jai Lung-Bergen. Er fiel in einen unruhigen Schlaf.

Als Komawara das nächste Mal erwachte, war der Nebel ebenso dicht wie zuvor, als er die Barbaren verfolgt hatte. Männer bewegten sich im Lager umher, und es duftete nach Cha und Essen. Das Klingeln in den Ohren hatte einem heftigen Pochen Platz gemacht, das sich durch eine Seite des Schädels zog und bis in die Schulter hinunterreichte. Eine Weile lag er ganz still, dann setzte er sich auf. Sein Gesichtsfeld verengte sich plötzlich, doch er kämpfte dagegen an, und nach einer Weile wurde es besser. Jemand kam zu ihm herüber und half ihm beim Aufrichten. Dem Kalam war seine große Erleichterung anzusehen, als er Komawaras Arm ergriff. Der Nomade half dem Fürsten in die weichen Reitstiefel, und Komawara mußte ihn abschütteln, damit er die vier Schritte bis zum Feuer aus eigener Kraft zurücklegen konnte.

»Wieder gut, wie? Gut?« wiederholte der Kalam lächelnd in einem fort.

Komawara nickte und ließ sich auf einem Stein in Feuernähe nieder. Der Kalam hatte sich allein unter all den Hajiwara offenbar nicht wohl gefühlt, und selbst jetzt noch warfen ihm die Männer unfreundliche Blicke zu. Der Leutnant war am Rand der Lichtung mit den Verletzten beschäftigt gewesen, doch als er Komawara sah, richtete er sich auf und trat zu ihm.

»Fürst Komawara.« Der Leutnant verneigte sich und reichte ihm eine Schale Cha, die Komawara dankbar entgegennahm. »Wir hoffen, Ihr habt Euch ein wenig erholt. Eure Verletzung scheint nicht ernst zu sein, allerdings mache ich mir Sorgen wegen des Schlages, den Ihr auf den Kopf bekamt. Könnt Ihr klar sehen? Seid Ihr unsicher auf den Beinen oder ist Euch übel?« Er betrachtete den Fürsten mit großer Sorge, und immer wieder schweifte sein Blick über Komawaras kurzes Haar –

eine Erinnerung an die Zeit, da er zusammen mit Bruder Shuyun in der Verkleidung eines botahistischen Mönchs in der Wüste unterwegs gewesen war. Seine Fragen behielt der Leutnant freilich für sich.

»Es wird mir schon bald wieder besser gehen, Leutnant. Ich danke Euch für Eure Fürsorge und die Nachsicht, die Ihr gegenüber meinem Führer an den Tag legtet.« Banditen, dachte Komawara wieder. Wegelagerer.

Der Leutnant winkte einem seiner Männer zu, worauf dieser dem Fürsten etwas zu essen brachte. Als Komawara gegessen hatte und Cha trank, kehrte der Leutnant wieder zurück.

»Wir haben uns gefragt, Fürst, was Ihr wohl über die Absichten der Barbaren wißt.«

Komawara nickte, sagte aber nichts. Was geht hier vor? dachte er. Was hatten die Nomaden in den Jai Lung-Bergen zu suchen? *Augen des Drachen,* hatte der Kalam sie genannt. Augen des Drachen?

»Ich glaube, die Barbaren gehörten einer Sekte an, einer Sekte, die den Drachen verehrt.« Mehr ließ sich Komawara nicht entlocken, sondern wartete darauf, daß der Leutnant ihm verriet, wieviel er wußte. Der Hajiwara aber schwieg.

Komawara versuchte es erneut. »Ihr werdet bei ihnen einen in Gold geprägten Drachen finden ...« Als der Leutnant ihm eine kleine Goldfigur an einer Kette entgegenhielt, verstummte er.

»Das da?« fragte Leutnant.

Der Kalam machte eine Geste der Abwehr und wandte sich fort.

»Ja«, antwortete Komawara. Er nahm die Figur gegen die Proteste seines Führers in die Hand. Dies war nicht die Prägemünze, die er bereits kannte, sondern eine kleine, kunstvoll gearbeitete Figur. Jedenfalls handelte es sich um den gleichen Drachen, den Drachen von Ama-Haji, wenn auch nicht in der primitiven Form, wie die Barbarenräuber sie mit sich geführt hatten.

Der Hajiwara-Leutnant räusperte sich. »Fürst Komawara, Euch dürfte wohl klar sein, daß wir nach Seh gekommen sind, um den Butto zu entgehen. Dies taten wir nicht aus Feigheit, sondern weil wir einen Eid zu erfüllen haben. Bitte stellt uns keine Fragen, denn ich darf nicht darüber sprechen.

Als wir die Grenze überquerten, waren wir zu elft … jetzt sind wir noch neun.« Er blickte seine Gefährten an, die näherrückten. »Wir leben schon seit mehreren Wochen in den Bergen, und wie Ihr Euch denken könnt, waren unsere Taten nicht immer ehrenhaft zu nennen. Darauf sind wir nicht stolz.« Er hielt inne, als wollte er zunächst Komawaras Reaktion einschätzen. Der Fürst indes schwieg. Der Leutnant fuhr fort.

»Vor einigen Tagen sind wir auf die Barbaren gestoßen«, setzte er an, stockte aber erneut, als einer der Verwundeten aufstöhnte. Einer der Männer ging sogleich nach ihm sehen. »Wir haben sie durch Zufall entdeckt und seitdem ihr Lager beobachtet.

Wir haben die Barbaren nicht aus persönlichen Gründen verfolgt, sondern weil sie von altersher der Feind unseres Volkes sind und weil es Gerüchte gibt, wonach sie wieder stärker geworden seien. Jetzt aber befinden wir uns in einer wahrhaft schwierigen Lage, Fürst.« Er nickte seinen Leuten zu, die sich um ihn versammelt hatten, worauf zwei der Männer mit einer ledernen Satteltasche vortraten. Sie legten die Tasche vor Komawara auf den Boden und klappten sie auf.

Münzen funkelten im bleichen Tageslicht, wie nur Gold es vermochte. Eine ganze Satteltasche voller Goldmünzen!

Komawara nahm eine der Münzen in die Hand – sie war quadratisch, mit einem säuberlich ausgestanzten runden Loch in der Mitte.

»Dies ist mehr Geld, als wir uns in unserem ganzen Leben erhoffen konnten. Bedauerlicherweise gelten wir jetzt, da wir es gefunden haben, als ehrlose Männer.

Männer, die gejagt werden, und das nicht nur von der Familie, die unseren Fürsten ermordet hat ...« Er zuckte die Achseln und schüttelte den Kopf, setzte zu sprechen an, dann stockte er erneut. Abermals schüttelte er den Kopf, ehe er weitersprach.

»Das Gold nützt uns nichts mehr, Fürst Komawara. Wo wir auch hinkommen, die Vergangenheit können wir nicht mehr abschütteln. Ebensowenig wie die Erinnerung an unsere Irrtümer. Karma ...« Er zuckte die Achseln. »Nein, das Gold würde uns nur von dem Weg abhalten, den wir wählten.

Daher möchte ich Euch, Fürst Komawara, bitten, das Gold an Euch zu nehmen und die zu entschädigen, denen wir Leid angetan haben.« Er blickte auf die Satteltasche nieder. »Falls dies nicht zuviel verlangt ist.«

Eine ganz schlichte Satteltasche, schoß es Komawara durch den Kopf.

»Und was wollt Ihr jetzt tun?« fragte er, ohne den Blick vom Gold abzuwenden – dessen Wert den seines gesamten Besitzes um ein Vielfaches überstieg.

»Während Ihr schlieft, Fürst, haben wir beraten. Es liegt auf der Hand, daß das, was wir gestern taten, unter anderen Umständen als Dienst am Reich betrachtet werden würde. Ich irre mich wohl nicht in der Annahme, daß wir in Anbetracht des großen Schatzes, den wir erbeuteten, reich belohnt worden wären. Darin liegt eine gewisse Komik. Dies erinnert mich an den Schwur, den Subuta leistete, nachdem er von der Göttin der Gier überlistet worden war.« Er lachte trocken auf.

»Somit bleibt uns nichts weiter als der Schwur, den wir beim Untergang unseres Adelshauses abgelegt haben. Er wird von nun an unser Führer sein.«

Komawara blickte versonnen ins Feuer.

»Ich weiß nicht, worum es bei dem Schwur geht, habe allerdings eine Vermutung. Wollt Ihr an meinem Verbündeten, dem Fürsten Shonto, oder an seinem Stab Rache nehmen?«

»Nein, Fürst Komawara.«

»Wer würde Euch in seine Dienste aufnehmen, Leutnant, wenn Euer Schwur eine Gefahr für sein eigenes Haus bedeutete?«

»Ein Haus, das dieselben Feinde hat wie wir, Fürst.«

»Hm.«

Komawara warf die Münzen wieder in die Satteltasche. »Es steht nicht in meiner Macht, diejenigen freizusprechen, die gegen die Gesetze des Reichs verstießen, aber Ihr habt recht, Ihr habt dem Reich einen großen Dienst erwiesen, und der sollte nicht unbelohnt bleiben. Könnt Ihr beschwören, daß Euer Schwur weder für mein Haus noch für meine Verbündeten eine Gefahr bedeutet?«

Der Leutnant blickte sich um. »Wir sind geduldig, Fürst Komawara. Wir können solange warten, bis von uns keine Gefahr mehr für das Haus Komawara ausgeht.«

Der Fürst nickte und sah wieder ins Feuer. Ihm brummte der Schädel. Sich mühsam aufrecht haltend, blickte Komawara dem Leutnant in die Augen. »Würdet Ihr dann Euer Grün gegen die Farben des Hauses Komawara eintauschen?«

Unter den Hajiwara erhob sich Gemurmel, und sie drängten näher an den Fürsten und den Leutnant heran.

»Euer Angebot gilt, obwohl Ihr wißt, was wir getan haben und daß wir von den Butto gejagt werden?«

»Leutnant Narihira, ich sah, wie Ihr gegen die Feinde des Reichs gekämpft habt, obwohl Ihr wußtet, daß Ihr keinen Vorteil davon haben würdet. Ihr hättet ebensogut weiterreiten können – was schuldet Ihr denn dem Kaiser? Soldaten, die sich so verhalten, sind Ehrenmänner, daran habe ich keinen Zweifel.«

Der Leutnant zog sich zurück, um sich mit seinen Leuten zu beraten, und ließ den Kalam und den Fürsten Komawara am Lagerfeuer zurück.

Die Hajiwara brauchten nicht lange.

»Fürst Komawara«, setzte der Leutnant an, »wir haben uns Euer Angebot durch den Kopf gehen lassen und wissen, daß dies mehr ist, als wir je erwarten konnten. Wir hatten uns bereits damit abgefunden, ohne Lehnsfürsten und ohne Ehre zu leben. Aber da sind noch die Butto. Sie schworen, alle Anhänger meines Fürsten zu jagen und keinen am Leben zu lassen. Ihr würdet zwischen den Butto und uns stehen, und das können wir nicht zulassen.«

Komawara lächelte. »Leutnant, die Butto glauben, sie seien den Komawara mehr schuldig, als sie in hundert Leben zurückzahlen könnten. Ich glaube, ein Teil dieser Schuld wäre abgetragen, schenkte man Euch das Leben … als Gegenleistung für Eure Dienste natürlich.«

»Wenn es sich so verhält, Fürst Komawara, dann darf ich für uns alle sprechen. Es wäre uns eine Ehre, die Farben des Hauses Komawara zu tragen.«

Fürst Komawara erhob sich mühsam. »Es ist gut, daß Ihr bewiesen habt, unsere Feinde schlagen zu können, denn uns steht ein Krieg bevor. Daran habe ich nicht den geringsten Zweifel. In diesem Krieg müssen wir auch mit denen Schulter an Schulter stehen, die wir für unsere Gegner halten … sonst sind wir verloren. Und mit uns wird nicht nur Seh untergehen.« Komawara blickte die Umstehenden an. Ob sie mir wohl glauben? fragte er sich. Doch darauf kam es nicht an. Sie würden es noch früh genug einsehen.

»Über die Vorgänge auf dieser Lichtung darf niemand ein Wort verlieren. Ihr habt in diesen Hügeln keine Barbaren gesehen. Ich habe Euch zur Belohnung dafür in meine Dienste aufgenommen, daß Ihr die Banditen erledigt und mir das Leben gerettet habt. Keiner wird daran zweifeln. Die Gräber müssen allerdings versteckt werden, damit niemand Argwohn schöpft. Auch das Gold dürft Ihr nicht erwähnen. Ich behalte es nicht für mich, sondern werde es dem Gouverneur des Kaisers übergeben, denn die Barbaren verfolgen damit Absichten, über die ich nicht reden darf. Wenn wir mein Lehen erreichen, wird man Euch dafür ehren, daß Ihr die Hügel von den Banditen gesäubert habt, und dies entspricht in gewisser Weise ja auch der Wahrheit.« Er lächelte.

»Wir müssen nun ins Flachland hinunterreiten. Es gibt viel zu tun.«

# 3

Die Schiffe stachen bei strömendem Regen und kaltem Westwind in See, die Segel so stark gerefft, daß man meinen mochte, es werde ihnen nicht gelingen, die Landzunge zu umschiffen. Gleichwohl kamen sie zwar langsam, dafür aber stetig voran.

Fürst Shonto Shokan brachte sein Pferd auf einer hohen Klippe zum Stehen und beobachtete die Schiffe. Einmal hob er den Arm und winkte langsam, ohne sicher zu sein, daß man ihn auch sah. Dann wendete er das Pferd und ritt den Pfad am Rande der Klippen entlang. Er wollte nicht, daß sich Tanaka bei diesem fürchterlichen Wetter länger als unbedingt nötig an Deck aufhielt, denn der alte Mann mußte solange an der Reling bleiben, bis der Sohn seines Lehnsfürsten zweifelsfrei nicht mehr zu sehen war – alles andere hätte eine unverzeihliche Beleidigung dargestellt. Schließlich war Shokan allein deshalb zur Landzunge geritten, um den alten Mann zu verabschieden, was eine große Ehre für ihn bedeutete. Ehrerbietung hatte Tanaka verdient – hinausgezögertes Ungemach hingegen nicht.

Wenn Shokan gewußt hätte, was in Tanaka vorging, wäre er bestimmt nicht so eilig aufgebrochen. Denn die Nässe im Gesicht des Kaufmanns stammte weder vom Regen noch vom salzigen Gischt. Er sieht genauso aus wie sein Vater in diesem Alter, dachte Tanaka. Und ich habe ihn ebenso gern.

Tanaka beobachtete, wie die in das Blau der Shonto gekleidete Gestalt winkte und dann, gefolgt von drei Leibwächtern, an den Klippen entlang zurückritt. Nur drei, dachte Tanaka, als bestünde überhaupt keine Gefahr.

Als der junge Fürst Shonto die Stelle erreichte, wo der steile Klippenpfad flach wurde und sich verbreiterte, trieb er sein Pferd zu schnellerer Gangart an. Wie stets bereiteten ihm die Bewegungen seines Hengstes Freude. Er hatte das Tier von Seh mit hierher gebracht, und offenbar hatte es die Reise über den Fluß und dann übers Meer überstanden, ohne an Leib oder Seele Schaden zu nehmen.

Seh ... Zu dieser Provinz und zu der Lage, in die sich sein Vater dort versetzt sah, kehrten seine Gedanken ständig zurück. Tanakas Besuch war höchst beunruhigend gewesen und hatte der Furcht, die seit dem letzten Brief seines Vaters in ihm schwelte, neue Nahrung gegeben.

Wie er die ganze Zeit schon befürchtet hatte, war in der Wüste mehr verborgen, als die stolzen Männer von Seh wahrhaben wollten. Und nun die Neuigkeiten, die Tanaka überbracht hatte.

Er gab seinem Pferd die Sporen und ritt eine steile Anhöhe hinauf, während die Hufe Brocken weichen Erdreichs emporwirbelten. Oben angelangt, zog er die Zügel stramm, wandte sich zum Meer um und brauchte unerwartet lange, bis er die kleine Flotte ausgemacht hatte, die gerade in den Regenschleiern verschwand, die die gesamte Nebelbucht einhüllten. Bis zum Frühjahr würden hier keine Schiffe mehr in See stechen; dies war für dieses Jahr das letzte Mal, daß der Sturmgott herausgefordert wurde.

Es war spät, sehr spät im Jahr für eine solche Torheit. Shonto wandte sein Pferd zum Palast der Shonto. Eine Torheit, dachte er, von solchem Leichtsinn haben wir allmählich wahrlich genug gehabt. Die Soldaten spürten, in welcher Stimmung er war, und blieben so weit zurück, wie es ihnen möglich war, ohne ihre Pflichten zu vernachlässigen, so daß der junge Fürst ungestört seinen Gedanken nachhängen konnte.

Shokan tätschelte dem Hengst mit einer schwer behandschuhten Hand gerade die Schulter, als auf einmal ein Windstoß in die Mähne fuhr. Sein Vater glaubte nicht, daß Seh zu halten sei. Bei diesem Gedanken schauderte er, obwohl es nicht kalt war.

War sich der Kaiser eigentlich bewußt, daß allein Shonto Motoru noch verhindern konnte, daß er den Thron an einen Barbarenhäuptling verlor? Shokan bezweifelte es.

Wenn Shonto den Norden aufgab und sich nach Süden zurückzog, wie lange würde er dann die Kontrolle über die Armee behalten, die er gerade aufstellte? Der Sohn des Himmels würde ihn wahrscheinlich in dem Augenblick, da er die Grenze überschritt, auffordern, das Kommando in Schande niederzulegen. Der Ton, in dem der letzte Brief seines Vaters abgefaßt war, hatte Shokan gar nicht gefallen. Er hatte den Eindruck, seinem Vater ginge es allein darum, den Oberbefehl über die Armee so lange zu behalten, bis die Eindringlinge geschlagen waren.

*Noch nie zuvor war das Reich Wa so gefährdet wie jetzt. Wir dürfen uns nicht von Rachegefühlen denen gegenüber leiten lassen, die es so weit haben kommen lassen. Es geht nicht allein darum, unser Lehen oder die Ehre der Shonto zu verlieren – wir stehen in Gefahr, das ganze Reich zu verlieren.*

Das hatte sein Vater geschrieben, und Shokan zweifelte keinen Augenblick daran, daß sein Vater recht hatte.

Vom Kaiser war keine Unterstützung zu erwarten, und die Menschen von Seh waren der Gefahr gegenüber offenbar ebenso blind wie er und würden wahrscheinlich solange zaudern, bis es zu spät war. Mein Vater braucht eine Armee, dachte Shokan, die größte

Streitmacht, die der Kaiser überhaupt aufzubieten vermag, doch dazu wird es nicht kommen. Er drängte die Bitterkeit und den Groll zurück, die seit Tanakas Besuch in ihm gewachsen waren.

An die Stelle der Bitterkeit versuchte er die Zuneigung zu setzen, die er gegenüber dem Handelsbeauftragten ihres Hauses empfand. Tanaka segelte noch anderen Gefahren als bloß Winterstürmen entgegen. Sollte Fürst Shonto des Oberbefehls über seine Armee entbunden werden, würde das ganze Haus Shonto untergehen. Tanaka, der die weitläufigen Handelsinteressen der Familie wahrnahm, wäre nach Shokan und dem edlen Fräulein Nishima der dritte Gefolgsmann der Shonto, den die Kaisergarde festnähme.

Tanaka glaubte, der Kaiser werde den jungen Erben der Shonto einladen, die Wintersaison in der Hauptstadt zu verbringen, und Shokan zweifelte nicht daran, daß er recht hatte. Seit Tagen schon wartete er auf die kaiserliche Einladung.

Natürlich würde er den Aufbruch solange wie möglich hinauszögern, doch ewig konnte er nicht warten – der Kaiser war kein geduldiger Mensch.

Wenigstens hielt sich Nishima nicht mehr in der Reichweite des Kaisers auf. Bei diesem Gedanken stahl sich ein Lächeln in die besorgte Miene des jungen Fürsten. Wie der Kaiser wohl *darauf* reagieren würde? Nishima verschwunden, noch dazu in Gesellschaft der Frau, die der Kaiser persönlich zu ihrer künstlerischen Lehrmeisterin bestimmt hatte. Wenngleich Shokan großen Respekt vor seiner Adoptivschwester hatte, vermochte er sich doch nicht vorzustellen, wie sie die hohe Dame Okara dazu bewegt hatte, ihr Inselrefugium zu verlassen.

Shokan hätte gern gewußt, wie der Kaiser diese Neuigkeiten aufnahm. Der Yamaku-Kaiser war nicht geduldig und wirkte auch nicht wie ein Tor. Der junge Fürst lachte laut heraus. Zumindest gab es kleine Siege zu feiern. Ach, Nishi-sum, wie hast du das bloß hingekriegt? Abermals lachte er und spornte sein Pferd zu einem wilden Galopp entlang der Klippen an. In der Tiefe brandete das Meer unablässig gegen die uralten Steilfelsen an: weiches Wasser gegen harten Stein, ein ungleicher Kampf.

# 4

Jaku Tadamoto bemühte sich, still zu sitzen und sich die Angst nicht anmerken zu lassen. Es war eine schwierige Übung. Der Kaiser war bekannt für sein aufbrausendes Temperament, doch Tadamotos Erfahrung nach war er am gefährlichsten, wenn er schwieg und seine berüchtigten Wutanfälle zu bezähmen versuchte. Nach außen hin erweckte er den Anschein, als betrachte er ein Tryptychon, das die Schlacht von Kyo darstellte. Die Scheide mit dem Zeremonialschwert hielt er in beiden Händen, und Tadamoto konnte erkennen, wie sich seine Rechte unwillkürlich um den Schwertknauf schloß.

Zusätzlich verunsicherte Jaku Tadamoto, daß sich der Zorn des Kaisers gegen seinen eigenen Bruder Katta richtete. Er war sich nicht sicher, was ihn mehr bedrückte: die Furcht, daß sich der legendäre Argwohn des Kaisers nach dem Verrat Kattas gegen ihn richten könnte, oder die Sorge um seinen Bruder. Katta war zwar unbestreitbar in den Norden gegangen und hatte Tadamoto den Rücken gekehrt, trotzdem war Katta noch immer sein Bruder.

Unvermittelt drehte der Kaiser sich um und funkelte den knienden Soldaten an.

»Dann steht Shontos Tochter also mit dem ehemaligen Befehlshaber meiner Garde im Bunde, verflucht sei seine Anmaßung!« Er wandte sich wieder um und betrachtete abermals ein Detail des Schlachtenbilds. Tadamoto entging nicht, daß es sich um einen Soldaten handelte, der von einer Lanze durchbohrt worden war.

Tadamoto setzte ganz vorsichtig zu sprechen an. »Das ist schwer zu sagen, Hoheit, es wäre auch möglich, daß es sich bei der Begegnung um einen bloßen Zufall gehandelt hat.«

»Wenn es um Euren Bruder geht, glaube ich nicht an Zufälle.« Der Kaiser ging zum Podest zurück, zögerte einen Augenblick, dann kickte er ein Seidenkissen quer durch den Audienzsaal. »Und Ihr seid sicher, daß die hohe Dame Okara bei ihr war?«

Tadamoto blickte vor sich auf den Boden. »So schien es, Hoheit. Ihre Bediensteten behaupten, sie läge krank darnieder und könne keine Besucher empfangen, die gleiche Erklärung, die man im Hause Shonto gibt. Die Beschreibung, die man mir gab, läßt kaum Zweifel zu.«

Der Kaiser ließ sich auf die Kissen niederfallen und starrte die Bodenmatten ebenso intensiv an wie Tadamoto. »Und Ihr glaubt noch immer nicht, daß er heimlich zu den Shonto übergelaufen ist?«

Tadamoto schüttelte bedächtig den Kopf. »Das sähe ihm gar nicht ähnlich, Hoheit. Mein Bruder ist ehrgeizig, das will ich gar nicht abstreiten, aber er hält die vielgerühmte Loyalität der Shonto für Schwindel. Er glaubt, der große Fürst verfolge nur seine eigenen Ziele und alle Bündnisse dienten allein seinem Vorteil. Ich bin sicher, Katta-sum ist in seinem Mißtrauen gegenüber Fürst Shonto bislang nicht schwankend geworden.«

Der Kaiser schüttelte den Kopf. »Er ist Euer Bruder, Oberst, da ist es verständlich, daß Ihr ihm eher traut als andere.« Er blickte zu dem jungen Offizier auf. »Gleichwohl müßt Ihr Euch entscheiden, wem Eure Loyalität gilt. Ihr könnt nicht zwei Herren gleichzeitig dienen, Tadamoto-sum, das solltet Ihr Euch klarmachen.«

Tadamoto neigte den Kopf bis auf die Matte und richtete sich langsam wieder auf. »Unsere Wege haben sich getrennt, Hoheit. Katta ist über den großen Kanal nach Norden gereist, während ich hierblieb ... Ich bin der treue Diener des Kaisers und möchte der Hoffnung Ausdruck verleihen, daß mir meine Ansichten über meinen Bruder nicht von der Familienloyalität diktiert werden, sondern sorgfältigem Nachdenken und dem Geiste der Pflichterfüllung entspringen. Sollte dies nicht der Fall sein, Hoheit, so entlaßt mich bitte aus meiner gegenwärtigen Stellung und erlaubt mir, Euch auf andere Weise zu dienen.« Abermals verneigte er sich.

Der Kaiser streichelte sich das Kinn, und obwohl sein Blick auf den jungen Jaku gerichtet war, schien er in die Ferne zu blicken. Als er weitersprach, klang seine Stimme leiser und milder. »Nein, Tadamoto-sum, ich vertraue Euch. Ich bin mir wohl bewußt, daß Euch das Verhalten Eures Bruders schmerzt und daß Ihr noch immer darauf hofft, es ließe sich eine Erklärung finden, die belegt, daß seine Loyalität dem Thron gegenüber ungebrochen ist. Ich hege die gleiche Hoffnung, denn Katta ist mir teuer.« Er hielt inne. »Gleichwohl darf ich mich durch meine Gefühle nicht blenden lassen. Wenn Euer Bruder nicht schon bald beweist, daß unsere Hoffnungen gerechtfertigt sind ...« Der Kaiser ließ den Satz unvollendet im Raum stehen und betastete die Schwertscheide.

Nach einer Weile wandte er sich wieder dem knienden jungen Mann zu. »Gibt es noch mehr zu berichten, Oberst, oder haben sich die schlechten Nachrichten damit erschöpft?«

Tadamoto zögerte und sandte im Stillen ein Stoßgebet an Botahara gen Himmel. »Da ist noch etwas, Hoheit.« Er versuchte, ein wenig Speichel im Mund zu sammeln. »Es sieht so aus, als hätten das edle Fräulein Nishima und die hohe Dame Okara noch eine weitere Begleiterin.«

»Oh.«

Tadamotos Stimme war nur mehr ein Flüstern. »Es

scheint, als würden sie vom edlen Fräulein Kitsura Omawara begleitet, Hoheit.«

Der Kaiser fixierte unverwandt das Schwert.

»Das wäre dann alles, Oberst.«

»Sehr wohl, Hoheit.« Jaku Tadamoto neigte den Kopf bis auf den Boden und rutschte, ohne sich aufzurichten, so rasch aus dem Raum, wie die Hofetikette es ihm gestattete.

Akantsu II. saß lange Zeit da und starrte das Zeremonialschwert an. Derartige Demütigungen fügte man einem Kaiser nicht ungestraft zu. Fürst Omawara glaubte offenbar, sein Name und seine schwache Gesundheit würden ihn schützen. Der Kaiser zog das Schwert zur Hälfte aus der Scheide, dann rammte er es heftig wieder hinein. Oh, nach außen hin waren ihm die Hände gebunden – in dieser Hinsicht hatte Omawara ganz recht mit seiner Einschätzung. Doch das würde den alten Mann nicht schützen. Und auch nicht seine Familie.

Der Kaiser dachte an das edle Fräulein Kitsura, deren legendäre Schönheit ihm auf einmal als Affront erschien. Welche Anmaßung! Er packte die Scheide fester. Die alten Adelshäuser würden sich niemals mit den Yamaku abfinden. Dies war der endgültige Beweis. Wenn er die Thronnachfolge der Yamaku regeln wollte, blieb ihm keine andere Wahl. Wenn Shonto erst einmal erledigt war, würden die alten Familien ihren Irrtum schon einsehen … ihre zahlreichen Irrtümer.

Er stellte das Schwert mit übertriebener Sorgfalt zurück auf den Ständer und vermied mit einem Willensakt das Zittern seiner Hände. Er atmete tief durch. Natürlich durfte er die Beleidigung offiziell nicht zur Kenntnis nehmen. Statt dessen würde er sich noch heute brieflich nach dem Befinden der hohen Dame Omawara erkundigen. Außerdem würde er anfragen, ob das edle Fräulein Kitsura eine angenehme Reise gehabt habe. Ein besorgter Brief. Der alte Mann sollte ruhig wissen, was er seiner Familie da eingebrockt hatte. Doch so leicht war der Kaiser nicht zu besänftigen. Nicht einmal der Gedanke an all das, was man den Omawara antun könnte, brachte ihm Erleichterung.

Abermals atmete der Kaiser tief durch. Er klatschte leise in die Hände, worauf ein Bediensteter erschien.

»Schick Osha-sum zu mir«, sagte er, »der Kaiser verlangt nach ihr.«

Als Osha zum Kaiser befohlen wurde, mußte sie daran denken, daß sie seine Liebesbriefe vernichtet hatte. Aber das macht nichts, dachte sie. Selbst dann nicht, wenn er davon weiß. Die Auswahl der Kleider, eine Aufgabe, die viele Frauen mehrere Tage lang beschäftigt haben würde, fiel ihr vergleichsweise leicht. Sich zu beruhigen, gelang ihr allerdings nicht.

Wenn der Kaiser über ihre Treffen mit Tadamoto-sum Bescheid wußte, war es bedeutungslos, daß der Sohn des Himmels das Interesse an ihr verloren hatte … daß er sie seit Wochen nicht mehr zu sich befohlen hatte. Er würde rasch vergessen, daß er sie kommentarlos fallengelassen hatte. Daß es jemand wagte, ihr den Hof zu machen, würde ihn in Rage versetzen, daran bestand kein Zweifel.

Dabei waren sie so vorsichtig gewesen! Als ihr die Angst in die Glieder fuhr, setzte sie sich. Was war mit Tadamoto-sum? Hatte ihn der Kaiser etwa …? Daran wollte sie nicht denken. Sie barg den Kopf in Händen und versuchte, ruhiger zu werden.

Meine Befürchtungen sind bestimmt grundlos. Wahrscheinlich handelt es sich eher um eine Verabschiedung – *Eure Anwesenheit im Palast ist nicht länger erforderlich. Hier habt Ihr ein Geschenk des Himmelssohns, der Eure Talente bewundert. Man sagt, in Chou würden Tänzerinnen gebraucht und die Luft sei dort gesund und rein.*

Aber würde man sie zum Kaiser rufen, um sie dann so einfach abzuspeisen? Nein, dachte sie, das ist unwahrscheinlich. Vielleicht wollte ihr der Kaiser ja persönlich ein Geschenk überreichen! Vielleicht würde er ihr erlauben, auch weiterhin bei der kaiserlichen Sonsa-Truppe zu tanzen!

Sie dachte voller Wärme an Tadamoto. Er war so sicher gewesen, daß er den Kaiser würde bewegen können, sie in der Hauptstadt bleiben zu lassen. Lächelnd erhob sie sich und überprüfte ihr Aussehen in einem Bronzespiegel. Als sie ihr Gemach verließ und sich zum Audienzsaal des Kaisers begab, schwand ihr Selbstvertrauen mit jedem Schritt allerdings ein bißchen mehr.

Als Osha zur bewachten Flügeltür kam, zitterte sie und war blaß geworden. Allein ihrer jahrelangen Ausbildung hatte sie es zu verdanken, daß sie sich auf den Beinen halten konnte.

Die beiden Leibwächter, die die Türen öffneten, nahm Osha kaum wahr. Im Eingang kniete sie nieder und verharrte in dieser Haltung, ohne den Blick zu heben. Eine nie gekannte Angst drohte sie zu überwältigen.

»Bitte tritt ein, Osha-sum«, ertönte die vertraute Stimme. »Mach es dir bequem.«

Sie schloß die Augen und verneigte sich erneut. Was verriet ihr diese Stimme? Er verbarg seinen Zorn nicht gut, aber bisweilen gelang es ihm schon – sie hatte bereits erlebt, wie er mit jemandem solange gespielt hatte, bis der Betreffende sich in Sicherheit wähnte. Dann hatte er einen Wutanfall bekommen. Osha richtete sich auf, rutschte auf den Knien vor und verharrte in respektvollem Abstand vom Podest.

»Was macht das Tanzen?«

»Ich danke Euer Hoheit für die freundliche Nachfrage. Mit dem Tanzen steht es bestens.«

»Das freut mich zu hören, wenngleich Oberst Jaku Tadamoto bereits Ähnliches berichtete.«

Sie schloß die Augen und kämpfte gegen die Tränen an. Auch ohne hinzusehen wußte sie, daß der Kaiser das Schwert auf den Knien liegen hatte. Beinahe hätte sie sich niedergeworfen und um Gnade gefleht.

»Ich schätze den Rat von Jakus jüngerem Bruder«, bemerkte der Kaiser, als wäre er allein. »Es freut mich, daß es mit dem Tanzen so gut geht. Du beschreitest einen anspruchsvollen Weg, daher habe ich Verständnis dafür, daß du so wenig Zeit für rein gesellschaftliche Anlässe findest. Auf hohe Anforderungen versteht sich ein Kaiser nur allzu gut. Wenngleich die Anforderungen, die an einen Kaiser gestellt werden, es uns nicht erlauben, soviel Zeit auf die Dinge zu verwenden, die uns am Herzen liegen, wie wir gerne möchten. Ich nehme an, bei den Sonsa-Tänzerinnen verhält es sich anders?«

Osha pochte das Blut in den Ohren – ein stetiger Rhythmus der Angst.

»Bitte verzeiht«, sagte sie mühsam, »ich verstehe nicht ganz, was der Kaiser meint.«

»Ist es nicht der Tanz, der einer Sonsa am meisten am Herzen liegt?«

»Ah.« Osha lächelte, als habe er eine kluge Bemerkung gemacht.

»Ich verstehe die Leidenschaft, die dich beherrscht, Osha-sum. Bisweilen bin ich eifersüchtig darauf, aber ein Kaiser darf derlei Anwandlungen niemals nachgeben.« Er stockte. »Du mußt tanzen, und ich muß mir den ganzen Tag lang Minister und Berater anhören, obwohl ich andere Dinge lieber täte. Macht es dich eifersüchtig, daß die Regierungsgeschäfte soviel von meiner Zeit in Anspruch nehmen?«

»Ich ... die Regierungsgeschäfte, Hoheit, kann man nicht mit dem Tanz vergleichen. Das Tanzen ist im Vergleich zum Reich eine Nebensache.«

»Das sagen alle, und doch weiß ich nicht, ob ich ihnen zustimmen würde. Jedenfalls werden wir beide von wichtigen Dingen beherrscht. Aber das ist nebensächlich.« Sie spürte, daß er sie ansah, und rang um Fassung. »Es wärmt mir das Herz, dich zu sehen, Osha-sum. Du bist in den vergangenen Monaten noch schöner geworden.«

»Eure Bemerkung ehrt mich, Hoheit.«

»Wir müssen lernen, mit den Anforderungen, die das Leben an uns stellt, zu leben, Osha-sum, und die Augenblicke zu genießen, die uns bleiben.«

Vor ihr tauchte seine ausgestreckte Hand auf.

Sie wurde gänzlich mutlos. Er wußte nicht Bescheid über Tadamoto-sum. Das war gar nicht der Grund, weshalb er sie zu sich bestellt hatte. Er begehrte sie! Nachdem er sie eine Zeitlang vollständig ignoriert und aufs tiefste gedemütigt hatte, begehrte er sie!

Sie schloß die Augen und drängte die Tränen zurück. Der Kaiser begehrte sie wieder. War das kein Grund zur Freude? Als sie an Tadamoto dachte, wurde ihr bewußt, daß sie eine Heidenangst hatte, den Argwohn des Kaisers zu wecken. Sie wagte nicht, sich ihm zu entziehen.

»Sehe ich da etwa Tränen, Osha-sum?« fragte der Kaiser. »Stimmt etwas nicht?«

Sie schüttelte den Kopf und rang sich ein Lächeln ab. »Tränen sind nicht immer ein Zeichen von Traurigkeit, Hoheit.«

Widerwillig streckte sie die Hand aus, und der Kaiser ergriff sie. Sie hatte ganz vergessen, wie stark er war. Als sie sich erhob, zog der Kaiser sie geradezu grob auf das Podest, so daß sie sich das Knie am Rahmen anschlug, was er allerdings nicht zu bemerken schien.

Sein Kuß, den sie vor einiger Zeit noch leidenschaftlich gefunden hätte, kam ihr nun derb vor. Unbekümmert um ihre eigene Lust faßte er sie an, ohne daß es sie erregt hätte. Der Kaiser machte sich an ihrer Schärpe zu schaffen, denn diesmal war sie mit keinem Liebesknoten verschlossen, der sich mühelos hätte öffnen lassen. Sie mußte den Knoten für ihn lösen und ihm helfen, ihr das faltenreiche Brokatgewand abzustreifen.

Der Kaiser stieß sie auf die weichen Seidenkissen nieder und öffnete ihr Untergewand. Keine Liebesworte, kein Geflüster ins Ohr. Mit jeder Faser ihres Leibes wollte sie weglaufen. Bis zu diesem Augenblick hatte sie nicht gewußt, was sie für Tadamoto-sum empfand. Der Kaiser drückte sie mit seinem Gewicht nieder und preßte keuchend sein Gesicht an ihres.

# 5

Nur wenige Menschen waren so geübt im Warten wie Bruder Sotura. Er konnte mit Fug und Recht von sich behaupten, in seinem ganzen Leben nur zwei- oder dreimal ungeduldig gewesen zu sein, und jedesmal hatte er sich gleich wieder gefangen. Die eine Wand des Raumes, in dem er sich im Warten übte, nahm ein kleiner, Botahara gewidmeter Schrein ein, die andere ein kleines Bord mit einem strengen, wenn auch ausgesprochen kunstvollen Arrangement aus Kiefernzweigen und herbstlich verfärbtem Ahorn. Allein schon damit hätte Bruder Sotura sich tagelang beschäftigen können, wenn er nicht mit anderen Dingen befaßt gewesen wäre. Und er vermochte sich kaum an eine Zeit zu erinnern, da er nicht von *anderen Dingen* in Anspruch genommen worden war.

Es bereitete ihm große Sorge, daß Fürst Shonto sich dagegen ausgesprochen hatte, daß sein zweites Treffen mit Bruder Shuyun wiederum im Tempel des Reinen Windes stattfand. Der Fürst hatte darauf bestanden, daß die Begegnung im Gouverneurspalast stattfand, damit Shonto ›nicht in einem kritischen Moment auf seinen Berater verzichten müsse‹. Bruder Sotura hatte sich natürlich sogleich damit einverstanden erklärt – einem Gouverneur des Kaisers widersprach man nicht, zumal dann nicht, wenn er den Namen Shonto trug. Gleichwohl aber machte er sich Sorgen.

Fürst Shonto war bekannt für seine große Überzeugungskraft, und Sotura fürchtete, er könnte zu starken Einfluß auf seinen ehemaligen Schüler nehmen. Shuyun war zu wichtig für die Botahisten, um zuzulassen, daß er den Weg von Shontos vorherigem spirituellem Berater ging. Einen weiteren Überläufer konnte sich die Bruderschaft nicht leisten. Vielleicht war ›Überläufer‹ ein etwas zu starker Ausdruck, jedenfalls stand außer Frage, daß Bruder Satake einen unabhängigen Kurs verfolgt hatte. Und Unabhängigkeit wurde von der Bruderschaft nicht sonderlich geschätzt.

Der Chi-Quan-Meister hätte sich gern ungestört mit Shuyun unterhalten, bezweifelte allerdings, daß dies im Gouverneurspalast möglich wäre. Sotura richtete den Blick auf die dünnen Papierwände. Fürst Shonto war sich gewiß nicht zu schade, die Unterhaltungen seines spirituellen Beraters belauschen zu lassen. Natürlich beabsichtigte Sotura nicht, eine Bitte an Shuyun heranzutragen, der der junge Mönch nicht guten Gewissens würde nachkommen können; das also war nicht der Grund, weshalb Sotura nicht belauscht werden wollte. Vielmehr wollte er verhindern, daß Shonto bestimmte Dinge über den Orden in Erfahrung brachte. Zwietracht innerhalb der Bruderschaft könnte sich für einige Interessengruppen im Reich als ausgesprochen nützlich erweisen.

Daher mußte die Unterredung mit Shuyun ungestört bleiben, soviel war klar. Der junge Mönch hatte die Streitmacht in der Wüste mit eigenen Augen gesehen, nur darauf kam es an. Sotura benötigte Shuyuns Unterstützung, wenn er seine Absichten verwirklichen wollte, ohne daß Shuyun sämtliche Einzelheiten und Gründe hätte wissen müssen. Den Initiierten hätte es zweifellos bekümmert, wenn er gewußt hätte, daß seine Informationen dazu benutzt werden würden, die Glaubwürdigkeit eines angesehenen Glaubensbruders zu untergraben.

Bruder Sotura blickte wieder die Botahara-Statue inmitten des Arrangements aus Blättern und Zweigen an. Einen verwirrenden Augenblick lang meinte er, die Figur erwidere seinen Blick, und zwar nicht sonderlich freundlich. Sotura schüttelte sich.

Aus dem Labyrinth der Gänge, die den Palast durchzogen, näherten sich Schritte. *Shuyun.* Der Gang des Jünglings war ebenso charakteristisch wie etwa seine Unterschrift oder sein Kampfstil. Das Lächeln des alten Mannes machte erst dann der undurchdringlichen Gelassenheit des botahistischen Meisters Platz, als der Shoji aufgeschoben wurde.

Shuyun verneigte sich beim Betreten des Raums tief vor dem älteren Bruder. Es gab nur wenige Menschen, denen er größeren Respekt entgegenbrachte, und wenngleich es bei den Botahisten nicht üblich war, derartige Gefühle zu hegen oder sie gar zu zeigen, so kam das, was Shuyun seinem ehemaligen Lehrmeister gegenüber empfand, einer Zuneigung doch recht nahe.

»Euer Besuch bedeutet eine Ehre für das Haus meines Fürsten, Bruder Sotura.«

»Auch ich fühle mich geehrt durch Fürst Shontos Rücksichtnahme.«

Die beiden Mönche knieten in einigen Schritten Abstand auf dünnen Kissen nieder, die auf dem mit Strohmatten bedeckten Boden lagen. Shuyun als der jüngere der beiden wartete schweigend darauf, daß Bruder Sotura das Wort ergriff. Seine Geduld war offenbar ebenso weit entwickelt wie die seines ehemaligen Lehrers.

»Ich habe vieles mit Euch zu besprechen, Bruder Shuyun, habe mich in letzter Zeit aber so oft im Haus aufgehalten, daß ich mich frage … ob es vielleicht möglich wäre, uns draußen zu unterhalten, ohne daß Eurem Fürsten Unannehmlichkeiten entstünden, sollte er Eures Rates bedürfen?«

Shuyun überlegte kurz. »Ich werde Kamu-sum mitteilen lassen, daß wir auf der Terrasse des Sonnenaufgangs zu finden sind. Die Terrasse bietet zu dieser Tageszeit einen wundervollen Ausblick. Wäre Euch das genehm, Bruder?«

»Gewiß, Shuyun-sum. Ich danke Euch für Eure Rücksichtnahme.«

Ein Bediensteter überbrachte Kamu die Nachricht, während die beiden Mönche sich auf die Terrasse hinausbegaben. Ihre Unterhaltung bewegte sich innerhalb der abgesteckten Grenzen des politischen Diskurses zwischen Lehrer und Schüler. Sotura stellte Fragen, und Shuyun gab kurze Antworten; bisweilen machten sie sogar einen Scherz. Kein Zuhörer wäre auf den Gedanken gekommen, zwischen ihnen bestünden Spannungen.

Die Terrasse des Sonnenaufgangs war eine ausgezeichnete Wahl, denn sie bekam viel Sonne ab, bot aber gleichzeitig einen gewissen Schutz vor dem Wind. Der für die Jahreszeit typische kalte Nordwind hatte am Morgen einer Meeresbrise Platz gemacht, die eher an Frühling denn an Herbst denken ließ. Die Unterhaltung indes entbehrte nicht einer gewissen Kühle.

Das edle Fräulein Kitsura war in Begleitung einer Dienerin und der Tochter eines höheren militärischen Würdenträgers aus Seh – den Namen des Mannes und seinen Rang hatte Kitsura vergessen. Seine Tochter spielte die Rolle der Hofdame, und wenngleich Kitsura sich zunächst über diese Farce geärgert hatte, so mußte sie sich nun doch eingestehen, daß sie das Mädchen bezaubernd fand. Ihr war eine gewisse Naivität eigen, die auf die Dame aus der Kaiserstadt anziehend wirkte, zumal jetzt, da alles so verworren war und überall Lügen lauerten. Der Umstand, daß die Bewunderung, die die junge Frau für Kitsura hegte, beinahe an Verehrung grenzte, mochte dabei wohl auch eine Rolle spielen.

Im Augenblick war die junge Frau ganz durcheinander, weil sie im Begriff stand, mit dem edlen Fräulein Nishima Fanisan Shonto zusammenzutreffen. Kitsura ertappte sich dabei, daß sie ihren Gesellschaftsdamen versicherte, das edle Fräulein Nishima sei schließlich auch nur ein Mensch, was sie sehr verwunderte. Der Ton milder Verärgerung, mit dem sie ihre Bemerkung vorbrachte, erstaunte die erfahrene Dame aus der Hauptstadt ein wenig.

Kitsura ging so schnell, wie die Etikette es ihr erlaubte. Sie wollte schließlich nicht, daß man sie rennen sah, doch in ihrer Vorstellung tat sie genau dies. Ihre Kusine, das edle Fräulein Nishima, mußte die Neuigkeiten so rasch wie möglich erfahren.

Die drei Frauen kamen zu einer Tür, die nach draußen führte. Kitsura hatte vorgeschlagen, ins Freie zu gehen und den schönen Tag zu genießen, und wenngleich ihre Begleiterinnen von dem Vorschlag wenig begeistert waren, trauten sie sich nicht zu widersprechen. In Wahrheit war der Weg durch den Garten um einige Minuten kürzer. Als sie in den strahlenden Sonnenschein hinaustraten, lächelten Kitsuras Begleiterinnen. Doch es schien nicht nur die Sonne, es war obendrein auch noch recht warm. Eine sanfte Meeresbrise zupfte an ihren erlesenen Gewändern und bemühte sich, ihre kunstvollen Frisuren zu verbessern.

Kitsura mußte ihre Begleiterinnen weiterscheuchen, sonst wären sie stehengeblieben und hätten das Wolkenspiel gespielt, die Wolken am Himmel nach vertrauten Formen abgesucht und womöglich erwartet, daß das berühmte Fräulein aus der Hauptstadt ein Gedicht verfaßte – voll ängstlicher Erwartung, ebenfalls zum Dichten aufgefordert zu werden.

Die berühmte Dame aus der Hauptstadt verspürte ihrerseits einen Anflug von Bedauern darüber, daß sie nicht stehenbleiben und das Wolkenspiel spielen oder einfach in der Sonne umherspazieren und über Belanglosigkeiten plaudern konnten. Doch es steckte noch mehr dahinter, nämlich die schwer zu begründende Ahnung, daß ihr derartige Freuden in Zukunft versagt bleiben würden. Und das betrübte sie.

Die Neuigkeiten, die sie Nishima überbringen wollte, waren viel zu wichtig, um sich selbstsüchtigen Bedenken hinzugeben, und daher scheuchte Kitsura die beiden enttäuschten jungen Frauen aus Seh den überdachten Säulengang entlang.

Alle drei Frauen zeigten sich überrascht, als sie auf einer Terrasse die in ein Gespräch vertieften Männer antrafen. Hätte es sich nicht um Brüder des Wahren Glaubens gehandelt, so wäre ihnen die Begegnung äußerst peinlich gewesen. Was sollte man denn davon halten? Drei junge Frauen ohne Begleitung, die an einem Wintertag im Freien Männern begegneten? Ausgesprochen unschicklich!

Es ging das Gerücht, bei den Damen der Hauptstadt wären derlei Dinge üblich, doch hatten die Frauen aus Seh ein solches Verhalten bislang weder bei Nishima noch bei Kitsura beobachtet. Eigentlich hätten sie den Gerüchten ohnehin keinen Glauben geschenkt, versicherten sie einander und versuchten, ihre Enttäuschung zu verbergen.

Die Mönche machten die knappe zweifache Verneigung der Bruderschaft, und die Damen verbeugten sich ebenfalls, mit Ausnahme von Kitsura, die es vorzog, die Brüder mit einem anmutigen, wenn auch demütigen Neigen des Kopfes zu grüßen.

Die junge Dame aus Seh merkte sich diese Geste und mußte sich zusammennehmen, sonst hätte sie sie auf der Stelle imitiert.

Sie wechselten ein paar höfliche Bemerkungen, dann versicherte das edle Fräulein Kitsura den Brüdern, ihr Ziel sei nicht die Terrasse des Sonnenaufgangs gewesen, und obgleich das Angebot sehr freundlich sei, hätten die Brüder keinen Grund, sich von der Terrasse zu entfernen. Sie müßten weitergehen.

Und so brachen sie auf, wenngleich der Offizierstochter auffiel, daß sich das edle Fräulein Kitsura über die Schulter umsah und den Blick des jungen Mönchs auf eine Weise erwiderte, die man nur kokett nennen konnte. Die junge Frau tat so, als habe sie nichts bemerkt. Doch es war ihr aufgefallen, und es hatte sie mehr als nur ein wenig verwirrt. Eine Zeitlang bekam sie kaum mehr Luft. Sie ging schneller und hoffte, man werde ihre geröteten Wangen dem Wind zuschreiben.

Nishimas Gemächer waren weniger elegant als die Räume, die sie in der Hauptstadt bewohnte, doch Kitsura gegenüber hatte sie lachend bemerkt, im Vergleich zu den Kajüten auf dem Flußboot stellten sie eine große Verbesserung dar. In Wahrheit wirkten sie recht angenehm, wenngleich sämtliche Räume des Gouverneurspalasts etwas kühler waren, als Kitsura und Nishima es gewohnt waren. Als die Besucher eintrafen, spielte Nishima gerade Harfe, so daß Kitsura und ihren Begleiterinnen durch die dünnen Wandschirme eine Melodie entgegenwehte, die ein Echo der Vergangenheit hätte sein können. Die Offizierstochter war den Tränen nahe, ob nun wegen der Musik oder weil ein langgehegter Wunsch in Erfüllung ging, hätte sie nicht zu sagen vermocht.

Als Nishima gemeldet wurde, daß sie Gäste hatte, legte sie das Instrument beiseite und ordnete die Falten ihres Gewands, so daß das Muster die beste Wirkung erzielte. Die beiden Frauen aus Seh glühten geradezu, nun, da sie sich in Gesellschaft der beiden meistgerühmten Frauen ihrer Generation befanden. Ihre Freundinnen würden schier platzen vor Neid!

Zu ihrer Enttäuschung saßen sie nach einer Weile alleine da und tranken Cha, während die beiden Damen aus der Kaiserstadt auf den Balkon hinausgetreten waren. Sie konnten die beiden hohen Damen gerade so eben sehen, wie sie auf der breiten Brüstung saßen, vertieft in eine Unterhaltung, die eigentlich zu ernsthaft war für Frauen, denen die jungen Männer der besten Familien den Hof machten – einschließlich der Söhne des Kaisers! Wie sollte man da nicht ständig glücklich sein, wenn das Leben gar nicht vollkommener hätte erscheinen können!

»Wir können wohl kaum in eine Audienz des Gouverneurs hineinplatzen, Kitsu-sum, wir müssen uns etwas anderes einfallen lassen«, sagte Nishima gerade. Sie ließ den Blick über die schindelgedeckten Dächer der Stadt schweifen.

»In Anbetracht dessen, was auf dem Spiel steht, Kusine, fürchte ich, du mißt der Etikette zu große Bedeutung bei. Wir brauchen einen triftigen Grund. Ich möchte nicht, daß mein Vater glaubt, ich wollte bloß die kaiserlichen Gardisten sehen. Das wäre unerträglich.«

Kitsura wandte sich ab, um ihre Enttäuschung zu verbergen. Um nicht unhöflich zu erscheinen, beugte sie sich vor und tat so, als sähe sie nach ihren Begleiterinnen. Die beiden Frauen tranken gelangweilt Cha und führten eine gestelzte Unterhaltung.

»Ich fürchte, meine *Hofdame* ist ein wenig enttäuscht darüber, daß sie nicht aufgefordert wurde, dir ihre Aufwartung zu machen.«

Nishima zuckte die Achseln. »Das Warten gehört nun einmal dazu. Hat sie denn etwas anderes erwartet?«

»Das mag schon sein. Du kennst doch diese fürchterlichen Liebesromane, die von jungen Mädchen gelesen werden und in denen die beste Freundin der Prinzessin stets die jüngste Hofdame von niedrigstem Stand ist.«

»Ah, wie bei dem edlen Fräulein Kento«, bemerkte Nishima.

»Genau!« Kitsura lachte. »Daß du den Konventionen des Liebesromans Genüge tust, Kusine, ist ja gerade der Grund dafür, daß man dich so verehrt.« Kitsura lachte erneut und drückte ihrer Kusine die Hand.

Nishima ging nicht auf die Stimmung ihrer Kusine

ein. Sie blieb nachdenklich, geistesabwesend. Sie schaute immer wieder über Kitsuras Schulter, und schließlich wandte diese sich um, da sie sehen wollte, was die Künstlerin wohl so fesseln mochte. Der Anblick war sicherlich wunderschön – himmelblaue Dächer, von den Häusern aufsteigende Rauchfahnen und dahinter grünblaue Hügel, die sich nach Westen erstreckten. Wunderschön, gewiß, doch Kitsura hielt Ausschau nach einer ungewöhnlichen Komposition oder einer besonderen Lichtwirkung inmitten dieser alltäglichen Schönheit, nach irgend einer Besonderheit, die Nishima begeisterte. Kitsura wollte gerade danach fragen, als sie die beiden Mönche erblickte, die sich noch immer auf der Terrasse des Sonnenaufgangs unterhielten. Als sie sich Nishima zuwandte, sah diese weg, während sich ihre Wangen und ihr Hals mit zarter Röte überzogen.

»Wir sollten deine Hofdamen nicht enttäuschen, Kitsu-sum. Im Laufe des Winters werden wir unsere besten Freundinnen womöglich noch brauchen.« Nishima rang sich ein Lächeln ab. »Ich werde ihnen auf der Harfe vorspielen, und du kannst sie bei Pflaumenwein mit Skandalgeschichten aus der Hauptstadt unterhalten.«

»Welche Skandalgeschichte schlägst du vor?« Auf einmal klatschte Kitsura aufgeregt in die Hände. »Wie dumm von mir! Es liegt doch auf der Hand! Wenn Fürst Shonto mir beim Abendessen wie üblich anbietet, mich zu seiner Konkubine oder Dienerin zu machen, werde ich antworten, ich würde eine würdige Gemahlin abgeben, und sei es auch nur aufgrund meiner musikalischen Fertigkeiten. Du müßtest mich natürlich begleiten. Wir werden sagen, wir wollten vorher noch proben, worauf der Gouverneur eine Bemerkung über die fragwürdigen Fertigkeiten von Musikerinnen machen wird, die es nötig haben, zu üben.

Morgen nehmen wir unsere Instrumente in den Audienzsaal mit. Wer würde sich dem Wunsch zweier junger Damen unter solchen Umständen schon verschließen? Sie werden sich natürlich geehrt fühlen, weil wir ihnen vorspielen möchten. Und Jaku Katta wird sicherlich in Verzückung geraten.« Kitsura lächelte selbstzufrieden. »Na?« meinte sie, als eine Antwort ausblieb.

»So könnte es vielleicht gehen, allerdings würden wir, von meinem Onkel ganz zu schweigen, in eine etwas peinliche Lage geraten.«

»Vielleicht gilt es ja, sich der Peinlichkeit auszusetzen, wenn wir die Barbarenhorden schlagen wollen, Kusine.«

Diesmal lachte Nishima. »Dann werde ich also für das Reich Wa leiden«, erwiderte sie, und dann überlegte sie einen Augenblick. »Vielleicht läßt sich das gleiche Ergebnis ja auch mit weniger drastischen Mitteln erzielen.«

»Unsinn. Der Plan ist gut. Komm schon, Kusine, während du für meine jungen Begleiterinnen Harfe spielst, werde ich mir überlegen, wie ich deine Ansicht, das Intrigenspiel gehöre nicht zu meinen vielen Talenten, widerlegen kann. Nein, nein, keine Widerrede.«

Der Wahrheitssinn war vor Irrtümern nicht gefeit, wie Shuyun wußte, und schließlich war er ja bloß ein älterer Initiierter. Der Mönch rieb sich den Kopf, als habe er auf mysteriöse Weise einen Schlag abbekommen.

Es war eine harmlose Frage gewesen, im höflichen Konversationston vorgebracht. In Seh sei das Gerücht in Umlauf, der Udumbara habe geblüht, wodurch die Prophezeiung des Vollkommenen Meisters, daß die Udumbarabäume von Monarta erst dann wieder blühen würden, wenn ein Neuer Lehrer unter den Menschen wandelte, in Erfüllung gegangen sei. Sotura hatte die Achseln gezuckt und geantwortet, dieses Gerücht tauche alle paar Jahre auf. Obwohl der Ältere sehr vorsichtig in seiner Wortwahl gewesen war, war Shuyuns

Wahrheitssinn sogleich erwacht – *Sotura lügt*, flüsterte er Shuyun zu.

Da sich aber auch ältere Brüder irren konnten, versuchte Shuyun, den Vorfall, der sich dieser Behandlung allerdings erfolgreich widersetzte, zu verdrängen.

Außerdem hatte Bruder Sotura noch um einen schriftlichen Bericht über Shuyuns Vorstoß in die Wüste gebeten – auch dieses Ansinnen erschien ihm merkwürdig. Weniger das Ansinnen als solches, das eigentlich gar nicht so ungewöhnlich war, sondern eher der Tonfall, mit dem Sotura die Bitte vortrug – er hatte Schuldgefühle deswegen. Shuyun fand die Unterhaltung im nachhinein äußerst verstörend.

Während er so umherspazierte, überkam ihn eine gewisse Traurigkeit. Shuyun hatte Sotura-sum stets bewundert und sich bemüht, ihm nachzueifern – Sotura, dem Mann mit dem *Schmetterlingsschlag*. Und nun zweifelte er an seinem ehemaligen Mentor – er zog sogar in Erwägung, mit Fürst Shonto über die Unterredung zu sprechen. Shuyun kam es so vor, als habe sich das Gleichgewicht seiner Loyalitäten unbemerkt verlagert, und auch dies fand er beunruhigend. Hatte Bruder Sotura eine ähnliche Wandlung durchgemacht? Diese Vorstellung erfüllte Shuyun mit bösen Vorahnungen. Würde er am Ende den gleichen Weg beschreiten wie sein Vorgänger? Es hieß, Satake sei so weit gegangen, darauf zu bestehen, von der Familie bestattet zu werden, der er gedient hatte – und nicht von seinen Glaubensbrüdern! So etwas hatte es noch nie gegeben. Ich muß meiner inneren Entwicklung größere Beachtung schenken, nahm Shuyun sich vor.

*Er lügt.* Dieser Satz ging ihm ständig im Kopf herum. Vielleicht sollte er mit Fürst Shonto sprechen? Diesen Gedanken aber verwarf der Mönch gleich wieder. Was hatte Shonto denn an sich, daß Shuyun lieber mit ihm als mit einem Oberen seines eigenen Ordens sprechen wollte? Er wußte es nicht – noch nicht.

Der junge Mönch stieg eine breite Steintreppe hoch, die vom Tor aus in die Höhe führte. Er wurde ein wenig langsamer, um die Figuren zu bewundern, die den ersten Absatz flankierten und fliegende Pferde darstellten, dann hatte er auch schon den eindrucksvollen Palasteingang erreicht. Die Palastwache verneigte sich vor ihm – kräftige Männer aus Seh, denen es niemals einfallen würde, dem spirituellen Berater des kaiserlichen Gouverneurs Fragen zu stellen.

Shuyun strebte zu seinem Zimmer und seinem Arbeitstisch. Der Bericht, um den Bruder Sotura ihn gebeten hatte, sollte möglichst bald fertig werden, da Sotura ihn den Schriftstücken beifügen wollte, die er Bruder Hutto in Yankura zu schicken gedachte. Da Shuyun bereits für Shonto einen ausführlichen Bericht über seinen Vorstoß in die Wüste angefertigt hatte, würde er wohl nicht lange dafür brauchen.

Nachdem er im labyrinthischen Gouverneurspalast mehrfach abgebogen war, betrat Shuyun einen schmaleren Gang, der den Weg zu seinem Gemach beträchtlich abkürzte. An einer Tür, die auf einen weiteren Gang führte, blieb er unvermittelt stehen. Die Stimmen, die von der anderen Seite zu vernehmen waren, bestätigten, was ihm sein Chi-Sinn bereits gemeldet hatte – das edle Fräulein Kitsura war mit ihren beiden Begleiterinnen soeben an der Tür angelangt. Er öffnete ihnen und trat beiseite, um den Frauen den Durchgang durch die schmale Tür zu ermöglichen.

»Ah, Bruder Shuyun«, sagte Kitsura, »unser Karma beschert uns ständig angenehme Gesellschaft. Das kann nur ein gutes Karma sein.« Sie lächelte die Dienerin und die Hofdame an, die zustimmend nickten.

»Meine Lehrer haben mich gelehrt, nicht auf Schmeicheleien zu hören, edles Fräulein, doch vor ihrer wahren Macht haben sie mich nicht gewarnt. Daher fühle ich mich geschmeichelt.« Er verneigte sich.

Kitsura gab ihren Begleiterinnen ein Zeichen, woraufhin sie vor ihr durch die Tür traten, dann folgte sie ihnen, geriet ins Stolpern und fiel leicht gegen Shuyun, der sie stützte. Sie fand das Gleichgewicht wieder und ging weiter, ehe Shuyun sich entschuldigen konnte, nahm ihre Hand aber erst im letzten Augenblick fort.

Der Mönch hielt die Tür weiterhin geöffnet, dann erst wurde ihm bewußt, wie töricht er dabei erscheinen mußte, und ging weiter, verfehlte aber den Gang, der zu seinem Gemach führte, und verlor für eine Weile die Orientierung. Noch nie zuvor war ihm eine Frau so nahe gewesen, noch nie zuvor hatte er eine Frau aus einem anderen Grund berührt, als um sie zu heilen, und teilweise rührte seine Verwirrung von seiner heftigen Reaktion her.

Die Versuchung, die von Schmeicheleien ausging, so überlegte er, war im Vergleich zu der Weichheit eines warmen Frauenkörpers kaum der Rede wert. Mit Anstrengung verdrängte er die Erinnerung aus seinem Bewußtsein, doch wurde er das Gefühl nicht los, daß Kitsuras Stolpern kein Zufall gewesen war. Eigentlich bestand keinerlei Zweifel daran.

Diese Erkenntnis verwirrte Shuyun ebenso sehr wie die Begegnung mit seinem ehemaligen Lehrer.

# 6

Der Skulpturengarten des Gouverneurspalasts war von keinem großen Künstler entworfen worden, doch darauf kam es nicht an. Das Rohmaterial war an sich schon so bemerkenswert, daß es eigentlich keiner Verfeinerung bedurfte.

Shuyun überquerte die Terrasse mit dem Lotusmuster, dann blieb er kurz stehen, um das Licht der Abendsonne zu bewundern, die schräg in den Garten fiel. Die Schatten prägten selbst der glattesten Oberfläche eine Struktur auf. Shuyun spürte, wie die Steine die aufgespeicherte Wärme an die sich abkühlende Luft abgaben. Die Meeresbrise flaute stark ab, schwoll wieder an und flaute abermals ab, in einem Rhythmus, der sich menschlichem Begreifen entzog. Nicht mehr lange, und die Nordnacht würde am Osthimmel heraufdämmern.

Shuyun ging in den Garten hinunter, um über die Skulpturen zu meditieren und sich von gewissen Gefühlen zu befreien. Vor dem Bergdrachen blieb er stehen und besah sich die Figur aus geriffeltem Sandstein. Er empfand eine gewisse Ehrfurcht vor dem Wirken der Natur, wenn er sich vorstellte, wie lange es gedauert hatte, bis die Elemente diesen Stein ausgewaschen und geformt hatten. Während sie geduldig darauf gewartet hatten, daß ihn eines Tages eine Künstlerin finden würde.

Die Künstlerin, die Hofdame einer zurückgetretenen

Mori-Kaiserin, hatte die drei Steine so zusammengesetzt, daß man von Norden her ein sprungbereites Tier darin erkannte, während es vom Süden aus betrachtet zu schlafen schien. Jetzt, da es dämmerte, war die Wirkung noch überzeugender als am hellichten Tag, und Shuyun genoß die künstlerische Vollkommenheit der Skulptur, als sähe er sie zum erstenmal.

Das Geräusch des Wasserfalls lockte ihn, daher schritt er den schmalen Pfad hinunter und näherte sich ihm über die Trittsteine. Shuyun war schon oft im Garten gewesen und wußte, daß der Wasserfall täuschend echt aussah, beinahe so, als stürze er tatsächlich über einen Berghang herab. Der Stein war geborsten und maßstäblich so geformt, daß er einer gewaltigen Felswand glich, eine Wirkung, die durch die sorgfältig gestutzten Bäume, die aus den Rissen und Spalten hervorwuchsen und größtenteils über dreißig Jahre alt waren, noch gesteigert wurde.

Shuyun trat durchs letzte Gehölz vor dem Wasserfall und erblickte plötzlich die erlauchte Dame Okara, die ein Zeichenbrett mit einem Blatt Papier auf dem Schoß liegen hatte und in der Hand einen Pinsel hielt. Beim Erscheinen des Mönchs schreckte sie zusammen.

»Bitte verzeiht, edle Dame, ich wußte nicht, daß Ihr hier seid. Ich wollte Euch nicht bei der Arbeit stören.« Die Malerin trug ein äußerst schlichtes Leinengewand, und Shuyun nahm an, daß es ihr peinlich sei, so von ihm gesehen zu werden. Er verneigte sich rasch und wandte sich ab.

»Bruder Shuyun, Ihr braucht Euch nicht zu entschuldigen. Arbeiten kann man das wohl kaum nennen. Eigentlich hänge ich bloß Erinnerungen nach.« Sie lächelte ihn freundlich an. »Bitte bleibt doch hier, das Licht verändert sich ständig. Habt Ihr es schon gesehen?«

»Verzeiht, edle Dame – was soll ich gesehen haben?«

»Also nicht! Kommt, setzt Euch zu mir, wenn Ihr es nicht eilig habt. Die kurze Wartezeit wird sich lohnen.«

Shuyun nahm gehorsam auf einem Stein an Okaras Seite Platz. Er kannte die hohe Dame Okara zwar nicht sonderlich gut, mochte sie aber sehr. Bisweilen stellte er sich vor, daß er sich in Gegenwart seiner Mutter, die er nie kennengelernt hatte, ebenso behaglich gefühlt hätte wie bei ihr.

Die Abendsonne fiel auf die Miniaturfelswand und ließ jede einzelne Spalte scharf hervortreten, da die Schatten immer länger wurden, je tiefer die Sonne sank. Der Gischt des Wasserfalls leuchtete auf im Sonnenschein, und es bildete sich ein Regenbogen.

»Paßt nur auf, wie sich das tiefe Rosa jetzt verändert«, sagte die hohe Dame Okara.

Shuyun dehnte sein Zeitgefühl, um seine Wahrnehmung dem Auge der Künstlerin anzugleichen. Das Wasser stürzte nun langsamer in die Tiefe, jeder einzelne Tropfen spiegelte das Licht auf andere Art. Der Fels war tatsächlich schwach rosa gefärbt; das war ihm bislang noch nicht aufgefallen.

»Von Rosa nach Purpur, aber seht nur, Bruder, wie viele Schattierungen er dabei durchläuft. Ich glaube, dieses Wunder ereignet sich jeden Tag.«

»Das ist mir noch nie aufgefallen, dabei komme ich oft hierher.«

Der Wind rauschte in den kleinen Kiefern, und das Licht spielte über die verschiedenen Grüntöne und warf eigentümlich gestreckte Schatten.

»Vielen fällt es leichter, den Umgang mit Pinsel und Farbe zu erlernen, als das Sehen, das wahre Sehen. Hauptsächlich deshalb bin ich nach Seh gekommen. Oh, nicht um diesen Garten zu sehen, so schön er auch sein mag, aber um neu sehen zu lernen.«

»Edle Dame«, sagte Shuyun mit dem Blick auf das halbfertige Bild, »bitte verzeiht mir die Bemerkung, aber es fällt mir schwer zu glauben, daß Ihr das Sehen verlernt haben sollt.«

»Ach, Bruder Shuyun, es ist nett, daß Ihr das sagt,

aber ein guter Maler, ein Künstler, sieht nicht mit dem Auge. Auch ein guter Handwerker könnte lernen, diese Szenerie einzufangen. Das habe ich nicht verlernt. Wonach ein Künstler suchen und was er einfangen muß, das ist das, was in seinem Innern geschieht. Welche Reaktion ruft diese Schönheit in meinem Herzen hervor? In meinem Geist? Das sind die Fragen, die sich ein Maler stellt. Das, was einen Künstler vom Handwerker unterscheidet, ist die Fähigkeit, dies zu spüren und auszudrücken – den Teil der Szenerie, der nur im Inneren existiert.« Sie verstummte, als habe sie in diesem Augenblick mit der inneren Suche begonnen.

»Wißt Ihr, Bruder, bis Nishi-sum zu mir kam, wußte ich nicht einmal, daß ich diese Fähigkeit verloren hatte. Bis ich mit ihrer liebenswerten, aufgeschlossenen Art konfrontiert wurde, habe ich geglaubt, alles sei in Ordnung. Aber ich hatte diese Fähigkeit verloren. Ich hatte sie dadurch verloren, daß ich eine Gewohnheit des Sehens und auch Fühlens entwickelte. Das geschieht schnell. Man bildet im Herzen ebenso leicht Gewohnheiten heraus wie im alltäglichen Leben. Cha am Morgen, ein einsamer Spaziergang bei Sonnenuntergang, Meditation bei Vollmond … Sehnsucht, Verlust, Bitterkeit, Trost. All diese Gewohnheiten schirmen uns von anderen Aspekten des Lebens ab. Davor, an unbekannte Orte zu reisen, Menschen kennenzulernen, neue Ideen aufzunehmen, unterschiedliche Landschaften zu sehen, Risiken einzugehen, Erregung und Freude zu empfinden … Enttäuschung … Kummer …

Von der großen Palette, die das Leben für uns bereithält, habe ich meine Farben gewählt – gute Farben, gewiß, aber doch nur wenige – und damit habe ich viele, viele Jahre zugebracht. Vor lauter Gewohnheiten bin ich innerlich vertrocknet. Als Nishima-sum zu mir kam, erkannte ich, was dies für meine Kunst bedeutet hat.

Es ist schon eine seltsame Entscheidung, sein Leben

einer einzigen Beschäftigung zu widmen, aber wenn man diese Entscheidung getroffen hat, wäre es ein schrecklicher Fehler, sich in seiner Entwicklung durch Gewohnheiten einschränken zu lassen.« Sie gestikulierte mit dem Pinsel. »Seht nur, wie der Regenbogen verblaßt. Ist das nicht wunderschön? Als hätte es ihn nie gegeben.«

Sie bückte sich und hielt die Pinselspitze kurz ins fließende Wasser. »Daher bin ich nach Seh gekommen, um mein Herz und meinen Geist wieder der Welt zu öffnen – um meine Kunst neu zu beleben. Ich weiß nicht, ob das möglich ist: schließlich bin ich nicht mehr so jung wie das edle Fräulein Nishima. Aber wenn es einen Weg gibt, dann muß ich versuchen, ihn zu finden.«

Sie schwiegen wieder und beobachteten, wie das letzte Tageslicht den Miniaturberghang beleuchtete. Sie lauschten dem Plätschern des Wassers, das in das Bekken hinunterfiel und dann zwischen den Trittsteinen hindurchrann.

Plötzlich erhob sich Okara. »Bitte, Bruder, Ihr wolltet allein sein. Mir wird schnell kalt, und ich muß hineingehen. Aber bleibt nur, ich bestehe darauf. Ich finde auch ohne Eskorte hinein.«

Gleichwohl erhob sich Shuyun und half ihr über die Trittsteine, dann erst gab er ihren Protesten nach und ließ sie alleine weitergehen, worauf sie über den Weg entschwand, ihr schlichtes Gewand bot einen scharfen Kontrast zu ihrer angeborenen Würde.

Shuyun kehrte zum Wasserfall zurück und setzte sich auf die Stelle, wo die hohe Dame Okara gesessen hatte. Es war beinahe schon dunkel geworden, und die ersten Sterne gingen auf. Er sann über die Bemerkungen der Malerin nach. Er erinnerte sich wieder daran, wie er das edle Fräulein Kitsura berührt hatte, und dieser Gedanke blieb im Hintergrund gegenwärtig, als spräche er in einer anderen Sprache zu ihm. Er dachte an das edle Fräulein Nishima und daran, wie er in der

Wüste von ihr geträumt hatte, sie zu umarmen, wie der Vollkommene Meister seine Braut auf dem Felsrelief der Denji-Schlucht umarmte.

Dies alles sprach mit ganz eigener Stimme zu ihm.

Worte gingen ihm durch den Sinn. *Es ist schon eine seltsame Entscheidung, sein Leben einer einzigen Beschäftigung zu widmen, aber wenn man diese Entscheidung getroffen hat, wäre es ein schrecklicher Fehler, sich in seiner Entwicklung durch Gewohnheiten einschränken zu lassen.*

Die Illusion des Bergwasserfalls schien nun im Dunkel verborgen, doch seine Stimme war noch zu vernehmen und erinnerte ihn daran, daß die hohe Dame Okara sich diesem Wunder geöffnet hatte.

Sie erforscht das Wesen des Scheins, dachte Shuyun, das ist ihre Absicht. Während ich es darauf angelegt habe, den Schein zu leugnen: doch was ist das Wesen dessen, was ich leugne? Die hohe Dame Okara öffnet sich der Welt, während ich mich ihr verschließe. Wer weiß schon, wer von uns beiden mehr dabei lernt? Botahara hat Erleuchtung nicht durch Leugnen, sondern – wie die hohe Dame Okara sich ausdrückte – durch die Erforschung der inneren wie der äußeren Welt erlangt.

Dieser Gedanke beunruhigte ihn, und all die Stimmen in seinem Kopf steigerten seine Verwirrung noch. Er begann mit einer Atemübung und sang leise vor sich hin, dann versenkte er sich in einen Zustand der Kontemplation, verdrängte all die Stimmen und konzentrierte sich ganz auf die Worte seines Lehrers.

Dies war eine Gewohnheit für ein ganzes Leben.

# 7

Der Bedienstete war am Tag zuvor im Kanal ertrunken, und erst heute hatte man seinen Leichnam entdeckt. Den kleinen Sampan, den er sich geborgt hatte, hatte man umgekippt inmitten des Treibguts gefunden, das sich in einem kleinen Strudel unter einer selten benutzten Brücke angesammelt hatte.

General Jaku Katta, der Dienstherr des Bediensteten, wunderte sich darüber, welche Wirkung dieser Todesfall auf ihn hatte. Der Bedienstete, ein Knabe namens Inaga, bekleidete keine hervorgehobene Stellung im Hause seines Herrn – er war ein persönlicher Bediensteter gewesen, und zwar ein guter – aber auch nicht besser, als man es im Hause eines so mächtigen Mannes erwarten durfte. Gleichwohl war die Nachwirkung seines Todes im ganzen Haus zu spüren.

Jaku saß allein in der Kajüte des kaiserlichen Flußboots und sann über seine Reaktion auf diesen Verlust nach. Der Fluß strömte ruhig dahin und lappte am Boot, eine stete Erinnerung an all die Gedichte, in denen der Fluß als Sinnbild des Lebens galt. Die Rufe der vorbeikommenden Flußleute durchbrachen die Stille und störten den General in seiner Trauer. Natürlich trauerte er nicht offiziell – man trauerte nicht um Bedienstete –, doch insgeheim trauerte er sehr wohl, und dies beunruhigte ihn, denn er war Soldat und vertraut mit dem Tod.

Inaga war jung gewesen, dies erklärte Jakus Verhalten zumindest teilweise, doch steckte noch mehr dahinter als die übliche Reaktion auf den Tod eines Kindes. Inaga hatte besondere Eigenschaften gehabt, und wenngleich Jaku sich dessen nicht bewußt gewesen war, so schätzte er diese Eigenschaften doch sehr.

Um seine düstere Stimmung zu verscheuchen, tauchte er einen Pinsel in die Tinte und hielt ihn über das Blatt Papier, dann stockte er. Als Tinte auf das Reispapier tropfte, wurde ihm bewußt, daß er sich nicht konzentrieren konnte. Er reinigte den Pinsel, legte ihn zum Trocknen hin und gab es auf, arbeiten zu wollen.

Wenngleich er sich sagte, er habe keine Zeit, melancholisch zu sein, gelang es Jaku nicht, sich auf andere Gedanken zu bringen. Inaga hatte Eigenschaften besessen, die man leider nur selten antraf. Es kam nicht häufig vor, daß jemand vollkommen loyal war, und Jaku hatte bei dem Jungen in dieser Beziehung auch nicht den geringsten Zweifel gehabt. Vom ersten Tag an hatte kein Zweifel daran bestanden, daß Inaga dienen wollte. Dies war eine weitere Eigenschaft von ihm gewesen – er hatte nichts verheimlicht, schien gar nicht fähig dazu, und dies war jedermann instinktiv klar gewesen.

Katta hielt das Blatt Papier an eine Lampe und ließ es verbrennen, während er es langsam drehte, damit er sich nicht die Finger verbrannte. Er wartete solange, bis er loslassen mußte, worauf der Rest des Blatts zu Asche verbrannte.

Es war nicht der Tod des Jungen, machte Jaku sich bewußt, es war etwas anderes. Die Intrigen im Kaiserpalast und im Reich hatte er stets ebenso belebend gefunden wie einen Wettkampf im Kickboxen oder ein Duell – echte Prüfungen, und wenn man die Prüfung nicht bestand, so bedeutete das mehr als die Niederlage bei einer Partie Gii. Ein Versagen konnte bedeuten, daß man alles verlor. Der Tod des Bediensteten hatte nun Jakus Lust am *Spiel* getrübt. Es war ein vollkommen sinnloser Tod gewesen, ohne jeden Nutzen.

Auf einmal kam ihm das Spiel der Hofintrigen so sinnlos vor wie … Jaku wußte es auch nicht. Und dieses Spiel hatte ihn hierhergebracht – nach Seh, wo der Kaiser gegen das Haus Shonto intrigierte.

Will mir der Kaiser eine Lektion erteilen, oder soll ich mit dem Fürsten Shonto zusammen untergehen? überlegte Jaku. Der Sohn des Himmels wußte natürlich, daß Shonto Jaku nicht als Verbündeten akzeptieren würde. Und Jaku hatte ebenfalls nicht vor, sich mit einem Mann zusammenzutun, der im Begriff stand, zu fallen – und nicht bloß in Ungnade.

Das brennende Papier flackerte ein letztes Mal auf, dann blieb auf dem Tintenstein nur mehr Asche zurück. Der Bericht wäre ohnehin nutzlos gewesen, dachte Jaku, bloß eine weitere Aneinanderreihung von Worten in einer Bürokratie, die auch so schon mit Bergen von Papier zu kämpfen hatte.

In ein paar Stunden würde er mit Fürst Shonto zusammentreffen. Auch von ihm durfte er keine Aufrichtigkeit und schon gar keine Loyalität erwarten. Jaku legte die Fingerspitzen zusammen, als meditierte er. Es gab so viele Lügen, daß selbst Jaku allmählich den Überblick verlor.

Er hatte Stunden damit zugebracht, die Lügen der Vergangenheit zu durchforschen und sich einzureden, er kenne den Weg zu gut, als daß Shonto ihn jemals ins Straucheln bringen könnte. Er dachte an Nishima, von der er seit seiner Ankunft in Rhojo-ma kein Wort vernommen hatte. Auch sie beschritt den Pfad der Lügen, wenngleich er das Gefühl hatte, sie sei eher zufällig und nicht aus freier Entscheidung dort gelandet.

Es fiel ihm einfach niemand ein, dem er jederzeit hätte vertrauen können. Als er an Tadamoto-sum dachte, machte seine Gereiztheit tiefer Traurigkeit Platz.

Ein Ruderer rief einem Kollegen etwas zu, worauf beide lachten. Jaku erhob sich geschmeidig vom Kissen und begann auf und ab zu gehen, sechs Schritte vor, sechs Schritte zurück. Als am Wandschirm geklopft wurde, gab er die Erlaubnis zum Eintreten.

»Eure Audienz beim Fürsten Shonto, General«, flüsterte ein Bediensteter.

Jaku nickte. Er durfte den Gouverneur des Kaisers nicht warten lassen. Nein. Jeder einzelne Schritt der Farce mußte ausgeführt werden. Eine Audienz bei einem Gouverneur, der schon bald ein Gespenst der Vergangenheit sein würde, kam ihm besonders sinnlos vor. Und Jaku hatte keinen Zweifel daran, daß Shonto bald ein Gespenst sein würde. Weder der Fürst noch seine Gefolgsleute, noch sein Sohn würden Ruhe finden. Davon war Jaku überzeugt.

Und nun war der Architekt von Shontos Niedergang gekommen, um am Schicksal des Fürsten teilzuhaben. Der General schüttelte den Kopf. Eine solche Eindeutigkeit hatte Jaku dem Kaiser nicht zugetraut. Er fragte sich, ob der Sohn des Himmels wohl annahm, Jaku werde sich in solch ruhmvoller Gesellschaft geehrt fühlen. Eine Audienz bei einem Leichnam. Er mußte sich noch dem Anlaß angemessen kleiden.

Seine kunstvoll gearbeitete Dienstrüstung – *die* mit dem in die schwarzen Tressen an der Schulterplatte eingearbeiteten Choka-Falken. Eine mit winzigen silbernen Falken geschmückte purpurrote Zierleiste. Jaku konnte sich nicht vorstellen, daß zu seiner Zeit eine bessere Rüstung hergestellt worden war. Shonto mochte seinen Garten haben, doch auch Jaku war nicht mittellos, wie dieses handwerkliche Prachtstück bewies. Shonto würde auf den ersten Blick erkennen, daß es von einem Meister seines Fachs angefertigt worden war – Jaku rechnete fest damit.

Der Befehlshaber der Kaisergarde nahm sich ungewöhnlich viel Zeit fürs Ankleiden – beinahe so, als bereite er sich auf ein Duell vor. Shonto war zweifellos ein Gegner, der einen solchen Aufwand rechtfertigte. Vielleicht aus diesem Grund wählte Jaku aus den Schwertern, die er mit sich führte, das *Mitsushito* aus. Er öffnete den Kasten aus Rosenholz mit großem Respekt und untersuchte die Waffe peinlich genau, bevor er sie an der Schärpe befestigte. Das Schwert war alt, beinahe ein Artefakt, doch allein schon der Name seines Erschaffers hätte ausgereicht, die meisten Gegner in Unruhe zu versetzen. Jaku indes war zu sehr Tatmensch, um sich auf den Ruf eines anderen zu verlassen – das Schwert war eine wundervolle Waffe und kein Schmuckstück.

Das Ganze hatte soviel von einem Duell an sich, daß Jaku sich beinahe nach seinem Sekundanten umgeblickt hätte, als er im Sampan Platz nahm. Er verspürte sogar ein schwaches Gefühl von Unwirklichkeit; als ›schwebte er auf der Oberfläche des Scheins‹, wie seine Lehrer sich ausgedrückt hatten.

Die Bootsleute legten ab und bewegten rhythmisch die Ruder. Die Denji-Schlucht, dachte Jaku. Shonto hat sich aus der Denji-Schlucht befreit. Bestimmt mittels Bestechung, das war die einzige Möglichkeit. Jaku spürte, wie er immer weiter emporschwebte, und wehrte sich dagegen. Daß Shonto Verbündete in der Armee der Hajiwara gehabt hatte, deutete auf lange Vorbereitung hin. Abermals verspürte er einen Anflug von Irrealität. Seit wann, überlegte Jaku, hatte Shonto wohl gewußt, daß man ihn nach Seh schicken würde?

Jaku rieb die Handflächen an den gepolsterten Armlehnen. Was wußte Shonto? Wessen Spiel wurde hier gespielt? Vielleicht gab es ja gar keine Audienz bei einem Gespenst, und das Gespenst begab sich zur Audienz. Jaku blickte auf seine Hände herab, als müsse er sich ihrer Gegenständlichkeit versichern.

Selbst wenn Shonto sich über seine Lage im unklaren sein sollte, so wußte er doch, welche Rolle Jaku bei dem Debakel in Itsa gespielt hatte. Mit der Routine des erfahrenen Kickboxers zwang Jaku sich zur Ruhe. Shonto würde nicht offen reagieren, schließlich stand der Fürst im Ruf, ein recht guter Gii-Spieler zu sein. Nein, diese Begegnung diente möglicherweise allein dazu, Jaku klarzumachen, daß Shonto keinen Zweifel daran hatte, wer hinter dem Anschlag in der Denji-Schlucht steckte. Das wäre ihm schon eher zuzutrauen.

Dem Befehlshaber der Kaisergarde wurde bewußt, welche Ironie sich im Plan des Kaisers verbarg. Der Sohn des Himmels hatte zweifellos vorausgeahnt, welche Pläne Jaku mit dem edlen Fräulein Nishima verfolgte, oder vielleicht sollte man besser sagen, daß er dazu gar nicht weit in die Zukunft hatte blicken müssen ... dafür hatte Tadamoto schon gesorgt. Was aber fürchtete der Kaiser? Daß Jaku Katta sich mit Shonto verbündete. Und nun hatte der Sohn des Himmels Jaku zu Shonto entsandt, wohl wissend, daß der Gouverneur sich niemals mit dem Mann zusammentun würde, der ihm in der Denji-Schlucht eine Falle gestellt hatte.

Jaku wurde bewußt, daß er zum erstenmal seit Jahren nur wenige Wahlmöglichkeiten hatte. Er war ein Reisender auf einem Pfad ohne Abzweigungen, der mit jedem Schritt schmaler wurde. Und so spielte er jeden einzelnen Akt dieser Farce, als bedeutete er etwas. Hatte er denn eine andere Wahl? Er hatte dabei ausgezeichnete Arbeit geleistet, den Großen Kanal von den Schmarotzern zu säubern. Jaku lachte leise vor sich hin. Jedenfalls war er immer noch der beste Soldat im Reiche Wa.

»Entweder er ist in Ungnade gefallen, oder man hat ihn nach Norden geschickt, damit er Eurem Niedergang beiwohnt, Fürst Shonto. Wenn er in Ungnade gefallen ist, wird es uns nicht gelingen, den Kaiser vom wahren Ausmaß der Bedrohung zu überzeugen. Falls man General Jaku nach Norden geschickt hat, um sicherzustellen, daß keine Fehler gemacht werden und daß mein Gouverneur tatsächlich zu Fall gebracht wird, dann besteht eine geringe Aussicht, ihm das Ausmaß der Gefahr klarzumachen ... eine äußerst geringe Aussicht.« General Hojo verneigte sich.

Shonto nickte. Während er über Hojos Worte nachsann, bewegte er unabsichtlich die Armstütze. Nicht, daß er diese Argumente zum erstenmal vernommen hätte, doch Shonto glaubte, daß Gedanken, selbst schlechte Gedanken, auf geheimnisvolle Weise andere Gedanken hervorbrachten, unter denen sich auch wahre oder sogar weise Ideen befinden mochten. Sein früherer spiritueller Berater hatte gern ein Sprichwort zitiert: *Suche nach der Wahrheit hinter der Lüge.* Daher suchte er, auch wenn General Hojo natürlich nicht gelogen hatte, aber das Prinzip war das gleiche.

Sie saßen in einem schlichten Raum: General Hojo; Fürst Komawara; Kamu, Shontos Haushofmeister; Fürst Taiki; und Bruder Shuyun.

Einen Augenblick lang lenkten die Wandgemälde die Aufmerksamkeit des Gouverneurs auf sich – die eine Seite des Raums nahm eine Szene aus dem großen Krieg gegen die Barbaren ein, in dem sein Vorfahr eine bedeutende Rolle gespielt hatte, auf der anderen waren blühende Pflaumenbäume dargestellt, unter denen Genjo, der große Dichter aus Seh, einem verzückten Publikum vortrug. Shonto wandte sich wieder seinen Beratern zu.

»Wir verfahren weiterhin so wie besprochen«, erklärte Shonto abschließend. »Vielleicht verrät uns der General ja mehr, als er eigentlich sagen will. Fürst Komawara, seid Ihr bereit, Eure Rolle zu spielen?«

Komawara nickte – das war beinahe eine Verneigung. Sein Haar, das er sich vor dem Vorstoß in die Wüste, als er einen Wandermönch verkörperte, kurzgeschoren hatte, war noch immer nicht ganz nachgewachsen, und um möglichst viel von seinem kahlen Schädel zu verbergen, hatte er die Kopfbedeckung ausladender gebunden als nötig. Seine Bemühungen, sich die Beschämung nicht anmerken zu lassen, wirkten bisweilen ein wenig übertrieben.

»Dann bleibt uns nichts mehr zu tun.«

Wie auf ein geheimes Stichwort hin öffnete ein Leibwächter den Wandschirm einen Spalt weit und gab Kamu ein Zeichen.

»Er ist am Tor eingetroffen«, meldete der Hofmeister, worauf alle Anwesenden zu warten begannen.

Jaku traf mit schwarzgekleideten Soldaten der Kaisergarde ein, die bei Shontos eigener Leibwache vor dem Zimmer Aufstellung nahmen. Jaku kniete auf einem Kissen nieder und verneigte sich tief.

Shonto nickte lächelnd. »Gedeiht der Chakubusch gut, General Jaku?«

Jaku nickte. »Ich bin sicher, mein Gärtner läßt nicht einmal seinen eigenen Kindern eine bessere Pflege zuteil werden. Der Chaku gedeiht und ist zweifellos das Prunkstück meines Gartens. Ich stehe dafür auf ewig in der Schuld des Gouverneurs.«

»Zwischen Freunden gibt es keine Schulden, zumindest sagt dies Hakata, und ich glaube, er hat recht damit.

Es ist mir eine Ehre, Euch meine Gäste vorzustellen.« Während der Vorstellung beobachtete Shonto aufmerksam die Reaktion des Generals, doch nicht einmal als Shuyun vorgestellt wurde, ließ dieser sich anmerken, was er fühlte oder dachte. Gut gespielt, Katta, dachte Shonto, Ihr bewahrt sogar dem Mann gegenüber Haltung, der Euch beim Kickboxen besiegt hat.

»Dürfen wir Euch Erfrischungen anbieten, Kattasum?«

Ehe der General antworten konnte, wurde der Wandschirm zu Shontos Rechten geöffnet, und sie vernahmen das Rascheln von Seide und Frauenstimmen. Alle Blicke wandten sich Kitsura und Nishima zu, die von ihren Hofdamen gefolgt wurden, die eine Harfe und eine Flöte dabeihatten.

Die Frauen verneigten sich vor Shonto und dessen Gästen. »Bitte entschuldigt, Onkel«, sagte Nishima errötend. »Wir wollten Euch nicht stören. Kitsura hatte ein Konzert versprochen … Bitte entschuldigt uns.« Sie wandte sich zum Gehen.

»Nishima-sum, du brauchst dich nicht zu entschuldigen.« Shonto lächelte ihr aufmunternd zu. Ihm wäre es niemals eingefallen, seine Tochter und das edle Fräulein dadurch zu beschämen, daß er sie wegschickte. »Ich bin sicher, Musik wäre unseren Gästen willkommen. Zumal wenn sie von so berühmten Musikantinnen vorgetragen wird. Bitte bleibt.« Shonto gab den Bediensteten ein Zeichen.

Die beiden Damen verneigten sich, und man legte Kissen für sie vor das Podest. Sie waren weniger elegant gekleidet, als dem Anlaß angemessen gewesen wäre, gleichwohl waren ihre Gewänder aus den besten Stoffen gearbeitet und mit äußerster Sorgfalt auf die verschiedenen Schichten der Untergewänder abgestimmt. Nishimas Kimono zierte ein Muster schneebedeckter Pflaumenbäume, und Kitsura trug ein tiefrotes Gewand, auf dem Herbstkraniche im Flug abgebildet waren.

Während Nishima eine traditionelle Frisur trug, bot Kitsura einen äußerst ungewöhnlichen Anblick – das Haar floß ihr in langen Wellen den Rücken hinunter. Die Hofdamen brauchten immer eine Weile, bis sie Kitsuras welliges Haar, das ihr im Stehen fast bis auf den Boden reichte, geordnet hatten. Es war nicht üblich, daß Frauen ihr Haar offen trugen; dies taten sie höchstens in der Abgeschiedenheit ihrer Gemächer oder vor Familienangehörigen und engen Freunden der Familie. Die Wirkung, die sie damit auf die anwesenden Herren erzielte, war nicht zu übersehen.

»General Jaku kennt Ihr ja wohl schon, hab ich recht?« bemerkte Shonto. »Das edle Fräulein Kitsura Omawara und meine Tochter, das edle Fräulein Nishima.« Bedienstete brachten Tische und Wein. Die Instrumente wurden in der Nähe abgestellt.

»Habt Ihr mit Euren Bemühungen auf dem Kanal gute Fortschritte erzielt, General Jaku?« fragte Nishima. Shonto fand es bewundernswert, wie rasch sie die Fassung wiedererlangt hatte.

»Danke der Nachfrage, edles Fräulein. Ich glaube, der Große Kanal kann nun von Frauen und Kindern auch ohne Eskorte sicher befahren werden.«

Die übliche Bescheidenheit eines Kriegers, dachte Shonto.

»Das hört man gern«, erwiderte Nishima mit einem etwas gezwungenen Lächeln. Sogleich wandte sie sich an Komawara, der beim Eintreffen der Frauen langsam in sich zusammengesunken war. »Fürst Komawara, wie ich höre, habt auch Ihr das Reich von Wegelagerern befreit?«

»Ein kleines Scharmützel in den Bergen, edles Fräulein. Kaum der Rede wert.« Shonto bemerkte, daß Fürst Komawara seiner Tochter nur ganz kurz in die Augen sah.

»Ihr seid viel zu bescheiden, Fürst Komawara.« Sie wandte sich an Jaku. »Fürst Komawaras Männer standen einer zweifachen Übermacht gegenüber und zauderten dennoch nicht. Mit einigen Verlusten und vielen Verwundeten, darunter auch unser tapferer Fürst, haben sie die Jai-Lung-Berge für Reisende wieder sicher gemacht.« Sie schenkte Komawara ein bewunderndes Lächeln.

»Nishima-sum«, bemerkte Kitsura, »sollen wir nun spielen, damit Fürst Shonto und seine Gäste anschließend ihre Gespräche fortsetzen können?«

Nishima war einverstanden, und sie nahmen die Instrumente zur Hand. Das Stück, das sie ausgewählt hatten, war nicht im modernen Stil komponiert, den sie für gewöhnlich bevorzugten, sondern in der alten Form, die als ›Lyrische Weise‹ bezeichnet wurde. *Herbst auf dem Berg des Reinen Geistes* beschwor die Laute der Welt herauf und galt als eines der sinnträchtigsten Stücke, die je komponiert wurden. Die Flöte geleitete die Harfe durch den ersten Satz, der die Stimmung einfing, da das Laub allmählich zu Boden fällt.

Es galt nicht als unhöflich, Musizierende beim Spiel zu beobachten, daher konnten die anwesenden Herren die beiden Frauen auf eine Weise betrachten, die unter anderen Umständen undenkbar gewesen wäre. Im warmen Lampenschein wirkten Kitsura und Nishima wie Figuren eines Wandgemäldes, die es in eine nüchternere, prosaischere Zeit verschlagen hatte. Mit ihren geschlossenen Augen und den vom Flöteblasen geröteten Wangen wirkte Kitsura wie die gestaltgewordene weibliche Schönheit. Shonto, der den Blick nur mit Mühe von ihr losreißen konnte, stellte fest, daß Jaku Katta und Fürst Komawara sie verzückt beobachteten. Shuyun indes hatte die Augen geschlossen, als meditierte er – ob nun über die Musik oder etwas anderes, das vermochte Shonto nicht zu sagen.

Die Melodie folgte den fallenden Blättern einen kleinen Wasserfall hinunter, der sich in einen Bach verwandelte, der zwischen Kiefern einher einen Berghang hinabfloß. Der Klang von Tempelglocken tönte aus den Saiten der Harfe, als der Bach an einem der zahlreichen Tempel vorbeikam, die im Bergwald verstreut waren.

Das Stück dauerte nicht lang, und als es vorbei war, schwiegen alle für einen Augenblick. Wie auf ein Stichwort hin erhoben sich Kitsura und das edle Fräulein Nishima, und ihre Bediensteten sammelten die Instrumente ein.

»Bitte verzeiht die Störung«, meinte Kitsura beinahe im Flüsterton. Und bevor einer der Männer protestieren konnte, hatten sich die Frauen bereits wieder zurückgezogen.

Der Raum wirkte so leer wie eine Glocke, deren Ton soeben verhallt war. Die Männer saßen schweigend da und hingen jeder für sich den Gedanken und Gefühlen nach, die die Musik und die Anwesenheit der Frauen bei ihnen ausgelöst hatten. Schließlich brach Shonto das Schweigen.

»Bei allen offiziellen Anlässen sollte es eine solche Unterbrechung geben. Dadurch werden die Dinge wieder zurechtgerückt, und man kann um so besser fortfahren.« Er blickte von einem zum anderen, dann nickte er. Die Audienz begann.

»General Jaku, als erstes möchte ich Euch für die Erfolge, die Ihr auf dem Großen Kanal erzielt habt, den Dank der Regierung von Seh aussprechen. Wir stehen alle in Eurer Schuld, und dies gilt auch für den Sohn des Himmels, dem Ihr diesen ehrenvollen Auftrag verdankt.« Abermals nickte er Jaku zu.

»Gedenkt Ihr, länger in Seh zu bleiben, General? Wir könnten auf die Jagd gehen und uns auch anderen Vergnügungen widmen, die Euren Offizieren ebenfalls zusagen würden.«

Jaku ließ sich Zeit mit der Antwort. »Ich habe meine Aufgabe auf dem Großen Kanal rascher erfüllt als eigentlich geplant, Fürst Shonto. Da ich noch keine neuen Anweisungen erhalten habe, wollte ich Euch meine Unterstützung auf militärischem Gebiet anbieten. Es wäre mir eine Ehre, an der Seite eines so angesehenen Generals zu dienen, wie Ihr es seid.«

»Das freut mich zu hören, General. Es wäre mir eine Ehre, Eures Rates teilhaftig zu werden.« Shonto lächelte breit. »Wenn dies Eure Absicht ist, Katta-sum, so würde ich gern das wenige, das ich bislang in Erfahrung gebracht habe, mit Euch teilen.«

Jaku erwiderte nichts darauf, sondern lauschte aufmerksam.

»Erst heute morgen habe ich einen ausführlichen Bericht an den Kaiser abgeschlossen, worin ich ihm die Lage schildere, die wir in Seh angetroffen haben. Wenngleich der Bericht für unseren Herrscher bestimmt ist, so glaube ich, spricht doch nichts dagegen, daß ich Euch als Befehlshaber der Kaisergarde ins Vertrauen ziehe.

Wie Ihr zweifellos wißt, sind sich die Fürsten von Seh uneins, was die Zahl der Barbaren und ihre Absichten betrifft. In dieser Frage stehen sich Männer gegenüber, die über jahrelange Erfahrung und große Weisheit verfügen. Wie Ihr Euch denken könnt, ist es daher nicht leicht, sich für die Argumente einer Seite zu entscheiden. Ich habe schon immer geglaubt, daß der direkte Weg der beste sei. Daher haben wir beschlossen, Kundschafter in die Wüste zu entsenden.

Die einzigen, die die Nordgrenze von Seh gefahrlos überqueren können, sind die heilkundigen Brüder, daher ist Bruder Shuyun in Begleitung des als botahistischer Mönch verkleideten Fürsten Komawara in die Wüste vorgedrungen.« Shonto wandte sich an Komawara. »Vielleicht solltet jetzt Ihr, Fürst Komawara, mit dem Bericht fortfahren.«

Der junge Fürst nickte und gab im folgenden eine kurze Zusammenfassung seines Aufenthalts in der Wüste, wobei er allerdings weder Kalam noch den Drachenkult und den Schrein erwähnte. Shonto beobachtete derweil den Befehlshaber der Kaisergarde, dessen Miene allerdings undurchdringlich schien. Als Komawara geendet hatte, verneigte er sich vor Fürst Shonto.

»Bitte, General«, sagte Shonto. »Shuyun-sum und Fürst Komawara werden Eure Fragen sicherlich gern beantworten.«

»Ich brauche noch ein wenig Zeit, um meine Schlüsse zu ziehen, Fürst Shonto. Bitte fahrt fort, Euer Bericht ist in höchstem Maße faszinierend.«

Shonto nahm einen großen Schluck vom Wein, als habe ihn der Bericht aus der Wüste durstig gemacht. »Wie Ihr seht, General, bin ich nun viel intensiver mit der Lage im Norden befaßt als vor dem Antritt meiner Reise.« Er schüttelte den Kopf, dann schaute er hoch und fing den Blick des Generals auf. »Wißt Ihr etwas über den Drachenkult der Barbaren, General Jaku?«

Jaku hatte sich gut in der Gewalt, gleichwohl aber meinte Shonto zu bemerken, daß Jaku zögerte, als sei er überrascht.

»Davon habe ich noch nicht gehört, Fürst, wenngleich die Drachenverehrung auch im Reich nicht gerade selten ist.«

»Hm.« Shonto schaute einen Augenblick lang nachdenklich drein. »Vielleicht ist das ja die Erklärung.« Er schwieg eine Weile. »Ich glaube, wir sehen uns einer Bedrohung gegenüber, die seit den Tagen Kaiser Jirris nicht ihresgleichen hatte. Und diese Bedrohung wird sich nicht allein auf Seh beschränken, denn obschon die Männer von Seh tapfer und kampferfahren sind, so sind es doch nur wenige an der Zahl, denn die Pest hat fast eine ganze Generation dahingerafft.

Die Lage wird auch noch durch andere Faktoren erschwert. Ich bin der Ansicht, daß die Übergriffe der Barbaren jemandem in den Plan passen, und zwar einer Person, die dem Reich angehört. Welche Absichten dahinterstecken mögen, dies zu bewerten überlasse ich Eurer Vorstellungskraft. Aus diesem Grund wird das wahre Ausmaß der Gefahr möglicherweise erst dann begriffen werden, wenn es zu spät ist.«

Shonto hielt inne und blickte Jaku erwartungsvoll an.

»Fürst Shonto, ich bin mir nicht sicher, worauf Ihr hinauswollt, doch wäre sicherlich kein Reichsangehöriger so töricht, uns an die Barbaren zu verraten. Weshalb sollte jemand so etwas tun?«

»Eigentlich hatte ich gehofft, Ihr könntet mir das sagen, General.«

Jaku richtete sich zu voller Sitzgröße auf, und als er antwortete, war ihm deutlich anzumerken, daß er um Fassung rang. »Fürst Shonto, das klingt ja beinahe so, als wolltet Ihr mich des Verrats bezichtigen.«

Vorsicht, General, dachte der Fürst, Ihr sprecht mit

dem Oberhaupt der Shonto. Ich beschuldige, wen es mir beliebt. Er nickte Kamu zu, der einem unsichtbaren Bediensteten ein Zeichen gab. Ein Wandschirm glitt auf, und zwei Hajiwara-Soldaten in der Uniform der Shonto schleppten eine schwarze, von Metallbändern eingefaßte Truhe an einer Stange in den Raum. Sie setzten sie auf der Strohmatte vor dem Podest ab, und auf ein Nicken Shontos hin klappte Komawara den Deckel auf und schüttete dem Befehlshaber der Kaisergarde den Inhalt der Truhe vor die Füße. Pures Gold ergoß sich wie ein Landrutsch über den Boden und kam im Lampenschein funkelnd zur Ruhe. Ein kaiserlicher Schatz in Goldmünzen!

Während sich die beiden Soldaten zurückzogen, betrat ein dritter Mann den Raum. Der nach Barbarenart gekleidete Kalam setzte sich zwischen Fürst Komawara und Shuyun.

Als Jaku von dem vor ihm ausgebreiteten Vermögen aufsah, wirkte sein Gesicht vollkommen verändert. Vielleicht lag es ja am Licht, das die Münzen reflektierten, jedenfalls wirkte seine Haut auf einmal blaß und eigentümlich angespannt. Beim Anblick des Barbaren verschlug es ihm zunächst die Sprache.

Fürst Shonto fing den Blick des Tigers auf. Jetzt fragst du dich wohl, wieviel ich in Wirklichkeit weiß, dachte Shonto. Du würdest wohl gern wissen, ob ich über die Rolle, die du im Plan unseres geliebten Kaisers spielst, Bescheid weiß. »Bis zur Mitte des nächsten Jahres«, sagte Shonto mit harter Stimme, »wird das Reich Wa von einer Armee überrannt werden, wie es sie seit hundert Jahren nicht gegeben hat. All das, wonach wir heute streben, wird dann zunichte gemacht werden. Alles, was dem Leben des Generals Jaku Katta Sinn verleiht, wird bedeutungslos geworden sein ... Über alles, was Euch teuer ist – Familie, Macht, Geliebte, Besitz – wird dann ein Khan verfügen, der den Thron des Reiches einnimmt. Und das, was von Eurem Leben noch übrig bleibt, wird er an seine Offiziere und Häuptlinge verteilen.« Shonto legte eine dramatische Pause ein.

»Akantsu«, fuhr Shonto schließlich fort, ohne den Titel zu gebrauchen, »begreift nicht, was er da getan hat. Im verzweifelten Versuch, das Haus Shonto zu stürzen, wird er das ganze Reich ruinieren und den Namen Yamaku aus dem Buch der Geschichte löschen.

Ich bin darauf vorbereitet, eine Streitkraft aufzustellen und Euch in die Wüste mitzunehmen, General Jaku, damit Ihr Euch mit eigenen Augen vergewissern könnt, daß Fürst Komawara und Bruder Shuyun sich nicht getäuscht haben. Ich werde keine Mühen scheuen, Euch davon zu überzeugen, daß diese Gefahr tatsächlich besteht, denn wenn wir nicht vor Anbruch des Frühjahrs kaiserliche Unterstützung bekommen, werden wir der Armee aus der Wüste auch nicht widerstehen können. Wenn Ihr Euren Einfluß bei Hofe nicht geltend macht, General Jaku, wird das Reich Wa fallen.«

Jaku ergriff eine Handvoll Münzen; nicht voller Begierde oder Ehrfurcht, sondern so, als handele es sich um Sand. Er ließ die Münzen zwischen den Fingern hindurchgleiten, und das Klimpern, mit dem sie auf den großen Haufen fielen, schallte durch den ganzen stillen Raum.

Jaku ergriff eine einzelne Münze, drehte sie um und untersuchte sie, als wäre ihm die Bedeutung des Goldes soeben erst bewußt geworden – und als beunruhigte ihn diese Erkenntnis.

Er blickte zum spirituellen Berater des Gouverneurs hin. »Bruder Shuyun, schwört Ihr bei der Seele Botaharas, daß Ihr Euch in der Wüste wirklich nicht getäuscht habt?«

Komawara wäre beinahe vom Kissen aufgesprungen. »Eine solche Blasphemie dürft Ihr nicht von ihm verlangen! Das verstößt gegen seine …«

Shuyun berührte den jungen Fürsten am Arm, worauf dieser mitten im Satz verstummte.

»Ich kann nicht schwören, was Ihr von mir verlangt, General Jaku, doch möge meine Seele auf ewig ans Rad der Wiederkehr gebunden sein, wenn Fürst Komawara nicht die Wahrheit gesagt hat. Meiner Überzeugung nach besteht kaum Zweifel daran, daß Fürst Shontos Szenario Wirklichkeit werden wird, wenn das Reich sich nicht zur Verteidigung Sehs aufrafft. Die Armee, die wir in der Wüste gesehen haben, war ebenso wirklich wie die Münzen, die Ihr hier vor Euch seht, und die Krieger waren zahlreich.«

Jaku nickte dem Mönch zu, dann betrachtete er wieder die Münze in seiner Hand und wendete sie langsam um und um. »Ich kann nicht versprechen, daß der Sohn des Himmels meinem Rat folgen wird, Fürst Shonto. In manchen Dingen hört der Kaiser nicht auf die Stimme der Vernunft. Gleichwohl werde ich tun, was in meiner Macht steht. Der Kaiser wird bestimmt glauben, es handele sich um eine List, durch die Ihr Euch die Kontrolle über eine große Streitmacht verschaffen wollt, und ich hätte mich von Euch einwickeln lassen. Vielleicht würde er auch eher an Verrat glauben, als sich davon überzeugen zu lassen, daß es sich um eine realistische Beurteilung der militärischen Lage handelt.« Er legte die Münze behutsam auf den Haufen zurück. »Unserem Anliegen wäre es möglicherweise dienlich, wenn wir einen bestimmten Fürsten aus Seh davon überzeugen könnten, daß dem Reich Gefahr droht.« Er zögerte. »Allerdings fürchte ich, es könnte seinen Sturz zur Folge haben, wenn wir seinen Namen enthüllen, und dann könnten wir uns die Unterstützung des Himmelssohns endgültig aus dem Kopf schlagen.«

Shonto bewegte unruhig die Armstütze. »Wenn ich diesen Fürsten in den Palast einlüde und ihm den Inhalt dieser Truhe zeigte, meint Ihr, Ihr könntet ihn dann vom wahren Ausmaß der Bedrohung überzeugen?«

Jaku nickte. »Ich glaube, ich könnte dem Argument

Nachdruck verleihen. Allerdings möchte ich noch einmal betonen, daß er von Rache verschont bleiben müßte, sollte ich seinen Namen nennen. Denn dann wäre Eurem Anliegen ein nicht wiedergutzumachender Schaden zugefügt.«

»General Jaku«, sagte Shonto, »das Reich wurde durch die Rivalität der Adelshäuser in Gefahr gebracht. Wenn wir Wa retten wollen, gilt es, allem kleinlichen Gezänk ein Ende zu machen.« Er wandte sich an den Haushofmeister. »Kamu-sum, bittet Fürst Kintari und seine beiden ältesten Söhne in den Palast, wo die Damen aus der Hauptstadt für sie spielen werden.« Er wandte sich wieder zu Jaku um und hob eine Augenbraue. Der Schwarze Tiger nickte.

Mit rhythmischen Schlägen bewegten die Ruderer das edle Fahrzeug über den stillen Kanal. Die Schnelligkeit des Bootes bereitete Jaku häufig Vergnügen; vor einem unbefahrenen Kanalstück trieb er die Ruderer bisweilen aus purer Lust an der Geschwindigkeit zu immer größeren Anstrengungen an. Heute abend jedoch war er unempfänglich gegenüber den Bemühungen seiner Besatzung.

Jaku Katta hatte nicht den geringsten Zweifel, daß der Große Meister des botahistischen Ordens ihm in die Augen blicken und ihn gleichzeitig ebenso mühelos belügen könnte, wie ihm der Name Botaharas über die Lippen kam. Nicht minder überzeugt war er, daß Bruder Shuyun dazu ebenso unfähig war wie sein ertrunkener Bediensteter.

Trotz der unguten Gefühle, die er gegenüber der Bruderschaft und ihren Machenschaften hegte, war ihm gleichwohl bewußt, daß dieser junge Mönch sich seine Integrität bewahrt und der Scheinheiligkeit seines Ordens erfolgreich widerstanden hatte. Wie wäre das Kunststück, das Jaku im Kickboxring beobachtet hatte, sonst zu erklären gewesen? Der Knabe hatte einen

Schlag ohne jeden Körperkontakt abgewehrt! Jaku hatte es deutlich gespürt.

Wenngleich Jaku lange Jahre unter der Demütigung der Niederlage gelitten und dem Sieger des Kampfes gegrollt hatte, so war ihm doch bewußt, daß Bruder Shuyun kein beliebiger botahistischer Heuchler war … Jaku war sich über den Jüngling nicht ganz im klaren, doch ging sein Zweifel mit Ehrfurcht und Furcht einher. Manchmal glaubte er, Shuyun sei von Botahara gesegnet.

Jaku ließ sich noch einmal durch den Kopf gehen, was er bei der Audienz beim Gouverneur erfahren hatte. Die Barbaren waren keine bloßen Spielfiguren mehr, die dem Befehl des Kaisers gehorchten. Wie es schien, verfolgten die Stämme eigene Pläne – kontrolliert wurden sie allenfalls noch vom Goldenen Khan. Sollte er Shonto sagen, was er über ihn wußte? Vielleicht. Man würde sehen.

Jaku blickte auf die Durchgangsstraße hinaus, die an den Kanal grenzte. Wie die meisten Straßen von Rhojoma war sie nahezu menschenleer. Bei den Göttern, wenn er sich mit Shonto verbündete, würde er gegen den Kaiser Krieg führen müssen. Akantsu würde sich niemals davon überzeugen lassen, daß er keine Kontrolle mehr über seinen Barbarenhäuptling besaß. Auf gar keinen Fall.

Jaku massierte sich die Schläfen. Sich mit Shonto zu verbünden, war wahrscheinlich gleichbedeutend mit Selbstmord. Doch allein Shonto konnte das Reich retten. Und wenn das Reich nun gerettet wurde? Was dann?

Jaku dachte an Nishima, wie sie vor der Harfe gesessen hatte. Gab es vielleicht doch noch eine andere Lösung? Und wenn er nun Shontos Tochter tatsächlich heiratete? Wenn Shonto den bevorstehenden Krieg gewann, würden die Yamaku untergehen. Wen würde Shonto auf den Thron setzen?

Vielleicht, vielleicht, vielleicht … Vielleicht würde es

Shonto gelingen, sich aus der Schlinge des Kaisers zu ziehen. Allmählich traute er Shonto alles zu. Er dachte an die Truhe mit dem Gold, und dies führte ihn wieder zu der Frage zurück, die ihn bereits zuvor beschäftigt hatte. Seit wann wußte Shonto Bescheid?

Der Kanal glitt vorbei, und ehe Jaku sich's versah, war er schon am kaiserlichen Flußboot angelangt. Gedankenverloren blieb der Befehlshaber der Kaisergarde im Sampan sitzen. Die Bootsleute warteten geduldig.

Der Pfad ist zu schmal geworden, dachte Jaku, mir bleiben keine Wahlmöglichkeiten mehr. Falls Wa dem Barbarenhäuptling zufällt, behält Shonto recht – dann hat Jaku alles verloren. Er schüttelte den Kopf. Wenn es keine Wahlmöglichkeiten mehr gab, sollte man nicht zaudern. Das Reich muß verteidigt werden. Ohne Spielbrett kann man nicht Gii spielen.

Jaku wäre beinahe aufs Deck des Flußboots gestürzt. Die sich verneigenden Wachposten wichen erstaunt zurück. Ihr Befehlshaber lachte über diese Reaktion. Er stieg die Treppe zum Oberdeck hoch, während er darüber nachsann, wie man eine Armee aufstellen könnte. Er erwog zahllose Lügen, die er dem Kaiser auftischen könnte, allesamt glaubwürdiger als die Wahrheit. Doch innerlich sträubte er sich dagegen, und das kam ihm seltsam vor, als sei es eine ihm wesensfremde Haltung.

# 8

Osha kniete im sanften Schein einer Lampe vor dem niedrigen Tisch und vollzog das Ritual, zwischen zwei Parfüms auszuwählen. Wenn beide Fläschchen geöffnet waren, hielt sie für gewöhnlich solange den Atem an, bis man ihr einen Tupfer auf den Unterarm appliziert hatte. Auf diese Weise konnte sich der Duft ausreichend verteilen, ehe sie ihn schnupperte. Wenngleich das Ritual mit geschlossenen Augen und angespannter Konzentration vollzogen wurde, war es diesmal unecht. Osha vermochte sich nicht richtig auf die Düfte zu konzentrieren und ließ die Arme seufzend herabfallen – ein Akt der Resignation und Verzweiflung.

Vor dem Öffnen der Parfümfläschchen hatte Osha sämtliche Dienerinnen fortgeschickt, um nicht abgelenkt zu werden. Doch in Wahrheit hatte sie sich die Schärpe allein umbinden wollen. Sie betrachtete den Goldbrokat und vermochte sich nicht zu überwinden, ihn aufzuheben.

Die Frauen waren nur widerwillig hinausgegangen, hatten ein letztes Mal ihr langes Haar gestriegelt und den Saum des dritten Unterkimonos gerichtet, damit er auch zu sehen war. Wenngleich Osha sich große Mühe gab, den Bediensteten ihre Gefühle nicht zu zeigen, machte es sie dennoch traurig, daß diese nicht wußten, in welcher Lage sie sich befand. Osha schüttelte betrübt den Kopf. Sie waren ganz aufgeregt, weil der Kaiser wieder Interesse an ihrer Herrin zeigte, und glaubten, sie sei darüber glücklich.

Nachdem sie sich für einen Duft auf der Grundlage von Schneckenmuscheln, Moschus und Sommertulpen entschieden hatte, wusch sich die Sonsatänzerin den anderen Duft sorgfältig vom Arm ab, dann tupfte sie sich ein wenig Parfüm hinter die Ohren und auf die Handgelenke. Im Gegensatz zu vielen Frauen bei Hofe war Osha umsichtig im Gebrauch von Parfüm. Als Sonsatänzerin war sie der Ansicht, die Schönheit gehe von der Bewegung aus – alles andere sei unwichtig.

Als das Ritual vollzogen war, ergriff Osha die lange Brokatschärpe, die sie ausgewählt hatte, weil sie einen interessanten Kontrast zum Blaßgrün ihrer Gewänder bildete, und legte sie sich auf den Schoß. Bis jetzt hatte sie sich gut gehalten, nun aber sank ihr der Mut wie ein Stein im Wasser. Mit tiefen Atemzügen meisterte sie die Anwandlung von Schwäche. Sonsatänzerinnen waren in derartigen Techniken geübt. Osha schlang sich den Stoff langsam um die Hüfte und stellte sich vor, sie bändige damit die Gefühle, die in ihrem Innern tobten.

Irgendwo auf dem Gang glitt ein Shoji auf, und durch die Wandschirme aus Reispapier war das Geräusch von Schritten zu vernehmen. Die Stimmen von Oshas Bediensteten klangen leise, aber aufgeregt. Osha unterbrach das Binden der Schärpe und neigte lauschend ihren hübschen Kopf. Nicht Aufregung sprach aus den Stimmen, sondern *Protest*, und die Schritte stammten von einem oder mehreren Männern.

Augenblicklich rechnete die Tänzerin mit dem Schlimmsten. Bestimmt wollte sie der erboste Kaiser wegen ihrer Untreue zur Rede stellen. Als der Shoji ihres Gemachs aufgerissen wurde, fuhr Osha zusammen, als habe man sie geschlagen. Im Eingang stand Tadamoto, umringt von den lamentierenden Bediensteten.

Osha faßte sich gleich wieder, winkte die Bediensteten hinaus, ließ Tadamoto eintreten und fiel ein paar Schritte von ihm entfernt auf die Knie nieder. Die Entschiedenheit, mit der er sich Eingang zu ihren Gemächern verschafft hatte, verflüchtigte sich, und er blickte betreten zu Boden. Nach einer Weile sah er auf, als wollte er etwas sagen, schwieg aber und blickte abermals zu Boden.

Auch Osha fand keine Worte für den Aufruhr, den Tadamotos Erscheinen bei ihr ausgelöst hatte. Eine Weile verharrten sie schweigend, dann sprach Osha mühsam die ersten Worte.

»Tadamoto-sum«, flüsterte sie, »Ihr dürft … Ihr dürft uns nicht in solche Gefahr bringen.«

Tadamoto schüttelte den Kopf. Der Schmerz, den er empfand, war mit groben Strichen in das Gesicht des Gelehrten gezeichnet. Gleichwohl sagte er nichts.

»Tado-sum«, fuhr Osha leise fort, »ich konnte es Euch noch nicht sagen.« Sie wollte seine feingliedrigen Hände ergreifen, er aber entzog sie ihr. Daraufhin bedeckte sie ihr Gesicht, und auf ihren zarten Fingern glitzerten stumme Tränen. »Ich habe geglaubt, er sei fertig mit mir. Ich hatte gehofft, nach einer gewissen Zeit würde er … keine Einwände mehr gegen unsere Beziehung haben.« Sie preßte sich die kleinen Fäuste auf die Augen. *»Dabei waren wir so loyal!«*

Tadamoto streckte die Hände aus, als wollte er sie trösten.

»Ich wollte es Euch sagen, Tadamoto-sum, aber mir fehlten die Worte, um die Verwirrung meines Herzens zu beschreiben.«

»Wie konntest du das bloß zulassen?« stieß Tadamoto schließlich hervor.

Oshas Gesicht tauchte hinter den Händen hervor, die Augen noch immer voller Tränen. »Tado-sum«, flüsterte sie so leise, daß er sie kaum verstand. »Was habt Ihr denn erwartet? Dachtet Ihr etwa, ich hätte eine Wahl? Wir hätten eine Wahl?«

Der junge Offizier schwieg, und sie versuchte seine Hände zu ergreifen, die er ihr abermals entzog.

»Ihr hättet Euch weigern können«, sagte er in kühlerem Ton als beabsichtigt, einer Art Zischen.

Osha antwortete mit ruhiger, beinahe distanzierter Stimme. »Und was wäre dann passiert?« Als er keine Antwort gab, fuhr sie fort: »Könnte mich ein Angehöriger der Familie Jaku heimlich in einem Kloster in Chou oder in Tsa besuchen? Was würde der Kaiser dazu sagen? Ich hätte alles verloren, Tadamoto-sum, das Tanzen, das Leben in der Hauptstadt und Euch auch. Macht Euch nichts vor. Wäre ich in die Randprovinzen geschickt worden, hätte dies für uns das Ende bedeutet. Wir könnten nirgends hin, Tado-sum. Und das wißt Ihr.«

Diesmal bekam sie seine Hände zu fassen, und er leistete keinen Widerstand. »Bleibt uns denn eine andere Wahl?« Sie zupfte sanft an seinen Händen, er aber wollte ihr noch immer nicht in die Augen schauen. »Sagt etwas.«

»Osha, Osha-sum. Du kannst nicht ... Du darfst nicht ...« Er brachte den Satz nicht zu Ende.

»Die einzige Wahl, die uns bleibt, besteht darin, daß wir uns niemals wiedersehen. Tado-sum, mein Lieber, ich kann das nicht entscheiden. Könnt Ihr es?« Als er schwieg, fuhr sie fort: »Er wird meiner bald überdrüssig werden. Ganz bestimmt. Sobald er sich von der Kränkung, die ihm die junge Omawara zufügte, erholt hat, wird er mich nicht mehr brauchen. Wenn Ihr mir wirklich helfen wollt, dann sucht ein Mädchen von hoher Geburt, das gleichzeitig schön ist und ehrgeizige Ziele für seine Familie verfolgt. In Wirklichkeit bedeute ich ihm nichts.« Sie stockte. »Und er bedeutet mir noch weniger. Tado-sum?«

Nun sah er zu ihr auf.

»Ich weiß, es ist furchtbar, aber ... Bitte, ich würde das nicht von Euch verlangen, wenn es nicht für uns beide wäre.«

Osha preßte sich an ihn, und er erwiderte ihre Umarmung, zog sie an sich. Er spürte, wie sie gegen die Tränen ankämpfte. Das Leben war ungerecht zu ihr, zu dieser jungen Frau, die ein Opfer ihres Talents, ihrer Schönheit und auch ihres Ehrgeizes war. Tadamoto vergrub das Gesicht in ihrem Haar. Der zarte Duft ihres Parfüms traf ihn wie ein Schlag.

Als er fort war, starrte Osha die Lampe auf dem Parfümtisch an und beobachtete, wie die Flamme in den unmerklichen Luftströmungen des Raumes schwankte und tanzte. Sie band die Schärpe zu Ende und knüpfte den Liebesknoten mit kaum merklichem Zögern.

Später, im Gemach des Kaisers, versuchte Osha, das Bild Tadamotos heraufzubeschwören. Der Kaiser war von Leidenschaft überwältigt und hielt sie fest, während er sich bewegte. Zu ihrem Entsetzen spürte Osha, wie sie zu keuchen begann. Sie hörte jemanden vor Lust stöhnen, und das Stöhnen kam aus ihrem eigenen Mund!

*Nein,* dachte sie, *Jenna, Jenna, bitte ... laß mich.* Die Stimme aber schrie, ohne sich in ihrer Lust stören zu lassen.

»Nein, Jenna«, wisperte Osha. »O nein. Oh ...« Ihr Protest aber wurde von einem Schrei der Leidenschaft erstickt, die nur sich selbst Gehör schenkte.

# 9

*Immer schmaler*
*Windet sich der Pfad*
*Hoch über der Brüllaffenschlucht*
*In die heiligen Berge*

*Wandelt man unter Wolken*
*Wird der Weg so unwirklich*
*Wie ein Strand bei Mondschein*

›Verse einer Pilgerreise‹
Bruder Shinsa

Shuyun erreichte mühelos die Fünfte Schließung und änderte das Muster. Er übte die gleiche Figur nun schon seit mehreren Wochen und war mit dem Ergebnis noch immer nicht zufrieden. Jaku hatte auf diese Weise versucht, ihn zu treffen: Shuyun durchlief das komplizierte Muster der Vorstöße und Finten, als habe der Schwarze Tiger den Wettkampf von damals neu entfacht. Shuyun schloß die Augen und konzentrierte sich auf seine Erinnerung, versuchte, die gleiche Regung wie damals in sich auszulösen, den gleichen Zustand zu erreichen.

Abermals hatte er das Gefühl, dicht davor zu stehen, und wieder entzog es sich ihm. Ohne Zögern begann er mit der Fünften Schließung und weitete seine Konzentration aus, bis sie seine ganze Muskulatur umfaßte, den Fluß und die Genauigkeit seiner Bewegungen, den Atem und den meditativen Zustand. Von ferne nahm er ein Klopfen wahr. Nach kurzer Pause setzte es von neuem ein. Drei Unterbrechungen seines meditativen Zustands, die endlos in seinem veränderten Zeitempfinden nachhallten.

Er unterbrach die Übung und verharrte eine Weile reglos, bis sich sein Zeitgefühl wieder normalisiert hatte. Abermals ertönte das Klopfen, wenngleich die einzelnen Geräusche nun leiser und kürzer waren.

»Herein.«

Der Shoji glitt auf, und in der Öffnung kniete ein Shonto-Soldat nieder.

»Unteroffizier?« Shuyun trat an den offenen Wandschirm, um seine Stimme nicht heben zu müssen. Im Gouverneurspalast gab es viel zu viele Lauscher.

»Verzeiht die Störung, Bruder, aber Ihr habt Anweisungen für diese Lage gegeben, und Kamu-sum ist der Ansicht, sie sei eingetreten.«

Shuyun bedeutete dem Soldaten einzutreten. »Bitte, Unteroffizier, Ihr braucht Euch nicht zu entschuldigen.«

Der Soldat verneigte sich. »Auf dem Großen Kanal hattet Ihr Besuch von einer jungen botahistischen Nonne – von Schwester Tesseko?«

Shuyun nickte.

»Am Tor steht eine junge Frau, die behauptet, sie sei Schwester Tesseko, wenngleich sie nicht mit dem Ordensgewand bekleidet ist. Sie hat darum gebeten, Euch sprechen zu dürfen, Bruder Shuyun. Kamu-sum hat bestätigt, Ihr hättet Anweisung gegeben, man solle Euch sofort benachrichtigen, wenn die junge Frau wieder auftauchen sollte. Ich hoffe, wir haben uns richtig verhalten, Bruder.«

Shuyun ließ sich seine Überraschung nicht anmerken. »Das habt Ihr, und ich danke Euch, Unteroffizier. Bitte sagt Schwester Tesseko, ich käme gleich zu ihr.«

Es blieb keine Zeit mehr für ein Bad, daher begnügte Shuyun sich damit, sich mit kaltem Wasser zu waschen und die Kleider zu wechseln. Die Novizin Tesseko ... Er erinnerte sich gut an sie – jung, hochgewachsen, die Überbringerin beunruhigender Nachrichten. Oft hatte er sich gefragt, was wohl aus Schwester Morima, ihrem Schützling, geworden war. Hatte sie ihre seelische Krise überstanden? Allerdings war er nicht allein um das seelische Wohl der Schwester besorgt, sondern hatte durchaus eigennützige Motive für seine Anteilnahme, und das war Shuyun wohl bewußt.

Als er fertig angekleidet war, verließ er das Zimmer und durchquerte raschen Schritts die Gänge, ohne daß man ihm die Eile angemerkt hätte. Der Audienzsaal des Frühlings war ein kleiner, schlichter Raum mit einem niedrigen Podest, bemalten Wandschirmen, auf denen der Frühling in den Bergen dargestellt war, und einem Botahara gewidmeten Schrein, der in einem kleinen Alkoven untergebracht war. Wahrscheinlich hatte der Soldat oder vielleicht auch Kamu diesen Saal wegen des Schreins für die Begegnung ausgewählt – und sicherlich auch deswegen, weil der Raum selten benutzt wurde.

Zu beiden Seiten der Holztüren knieten Leibwächter. Bei Shuyuns Erscheinen verneigten sie sich und stießen eine der Türen auf, nachdem sie zuvor leise dagegengeklopft hatten.

Schwester Tesseko blickte Shuyun mit kummervoller Miene an. Ohne seine lebenslange Ausbildung hätten die Tiefe und Unmittelbarkeit ihres Schmerzes seine ganze Aufmerksamkeit gefordert, doch als Anhänger der Lehre Botaharas berührte ihn der Umstand, daß sie mit dem *Rücken* zum Schrein saß, mehr als alles andere.

Shuyun verneigte sich zweimal nach Art der Botahisten. »Novizin Tesseko, Euer Besuch ehrt mich und das Haus meines Fürsten.« Er kniete in respektvollem Abstand nieder.

Die Nonne verbeugte sich. »Man nennt mich nicht mehr Schwester Tesseko, Bruder. Ich heiße jetzt Shimeko.« Abermals verneigte sie sich. »Ich danke Euch für Eure freundlichen Worte, doch mir ist bewußt, daß ich durch mein unangemeldetes Erscheinen gegen alle Konventionen verstoßen und ein denkbar unhöfliches Verhalten gezeigt habe.«

»Shimeko-sum, es ehrt mich, daß Ihr mir so sehr vertraut, daß Ihr unangemeldet zu mir kommt, wozu ich Euch damals auf dem Großen Kanal aufforderte. Bitte fühlt Euch wie zu Hause.« Shuyun beobachtete sie aufmerksam, sie aber wich seinem Blick aus. »Dürfte ich mich nach Schwester Morima-sums Befinden erkundigen?«

Die junge Frau zuckte die Achseln. »Es geht ihr ein wenig besser, doch hatten sich die Schwestern mehr erhofft.« Abermals zuckte sie die Achseln.

Sie schwieg, so daß Shuyun Gelegenheit bekam, Shimeko, die auf die Strohmatten niederblickte, ausgiebig zu mustern. Sie trug ein schlichtes Baumwollgewand, das zur Frau eines armen Händlers gepaßt haben würde, und hatte sich ein Tuch aus grober Wolle um den Kopf gewickelt. Ihr Gesicht war von Kummer gezeichnet, und Shuyun hatte den Eindruck, sie sei seit ihrer Begegnung auf dem Kanal gealtert. Es gab noch weitere Anzeichen großer Anspannung, denn sie war mager, und ihre Haut war fleckig und schlaff, als habe sie seit einer ganzen Weile nicht mehr richtig gegessen. Shuyun machte sich Sorgen.

»Geht es Euch gut, Schwester?« fragte er leise.

Ein trauriges Lächeln spielte um ihre Lippen, während sie über seine Frage nachzudenken schien. »Ich bin keine Schwester mehr, Bruder Shuyun. Ich … ich glaube, das sollte ich nicht vergessen.« Sie verstummte wieder, dann sah sie auf und hielt seinen Blick einen Moment lang fest. »Der wahre Pfad«, sagte sie und schlug die Augen wieder nieder, »ist beschwerlich. Ich … ich war zu schwach.«

Shuyun nickte bedächtig. »Ah«, machte er. »Kann ich Euch irgendwie helfen, Shimeko-sum? Bitte zögert nicht, mich um etwas zu bitten.«

Diesmal währte das Schweigen länger. »Bruder ... Bruder Shuyun, ich wollte Euch bitten, mich in Eure Dienste aufzunehmen.« Sie schlug sich die Hand vor den Mund, als wollte sie sich so daran hindern, sich noch tiefer in Verlegenheit zu stürzen.

Shuyun legte die Fingerspitzen zusammen, als meditierte er. »Shimeko-sum, ich kann Euren Wunsch nicht erfüllen, so leid es mir tut. Darüber habe nicht ich zu entscheiden. Außerdem wäre es sicherlich kaum schicklich, wenn ich eine junge Frau in Diensten hätte. Das ist vollkommen ausgeschlossen.« Shuyun beobachtete sie unentwegt, vermochte ihre Reaktion allerdings nicht einzuschätzen, da das Tuch ihr Gesicht teilweise verbarg. »Shimeko-sum? Weshalb bittet Ihr darum?«

Sie zuckte die Achseln und zupfte an einer losen Faser der Strohmatte. »Ich glaube, Bruder Shuyun, Ihr seid ein Mann des reinen Geistes und vom gegenwärtigen Zustand des botahistischen Ordens nicht in Mitleidenschaft gezogen.«

»Ihr glaubt also, die Schwesternschaft sei verderbt, Shimeko-sum?«

Sie hörte auf, an der Faser herumzuzupfen, und legte die flache Hand darauf, als könnte sie den Schaden so beheben. Sie senkte die Stimme bis zu einem Flüstern. »Ich glaube, beide Orden sind korrupt, Bruder Shuyun. Bitte verzeiht mir die Bemerkung.«

»Ich verstehe. Gründet diese Ansicht auf der Krise Schwester Morimas, Shimeko-sum?«

Shimeko hob die Hände und stellte fest, daß die Magie versagt hatte. Das Stroh hatte sich nicht verändert. Sie nickte. »Ja, Bruder. Und noch auf anderen Dingen.«

»Ich möchte ja nicht als neugierig erscheinen, Shimeko-sum, frage mich aber doch, was Euch dazu veranlaßte, Botahara den Rücken zu kehren.«

Sie zuckte mit den Schultern. »Ich ... ich habe ihm nicht in Wahrheit den Rücken gekehrt, Bruder.« Sie suchte nach Worten. »Ich weiß bloß nicht mehr, wie ich dem Vollkommenen Meister dienen soll. Ich habe den Eindruck, die Lehren meiner Lehrer seien … beschmutzt, auf irgendeine Weise besudelt. Und dem Vollkommenen Meister so zu dienen …« Sie erschauerte. »Das kann nicht richtig sein, Bruder«, sagte sie mit einer plötzlich klaren Stimme. »Ganz bestimmt nicht.«

»Ihr stellt starke Behauptungen auf, Shimeko-sum. Hat Schwester Morima ausdrücklich über ihre Besorgnisse gesprochen? Verzeiht wiederum meine Neugier.«

»Wie Ihr wißt, Bruder, befindet Morima-sum sich in einer seelischen Krise. Sie glaubt, die Schriftrollen, die sie bei der Zeremonie der Göttlichen Erneuerung sah, seien nicht von Botahara verfaßt. Ich weiß nicht genau, wie sie darauf kam, aber Morima steht im Ruf, eine gute Gelehrte zu sein, Bruder. Ich zweifle nicht an ihrem Urteil.« Sie faltete die Hände im Schoß und schloß die Augen, als durchforschte sie ihr Gedächtnis.

»Aufgrund ihrer Krise hat sie mir Dinge erzählt, von denen ich ansonsten nie erfahren hätte. Anscheinend war es ihr gleichgültig, Bruder. So wie ich es verstanden habe, sammeln die Schwestern Informationen, sogar in Eurem Orden. Offenbar glauben sie, die Heiligen Schriftrollen seien verschwunden und die Bruderschaft suche im Geheimen danach.« Sie öffnete die Augen und suchte Shuyuns Blick. »Schwester Morima allerdings glaubt, die Schriftrollen befänden sich schon lange nicht mehr in ihrem Besitz, vielleicht seit Hunderten von Jahren nicht mehr.«

»Ich verstehe«, flüsterte Shuyun. »Die Schriftrollen Botaharas werden Tag und Nacht von der Ehrenwache des Klosters Jinjoh bewacht. Es ist vollkommen ausgeschlossen, daß sie gestohlen wurden, Schwester.«

»*Shimeko*, Bruder, *Shimeko*. Die Schwestern sind durchaus Eurer Meinung, Bruder Shuyun. Einige glauben, die Schriftrollen seien nicht von Menschen entwendet worden, sondern durch göttliches Eingreifen verschwunden.«

»Shimeko-sum. Das kann doch kaum die Überzeugung der älteren Schwestern sein.«

Sie zuckte die Achseln. »Ich glaube mich erinnern zu können, Bruder, daß Morima-sum mir dies erzählte, als handele es sich um einen Gemeinplatz. Und da ist noch etwas.« Sie machte sich wieder an der losen Faser zu schaffen. »Ihr habt doch bestimmt von dem Gerücht gehört, wonach der Udumbara zu blühen begann?« Das Stroh löste sich aus der Matte, und sie wickelte es sich um die Finger. »Das ist kein bloßes Gerücht, Bruder Shuyun. Die Schwestern haben die Blüten selbst gesehen, bevor das Gelände von Eurem Orden abgesperrt wurde. Es steht vollkommen außer Zweifel, Bruder, daß der Lehrer unter uns weilt.«

»Ich habe mit einem älteren Angehörigen meines Ordens über dieses Gerücht gesprochen«, erwiderte Shuyun gelassen. »Er hat mir versichert, es entspräche nicht den Tatsachen, Shimeko-sum. Weshalb sollte er mich belügen? Weshalb sollte mein Orden dem Gerücht entgegentreten?«

»Das fragen sich auch die Schwestern, Bruder. Für sie ist dies eine ernste Angelegenheit. Sie nehmen an, der Lehrer sei der Bruderschaft noch nicht bekannt, deshalb könne sie ihn auch nicht öffentlich ausrufen. Wenn sie zugäben, daß der Udumbara geblüht hat, wie es prophezeit wurde, und sie könnten den Lehrer nicht vorweisen ... Wie Ihr seht, Bruder Shuyun, liegen dem Verhalten des botahistischen Ordens eigennützige Motive zugrunde, die ich abstoßend finde. Ich entschuldige mich für die indirekte Beleidigung, aber ich sehe mich gezwungen, die Wahrheit zu sagen, Bruder, bitte verzeiht mir.«

»Ich schätze die Wahrheit, Shimeko-sum, aber sie ist nicht immer leicht zu erkennen oder zu akzeptieren.« Shuyun schwieg lange Zeit und wachte erst dann aus seiner Versunkenheit auf, als Shimeko sich räusperte.

»Bitte verzeiht, Ihr habt mir reichlich Stoff zum Nachdenken gegeben.« Er rang sich ein Lächeln ab. »Ich möchte Euch noch einmal fragen, womit ich Euch dienen kann, Shimeko-sum.«

»Aber ich bin doch gekommen, um Euch zu dienen, Bruder Shuyun.« Auf einmal warf sie sich vor ihm flach auf den Boden. »Darum bitte ich Euch demütigst, Bruder.«

»Bitte, Shimeko-sum, setzt Euch wieder hin. Das dürft Ihr nicht tun.« Er blickte sich verlegen um, als fürchtete er, jemand könnte sie beobachten. »Das ist höchst unschicklich. Weshalb tut Ihr das?«

Shimeko antwortete, ohne sich von den Strohmatten zu erheben. »Bruder Shuyun, einige Schwestern glauben, Ihr wärt der besagte Lehrer. Ich möchte Euch dienen.«

Shuyun wippte auf den Fersen zurück. Wie kamen die Schwestern bloß auf einen solchen Gedanken? »Shimeko-sum, ich versichere Euch, wenn ich der Lehrer wäre, würde ich es nicht geheimhalten.«

»Die Vollkommenheit wird bisweilen erreicht, ohne daß man sich dessen bewußt ist, Bruder.«

»In Wahrheit ist mein Glaube keineswegs frei von Fragen und Zweifeln, Shimeko-sum. Bitte erhebt Euch«, sagte er in befehlendem Ton, und die junge Frau gehorchte. Sie kniete sich hin, auf der Stirn den zarten Abdruck der Strohmatte.

*Sie gehorcht ihrem Lehrer*, wurde Shuyun bewußt, und dies beunruhigte ihn mehr als alles, was sie gesagt hatte. *Du hast einen Schlag abgewehrt, ohne deinen Gegner zu berühren*, flüsterte es in ihm. *Bruder Sotura hat nicht einmal gewußt, daß so etwas möglich ist. Der ältere Bruder Sotura!* Es kann nicht sein, sagte er sich, mein Glaube ist so leicht zu erschüttern, der Zweifel wuchert in mir wie Unkraut. Es ist ausgeschlossen, daß ich der Lehrer bin – wenn ich so weitermache, werde ich es vielleicht nicht einmal zum älteren Bruder schaffen.

»Bruder«, sagte Shimeko mit Nachdruck, womit sie ihn in die Gegenwart zurückholte. »Ich habe nichts, kein Geld, kein Dach über dem Kopf, keine Ausbildung, keine Familie. Wenn Ihr mich fortschickt, werde ich auf der Straße leben, und wenngleich ich keine Bedenken habe zu betteln, so fehlt es mir doch an der nötigen Erfahrung für diese Art von Dasein. Ich werde vor Eurem Tor leben, Bruder, bis man mir eine Aufgabe zuteilt oder mich fortjagt. Ich weiß nicht, was ich sonst tun soll.«

Shuyun seufzte. Er glaubte ihr. Botahara sei ihr gnädig; eine Verlorene. »Eure Handschrift kann sich sehen lassen?«

»Man hat mir gesagt, sie sei ganz passabel, Bruder. Ich habe Morima-sum häufig als Sekretärin gedient.«

»Wärt Ihr damit einverstanden, einer hochgeborenen Dame in ähnlicher Stellung zu dienen?«

»Wenn sie zu Eurem Haushalt gehört, Bruder, würde ich Euer Angebot dankbar annehmen.«

»Ich gehöre zu *ihrem* Haushalt, Shimeko-sum.« Er überlegte einen Augenblick lang. »Ich kann Euch nichts versprechen, Shimeko-sum, aber ich werde mich erkundigen.« Er schüttelte den Kopf. »Und unterlaßt in Zukunft bitte derlei … Dinge. Ich bin nicht der Lehrer, das versichere ich Euch.«

»Wenn Ihr es wünscht, Bruder Shuyun.«

»Kommt, ich werde eine Magd bitten, Euch erst einmal in die Küche zu geleiten. Ihr leidet schon längere Zeit Hunger?«

»Erst seit drei Tagen, Bruder.« Sie rang sich ein Lächeln ab. »Ich – ich danke Euch, Bruder Shuyun.«

»Jetzt aber genug davon. Das müßt Ihr mir versprechen.«

Sie setzte zu einer Verneigung an, dann aber nickte sie bloß.

# 10

Fürst Shontos einarmiger Haushofmeister Kamu schritt unsicher den Gang entlang. Er leuchtete sich mit einer Laterne und setzte bisweilen den Ellbogen ein, um das Gleichgewicht zu wahren. Die Wachposten verneigten sich schneidig vor dem alten Mann. Trotz seiner äußeren Erscheinung – graues, wirres Haar, das Gewand nachlässig gegürtet – war Kamu früher einmal ein berühmter Schwertkämpfer gewesen, und die jungen Männer aus Shontos Leibgarde behandelten ihn wie eine Legende, die aus dem Jenseits auf die Erde herabgestiegen war, um für kurze Zeit unter ihnen zu wandeln.

Der alte Haushofmeister wankte den Gang entlang wie ein Schiff mit gebrochenem Ruder und schwankender Buglaterne. Vier Soldaten aus Shontos Leibgarde bewachten die Türen zu den Gemächern ihres Herrn – massive Türen, keine Wandschirme. Die vier Männer verneigten sich, als Kamu näherkam, und legten die Hand auf den Knauf ihres Schwerts.

Nachdem er die Losung genannt hatte, war Kamu gezwungen, die Laterne abzustellen, damit er das dazugehörige Handzeichen geben konnte. Die Ruppigkeit, mit der er die Laterne auf den Boden stellte, ließ erkennen, wie verärgert der Haushofmeister war.

Der älteste Wachposten klopfte gegen die Tür, worauf sich eine Sichtluke öffnete. Nach einem halblauten

Wortwechsel schloß der Soldat, der als einer der wenigen Zugang zum Schlafgemach des Fürsten hatte, die Luke wieder.

Kamu ließ die Laterne auf dem Boden stehen und wartete. Abermals wurde die Sichtluke geöffnet, der Soldat nickte, dann trat er beiseite, und die Tür glitt auf.

Kamu durchquerte das Vorzimmer, das den Wachposten als Aufenthaltsraum diente, und betrat das dahinter liegende Gemach. Auf einem kleinen Tisch flakkerte eine Lampe, die den nahezu leeren Raum schwach erhellte. Kamu war kaum niedergekniet, da trat auch schon Shonto ein, der nicht weniger zerzaust als sein Hofmeister wirkte.

Der Fürst erwiderte die Verneigung seines Gefolgsmanns mit einem Kopfnicken, ohne sich auf dem zweiten Kissen niederzulassen. Statt dessen lehnte er sich mit dem Rücken an eine der lackierten Holzsäulen und verschränkte erwartungsvoll die Arme vor der Brust.

»Verzeiht die …«

Als Shonto die Hand hob, brach der Haushofmeister mitten im Satz ab. »Trotz Eurer nicht zu übersehenden Jugend, Kamu-sum, sind wir, glaube ich, schon zu alt für derlei Förmlichkeiten. Bitte sagt, was Ihr zu sagen habt.«

Ohne die Andeutung eines Lächelns ergriff Kamu das Wort. »Die Kintari, Herr … Sie sind geflohen.«

»Hm.« Shonto streichelte sich das Kinn.

»Ich habe mir erlaubt, Eure Berater aufzuwecken und sie zu informieren, Herr. Außerdem habe ich veranlaßt, die Zahl der Wachposten rund um den Palast zu verdreifachen.«

Shonto setzte zu einer Bemerkung an, doch in diesem Augenblick erschien im Eingang ein Soldat.

»General Hojo und Fürst Komawara, Herr.«

Shonto bedeutete ihm, er solle sie einlassen.

Türenschlagen und Kleiderrascheln. Anscheinend hatte man Hojo und Komawara ebenfalls aus dem Schlaf geholt. Beide verneigten sich vor Kamu und ihrem Lehnsfürsten.

Shonto sagte: »Die Kintari wußten unsere Gastfreundschaft offenbar nicht zu schätzen, General Hojo.«

Hojo nickte.

»Sehr bedauerlich. Sind alle weg?«

»So scheint es, Herr«, antwortete Kamu. »In wenigen Stunden wissen wir mehr.«

»Wir sollten Vorsichtsmaßnahmen ergreifen, allerdings glaube ich nicht, daß der Kaiser gegen uns vorgehen wird.« Shonto raffte das Gewand fester um sich. »Der verfolgt einen raffinierteren Plan.«

Kamu machte mit seinem Arm eine weit ausholende Geste, die ganz Seh einzubeziehen schien. »Ich glaube, Herr, daß die Kintari weniger wichtig sind, als man aufgrund dieses Vorfalls meinen könnte. Sie wurden gewarnt, daran besteht kein Zweifel.«

Shonto schritt zur gegenüberliegenden Säule, dann wandte er sich wieder um. Er hob den Blick zu Hojo.

»Ich bin auch dieser Meinung, Fürst. Sie müssen einen Informanten im Gouverneurspalast haben. Es sei denn, sie hätten plötzlich die Nerven verloren, doch das halte ich für unwahrscheinlich. Auch der Kaiser wählt nicht die Kleinmütigen aus, um seine verräterischen Pläne in die Tat umzusetzen.«

»Mir liegen zudem Nachrichten von denen vor, die unsere neuen Verbündeten beobachten. Zur gleichen Zeit, als wir vom Verschwinden der Kintari erfuhren, ging ein Bote an Bord von Jakus Flußboot. Dies löste einige Unruhe an Bord des Schiffes aus. Jaku befindet sich in diesem Augenblick auf dem Weg hierher.«

Shonto nickte. »Fürst Komawara, wohin würdet Ihr Euch an Fürst Kintaris Stelle wenden?«

Komawara preßte die Finger gegen seinen langen, schmalen Nasenrücken. »Die schnellste Fluchtroute führt über den Fluß, doch ließen sich nur schwer Schiffe finden, die es mit den Winterstürmen aufnehmen dürften; man müßte schon sehr verzweifelt sein, um sich für diesen Weg zu entscheiden. Der Verkehr auf dem Großen Kanal läßt sich trotz der hohen Anzahl der Schiffe leicht überwachen.« Er blickte die Anwesenden nacheinander an, auf eine Art und Weise, wie er es noch vor wenigen Monaten nicht gewagt haben würde. »Wenn alles, was wir von Fürst Kintari zu wissen meinen, der Wahrheit entspricht, dann würde ich ihn in der Wüste suchen, Fürst.«

»Ah.« Shonto lachte trocken auf. »Was meint Ihr, wie groß ihr Vorsprung ist?«

Kamu und Hojo wechselten Blicke. »Wir wissen noch nichts Genaues, Fürst Shonto«, sagte Kamu. »Es könnte sein, daß die Bediensteten ihr Verschwinden mehrere Tage lang verschleiert haben, doch ich glaube, sie sind uns höchstens drei bis vier Tage voraus.«

»Verzeiht, Fürst«, meinte Hojo leise, »wir sollten ebenfalls bedenken, was dies über unseren Freund von der Kaisergarde aussagt. Jaku wußte über unsere Absichten Bescheid; er hat ebenfalls eine Nachricht erhalten. Könnte es sein, daß er der Lauscher in unserer Mitte ist?«

»Jakus Loyalität wird stets zweifelhaft bleiben. Allerdings ist es tröstlich, sich in Erinnerung zu rufen, daß der Kaiser von der gleichen Frage gequält wird.« Shonto reckte die Arme. »Der Morgen ist bereits zu nah, um sich noch einmal schlafen zu legen. Bitte speist mit mir.« Shonto klatschte in die Hände, woraufhin ein Bediensteter erschien. Der Fürst erteilte rasch ein paar Anweisungen, dann ging er wieder auf und ab, was bei ihm nur selten zu beobachten war.

Ehe die Bediensteten mit dem Frühstück eintrafen, wurden sie abermals von einem Soldaten der Nachtwache gestört, der Kamu halblaut Meldung erstattete.

»Bruder Shuyun und General Jaku sind eingetroffen, Fürst.«

»Ah«, machte Shonto. »Wie in einer guten Geschichte: Man braucht den Geist nur mit Namen zu nennen, und schon erscheint er auch.« Shonto begab sich zu dem kleinen Podest mit dem Schwertständer, nahm auf dem Kissen Platz und zog die Armstütze mit vertrauter Geste näher an sich heran.

Shuyun trat ein; wegen des geschorenen Schädels und des schlichten Gewands sah er aus wie immer. Jaku, der den weitesten Weg gehabt hatte, wirkte mit seiner schwarzen Uniform erstaunlicherweise tadellos gekleidet.

Der Mönch und der General verneigten sich, wie ihre Stellung es von ihnen verlangte.

»Ich habe mich gleich auf den Weg gemacht, als ich die Nachricht erhielt, Fürst Shonto.« Jaku wirkt vollkommen ruhig, dachte Shonto, obwohl er sicherlich weiß, daß er unter Verdacht steht – irgend jemand muß die Kintari schließlich gewarnt haben.

Shonto blickte sich unter den Anwesenden um. »General Jaku, ich nehme an, Ihr habt die Neuigkeit aus eigener Quelle erfahren?«

Jaku nickte. »Allerdings weiß ich weder, wohin die Kintari geflohen noch wann sie verschwunden sind. Mir scheint, die Kintari hatten einen Informanten im Palast oder innerhalb meiner Leibgarde. Meine eigenen Offiziere werden freilich strengstens überwacht.«

»Daran habe ich keinen Zweifel, General. Nicht nur die Winterstürme durchdringen die Wände dieses alten Labyrinths. Derlei Dinge sind in dieser Lage unvermeidlich.«

Bedienstete brachten ein leichtes Mahl, und für Shonto und seine Gäste wurden Tische aufgestellt. Als ginge es nicht um bedeutsame Dinge, plätscherte die Unterhaltung munter dahin, bis die Bediensteten gegangen waren und Shonto den Wachposten Anweisung gab, den Raum zu sichern. Das Gespräch wandte sich von der Frage, welche Jahreszeit für die Vogeljagd am besten geeignet sei, übergangslos den anstehenden Problemen zu.

Shonto nahm einen Schluck Cha, dann setzte er die Schale auf dem Tisch ab und drehte sie langsam auf der Stelle. »Es scheint nicht so, als stünde die Erstürmung des Palasts durch feindliche Truppen unmittelbar bevor. Die Vermutung, daß die Kintari gewarnt wurden, ist zweifellos zutreffend. Vielleicht haben wir vergeblich gehofft, die Kintari würden uns bei dem Versuch, die Unterstützung des Kaisers zu gewinnen, behilflich sein.«

Shuyun deutete eine Verneigung an, ehe er das Wort ergriff. »Wäre es gelungen, die Kintari von unseren Absichten zu überzeugen, hätten sie uns möglicherweise unterstützt. Dies läßt sich im nachhinein nicht mehr entscheiden. Nun müssen wir uns ohne sie Unterstützung verschaffen. Man muß sowohl die Einwohner von Seh wie auch den Kaiser vom wahren Ausmaß der Gefahr überzeugen. Es ist bedauerlich, daß wir aus der Wüste keine anderen Beweise als Worte mitgebracht haben.«

»Wie Bruder Shuyun richtig bemerkt hat«, setzte Jaku hinzu, »ließ ich mich durch Worte überzeugen, weil ich den Augenzeugen vertraue. Nicht jeder wird so denken wie ich. Ich habe Briefe an den Kaiser und an einige seiner Berater verfaßt. Wie Ihr wißt, beruht das höfische System auf einem komplizierten, ungeschriebenen Gesetz gegenseitiger Verpflichtungen – wer anderen etwas schuldet, bezahlt in Form von Gunstbeweisen.

Wenn man die Arbeitsweise des Hofes versteht und vielen Kredit gegeben hat, so kann man entsprechende Erträge einsammeln. Im Palast gilt es als unschicklich, den Großen Rat zu bitten, einen neuen Flügel ans eigene Haus anzubauen, aber es ist durchaus möglich, den Großen Rat dazu zu bewegen, diesen Vorschlag von sich aus zu unterbreiten.

Ich bin kein bedeutender Fürst und habe keine hohe Stellung inne, doch ich werde meine Schulden eintreiben. Wir werden sehen.« Jaku zupfte an seinem Schnäuzer. »Falls wir keine Unterstützung vom Kaiser oder vom Volk von Seh bekommen – was machen wir dann?«

Hojo nickte. »Genau diese Frage hat uns die letzten Monate über beschäftigt, General Jaku.«

Ein Gong ertönte, und irgendwo in der Dunkelheit wechselten die Wachposten. Im Eingang erschien ein Soldat und gab Kamu ein Zeichen. Alles war in Ordnung.

»Wir haben gehofft, wir könnten andere vom wahren Ausmaß der Bedrohung überzeugen, General Jaku«, setzte Shonto an, »doch wie Ihr ausgeführt habt, mag sich dies als Irrtum erweisen. Wenn die Barbaren im Frühjahr über die Grenze kommen, werden die Männer von Seh zu den Waffen eilen… bedauerlicherweise wird es dann zu spät sein.« Der Fürst ordnete mehrere Gegenstände auf dem Tisch, während er sich sammelte. »Wir werden auch weiterhin versuchen, die Unterstützung der Einwohner von Seh und des Kaisers zu gewinnen, dürfen uns aber nicht darauf verlassen, daß wir damit Erfolg haben werden. Außerdem sollte jedem klar sein, daß es nicht ausreichen würde, wenn uns nur in einem von beiden Fällen Erfolg beschieden sein sollte.

Sollte es uns nicht gelingen, die erforderliche Unterstützung zu bekommen, geht es nicht mehr allein um die Verteidigung Sehs, sondern um die von ganz Wa. Dann kommt es darauf an, wie viele Männer in Seh bereit sein werden, uns zu folgen, denn sie würden den Grundstock unserer Armee bilden.«

»Fürst!« platzte Komawara heraus. »Ihr wollt Seh aufgeben…« Als Komawara bewußt wurde, wie naiv seine Äußerung war, errötete er, was seine Verlegenheit noch weiter steigerte.

Shontos Tonfall blieb unverändert gelassen. »Ich will Seh nicht aufgeben, Fürst Komawara, doch es wäre sinnlos, mit einer kleinen Streitmacht einer großen Armee trotzen zu wollen. Wenn wir eine kluge Taktik verfolgen und standhaft bleiben, könnte es uns gelingen, den Vormarsch der Barbaren solange aufzuhalten, bis im Süden eine Armee aufgestellt ist. Ich bin der Gouverneur von Seh, Fürst Komawara, und würde einen solchen Plan niemals in Erwägung ziehen, wenn nicht das ganze Reich in ernsthafter Gefahr wäre. Wenn die Fürsten von Seh und der Kaiser nichts unternehmen, um die Grenze zu sichern oder das Reich zu schützen, müssen wir an ihrer Stelle handeln.

Ich glaube, Fürst Komawara, dem Volk von Seh wird nichts geschehen, wenn wir uns zurückziehen. Die Armee des Khans wird bestimmt nicht so groß sein, daß er Seh damit halten und uns gleichzeitig bis in die inneren Provinzen nachsetzen kann. Wenn Botahara uns gnädig gesonnen ist, wird die Barbarenstreitmacht wie ein Wirbelsturm durch Seh hindurchziehen und bloß ein paar Blätter von den Zweigen wehen.«

Während des darauffolgenden langen Schweigens wagte niemand, dem Fürsten in die Augen zu blicken. »Verzeiht meinen Ausbruch«, sagte Komawara in ruhigem Ton. »Ich bereite dem Hause Komawara Schande. Bitte verzeiht mir.« Er nestelte am Schwert, das er hinter der Schärpe trug. »Es gibt noch eine Frage, die ich auf das Risiko hin, abermals naiv zu erscheinen, gleichwohl stellen muß. Was passiert, wenn die Barbaren lediglich die Provinz Seh erobern wollen und wir ihnen diese ohne Gegenwehr überlassen?«

Shonto nickte. »Eine solche Frage haben wir uns schon häufiger gestellt, Fürst Komawara. Dies käme manchen sicherlich zupaß. Dann wären Shonto und alle, die ihn unterstützen, erledigt. Wir glauben trotzdem, daß die Barbaren in diesem Falle bereits im Herbst zugeschlagen hätten, als sie das Überraschungsmoment noch ganz auf ihrer Seite hatten. Wir alle setzen auf Grundlage dieser Annahme unser Leben aufs Spiel … daß sich nur jeder gewissenhaft prüfe.«

Komawara nickte. »Ich bin bereit, mein Leben aufs Spiel zu setzen, um Wa zu retten, wenngleich es mir lieber wäre, Seh könnte gerettet werden.«

»Fürst Komawara«, meinte General Hojo, »in Wirklichkeit haben wir alle keine andere Wahl.«

»Kamu-sum«, sagte Shonto, »wir sollten allmählich damit beginnen, die Schiffe zusammenzustellen, die wir für den Rückzug benötigen, und alle anderen zerstören. Laßt keine Boote für die Barbaren übrig. Macht schnellstens eine Aufstellung sämtlicher Flußboote.«

Der Haushofmeister nickte.

»Wir sollten uns überlegen, wie wir auf dem Weg nach Süden eine Armee aufstellen können. Wer ließe sich für uns gewinnen? Sobald wir die Grenze von Seh überqueren, wird der Sohn des Himmels versuchen, mir den Oberbefehl über die Armee zu entziehen. Wen wird er statt dessen entsenden? General Jaku, vielleicht könntet Ihr aufgrund Eurer Kontakte bei Hofe diese Frage beantworten?«

Jaku nickte.

»Es gibt viel zu tun. Wir werden beim Fest des Ersten Mondes einen letzten Versuch unternehmen, die Fürsten von Seh zu gewinnen. Fürst Komawara, ich muß Euch bitten, bei dieser Gelegenheit Euren Vorstoß in das Land der Barbaren noch einmal zu schildern.«

Das erste kühle Licht eines Morgens im Norden fiel durch den Wandschirm und warf den Schatten von Jaku Kattas großer Hand aufs Papier. Der Pinsel verharrte in der Schwebe, wie so oft während der letzten Stunden. Die weichen Borsten schienen nur Tinte zu enthalten und keine Worte.

Abermals senkte er den Pinsel.

*Mein lieber Bruder,*

*es bereitet mir einige Mühe, Dir zu schreiben, nicht nur wegen der Umstände unseres Auseinandergehens, die ich tief bedaure, sondern auch aufgrund der Erkenntnisse, die ich in Seh gewann und mit denen wir beide nicht gerechnet haben. Ich weiß nicht, wie ich Dich von der Wahrheit meiner Worte überzeugen soll, Tadamotosum, doch ich muß einen Weg finden. Bei der Seele unseres Vaters und unserer Mutter schwöre ich, daß jedes einzelne Wort wahr ist. Das Schicksal von Wa hängt von Deiner Fähigkeit ab, die Wahrheit zu erkennen – selten zuvor hat auf einem einzelnen Mann eine solche Verantwortung gelastet.*

# 11

Für die Würdenträger des Gouverneurspalasts und diejenigen, die am Hofe von Seh verkehrten, hatte man eine kleine Abendunterhaltung arrangiert – insgesamt waren etwa siebzig Personen anwesend.

Für die Unterhaltung der Gäste war ein verschrumpelter, älterer Mann zuständig, der sich in der gebückten Haltung eines Landarbeiters umherbewegte, der ein Leben lang auf den Reisfeldern geschuftet hat. Sein schäbiges, im ländlichen Stil geschnittenes Gewand vermochte diesen Eindruck nicht zu zerstreuen, obwohl der Mann früher in Wahrheit ein angesehener Gelehrter gewesen war und eine Stelle am Hofe der Hanama innegehabt hatte, wo er für seine kunstvollen Verse berühmt gewesen war. Schon vor langer Zeit hatte er sich hoch im Norden in die Abgeschiedenheit zurückgezogen, und lediglich die Aussicht auf ein Konzert der edlen Damen Nishima und Kitsura hatte ihn heute abend herbeizulocken vermocht – dies und Fürst Shontos Angebot, ihm einen Korb voll von einem bestimmten seltenen Wein mitzugeben.

Der alte Mann, ein gewisser Suzuku, saß auf einer erhöhten Plattform, die an einen Balkon erinnerte. Dahinter hatte man ein Tuch aufgehängt, auf dem der Sonnenuntergang und in der Ferne eine in V-Formation zwischen rotgefärbten Wolken gen Süden strebende

Schar Wildgänse dargestellt waren. Sorgfältig arrangiertes Laub und Zedernzweige symbolisierten den Herbst, während die Wildgänse für Briefe oder Botschaften standen.

Die Stimme des alten Mannes hatte im Laufe der Jahre viel von ihrer Kraft und ihrem Timbre eingebüßt, was er aber mit seiner kultivierten Sprechweise und der Klangfülle seiner Sprache mehr als wettmachte.

Bisweilen sprach er ganz leise, und das Versmaß war so subtil wie der Rhythmus des Regens; dann wieder ging er zu einem Singsang über und trieb die Bilder mit kräftigen Kadenzen voran wie Trommeln einen Tanz.

Zuvor hatte das edle Fräulein Kitsura ohne die Begleitung ihrer abwesenden Kusine gespielt und die anfängliche Enttäuschung bald vergessen gemacht. Kitsura Omawara vermochte auch das kritischste Publikum selbst dann zu fesseln, wenn sie allein spielte. Obwohl sie mittlerweile im Publikum Platz genommen hatte, schien sich der Brennpunkt der Aufmerksamkeit kaum von ihr fortverlagert zu haben. Im Vergleich zu ihr wirkten die anwesenden Adligen von Seh, die Gardeoffiziere, Hofdamen und Verwaltungsbeamten, wie eine Versammlung grauer Mäuse. Nicht nur die Raffinesse ihrer Kleidung und ihre vorbildliche Haltung unterschieden das edle Fräulein Kitsura von ihnen, sondern es war, als strömte das Leben kräftiger durch ihre Adern und setzte sie in den Stand, selbst dort Vergnügen zu empfinden, wo andere nichts mehr spürten.

Von sämtlichen Anwesenden hatte General Jaku Katta die größte Mühe, sich auf die Verse zu konzentrieren. Er hoffte darauf, mit einer gewissen Dame ins Gespräch zu kommen, und hatte im Ärmel ein Gedicht verborgen, das vielleicht geeignet war, ihre Kühle ein wenig zum Schmelzen zu bringen. Wenngleich er wußte, wie absurd es war, kam er sich aufgrund des

Umstands, daß das edle Fräulein Nishima nicht unter ihnen weilte, wie ein verschmähter Freier vor. Er versuchte, an etwas anderes zu denken und verdoppelte seine Anstrengungen, als Suzuku ein neues Gedicht begann.

*Der Herbst in den Brokathügeln Tus*
*Das Laub stirbt solch einen schönen Tod*
*Das traurige Ende eines Menschen verbleicht.*

*Gedichte suchen die zittrige Hand*
*Worte fallen aus dem Pinsel*
*Wie Laub*
*Noch wach im ersten Licht des Morgens*
*Augen so rot wie der Sonnenaufgang*
*Ihnen entgeht kein einziges Blatt.*

*Die Tinte fällt, Tropfen für Tropfen*
*Gelb wie die Hängebirke*
*Rot wie das Laub der Blutbuche.*
*Ich schicke Gedichte mit den Wildgänsen gen Süden*
*Doch wer soll sie noch lesen?*
*Soviele Blätter treiben*
*In diesem kalten Wind*
*Hier oben fällt das Vergessen leichter*
*Es genügen die schmerzenden Knochen an feuchten Morgen*
*Die quälenden Erinnerungen sind mehr*
*Als sich ertragen läßt.*

*Draußen vor dem offenen Shoji*
*Verheddert sich eine kleine Wolke*
*In den Zweigen des Gingkobuschs*
*So weiß gegen das endlose Blau.*
*Wenn ich in den Scherben meines Lebens suche*
*Finde ich den abgenutzten Tintenstein*

*Welche Worte werde ich schreiben?*
*Welche Weisheiten soll ich*
*Den erschreckten Bäumen anvertraun?*

Nachdem das letzte Gedicht des Abends vorgetragen war, löste sich die Versammlung in kleine, zwanglose Grüppchen auf, und der Pflaumenwein plätscherte ebenso munter wie das Geplauder. Jaku fand sich in Gesellschaft einiger junger Damen aus den besten Häusern Sehs wieder.

»Es ist schade«, bemerkte die jüngste der Frauen, »daß das edle Fräulein Nishima nicht zugegen war. Ich hatte mich so darauf gefreut, sie Harfe spielen zu hören, und hatte gehofft, sie würde zusammen mit Suzukusum ein Gedicht vortragen.«

Obwohl sie Jaku aus der Seele gesprochen hatte, enthielt er sich einer Bemerkung.

»General Jaku«, sagte eine andere, »Ihr habt das edle Fräulein Nishima doch gewiß bei Hofe spielen gehört?« Sie versuchte, Jakus Blick festzuhalten, und war enttäuscht, daß er so rasch wieder wegsah.

»Ach, schon häufig. Erst vor vier Tagen habe ich die edlen Damen Nishima und Kitsura hier im Palast spielen gehört. Wie man sich denken kann, ergänzen sie einander vollkommen.« Er stockte, peinlich berührt davon, daß er sich nach so kurzer Zeit im Norden bereits zum Narren machte und die Provinzler zu beeindrucken suchte.

Währenddessen folgte sein Blick Kitsura, die sich von einer enttäuschten Gruppe junger Männer losgemacht hatte und den Saal durchquerte. Es stimmt, dachte Jaku, das Gerücht, daß sie den Kaiser verschmäht hat, macht sie nur noch begehrenswerter. Obwohl er eigentlich nach jemand anderem Ausschau hielt, versetzte Kitsuras Anwesenheit Jaku dennoch in Erregung.

Als das edle Fräulein Kitsura ein paar Worte mit Fürst Komawara wechselte, schüttelte Jaku den Kopf. Er erinnerte sich daran, wie Komawara sich Tags zuvor in Shontos Gemach lächerlich gemacht hatte. Schlimm genug, daß ihm nicht von vornherein klar gewesen war, daß Shonto möglicherweise gezwungen sein würde,

Seh aufzugeben, aber seine Ignoranz so offen zu zeigen, war ein Zeichen schlechter Urteilskraft. Jaku wunderte sich, weshalb Shonto diesen Jüngling zu seinen Beratungen hinzuzog. Merkwürdig.

Als er nach der neuesten Mode in der Hauptstadt gefragt wurde, wandte Jakus Aufmerksamkeit sich wieder der Unterhaltung zu. Allerdings sah er sich gezwungen, die Damen zu enttäuschen, und erklärte, das edle Fräulein Kitsura bevorzuge einen zeitlosen Stil, ohne der neuesten Mode zu folgen. Anschließend wandte sich das Gespräch den Vorzügen der Seide aus Oe und Nitashi zu. Abermals fiel der Blick des Generals auf Kitsura. Sie hatte das Gespräch mit Komawara beendet, und als Jaku zu ihr hinsah, winkte sie ihm mit dem Fächer.

Jaku wartete einen geeigneten Augenblick ab, dann entschuldigte er sich, womit er den jungen Damen aus Seh eine weitere Enttäuschung bereitete. Kitsura hatte sich in einen ruhigeren Winkel zurückgezogen und fächelte sich langsam Kühlung zu, obwohl es nicht sonderlich warm war.

Der Wachposten verneigte sich, als Jaku näherkam, und Kitsura nickte ihm hinter ihrem wie ein Gingkoblatt geformten Fächer zu, wobei die Kämme aus Jade und Silber, die sie im Haar trug, aufblitzten.

»Ich hoffe, die Verse Suzuku-sums haben Euch inspiriert, General. Waren seine Gedichte nicht wundervoll?«

»Gewiß, edles Fräulein, doch das gleiche läßt sich von Eurem Spiel sagen. Ich fühle mich doppelt inspiriert.«

Sie nahm seine Schmeichelei mit einem Kopfnicken zur Kenntnis und senkte den Fächer so weit, daß er einen Blick auf ihr berühmtes Lächeln erhaschte. »Ich bedaure, daß Nishi-sum nicht zugegen sein konnte. Meine dürftige Schilderung wird dem Abend wohl kaum gerecht werden.«

»Ich hoffe doch, das edle Fräulein Nishima ist wohlauf?« erkundigte sich Jaku in möglichst sachlichem Ton.

»Ich bin sicher, wir brauchen uns keine übertriebenen Sorgen zu machen, danke der Nachfrage.«

Sie erbot sich nicht, ihr seine Nachfrage zu übermitteln, wie Jaku gehofft hatte.

Ein Gong kündigte die Stunde des Reihers an, und wie auf ein Stichwort hin wurde es leerer im Raum.

»Der Abend neigt sich dem Ende zu, ich muß mich verabschieden. Wenn es nicht zuviel verlangt ist, General«, sie streckte ihre kleine Hand hinter dem Fächer hervor und reichte ihm ein zusammengefaltetes Papier, »würdet Ihr das lesen, bevor Ihr Euch zurückzieht? Ich wäre Euch sehr verbunden deswegen.« Ihre Augen blickten ihn über den Rand des Gingkoblatts hinweg flehend an.

»Ganz Euer Diener, edles Fräulein.«

»Ihr seid sehr freundlich, General.« Sie berührte ihn kurz am Handgelenk, dann war sie verschwunden, und der General blieb – nach Luft schnappend – zurück.

Es dauerte eine Weile, bis Jaku einen Augenblick allein war. Erwartungsvoll öffnete er den kunstvoll gefalteten Brief – also war es ihr doch nicht gelungen, ihn sich aus dem Kopf zu schlagen! Die verhängnisvolle Begegnung auf dem Großen Kanal fiel ihm wieder ein und verursachte ihm kurzzeitig Unbehagen, doch damit hielt er sich nicht auf. Wenn das edle Fräulein Nishima nicht mehr verliebt in ihn gewesen wäre, weshalb hätte sie ihm dann schreiben sollen? Er las:

*Mein lieber General Jaku,*

*Ich befinde mich in der peinlichen Lage, Euch um einen Gefallen bitten zu müssen. Ist es zuviel verlangt, wenn ich Euch um ein Treffen am heutigen Abend ersuche? Meine Dienerin wird bis zur Stunde der Eule am Eingang des Großen Saals auf Euch warten. Könnt Ihr meinem Wunsch nicht entsprechen, ist keine Erklärung Eurerseits vonnöten.*

*Kitsura Omawara*

Das edle Fräulein Kitsura! Jaku lehnte sich schwer an die Säule, hinter der er sich verbarg. Das Ausmaß seiner Enttäuschung bestürzte ihn. Er hatte mit einem Gedicht Nishima-sums gerechnet. Das edle Fräulein Kitsura? Er konnte sich nicht vorstellen, um welchen Gefallen Omawaras Tochter ihn ersuchen könnte. Doch das würde er schon bald erfahren. Zumindest würde er Kitsura nun bitten können, Nishima einen Brief zu überbringen. Dieses Begehren konnte sie wohl kaum zurückweisen.

Jaku verabschiedete sich höflich, sobald es ihm möglich war.

Tatsächlich wartete am Eingang zum Großen Saal eine Bedienstete – eine ältere Frau, deren Hauptstadtakzent deutlich hervorstach, obwohl sie nur ein paar Worte sagte. Jaku wußte Bescheid – er selbst hatte einige Zeit gebraucht, bis er sich diesen Akzent angeeignet hatte. Die Bedienstete führte ihn durch eine Reihe von selten benutzten Sälen, bis sie zu einer Tür gelangten, die sich in nichts von den anderen Türen unterschied.

Auf ein leises Klopfen hin antwortete eine Frauenstimme, und Jaku hoffte einen Augenblick, es handele sich um eine geschickt eingefädelte List Nishimas, die sich heimlich mit ihm treffen wolle.

Dem war aber nicht so. Als sich die Tür geöffnet hatte, erblickte er die sitzende Kitsura, deren Gesicht von einer einzelnen Lampe erhellt wurde.

»General, es ehrt mich, daß Ihr gekommen seid.« Sie lächelte, und kein Fächer verbarg ihr wunderschönes Gesicht.

»Hohes Fräulein, die Ehre liegt ganz auf meiner Seite.« Er kniete auf dem zweiten Kissen nieder, das näher bei ihr lag, als er erwartet hatte.

»Darf ich Euch Pflaumenwein einschenken, General?«

»Danke, gern, edles Fräulein. Ich möchte nicht anmaßend erscheinen, aber wenn Ihr wollt, könnt Ihr mich Katta-sum nennen.«

Kitsura hielt den langen Ärmel fest, während sie Wein in kleine Schalen füllte. »Es wäre mir eine Ehre.« Sie reichte ihm eine der Weinschalen. »Bitte nennt mich Kitsura-sum, wann immer die Situation es zuläßt.«

Jaku deutete eine Verneigung an. Es entspann sich eine höfliche Unterhaltung. Sie sprachen über die Gedichte des Abends und die Sitten und Gebräuche der Einwohner von Seh und klatschten sogar ein wenig.

Mehr als einmal gab es Anlaß zu Gelächter. Als die Förmlichkeiten abgeschlossen waren, wandte Jaku sich mit der Absicht, Kitsura die Peinlichkeit zu ersparen, dem eigentlichen Anlaß ihres Treffens zu.

»Wenn Ihr meine Kühnheit verzeihen mögt, hohes Fräulein... aber kann ich Euch irgendeinen Gefallen tun? Es wäre mir eine Ehre.«

Kitsura nippte am Wein. »Ihr seid sehr freundlich, Katta-sum.« Sie setzte die Weinschale auf dem Tischchen ab und wendete sie in Händen, als prüfe sie die Qualität des Porzellans.

»Wie Euch sicherlich bekannt ist, habe ich in der Hauptstadt eine peinliche Lage geschaffen. Anders als viele andere Familien hat die meine die von mir getroffene Entscheidung nicht in Frage gestellt ...« Sie sah zu ihm auf und wirkte auf einmal bekümmert. »Nun aber fürchte ich die Auswirkungen meiner Entscheidung – Auswirkungen nicht auf mich, sondern auf meine Familie. Meine Entscheidung war möglicherweise allzu eigensüchtig.«

»Ihr seid Eurem Herzen gefolgt, Kitsura-sum, und nichts anderes sollte man von einer integeren Frau erwarten. Gibt es etwas, womit ich Eure Bedenken zerstreuen könnte?«

»Ihr seid wirklich sehr freundlich«, erwiderte Kitsura, und die Erleichterung war ihr deutlich anzuhören. »Ich mache mir Sorgen, meine Familie könnte sich in einer prekären Lage befinden. Ich bin mir nicht sicher …« Sie war immer leiser geworden und verstummte dann ganz.

»Vielleicht könnte ich meine Freunde in der Hauptstadt, zumal die bei Hofe, bitten herauszufinden, ob Eure Sorgen berechtigt sind, Kitsura-sum. Wäre dies in Eurem Sinne?«

»Aber ja, Katta-sum, das wäre mir sehr recht!« Sie ergriff seine große Hand und drückte sie. »Aber es wurden um meinetwillen schon genug Risiken eingegangen. Bitte unternehmt nichts, was Eure Stellung gefährden könnte. Das würde ich nicht ertragen. Versprecht Ihr mir das?«

»Edles Fräulein Kitsura, für Euch wäre mir kein Risiko zu groß, doch seid versichert, daß kein Anlaß zur Sorge besteht.«

»Ihr seid sehr freundlich, doch müßt Ihr vorsichtig sein. Ich würde es mir nicht verzeihen, sollte meine Bitte widrige Folgen zeitigen.«

»Ihr habt schon genug andere Sorgen, Kitsura-sum« – er berührte sie sanft am Arm –, »laßt Euch nicht auch noch davon niederdrücken.« Er nahm seine Hand fort und trank einen Schluck Wein. »Kann ich sonst noch etwas für Euch tun?«

Sie zögerte eine Weile, und als sie aufsah, zeigte ihr hübsches Gesicht einen Anflug von Röte. »Ich würde meiner Familie gern eine Nachricht schicken, fürchte aber, sie könnte abgefangen werden. Ich glaube zwar, Fürst Shonto würde dies für mich erledigen, jedoch …«

»Edles Fräulein, kein Wort mehr. Ich kann Eurer Familie eine Nachricht übermitteln, ohne daß jemand davon erfährt. Schon morgen, wenn Ihr es wünscht.«

»Katta-sum«, sagte sie gerührt. »Ich stehe in Eurer Schuld. Ich weiß nicht, wie ich sie jemals zurückzahlen soll.«

»Von Schuld kann hier keine Rede sein. Bitte macht Euch deswegen keine Sorgen.«

»Katta-sum« – sie ergriff seine Hände –, »dies werde

ich Euch niemals vergessen. Kann ich meinerseits irgend etwas für Euch tun?«

Er verspürte einen leichten Zug an seiner Hand, so sanft, daß er sich unwillkürlich fragte, ob er ihn sich womöglich bloß einbildete. Und noch immer hielt sie seine Hand fest.

»Wenn ich Euch um einen Gefallen bitten dürfte, Kitsura-sum«, sagte Jaku mit einiger Mühe, »würdet Ihr Eurer Kusine, dem edlen Fräulein Nishima, einen Brief übermitteln?«

Kitsura erstarrte, faßte sich aber sogleich wieder. Sie richtete sich auf, ergriff die Weinschale, trank jedoch nicht davon, sondern umklammerte sie, als wüßte sie auf einmal nicht mehr, wohin mit den Händen. »Gewiß ... General, wenngleich es sich nur um eine Kleinigkeit handelt.«

»Dies mag so scheinen, doch jetzt bin ich es, der in Eurer Schuld steht.« Jaku holte den Brief aus dem Ärmel, der die vergangenen Stunden, in denen er vernachlässigt worden war, nicht ganz unbeschadet überstanden hatte.

Kitsura steckte ihn sich in den Ärmel und schenkte Wein nach.

»Bitte, Kitsura-sum, ich habe noch zu tun.«

»Verzeiht, General. Ich wollte Euch gewiß nicht aufhalten.«

Mit einer Verbeugung und dem Versprechen, ihren Brief von einem vertrauenswürdigen Soldaten abholen zu lassen, entfernte Jaku Katta sich so leise wie die Raubkatze, deren Namen er trug.

Kitsura saß eine Weile reglos da. Eine derart schroffe Zurückweisung hatte sie noch nicht erlebt. Sie hatte erwartet, ja gehofft, daß er den Test nicht bestehen würde. Er aber hatte sie gebeten, ihrer Kusine einen Brief zu übermitteln!

»Ungehobelter Flegel!« flüsterte Kitsura.

Kurzzeitig verspürte sie Groll gegen ihre Kusine,

dann wurde ihr bewußt, wie lächerlich das war. Botahara steh uns bei, dachte sie, Jaku muß wahrhaft vernarrt in Nishi-sum sein. Wenn das mal gutgeht.

*Das Ende des Kanals,*
*Die Ungewißheit liegt hinter uns*

Eine Magd unterbrach Nishima in ihrem Nachsinnen über die nächste Gedichtzeile.

»Verzeiht, edles Fräulein, aber Bruder Shuyun möchte sich nach Eurem Befinden erkundigen.«

»Oh, wie aufmerksam.« Nishima tauchte den Pinsel ins Wasser. »Bitte bietet ihm Cha an.«

Nishima schob den Tisch beiseite und fuhr sich glättend übers Gewand.

Nach kurzer Zeit erschien die Magd erneut. »Bruder Shuyun, das edle Fräulein Nishima. Der Cha wird gleich serviert.«

Die Bedienstete verneigte sich, als Shuyun eintrat, und er verneigte sich nach Art der Botahisten vor der Tochter seines Lehnsfürsten. Wenngleich Nishima wußte, daß Shuyun von kleinem Wuchs war, kaum größer als sie selbst, so war sie doch jedesmal überrascht, wenn sie ihn sah. In ihrer Vorstellung war er größer.

»Bruder Shuyun, bitte macht es Euch bequem. Es freut mich, daß Ihr mir Gesellschaft leistet.« Nishima lächelte.

»Ich wollte mich nach Eurem Befinden erkundigen, edles Fräulein, nicht aber Euch bei der Arbeit stören.« Er nickte zum Tisch hin.

»Private Notizen. Ich habe bloß die Zeit totgeschlagen, Bruder, mehr nicht.«

Shuyun kniete auf dem Kissen nieder, das man ihm hingelegt hatte. Als er einen Moment lang Nishimas Blick begegnete, fragte sie sich – wie schon so oft –, ob sich hinter diesen großen, dunklen Augen eher große

Weisheit oder große Naivität verbarg. Bisweilen fragte sie sich auch, ob es nicht gerade diese Doppeldeutigkeit sei, die sie so berührte.

»Geht es Euch gut, edles Fräulein?« fragte Shuyun mit sanfter Stimme, die sogleich Vertraulichkeit herstellte. »Ich habe mir Sorgen gemacht, weil die Dichterin nicht bei Suzuku-sums Lesung zugegen war.«

»Mir geht es gut. Ungeachtet des Rufs, den Suzuku-sum genießt, ist einem doch nicht immer nach Gesellschaft zumute.« In Wahrheit hielt sie Suzukus Ruf für ein wenig größer als sein Talent.

Shuyun nickte. Bedienstete brachten ein Cha-Service und arrangierten sorgfältig die Teeutensilien. Ihre Herrin war äußerst gewissenhaft, also wollten sie sie nicht enttäuschen.

»Und wie geht es Shontos spirituellem Berater?« erkundigte sich Nishima lächelnd.

»Es geht ihm recht gut, mein Fräulein. In unserem Orden sagt man: *gut genug, um Seiner Sache zu dienen*. Mehr verlangen die Botahisten nicht.«

Nishima nickte und vergewisserte sich, daß der Holzkohlebrenner, der den Chakessel wärmte, auch heiß genug war. »Vielleicht sollten wir alle weniger an uns und statt dessen mehr an andere denken, Bruder. In meinem Orden sagt man: mir geht es gut, vielen Dank. Was soviel heißt wie: *mir geht es gut genug, um meiner Lieblingsbeschäftigung nachgehen zu können, was immer dies sein mag*.« Sie hatte die Augen niedergeschlagen und widmete sich ganz der Teezubereitung.

Shuyun sann einen Augenblick über ihre Äußerung nach. »Verzeiht mir die Bemerkung, edles Fräulein, aber in Eurem *Orden* gibt es ein Pflichtbewußtsein, das durchaus anerkennenswert ist. Die Shonto sind bekannt dafür.«

Nishima nickte. »Dies trifft auf weniger Menschen zu, als man sich wünschen mag, Bruder, wenngleich es sicherlich für meinen Onkel gilt.«

Mit großer Sorgfalt schöpfte sie Cha in die Schalen und bot ihrem Gast als erstem davon an.

»Diese Schale ist für Euch, Bruder«, sagte sie, wie die Etikette es verlangte.

»Das kann ich nicht annehmen, edles Fräulein. Bitte nehmt Ihr die Schale.«

Wenngleich er die erwartete Antwort gegeben hatte, ließ die Ernsthaftigkeit seiner Worte Nishima innehalten. Sie sah ihm in die Augen und versuchte zu erkennen, was hinter den Worten verborgen war. Der Mönch schaute weg, und sie faßte sich wieder.

»Euer Besuch ehrt mich. Bitte, Bruder Shuyun.« Sie hielt ihm die Schale hin, und er nahm sie mit überraschender Sanftheit entgegen.

Als hätten sie einen Lapsus begangen und wären sich einen Augenblick zu nahe gekommen, wurde Shuyun auf einmal förmlich. »Ich möchte Euch in einer bestimmten Angelegenheit um Rat fragen, edles Fräulein.« Er nippte am Cha, ohne Nishima anzusehen.

»Bruder, wenn ich einen Teil der Schuld, die ich unserem spirituellen Berater gegenüber habe, zurückzahlen kann, so würde ich dies ohne Zögern tun. Worum handelt es sich bitte?«

Nishima bemerkte, daß er tief durchatmete, ehe er antwortete. »Als ich mit Fürst Shonto auf dem Großen Kanal unterwegs war, bat mich eine junge botahistische Nonne um Rat. Einer Schwester, die mit ihr reiste, war unwohl, und außer mir war kein anderes Ordensmitglied zugegen, an das sie sich hätte wenden können. Ich riet ihr, so gut ich konnte, und sagte ihr, sie könne sich jederzeit an mich wenden. Seitdem habe ich mich häufig gefragt, ob die Schwester wohl genesen ist, konnte mir aber keine Gewißheit verschaffen. Heute nun erschien diese jungen Novizin an unserem Tor und bat darum, mich sprechen zu dürfen. Da sich Kamu-sum daran erinnerte, daß ich Anweisung gegeben hatte, sie vorzulassen, wurde sie nicht fortgeschickt.«

Er hielt inne und trank einen Schluck Cha.

»Das klingt alles höchst ungewöhnlich, Shuyun-sum. Bitte fahrt fort.«

»Diese junge Frau ist aus dem Orden der botahistischen Schwestern ausgetreten – offenbar befand sie sich in einer Glaubenskrise. Ich hege die Hoffnung, daß sie irgendwann zu den Schwestern zurückkehren wird, doch bis dahin muß sie von irgend etwas leben. Sie hat eine botahistische Erziehung genossen, edles Fräulein, und war die Sekretärin eines älteren Ordensmitglieds. Ich habe mich nun gefragt, ob Ihr, das edle Fräulein Kitsura oder vielleicht auch die erlauchte Dame Okara Verwendung für sie hättet?«

Nishima hielt mit Schöpfen inne und dachte nach.

»Das ist schwer zu sagen, Shuyun-sum. Fest steht allerdings, daß wir aufgrund unserer Flucht nach Seh nur sehr wenig Personal und überhaupt keine Sekretärin haben. Das Mädchen ist aufgeweckt?«

»Ich würde sagen, ja, hohes Fräulein.«

»Hm. Ist es nicht ungewöhnlich, daß sie sich ausgerechnet an Euch wendet, Bruder? Welche Erklärung könnte es dafür geben?«

»Vielleicht ist ihr unsere Unterredung auf dem Kanal – die sie als Akt der Großzügigkeit aufgefaßt haben mag – in Erinnerung geblieben, edles Fräulein. Es könnte durchaus sein, daß sie außer den botahistischen Schwestern niemanden kennt, an den sie sich wenden könnte.«

»Die Schwestern nehmen Anteil an den Vorgängen im Reich, nicht wahr, Shuyun-sum?«

»Das tun sie, mein Fräulein.«

»Wäre es nicht möglich, daß sie die junge Frau aus diesem Grund zu uns geschickt haben, Bruder? Die Shonto sollten schon häufiger ausgeforscht werden.«

»In diesem Fall, edles Fräulein, zweifle ich nicht an der Darstellung dieses Mädchens.«

Nishima nippte am Cha und musterte Shuyun, der,

wie die Etikette es erforderte, mit niedergeschlagenen Augen vor ihr saß. »Ihr versteht Euch darauf, Lüge von Wahrheit zu unterscheiden, Bruder Shuyun?«

»Dies glaubten jedenfalls meine Lehrer, edles Fräulein. Wenngleich man keinesfalls vergessen sollte, daß diese Gabe nicht unfehlbar ist.«

»Sehr bedauerlich.« Nishima schwenkte die Chablätter in der Schale, als könnte sie die Botschaft, die aus ihnen sprach, dadurch verändern. »Es wäre mir eine Freude, einer Sucherin zu helfen, die ihren Glauben verloren hat. Bitte schickt sie zu mir, dann werde ich sehen, für welche Tätigkeiten sie sich eignet.«

»Ich danke Euch, edles Fräulein. Ich glaube, sie wird Euch nicht enttäuschen.«

Nishima lächelte. Es entstand ein peinliches Schweigen. Shuyun leerte seine Schale, doch ehe er sich entschuldigen konnte, ergriff abermals Nishima das Wort.

»Woran erkennt Ihr die Wahrheit, Shuyun-sum, welcher Eurer Sinne spricht darauf an? Noch etwas Cha?« Noch während sie dies sagte, schenkte sie Cha in seine Schale ein.

»Also, viel… sehr gern. Ich danke Euch.« Er ergriff die volle Schale und nippte daran.

»Bitte verzeiht mir, edles Fräulein, aber ich kann es Euch nicht erklären. Ich weiß es einfach.«

»Dann ist es also ein Gefühl?«

»Vielleicht. Es läßt sich nicht beschreiben, bloß benennen.«

»Das ist höchst interessant, Bruder. Aber kennen die, die eine botahistische Ausbildung genossen haben, denn Gefühle, Shuyun-sum? Sind Gefühle nicht auch Täuschung?« Nishima hatte eine kleine Falte in ihrem Gewand entdeckt und strich sie glatt.

Shuyun überlegte einen Augenblick. »Botahara hat gelehrt, Gefühle seien Täuschung, das ja. Es steht geschrieben, unsere Begierden hielten uns in der Welt der Täuschungen gefangen.«

»Dann werdet Ihr also nicht von Gefühlen behelligt, Bruder Shuyun?«

»So erleuchtet bin ich nicht, edles Fräulein.« Der Anflug eines verlegenen Lächelns spielte um seine Züge. »Auch die Botahisten haben Gefühle – wir lassen bloß nicht zu, daß sie Gewalt über unser Handeln gewinnen.«

Bevor er ablehnen konnte, schöpfte Nishima frischen Cha in seine Schale.

»Dann widersteht Ihr ihnen also?«

»Ich bin mir nicht sicher, ob *widerstehen* die richtige Bezeichnung wäre, edles Fräulein.«

»Ihr widersteht ihnen nicht?«

»Die Anhänger des Wahren Pfads richten ihr Leben nach den grundlegenden Tugenden aus, nicht nach ihren Begierden.«

»Aber wenn ein Anhänger des Wahren Pfads nun Begehren empfindet oder irgendein anderes Gefühl, widersteht er ihm dann? Hat Botahara nicht gelehrt, Widerstand sei töricht? Diese Vorstellung bereitet mir Schwierigkeiten.«

Shuyun setzte die Schale auf dem Tisch ab, legte die Hände zusammen und führte die Fingerspitzen ans Kinn. »Wenn jemand auf dem Siebenfachen Pfad weit genug vorangeschritten ist, empfindet er kein Begehren mehr, edles Fräulein. Bis dahin üben wir uns in Meditation, wir beten, und wir lernen, uns zu sammeln. Sicherlich sind die Pflicht und das Begehren nicht immer miteinander vereinbar, aber wie Ihr gesagt habt, edles Fräulein, die Shonto wählen die Pflicht.«

Nishima nickte bedächtig. »Wenngleich ich mich bisweilen frage, wie hoch der Preis sein mag, Shuyunsum«, erwiderte sie leise.

Shuyun schaute weg, als sei ihm irgendeine Einzelheit im Raum ins Auge gefallen und als habe er Nishima gar nicht gehört. »Ich habe die hohe Dame Okara schon seit mehreren Tagen nicht mehr gesehen«, bemerkte Shuyun in sachlichem Ton. »Geht es ihr gut?«

Nishima nahm den Themenwechsel mit einem Lächeln zur Kenntnis. »Gut genug, um der Kunst zu dienen, Bruder. Ich wünschte bisweilen, ich könnte das gleiche auch von mir sagen.«

»Ich habe gehört, wie die hohe Dame Okara sich höchst schmeichelhaft über Eure Kunst geäußert hat, edles Fräulein«, bemerkte er in weniger förmlichem Ton als zuvor. »Außerdem spricht sie von Eurer Künstlerseele. Ich habe den Eindruck, sie ist ein wenig neidisch auf Euch.«

»Ach, gewiß nicht!« Nishima errötete, so sehr freute sie sich über Shuyuns Bemerkung – nicht einmal ein Fächer hätte dies verborgen.

»Kürzlich sprach sie von ihren Bemühungen, das Sehen neu zu lernen. Mir scheint, die hohe Dame Okara glaubt, sie habe im Laufe der Jahre Gewohnheiten des Befindens und des Gefühls entwickelt, die sie wie eine Mauer von der Welt abschirmen und am Sehen hindern. Dabei meint sie aber nicht die Wahrnehmung der äußeren Welt, sondern die des Inneren. ›Den Teil der Szenerie, der nur im Inneren existiert‹, so hat sie sich ausgedrückt.

Okara-sum glaubt, Ihr verfügtet über die geistige Offenheit des wahren Künstlers, edles Fräulein, und sie ist mit Euch nach Seh gereist, um wieder offener zu werden. Vielleicht seid Ihr ja ihre Lehrerin, edles Fräulein.«

»Die hohe Dama Okara ist meine Lehrerin, Shuyunsum, daß Ihr Euch da nur nicht täuscht. Ich hatte stets das Glück, ausgezeichnete Lehrer zu haben.«

»Es heißt, ein Kind lerne von seinen Eltern, doch die wirklich weisen Eltern lernen vom Kind, wie man sich freut. Laßt Euch nicht von Äußerlichkeiten täuschen; ein kluger Lehrer lernt stets vom Schüler.«

»Und was haben die verehrten Brüder vom initiierten Bruder Shuyun gelernt?« fragte unvermittelt Nishima und beobachtete genau, wie er reagierte.

Shuyun zuckte mit den Schultern. »Ich weiß es nicht, Nishima-sum, ich weiß es nicht.« Er streckte ihr die leeren Handflächen hin, als wollte er ihr die Leere selbst verdeutlichen.

»*Wir wissen nur das, was wir wissen wollen*«, meinte Nishima.

Der Mönch lächelte gequält. »Das hat Botahara uns gelehrt, Nishima-sum.«

Nishima machte eine Geste, als umfaßte sie ihr ganzes Leben, und ihr langer Ärmel beschrieb einen anmutigen Bogen. »Ich hatte das Glück, wundervolle Lehrer zu haben.«

»Bruder Satake?«

Nishima nickte. Es entstand ein peinliches Schweigen, während Nishima in der Holzkohle stocherte, bis die Funken stoben.

»Mein Orden hütet seine Lehren mit einer gewissen Eifersucht, Nishima-sum«, meinte Shuyun schließlich.

Abermals nickte sie und stocherte versonnen in der Glut. »Reicht mir Eure Hand, Shuyun-sum«, bat sie plötzlich, ergriff seine Hand und legte sie flach gegen die ihre. Sie regulierte ihren Atem mit einigem Geschick und drückte. Shuyun leistete einen Augenblick lang Widerstand, dann gab er ein wenig nach. Als sie abermals drückte, bot er kaum noch Widerstand. Shuyun spürte, wie das Chi strömte. Chi bei einer nichtinitiierten Frau – einer Adligen des Reiches Wa!

Nishima nahm seine Hand in die ihre. »So unglaublich Euch dies erscheinen mag, aber wir haben einige ganz ähnliche Erfahrungen gemacht, Shuyun-sum.«

»Bruder Satake hat seinen heiligen Eid gebrochen«, sagte Shuyun, während er spürte, wie seine Konzentration nachließ. Wenngleich er dies bereits vermutet hatte, so traf ihn die Gewißheit doch wie ein Schlag.

»Er hat nach seinem eigenen Eid gelebt, Shuyun-sum. Seine Lehrer hätten viel von Bruder Satake lernen können, aber sie waren in ihren Gewohnheiten gefangen.«

Shuyun löste seine Hand sanft aus der ihren. »Bitte … verzeiht mir … ich muß gehen.« Shuyun erhob sich ohne weitere Umschweife und ging benommen hinaus.

Nishima starrte lange Zeit auf die Tür, hinter der Shuyun verschwunden war. Dann schüttelte sie den Kopf. Sie zog das Tischchen zu sich heran und bereitete den Pinsel mit übertriebener Sorgfalt vor. Schließlich las sie die Zeilen, die sie bereits zu Papier gebracht hatte, dann arbeitete sie weiter.

*Das Ende des Kanals,*
*Wir haben die Ungewißheit durchquert,*
*Um hier anzukommen,*
*Wo Reinheit und Begehren*
*Sich mischen*

Es fehlten ihr die Worte, um ihren Gedankengang zum Abschluß zu bringen.

Shimeko wartete mit niedergeschlagenem Blick, während das edle Fräulein Nishima das Schriftstück, das sie aufgesetzt hatte, im trüben Morgenlicht, das durch die Papierschirme ihres Zimmers fiel, einer Prüfung unterzog. Die ehemalige botahistische Nonne saß vollkommen reglos da, wie man es sie gelehrt hatte, und nichts deutete auf den Aufruhr der Gefühle hin, der in ihrem Innern tobte. Würde sie tatsächlich in den Dienst einer verzogenen Aristokratin eintreten, die kaum älter war als sie selbst, nachdem sie zuvor einer angesehenen älteren Schwester gedient hatte?

»Das ist eine schöne Handschrift, Shimeko-sum, kräftig, ohne allzu schlicht zu sein.« Nishima nickte ihr zu, machte beinahe eine Verneigung. Sie legte das Blatt Papier beiseite und lächelte die junge Frau freundlich an. Shimeko hatte sich das Tuch eng um den Kopf gewickelt, damit man ihr kurzgeschorenes Haar nicht sah.

»Verzeiht meine Neugier, Shimeko-sum, aber ich frage mich doch, weshalb Ihr ausgerechnet den Shonto dienen wollt. Ihr braucht mir nicht zu sagen, weshalb Ihr die Schwesternschaft verlassen habt, aber der Dienst im Hause Shonto ist doch ganz etwas anderes.«

Shimeko antwortete ohne aufzusehen. »Wollt Ihr die Wahrheit hören, edles Fräulein?«

»Gewiß«, antwortete Nishima knapp und beherrscht.

»Ich habe nicht deshalb an Eurem Tor geklopft, um in den Dienst der Shonto einzutreten. Bruder Shuyun wollte ich meine Dienste anbieten.« Sie hatte den Blick noch immer niedergeschlagen, und ihr Tonfall klang ebenso gelassen wie zuvor.

»Ich verstehe. Dürfte ich den Grund erfahren?«

»Ich glaube, Bruder Shuyun ist reinen Geistes, edles Fräulein, unbefleckt von den Machenschaften seines Ordens.«

»Hm. Dann tretet Ihr also nur widerstrebend in meinen Dienst ein?«

»Nein, edles Fräulein, ich werde mit Freuden in dem Hause dienen, dem auch Bruder Shuyun dient.«

»Ich verstehe. Aber werdet Ihr Euch auch den neuen Gegebenheiten anpassen können, Shimeko-sum? Ihr braucht mir nicht mit solcher Demut zu begegnen, ich bin keine ältere Schwester, die von anderen vollkommene Unterwerfung verlangt.«

»Bitte verzeiht, edles Fräulein.« Sie sah auf und erwiderte einen Moment lang Nishimas Blick. Ihr zaghaftes Lächeln deutete an, daß sie durchaus lernfähig war. »Wenn mich jemand unterweist, werde ich gewiß rasch dazulernen.«

»Wir werden schon einen Lehrer für Euch finden, Shimeko-sum.« Nishima blickte erneut auf das beschriebene Blatt. »Ihr seid eine Gelehrte?«

»Ich war eine Novizin, edles Fräulein. Eine Novizin

kann nicht von sich behaupten, eine richtige Gelehrte zu sein. Im Vergleich zu den Schwestern, denen ich gedient habe, sind meine Fertigkeiten bescheiden.«

»Ich verstehe. Könntet Ihr mir Informationen aus den Palastarchiven heraussuchen?«

»Wenn die Informationen dort vorhanden und leidlich geordnet sind, dann sollte mir das wohl gelingen, edles Fräulein.«

»Gut. Das wollte ich wissen. Habt Ihr bei der Kanaldurchfahrt den Tempel der besiegten Brüder gesehen? Den man den Tempel der Liebenden nennt?«

»Edles Fräulein, es ist gefährlich, solche Dinge zu betrachten«, erwiderte die junge Frau und schlug abermals den Blick nieder.

»Dann habt Ihr also nicht hingeschaut?«

Die ehemalige Nonne kämpfte einen Augenblick lang mit sich, dann zuckte sie die Achseln, und ihre Wangen röteten sich.

»Nun, darauf kommt es auch nicht an. Ich möchte wissen, was die Gelehrten über die Sekte geschrieben haben, die diesen Tempel einmal bewohnt hat. Wohlgemerkt, die Gelehrten, nicht irgendwelche Botahisten. Die kaiserlichen Historiker konnten derlei Dinge gewiß nicht unkommentiert lassen. Traut Ihr Euch dies zu, ohne Euren Glauben zu verraten?«

»Meinen Glauben, edles Fräulein?« Sie beschrieb mit den Fingern einen Kreis auf dem Boden. »Ja, ich denke schon.«

»Ausgezeichnet. Ich benötige diese Informationen so bald wie möglich. Ich danke Euch.

Shimeko machte keine Anstalten, sich zu erheben.

»Ihr dürft Euch entfernen, Shimeko«, sagte Nishima.

»Ich danke Euch, edles Fräulein.« Sie verneigte sich nach Art der Botahisten und rutschte rückwärts zur Tür, ohne sich zu erheben.

»Shimeko?«

»Ja, Herrin?«

»Es ist Euch doch wohl bekannt, daß Bedienstete nur selten mit ›sum‹ angeredet werden?«

Die ehemalige Nonne hielt inne. »Bruder Shuyun nennt mich immer Shimeko-sum, Herrin«, erwiderte sie gleichmütig.

Nishima dachte einen Augenblick lang nach. »Dann werde ich Euch ebenfalls Shimeko-sum nennen.«

# 12

Schwester Sutso eilte einen scheinbar endlosen Gang entlang, bis sie endlich die gesuchte Tür gefunden hatte. Sie raffte das Gewand am Hals zusammen und öffnete die Tür, die auf den dunklen Hof hinausführte. Ein kalter Wind zerrte an ihrem Gewand und heulte um die Säulen. Hin und wieder näßte ein Regentropfen ihre Stirn, wenngleich es aufgrund des starken Winds gar nicht den Anschein hatte, als käme der Regen von oben. Die Sekretärin der Priorin eilte im Laufschritt weiter, hatte die nächste Tür, obwohl es stockfinster war, .nach kurzer Zeit gefunden, stieß sie auf und kam auf einen weiteren Gang.

Sie raffte das Gewand und rannte an mehreren Novizinnen vorbei, die sich über das unwürdige Verhalten einer älteren Schwester wunderten, mehrere Treppenabsätze hoch.

Einen weiteren Gang entlang, dann eine Abkürzung durch die Archive der Göttlichen Inspiration, schließlich folgte wieder ein Gang und eine breite Treppe. Dort erblickte sie ein Stockwerk tiefer in einer von vier Novizinnen getragenen Sänfte Schwester Saeja, die Priorin.

Sutso stieg die Treppe hinunter und verlangsamte ihre Schritte, als sie sich der Sänfte näherte. Sie regulierte mit eiserner Disziplin ihren Atem, damit es so aussah, als sei sie der Priorin ganz zufällig begegnet.

»Priorin«, sagte Sutso und verneigte sich so tief, wie es die Situation zuließ.

Es hatte den Anschein, als tauchten die Augen der alten Frau aus den tiefen Falten der Augenlider hervor. Sie nickte und schloß die Augen wieder, als kostete es sie zuviel Kraft, sie offenzuhalten.

»Kann ich irgend etwas für Euch tun, Priorin?« fragte Sutso mit lauter Stimme, damit die alte Frau sie auch verstand.

»Es läuft weiter alles nach Plan«, flüsterte die Priorin. »Fahrt mit den Vorbereitungen fort. Es bleibt nicht mehr viel Zeit.«

»Seid Ihr Verpflichtungen eingegangen, von denen ich nichts weiß?« fragte Sutso.

»Nein, mein Kind«, die Greisin bewegte langsam den Kopf von einer Seite zur anderen, »aber das kommt nicht unerwartet. Seit Morima-sums Prüfung haben sie sich zusammengerottet wie die Aasgeier, die sie in Wirklichkeit auch sind. Ich halte nur deshalb still, weil ich sie von wichtigeren Dingen ablenken will.« Die Falten formten sich zu einem Lächeln.

»Weshalb haben sie jetzt den Rat einberufen?«

»Sie wollen mich ermüden, mein Kind, das ist ihre wahre Absicht.« Die Priorin lächelte erneut. »Schwester Yasukos Brief. Sie haben erfahren, daß es außerhalb ihrer engen Welt Entwicklungen gibt, die ihre liebsten Pläne gefährden könnten. Seh ist auf einmal in aller Munde und hat Monarta als Lieblingsthema abgelöst.«

Die Sänfte schwankte leicht, dann hatten die Trägerinnen das Gleichgewicht wiederhergestellt. Die Priorin streckte ihre magere Hand aus. »Reicht mir die Hand, mein Kind. Ich möchte nicht allein die Treppe hinunterfallen.«

Sutso ergriff die welke Hand. Möge Botahara sie schützen, dachte sie. Soviel hängt ab von dieser Frau.

Als sie zu Schwester Sutsos Erleichterung den Fuß der Treppe erreicht hatten, wandten sie sich zum Beratungssaal. Ein Gong ertönte, die großen Türen schwangen auf, und es hatte den Anschein, als forderten die in die Holzpanele eingeschnitzten Türwächter sie zum Eintreten auf. Ein letzter Händedruck, und Sutso blieb unmittelbar vor dem Eingang stehen. Kurz darauf kehrten die Sänftenträgerinnen zurück, die Türen wurden geschlossen und würden sich erst dann wieder öffnen, wenn die Beratung vorbei war. Sutso schaute eine Weile lang die Türen an, dann eilte sie weiter. Es gab soviel zu tun.

Von den lackierten Deckenbalken hingen an Goldketten eindrucksvoll helle Lampen, die Schatten in die tiefsten Winkel des Raums und an die höchsten Stellen der Decke warfen. Der Boden aus poliertem Holz reflektierte das Licht wie ein Bronzespiegel, und die zwölf älteren knienden Schwestern, die in zwei Reihen angeordnet waren, schienen auf geheimnisvolle Weise Teil des Ganzen zu sein.

Die Priorin saß von Kissen gestützt vor dem Rat in der Sänfte. Die Reihen waren nicht sauber getrennt: vier der zwölf Schwestern, darunter auch ihre Wortführerin, gehörten Schwester Gatsas Faktion an: fünf, darunter die Schwester, die Morimas Platz eingenommen hatte, unterstützten die Priorin; und die verbliebenen drei nannte man hinter ihrem Rücken *Das Windspiel* – sie schwankten hierhin und dorthin und tönten je nach Windrichtung anders. Wie zu erwarten, wurde das Windspiel sowohl umworben als auch verachtet.

Die Schwestern verneigten sich bis auf den Boden, dann warteten sie schweigend.

»Wer hat den Rat einberufen?« stellte die Priorin die rituelle Frage.

Schwester Gatsa antwortete mit ihrer Aristokratenstimme. »Der Rat wurde aufgrund einer kollektiven Entscheidung der Zwölf einberufen, Priorin.«

»Dann möge in Wort und Tat der Wille Botaharas, unseres Herrn, geschehen.«

Man schlug das Zeichen Botaharas, und alle Anwesenden flehten lautlos den Vollkommenen Meister um Beistand an. Ein leiser Gongton eröffnete die Beratung.

»Wer möchte für die Zwölfe sprechen?« flüsterte die Priorin.

»Schwester Gatsa«, antworteten die Frauen im Chor.

Mit einem Kopfnicken erteilte die Priorin Schwester Gatsa das Wort.

Schwester Gatsa richtete sich zu eindrucksvoller Sitzgröße auf. »Priorin, verehrte Schwestern, es gibt Neuigkeiten aus der Provinz Seh, die unserem Orden Anlaß zu ernster Sorge geben. Es wird berichtet, an der Nordgrenze des Reichs sammle sich eine große Barbarenstreitmacht. Liegen unserem Orden Informationen über die dortige Lage vor?«

Es entstand ein Schweigen. Die Priorin musterte ihre Beraterinnen, die die Augen niedergeschlagen hatten, wie es Sitte war. Unwillkürlich fragte sich die Priorin, wer in der Priorei wohl eine Kopie von Schwester Yasukos Brief aufgestöbert haben mochte. Höchst ärgerlich.

»Mir liegen Informationen aus Seh vor, die diesen Sachverhalt zu bestätigen scheinen, Schwester Gatsa«, sagte die Priorin schließlich.

Durch den Rat lief eine kaum wahrnehmbare Welle des Unbehagens.

»Verzeiht meine Anmaßung, Priorin, aber hätte der Rat nicht darüber in Kenntnis gesetzt werden müssen?«

»In Kriegszeiten«, erwiderte die Priorin so leise, daß alle sich vorbeugen mußten, »ist die Priorin befugt, ohne Rücksprache mit dem Rat zu handeln. So war es schon immer.«

Gatsa nickte, ohne ihre Genugtuung ganz verhehlen zu können. Die Falle war bereitet. »Auf Kriegszeiten, Priorin, trifft dies zu. Bislang ist aber noch nicht Krieg, und für den Fall, daß eine solche Katastrophe über uns hereinbrechen sollte, gilt es für uns alle, Vorkehrungen zu treffen.«

»Ein gutes Argument, Schwester«, meinte die Priorin. »Sollen wir darüber abstimmen lassen?«

Schwester Gatsa zögerte merklich. Eigentlich hatte sie diesen Vorschlag unterbreiten wollen. »Wenn der Rat dies wünscht, Priorin.«

Die Priorin schenkte ihr ein strahlendes Lächeln, was Schwester Gatsa noch mehr verunsicherte. Die Priorin wußte natürlich, daß sie verlieren würde – so gut kannte sie den Rat schließlich. Doch wenn das Windspiel einmal gegen die Priorin gestimmt hätte, würde es dies von Mal zu Mal mit größerem Widerstreben tun, zumal dann, wenn ihm die Lage erst bewußt geworden war. Heute würde es nach den Worten der Priorin Saeja tönen, davon war die alte Frau überzeugt.

»Dann laßt uns fortfahren«, flüsterte die Priorin. Ja, sollten sie nur machen. In drei Stunden würden ihr alle Maßnahmen bestätigt werden, die sie bereits eingeleitet hatte. Sollten sich die Aasgeier daran nur den Magen verderben. Sie lächelte wieder, schloß die Augen und begann zu warten.

# 13

Der Große Audienzsaal des Reiches Wa war der größte Saal des bekannten Teils der Welt und galt als architektonisches und künstlerisches Meisterwerk. Die lackierten Säulenreihen, die den Hauptsaal säumten, waren jeweils aus einem einzigen Irokobaum geschnitzt und schimmerten in einem tiefen Glanz. Deckenbalken schwangen sich in anmutigem Bogen zur Dachkonstruktion empor, die in Schichtbauweise errichtet war, und aus der Höhe fiel aus unsichtbarer Quelle Licht nach unten. Der Marmorboden glänzte so sehr, daß sich alles wie in einem klaren, stillen See darin spiegelte.

Das Podest am Ende des Saals schien auf der ungekräuselten Wasseroberfläche zu schwimmen. Drei Treppenstufen aus feinster Jade führten zum Podest empor, deren einzelnen Blöcke so nahtlos aneinandergefügt waren, daß man einen einzigen massiven Block aus graublauem Stein zu erblicken meinte. Hinter dem Podest war auf sieben Tafeln inmitten stilisierter Wolken der Große Drache im Flug über einer Landschaft von bizarrer Schönheit abgebildet – dem mythischen Cho-Wa der Sieben Prinzen. Die Prinzen selbst saßen auf ihren grauen Rössern am Fuße des Bergs des Reinen Geistes, im Begriff, die Sieben Königreiche zu gründen, aus denen einmal das Reich Wa entstehen würde.

Zu Füßen der Mitteltafel stand der aus einem einzigen Block makelloser grüner Jade gemeißelte Drachenthron von Wa.

Auf dem Drachenthron saß Akantsu II., Kaiser von Wa. Die voluminösen Zeremonialgewänder flossen über den gemeißelten Stein und reichten fast bis auf den Boden, wo ein kleiner, gepolsterter Hocker seinen Fuß davor bewahrte, den Boden zu berühren. Das Zeremonialschwert war seitlich in einem silbernen Ständer untergebracht, und jedem, der ihn kannte, war klar, daß ihm das Schwert fehlte und er kaum wußte, wohin mit den Händen.

Die Minister der Linken und der Rechten saßen auf ihren angestammten Plätzen vor dem Podest, während im Saal der Große Staatsrat Platz genommen hatte: Mentoren, Höhere und Niedere Berater und die höheren Beamten der verschiedenen Ministerien. Sie alle waren streng geordnet und mit ihren Staatsgewändern bekleidet, ein reizvolles Muster aus Farben und Formen, jeder einzelne eine kleine Insel in der wie Wasser schimmernden Marmorfläche.

Hinter den hohen Würdenträgern saßen höhere Beamte, Sekretäre und Verwalter, und daran schlossen sich die mit Schmuckpanzern bekleideten stehenden Zeremonialwachen an – überwiegend jüngere Söhne bevorzugter Adliger.

Auf der ersten Stufe vor dem Podest kniete der Lordkanzler, der die Aufsicht über das Zeremoniell hatte, aufmerksam auf die geflüsterten Bemerkungen des Himmelssohns lauschte und sie dem Großen Rat verkündete.

Im Augenblick hörten alle einem höheren Berater zu, der sich in glühenden Worten über die jüngsten Bemühungen ausließ, Kanäle und Straßen von Wegelagerern zu säubern. Mehrere unbedeutende Erlasse, die in Wahrheit erst im nachhinein verkündet worden waren, wurden als Beweis großen Weitblicks hingestellt, und der höhere Berater verneigte sich in die Richtung der verantwortlichen Beamten – Angehörige seiner eigenen Faktion, wie alle Anwesenden wußten.

Während die großen Staatsmänner des Reichs dergestalt beschäftigt waren, saß der Mann, der den Kaiser zu diesen Maßnahmen veranlaßt hatte, schweigend in den Reihen der niederen Beamten. Es war völlig undenkbar, daß Oberst Jaku Tadamoto bei einem solchen Anlaß und vor einem solch erlesenen Publikum das Wort ergriff, doch in seinem Ärmel steckte die Aufforderung des Kaisers, ihn in seinen privaten Gemächern aufzusuchen. Er würde sich später am Tag allein mit dem Sohn des Himmels treffen – eine Auszeichnung, die noch nicht vielen der anwesenden Würdenträgern zuteil geworden war.

Die Versammlung nahm ihren Fortgang, eigentlich eher eine Zeremonie, denn die eigentlichen Regierungsgeschäfte wurden anderswo getätigt, in weniger eindrucksvollen Räumlichkeiten und mit weniger Beteiligten. Jaku Tadamoto wartete geduldig und bemühte sich, den Beratungen zu folgen, nicht des Inhalts wegen, sondern um sich über die wechselnden Allianzen im Rat auf dem laufenden zu halten. Gleichwohl ließ er den Blick umherschweifen und ertappte sich dabei, versonnen den Drachenthron zu betrachten und sich die Geschichte oder vielmehr den Mythos dieses uralten Machtsymbols zu vergegenwärtigen. Ehe der Kaiser seinen Blick bemerkte, sah er wieder weg, doch das Bild des Throns verweilte noch vor seinem inneren Auge.

Man erzählte sich, der Künstler Fujimi habe sich durch Fasten und Beten sieben Tage lang geläutert, bevor er sich mit dem unbearbeiteten Stein in seinem Atelier einschloß.

Fujimis Schüler versammelten sich vor den Türen, während der Meister zu Werke ging. Der Arbeitslärm dauerte bis weit in die Nacht an, und wann immer er verstummte, hörten die Schüler den Meister in einer unbekannten Sprache singen. Am frühen Morgen des zwölften Tages war auf einmal nichts mehr zu hören – keine Poliergeräusche, kein Singen ... Stille. Gegen Mittag machten sich die Schüler solche Sorgen, daß sie den ältesten dazu bestimmten, an der Tür zu klopfen und den Meister anzurufen. Dreimal tat er dies, erhielt aber keine Antwort, und im Atelier blieb es still. Sie warteten.

Am Abend beschlossen sie, die Türen zum Atelier aufzubrechen. Mit einiger Mühe wurde dies auch bewerkstelligt. Die Türen schwangen auf, und im Licht der untergehenden Sonne erblickten sie den Stein, der von innen heraus zu leuchten schien. Ein Drache schmiegte sich um den Thronsitz, der so lebensecht wirkte, als habe er sich mitten im Flug in Stein verwandelt.

Die Schüler verharrten in stiller Ehrfurcht, bis es dunkel wurde, dann erinnerten sie sich wieder an ihre eigentliche Absicht, zündeten Laternen an und durchsuchten das Haus. Der Meister war nirgends zu finden. Sämtliche Türen waren von innen verschlossen, doch Fujumi schien verschwunden und ward nie mehr gesehen.

Einige sagten, er habe sich zu den Göttern begeben. Andere meinten, er sei vom Großen Drachen getötet worden, weil er ihm die Seele geraubt und ihn im Stein eingeschlossen habe.

Als die Zeremonien abgeschlossen waren und sich der Kaiser und die höheren Würdenträger entfernt hatten, erhob sich Tadamoto und begab sich ohne Gefolge und Fanfare auf seine Gemächer. In der Abgeschiedenheit seines Arbeitszimmers nahm er einen Brief aus einem verschlossenen Kasten und hielt ihn einen Augenblick lang in der Hand, als bereitete ihm die Vorstellung, ihn zu öffnen, Unbehagen. Sorgfältig faltete er sodann das Blatt Papier auseinander, auf dem er die entschlüsselte

Fassung notiert hatte – in deutlich eleganterer Handschrift als sein Bruder im Original.

Tadamoto öffnete einen nahen Shoji einen Spalt weit, um ein wenig graues Winterlicht hereinzulassen, das zu verdunkeln eine Wolke ihr Bestes tat.

*Mein lieber Bruder:*

*Es bereitet mir einige Mühe, Dir zu schreiben, nicht nur wegen der Umstände unseres Abschieds, die ich tief bedaure, sondern auch, weil ich in Seh Entdeckungen gemacht habe, mit denen wir beide nicht gerechnet haben. Ich weiß nicht, wie ich Dich davon überzeugen soll, daß ich keiner Täuschung aufgesessen bin, doch ich muß es versuchen. Tadamoto-sum, ich schwöre bei unseren Eltern, daß jedes einzelne Wort wahr ist. Das Schicksal des Reiches Wa hängt von Deiner Fähigkeit ab, die Wahrheit zu erkennen – selten zuvor hat soviel von der Entscheidung eines Einzelnen abgehangen.*

*Es besteht kein Zweifel daran, daß sich an der Grenze von Seh eine Barbarenstreitmacht von niegekannter Größe darauf vorbereitet, im Frühjahr anzugreifen. Mir ist bewußt, daß dies der allgemein anerkannten Meinung widerspricht, wonach die Stämme zahlenmäßig geschwächt seien. Doch die öffentliche Meinung befindet sich im Irrtum, daran habe ich keinerlei Zweifel. Seh ist auf einen solchen Angriff nicht vorbereitet und wird binnen Tagen fallen.*

*Der Barbarenhäuptling, der die Stämme sammelte und sie über die Grenze führen wird, ist ein ernstzunehmender Gegner, vertraut mit der Lage in Seh und den Ränken am Kaiserhof. Ich bin sicher, daß der Kaiser keine Truppen zu Shontos Unterstützung entsenden wird. Der Barbarenanführer weiß dies sicherlich auch.*

*Die Barbaren werden sich mit Seh nicht zufriedengeben. Ihre Streitmacht ist groß genug, um es ihnen zu erlauben, weiter ins Reich Wa vorzudringen. Wenn wir unverzüglich damit beginnen, eine Armee aufzustellen, könnte es gelingen, den Vormarsch der Barbaren in der Provinz Itsa oder auch Chiba aufzuhalten. Wenn der Sohn des Himmels sich nicht davon überzeugen läßt, wird er den Thron an einen Barbarenhäuptling verlieren, und dies wäre nur eines der kleineren Übel, die eine solche Niederlage zeitigen würde.*

*Der Aufenthalt hier im Norden fällt mir schwer, denn ich bin mir meiner Mitverantwortung wohl bewußt. Wären sich die Einwohner Sehs über die Zerstörungen, die dieser Krieg mit sich bringen wird, im klaren, würden sie mich sicherlich nicht am Leben lassen. Statt dessen glauben sie nicht einmal, daß der Feind an ihrer Grenze lauert, und sind so verbohrt, daß sie auf Fürst Shonto Motoru nicht hören wollen. Ganz so, als habe das Haus Shonto nicht schon einmal große Opfer erbracht, um Seh vor den Barbaren zu retten.*

*Mir ist bewußt, daß der Kaiser meinen wird, ich habe mich auf die Seite Shontos geschlagen, trotzdem muß eine Möglichkeit gefunden werden, ihn zu überzeugen. Vor allem darfst Du Dich nicht mit dem Kaiser überwerfen, sonst hat die Vernunft bei Hofe überhaupt keine Stimme mehr.*

*Tadamoto-sum, ich bürde Dir eine schwere Verantwortung auf und muß gestehen, daß ich nicht weiß, wie Du ihr gerecht werden sollst, doch die Zukunft unseres Reiches hängt jetzt von Dir ab. Uns bleibt nichts anderes übrig als zu hoffen, daß es uns gelingen wird, den Vormarsch der Barbaren zu verlangsamen – um mehr zu bewirken, reichten die Männer von ganz Seh nicht aus.*

*Stets Dein Diener,*
*Katta*

Tadamoto ließ den Brief vor sich auf die Strohmatte fallen. Es war einfach unfaßbar! Falls Katta recht hatte, und dies zu glauben fiel ihm nicht schwer, dann war das Reich so gut wie verloren. Tadamoto kannte Akantsu II. so gut wie jedermann, und er glaubte keinen Augenblick lang, daß der Kaiser sich würde davon überzeugen lassen, daß Katta sich nicht bloß auf die Seite Shontos geschlagen hatte. Das Werben um die Fanisan-Tochter … damit hatte er sein Schicksal besiegelt. Es kam wirklich eins zum anderen.

Tadamoto nahm abermals den Brief zur Hand, las ein paar Zeilen, ließ ihn wieder fallen. Er schüttelte den Kopf. Katta, dachte er, weiß sich auszudrücken, darauf hat er sich seit jeher verstanden. Tadamoto hatte noch nie erlebt, daß sein Bruder beim Andenken an ihre Eltern geschworen hätte, ganz gleich, wie verzweifelt seine Lage auch gewesen sein mochte. Katta hatte gewußt, daß er seinen Bruder damit schwankend machen würde. Sollte er wirklich die Wahrheit sagen?

Tadamoto ließ sich gegen den Rahmen des offenen Shoji sinken und blickte in den wogenden Nebel hinaus, badete sein Gesicht in der kalten Luft. War das nicht typisch für Katta, daß er sich erst in eine unmögliche Lage brachte und dann von Tadamoto erwartete, daß dieser ihn herausholte? Botahara steh ihm bei – uns allen. Er war einfach unmöglich. Aber sagte er die Wahrheit? Wenn dem so war, und er weigerte sich, ihm zu glauben, dann trüge auch Tadamoto einen Teil der Verantwortung an der nachfolgenden Katastrophe – bloß weil er seinem eigenen Bruder nicht glauben wollte. Er rollte den Kopf am kühlen Holzrahmen. Katta, Katta, Katta. Weshalb verlangst du stets soviel von mir? Wie soll ich gleichzeitig dir und dem Kaiser gegenüber loyal sein?

Ein Gongschlag kündigte den Wachwechsel an. Er mußte sich auf die Audienz beim Kaiser vorbereiten. Während Tadamoto mit den Vorbereitungen begann, schweiften seine Gedanken zu Osha zurück. Zu Osha in den Armen des Kaisers. Ihrer beider Leben war augenblicklich in großer Gefahr, da hatte Osha ganz recht. Unablässig stellte er sich die immer gleiche Frage: Was war er bloß für ein Mann, daß er fortfuhr, dem Kaiser zu raten? Daß er ihn beriet, *ihn beschwichtigte*, während er gleichzeitig zuließ, daß die Frau, die er liebte, sich bei diesem Mann wie eine Straßendirne aufführte? Was war er bloß für ein Mann?

Tadamoto trug in Gegenwart des Kaisers niemals eine Rüstung, nicht einmal den leichten Dienstpanzer. Er fand dies affektiert, und der Umstand, daß Katta dies häufig getan hatte, war ihm seit jeher ein Ärgernis gewesen – oder hatte ihn vielmehr peinlich berührt. Tadamoto trug die schwarze Uniform mit dem Drachenemblem und den Rangabzeichen, das war alles. Und selbst die Uniform hätte er mit Leichtigkeit noch mehr herausputzen können.

Den jungen Jaku erzürnte die Besessenheit, die die Höflinge für Abzeichen und Gunstbeweise an den Tag legten. Welche Kleinlichkeit! *Durften Funktionäre des dritten Rangs eine Goldschärpe tragen? Durften Beamte des Ministeriums bei Zeremonien den spitzen Hut tragen?* Für Tadamoto lag es auf der Hand, daß sich die ehrbaren Würdenträger, die das Reich Wa regierten, weit eingehender mit der Palasthierarchie beschäftigten als mit dem Regieren.

Als ihm bewußt wurde, wie erbost er war, versuchte Tadamoto sich zu beruhigen. Es war die Beziehung Oshas zum Kaiser, die ihm so zusetzte. Er war ein Berater des Kaisers – und es war wichtig, daß er die Gefühle nicht beachtete.

Als amtierender Befehlshaber der Kaisergarde war er einen vertraulicheren Umgang mit dem Kaiser gewohnt als selbst die höchsten Beamten. Seit dem heutigen Großen Rat bereitete ihm dies eine gewisse Genugtuung. Er kniete vor dem Eingang zu den kaiserlichen Gemächern nieder und wartete darauf, gemeldet zu werden.

Den Kopf auf die Strohmatte gesenkt, wartete Tadamoto, bis der Kaiser geruhte, seine Anwesenheit zur Kenntnis zu nehmen.

»Oberst Jaku«, sagte der Kaiser, »bitte rührt Euch.«

Jaku richtete sich auf und näherte sich dem niedrigen Podest bis auf einen respektvollen Abstand.

»Ich danke Euch, Hoheit.«

Der Kaiser nickte. Er studierte gerade eine Schriftrolle und nahm Tadamoto kaum zur Kenntnis. »Habt Ihr einen Brief von Eurem Bruder erhalten, Oberst?«

»Ja, das habe ich, Hoheit.«

»Aber keinen Brief von Fürst Shonto?«

»Nein, Hoheit.«

Der Kaiser sah von der Schriftrolle auf und nahm einen Brief von einem kleinen Tisch. Er legte ihn vor dem Podest nieder, nickte und fuhr mit der Lektüre fort.

Tadamoto streckte sich, so weit es ging, bekam den Brief mit zwei Fingern zu fassen und zog ihn zu sich heran. Aha, dachte er, als er zu lesen begann, das ist also die Handschrift des berühmten Fürsten. Es war eine kräftige Handschrift im älteren Stil.

*Hoheit:*

*Wie ich Euch kürzlich schrieb, ist der Regierungswechsel in Seh abgeschlossen, und ich konnte mich daraufhin dem Problem der Übergriffe durch die Barbaren widmen. Die Lage hat sich als wesentlich komplizierter herausgestellt, als wir uns je hätten träumen lassen.*

*Da es hinsichtlich des Ausmaßes der Bedrohung und der hartnäckigen Gerüchte, wonach ein neuer Khan erschienen sei, keine Übereinstimmung unter der Landesfürsten gab, schien es mir geraten, mir auf unmittelbarem Weg Informationen zu beschaffen. Zu diesem Zweck habe ich heimlich äußerst verläßliche Leute in die Wüste entsandt. Dort stießen sie auf ein kürzlich aufgegebenes Lager, das siebzigtausend Kriegern Platz bot. Die Wüstenkundschafter kannten sich aus mit derlei Dingen, so daß ich an ihrer Schätzung keinerlei Zweifel habe. Die Armee hatte das Lager inzwischen abgebrochen, doch wurde noch eine Teilstreitkraft beobachtet, die etwa vierzigtausend Bewaffnete umfaßte, darunter zahlreiche Berittene.*

*Es liegt auf der Hand, daß es gegen Ende des Frühjahrs zu einer Invasion kommen wird. Ich glaube, daß mehr als nur Seh in Gefahr ist. Mittlerweile habe ich mich davon überzeugt, daß es in ganz Seh keine zwanzigtausend waffenfähige Männer gibt, von denen nur die Hälfte im Kriegshandwerk ausgebildet wurde. Es ist nicht ausgeschlossen, daß ganz Wa bedroht ist.*

*Ich glaube, Hoheit, das Reich hat sich seit den Zeiten Kaiser Jirris keiner vergleichbaren Bedrohung mehr gegenübergesehen. Wenn wir nicht bis zum Frühjahr eine Armee aufstellen, wird Seh fallen, und eine Barbarenstreitmacht wird entlang des Großen Kanals ins Reichsinnere vordringen.*

*Ich habe mit General Jaku Katta über dieses Thema gesprochen und glaube, er schließt sich meiner Einschätzung an. Ich kann die Gefahr, in der das Reich sich befindet, nicht genug herausstreichen.*

*Stets Euer Diener,*
*Shonto Motoru*

Tadamoto blickte zum Kaiser auf, der seine Lektüre unbeirrt fortsetzte.

»Was habt Ihr dazu zu sagen, Oberst?« fragte der Kaiser ohne aufzusehen.

»Einen ganz ähnlichen, wenn auch weniger gefühlsbetonten Brief habe ich von Katta-sum erhalten, Hoheit.« Tadamoto wog seine Worte sorgfältig ab. »Von hier aus läßt sich schwer beurteilen, was am anderen Ende des Reichs vor sich geht. Aus diesem Grund zögere ich, den Inhalt des Schreibens einfach abzutun.«

Der Kaiser sah von der Schriftrolle auf. »Was würdet Ihr mir raten, Oberst?«

»Ich hielte es für angebracht, die vorliegenden Informationen zunächst einmal zu erhärten. Wir sollten jemanden nach Seh entsenden, dessen Loyalität außer Zweifel steht.«

»Über solche Leute verfügte ich in Seh, Oberst Jaku.«

»Verzeiht, Hoheit?«

»Sie sind beinahe zeitgleich mit dem Eintreffen Eures Bruders in Seh verschwunden. Einfach weg.«

Tadamoto schluckte trocken.

»Die Zufälle scheinen Eurem Bruder zu folgen, Oberst, und das gibt mir zu denken.«

Tadamoto schwieg. Der Kaiser fixierte ihn kurz, und Tadamoto wandte unwillkürlich den Blick ab.

»Schreibt Eurem Bruder. Sagt ihm, daß wir ihn zum Interimsgouverneur von Seh ernennen werden, falls Shonto stürzt. Aber wenn er sich mit Shonto verbündet … dann ist er nicht mehr zu retten. Sagt Katta-sum, mein Groll sei verflogen, er mag zurückkehren, sobald er seine Aufgabe erfüllt hat. Vor allem aber findet heraus, was wirklich in der Provinz vorgeht – Euer Bruder wird es sicherlich wissen.« Der Kaiser legte die Schriftrolle beiseite und wandte sich Tadamoto zu. »Wir werden Gouverneur Shontos Bitte um Unterstützung nachkommen. Ich werde meinen Sohn, den Prinzen Wakaro, vor Frühlingsbeginn in Begleitung kaiserlicher Soldaten in den Norden entsenden – daß es sich lediglich um eine Ehrengarde handeln wird, braucht niemand zu wissen. Wir werden ihn damit beauftragen, Shonto beizustehen.«

Der Kaiser spielte mit einem Stapel Berichte. »Es schmerzt mich, Oberst, meinem Sohn dies anzutun, aber ... er ist ungeeignet zum Regieren.« Der Kaiser schüttelte matt den Kopf. Als er kurz zu Tadamoto aufsah, fragte sich dieser, ob es wirklich Kummer sei, was er in seiner Miene zu erkennen meinte. »Er taugt nicht zum Regieren ... das tun nur wenige.« Der Kaiser ließ den Kopf hängen und verharrte eine ganze Weile in dieser Haltung. »Bisweilen fällt es mir schwer, mein Amt wahrzunehmen, Tadamoto-sum ...«

Tadamoto nickte. »Hakata hat gesagt, Kaiser seien stets einsam, Hoheit. Wenn schwierige Entscheidungen anstehen, so trifft dies bedauerlicherweise zu.«

Der Kaiser nickte. »Ja«, flüsterte er. »Das wäre dann alles, Oberst, ich danke Euch.«

Tadamoto verneigte sich und zog sich zurück, doch als er an der Tür angelangt war, sprach ihn der Kaiser abermals an.

»Tadamoto-sum?«

»Hoheit?«

»Bitte laßt Osha zu mir schicken. Ich danke Euch.«

Jaku nickte und trat unter Verneigungen auf den Gang. Draußen angelangt, richtete er sich auf und entfernte sich vollkommen ruhigen Schritts.

Weshalb empfinde ich nichts? dachte er immer wieder. Weshalb nur? Ihm war, als befände er sich an einem Ort, an dem Gefühle nicht gediehen, an einem Ort des reinen Intellekts, an dem alle Gedanken kalt und teilnahmslos wirkten. Eigentlich hätte es furchterregend sein müssen, hätte er sich denn fürchten können.

Für meinen Bruder – das heißt, für den *Gouverneur* – besteht keine Hoffnung mehr. Sollte er zu Akantsus Lebzeiten in die Hauptstadt zurückkehren, würde Katta sterben. Und Osha … Der Kaiser zerstörte ihre Gefühle füreinander mit der gleichen Sicherheit, mit der er Kattas Tod anstrebte. Und Jaku Tadamoto war sein loyalster Berater. Er hörte sich lachen, ein schrilles, ersticktes Lachen. Doch auch dabei empfand er nichts.

# 14

Der für die Verwaltung der Akten der Provinz Seh zuständige Archivar wunderte sich, als eine junge Frau Zugang zu seinem Reich verlangte – und zwar die Sekretärin keiner geringeren als der Gouverneurstochter. Noch mehr wunderte er sich, als er feststellte, daß diese junge Frau, Shimeko-sum, nicht nur gebildet war, sondern der Ordnung, die er im Archiv wahrte, auch große Bewunderung entgegenbrachte. Selten hatte er seine Arbeit so gewürdigt gesehen, und unwillkürlich fragte er sich, weshalb seine eigenen Töchter nicht die gleiche Wißbegier entwickelten.

Shimeko erfüllte ihre Aufgabe sehr gewissenhaft, einerseits weil sie einen guten Eindruck auf ihre Herrin machen wollte, andererseits weil sie mit dieser Arbeit vertraut war, was in einer solch fremden Umgebung etwas Tröstliches hatte. Dies war ein gewisser Ausgleich dafür, daß sie in der Geschichte der Sekte des Achtfachen Pfads nur wenig Trost fand.

Die Aufzeichnungen der Historiker unterschieden sich stark von dem, was man sie gelehrt hatte. Wenngleich sie sich um einen übergeordneten Standpunkt bemühte, fand sie dies doch ausgesprochen verstörend. Und nun wollte diese junge Dame aus hohem Hause, daß Shimeko ihr alles mitteilte, was sie in Erfahrung gebracht hatte. Wie sollte sie das anstellen?

Shimeko sammelte sorgfältig die Schriftrollen und

Papiere ein und begab sich zu den Gemächern des edlen Fräuleins Nishima. Die Gänge des Gouverneurspalasts bildeten ein wahres Labyrinth, doch für Shimekos trainiertes Gedächtnis stellten sie keine große Herausforderung dar. Mehrere Klöster, in denen sie bereits gelebt hatte, waren mindestens ebenso verwinkelt gewesen.

Unterwegs stellte sie fest, daß man sich häufig nach ihr umdrehte und ihr nachschaute. Wahrscheinlich kam es nur selten vor, daß gescheiterte botahistische Schwestern in großen Adelshäusern in Dienst traten, doch das wußte sie nicht mit Bestimmtheit, und eigentlich schien es ihr auch unwichtig.

Um Zugang zu dem Flügel zu erhalten, in dem Nishimas Gemächer untergebracht waren, mußte Shimeko eine Losung nennen und ein Handzeichen geben, was sie daran erinnerte, daß sie sich auf dem Großen Kanal schon einmal ein Handzeichen der Shonto eingeprägt hatte. Doch das schien lange her zu sein.

Während sich ein Bediensteter zu Nishima begab, um sie anzumelden, bemühte sich Shimeko, ihre Nervosität im Zaum zu halten.

Das edle Fräulein Nishima war noch ganz aufgewühlt von der Unterhaltung, die sie mit Kitsura geführt hatte. Jaku Katta hatte sich tatsächlich bereiterklärt, seine Beziehungen spielen zu lassen, um bei Hofe herauszufinden, ob Kitsuras Familie in Gefahr war. Zu Nishimas Überraschung hatte er sich sogar erboten, der Familie Omawara heimlich einen Brief zustellen zu lassen – beides würde den Argwohn des Kaisers erregen, wenn er denn davon erfuhr, und das stand leider zu befürchten.

Bedeutete dies, daß Jaku tatsächlich bei Hofe in Ungnade gefallen war? Wenn es zutraf, dann war die Hoffnung ihres Onkels, Jaku könnte ihm die Unterstützung des Kaisers verschaffen, nicht nur unbegründet, sondern höchst gefährlich.

Dies alles war besorgniserregend. Sie berührte Jakus gefalteten Brief, den Kitsura ihr mitgebracht hatte, und bemühte sich, ihren Zorn zu bezähmen. Welche Anmaßung! Erst Kitsura Avancen zu machen und sie dann zu bitten, Nishima einen Brief zu überbringen! Selbst von einem kaiserlichen Gardisten sollte man eigentlich mehr erwarten können. Sie schauderte. Wie nahe sie doch daran gewesen war, sich zum Narren zu machen. Es hatte wirklich nicht viel gefehlt.

Jaku Katta war zweifellos ein Opportunist der schlimmsten Sorte. Und nun sprach alles dafür, daß er sich nicht mehr der Gunst des Kaisers erfreute. Sie brauchten bloß noch abzuwarten, ob eine Nachricht von Kitsuras Familie eintraf, dann würde sich zeigen, ob er tatsächlich das Risiko eingegangen war, den Brief zu übermitteln. Glaubte er wirklich, Kitsura Omawara sei auf seine Hilfe angewiesen, wenn sie ihrer Familie heimlich schreiben wollte?

Er traut uns so wenig zu, dachte Nishima nicht zum erstenmal. Mit einiger Mühe verdrängte sie Jaku aus ihren Gedanken.

Es war drei Tage her, seit Nishima die botahistische Nonne Shimeko gebeten hatte, im Archiv nach Informationen über den Kult zu stöbern, der in der Denji-Schlucht gelebt hatte, und Nishima hatte die ganze Zeit über ihre Neugier kaum zu bezähmen vermocht. Jetzt war Shimeko mit den Ergebnissen ihrer Recherche auf dem Weg zu ihr. Nishima vermochte sich kaum noch zu gedulden.

Zum Glück brauchte sie nicht lange zu warten. Eine Bedienstete klopfte am Shoji und meldete Shimekos Erscheinen.

»Ah, ja. Bitte bring sie her.«

Die junge Frau wurde hereingeleitet, kniete nieder und verneigte sich, wie Nishima auffiel, eher im üblichen Stil als nach Art ihres Ordens.

»Shimeko-sum, ich nehme an, man hat Euch eine Unterkunft gegeben und Euch unterwiesen, wie ich es angeordnet habe?«

»Das tat man, Herrin, ich danke Euch.«

»Fällt es Euch schwerer als zunächst gedacht? Das Leben außerhalb des Klosters, meine ich.«

Shimeko zuckte die Achseln. »So sehr unterscheidet es sich gar nicht vom Klosterleben, Herrin. Der Palast ist eine kleine Welt für sich, die nur selten mit der Außenwelt in Berührung kommt. In dieser Hinsicht verhält es sich ganz ähnlich wie früher. In anderer Hinsicht«, abermals hob sie die Schultern, »sind die Unterschiede größer.«

Nishima nickte. »Wie seid Ihr mit Eurer Recherche vorangekommen?«

»Es ist ein kleines Archiv, Herrin, wie in einer Randprovinz auch nicht anders zu erwarten. Daher gab es nur wenige Hinweise auf die Sekte des Achtfachen Pfads.« Sie breitete die Dokumente auf der Strohmatte vor sich aus.

»Die meisten Schriften, die sich mit der Sekte des Achtfachen Pfads befaßten, wurden während der sogenannten Tempelkriege vernichtet. Vieles, was heute geglaubt wird, beruht zweifellos auf Mutmaßungen. Wie Ihr vermutetet, haben die Historiker der damaligen Zeit – als Kaiser Chonso-sa regierte – sorgfältige Aufzeichnungen gemacht.

Die Tempel am See der Sieben Meister wurden nach dem Tode Botaharas, unseres Herrn, erbaut. Hinweise in den Reisejournalen des Fürsten Bashu deuteten darauf hin, daß sich dort bereits hundertsechzig Jahre nach seinem Verscheiden Anhänger Botaharas niederließen. Es ist möglich, daß die Bildnisse ursprünglich nicht zu Wohnzwecken dienten, sondern erst dann dazu verwendet wurden, als sich die botahistischen Sekten zu bekämpfen begannen. Verzeiht, Herrin, erzähle ich Euch da Dinge, die Euch bereits bekannt sind?«

»Ich gestehe, daß meine Geschichtskenntnisse höchst lückenhaft sind. Bitte fahrt fort.«

Shimeko blickte wieder auf die Dokumente nieder. »Nach dem Ableben Botaharas entstanden mehrere botahistische Lehrschulen, die von verschiedenen Adelshäusern oder sogar vom Kaiser gefördert wurden. Den Tempeln wurden häufig ausgedehnte Ländereien vermacht, die den Grundstock eines beträchtlichen Reichtums bildeten. Dieser Reichtum weckte die Begehrlichkeit verschiedener Adelshäuser – und bisweilen auch die des Kaisers. Dies führte dazu, daß sich die Botahisten eingehend mit dem Kriegshandwerk beschäftigten. Sie haben ihren Besitz unerbittlich verteidigt.

Damals waren die botahistischen Mönche bewaffnet, und einige Tempel unterhielten große Armeen. Sie wetteiferten mit dem Kaiser um Macht und Einfluß und richteten häufig Forderungen an den Großen Staatsrat, die die Regierung nicht zurückzuweisen wagte. Die Tempel bekriegten sich aber auch untereinander, und in dieser Zeit wurden zahlreiche botahistische Sekten vernichtet, darunter auch die des Achtfachen Pfads.«

Shimeko sah auf. »In diesem Punkt weichen die Aufzeichnungen von unseren Lehren ab, Herrin. Mir wurde gesagt, die Sekten wären von eifernden Anhängern rivalisierender Tempel und vom Kaiser vernichtet worden.« Sie wandte sich wieder den Dokumenten zu.

»Den Aufzeichnungen zufolge schwächten sich die botahistischen Tempel im Verlauf der Tempelkriege gegenseitig, worauf der Kaiser Chonso-sa die Gelegenheit beim Schopf ergriff und die verbliebenen Sekten zerschlug. Er begrenzte den Landbesitz der Botahisten und untersagte den Mönchen, Waffen zu tragen.«

Sie hielt einen Augenblick inne und deutete auf drei zusammengerollte Schriftrollen. »Dies ist hier zusammengefaßt, Herrin, vielleicht möchtet Ihr die Dokumente selber lesen.«

»Ich werde sie mir später anschauen, Shimeko-sum.

Es würde mich interessieren, woran diese Brüder geglaubt haben. Was war der Inhalt ihrer Lehre?«

Die ehemalige Nonne blickte auf die Papiere.

Nach allem, was Nishima über die Ausbildung der Nonnen wußte, war dieses Festklammern am geschriebenen Wort gänzlich unnötig – ihr Gedächtnis hätte vollkommen ausreichen müssen. Sehr eigenartig.

»Sie haben geglaubt, der Siebenfache Pfad führe zur Erleuchtung, Herrin.« Shimeko zögerte. »Außerdem dachten sie, der Liebesakt sei der Achte Pfad … Ihr sprecht von Brüdern, Herrin, aber es scheint so, als hätten auch Schwestern dazugehört.«

»Sehr merkwürdig. Ist Euch der Ursprung ihrer Überzeugungen bekannt, Shimeko-sum?« fragte Nishima bemüht beiläufig.

»In diesem Punkt sind sich die Gelehrten uneins. Es scheint so, als sei die Lehre der Sekte mit dem Glauben der Shodo-Einsiedler verwandt, wonach der Pfad durch die Welt des Scheins in der Überwindung der Sinnlichkeit besteht. Im Gegensatz zur Sekte des Achtfachen Pfads haben die Shodo-Einsiedler dies jedoch mittels Schmerzen bewirkt.« Shimeko atmete unwillkürlich tief durch. »Es heißt, sie hätten meditiert, indem sie sich Praktiken unterzogen, die man nur als Folter bezeichnen kann. Dabei gaben sie keinen Mucks von sich und ließen sich den Schmerz niemals anmerken, ganz gleich, was man mit ihnen anstellte. Man glaubt sogar, die Shodo-Meister wären imstande gewesen, den Schmerz in jede gewünschte andere Empfindung von entsprechender Intensität zu transformieren. Die Anhänger des Achtfachen Pfads hatten vielleicht ähnliche Ansichten, wenngleich sie die Lust an die Stelle des Schmerzes setzten.«

Das edle Fräulein Nishima unterdrückte ein Schaudern.

»Das steht alles hier geschrieben, Herrin«, sagte Shimeko mit Blick auf die ausgebreiteten Schriftrollen.

»Ja. Ihr meintet, die Gelehrten seien sich uneins?«

Shimeko nickte. »Es gibt auch noch andere Auffassungen. Ein Gelehrter behauptet, die Sekte habe geglaubt, die Seele sei in zwei Teile gespalten und könne allein durch den Liebesakt wieder geeint werden. Ein anderer vertritt die Ansicht, die Sekte des Achtfachen Pfads habe es für zwecklos gehalten, die Erscheinungen zu leugnen, und statt dessen gemeint, man müsse sich einen Weg durch sie hindurchsuchen, als wandelte man im Nebel. Die Sektenleute glaubten demnach, man müsse den trügerischen Charakter der Erscheinungswelt erfahren, um dahinter zu blicken, und Begierde sei das Wesen des Scheins. Andere Gelehrte vertreten wiederum andere Überzeugungen, doch das sind die wichtigsten Lehrmeinungen, Herrin.«

»Ich verstehe.« Nishima hing eine Weile ihren Gedanken nach, dann schaute sie ihre Sekretärin an. »Und was hat man Euch im Kloster gelehrt, Shimeko-sum?«

Shimeko schlug die Augen nieder. »Bloß daß der Achtfache Pfad gleichbedeutend sei mit Häresie, Herrin. Mehr brauchten Novizinnen nicht zu wissen.«

Nishima nickte. Das mochte wohl stimmen.

»Wäre das alles, Herrin?« fragte Shimeko.

Nishima lächelte. »Ich danke Euch für Eure Bemühungen, Shimeko-sum.« Sie glättete eine Falte ihres Gewands. »Da wäre noch etwas ... Bevor ich die Hauptstadt verlassen habe, kam mir zu Ohren, eine ältere Schwester Eures Ordens ... Eures ehemaligen Ordens habe sich an eine unserer Mägde herangemacht. Der Schwester ist es offenbar gelungen, einiges über mich und mein Haus in Erfahrung zu bringen. Wie kommt es, daß sie ein solches Interesse an mir hatte, Shimeko-sum?«

Shimeko öffnete die Hände. »Ihr seid eine Shonto, Herrin.«

»Und das ist schon alles?«

»Ich weiß es nicht, Herrin, aber es wäre sicherlich eine ausreichende Erklärung.«

»Ihr wißt nichts über irgendwelche Bestrebungen der Schwesternschaft, die Shonto auszuspionieren?«

Shimeko überlegte einen Augenblick. »Mir ist bekannt, Herrin, daß die ältere Schwester Morima, mit der ich nach Seh gereist bin, die Absicht hatte, Euren spirituellen Berater zu beobachten.«

»Bruder Shuyun«, bemerkte Nishima unnötigerweise.

»Ja, Herrin.«

»Weshalb?«

Shimeko blickte eine ganze Weile zu Boden. »Einige Schwestern«, flüsterte sie schließlich, »glauben, Bruder Shuyun sei der erwartete Große Lehrer. Der Udumbara in Monarta hat geblüht. Ich weiß, man sagt, das sei bloß ein Gerücht, aber es stimmt. Einige Schwestern haben ihn mit eigenen Augen gesehen.«

»Ich verstehe«, meinte Nishima, erschrocken darüber, wie tonlos ihre Stimme klang. Sie betrachtete die junge Frau, die in verkrampfter Haltung und mit niedergeschlagenem Blick vor ihr saß. Sie kämpft mit sich, wurde Nishima bewußt. »Glaubt Ihr, daß Shuyun-sum der Große Lehrer ist?«

Shimeko schien sich noch mehr in sich zurückzuziehen. »Bruder Shuyun streitet es ab, Herrin.« Sie zuckte mit den Schultern, wollte etwas sagen, dann bewegte sie abermals die Schultern, wie in einem leichten Krampf. »Vielleicht ... vielleicht ist er es ja wirklich nicht. Ich weiß es nicht.«

Die beiden Frauen saßen eine Weile schweigend da, der Abstand zwischen ihnen entsprach einem Abgrund der Erfahrung, des Glaubens und der Begierde.

»Das wäre dann alles, Shimeko-sum«, erklärte Nishima abschließend. »Ich danke Euch.«

# 15

Zum Fest des Ersten Mondes fiel gegen Abend Schnee – der Wolkeninhalt schwebte zur Erde nieder und bedeckte Seh wie der Pflaumenblütenwind des Frühlings mit einer weißen Schicht. Schnee fiel in der Provinz Seh nur selten – und wenn, dann mäßig – und wurde daher freudig begrüßt, da er eine Abwechslung vom Winterregen bot. Das Fest des Ersten Mondes nahm indes seinen planmäßigen Verlauf.

Die Einwohner von Seh versammelten sich in den Dörfern und den Residenzen der Lehnsfürsten, wo die Riten und Festlichkeiten stattfanden. Die bei weitem erlesenste, wenn nicht gar die größte Gesellschaft fand sich auf dem Haupthof des Gouverneurspalasts ein. Viele der Adligen der Nordprovinz hatten die Einladung angenommen, und es war kein Zufall, daß diese Fürsten die militärische Macht von Seh repräsentierten.

Der Gouverneur beobachtete die Festlichkeiten vom Kopf der überdachten Treppe aus, die vom Großen Saal zum Hof hinunterführte. Fürst Shonto, dem das ungewohnte Staatsgewand lästig war, saß auf dem Ehrenplatz und erweckte den Eindruck, von dem Schauspiel, das sich ihm bot, ganz gefangen zu sein. Auf der Treppe saßen Nishima und Kitsura, die höheren Beamten des Rates von Seh, mehrere hochrangige Fürsten und verschiedene hohe Gäste, darunter die erlauchte Dame Okara. Diejenigen, die nicht bei Fürst Shonto in relativer Behaglichkeit saßen, standen unter aufgespannten Sonnenschirmen auf dem Hof herum. An gespannten Leinen aufgehängte Laternen warfen ein angenehmes Licht auf die langen Seidengewänder und den herabrieselnden Schnee.

Als Füchse, Bären und Eulen verkleidete Kinder führten, begleitet von Flöten und Trommeln, einen Tanz auf. Der Tanz war kompliziert für ihr Alter und von steifen Bewegungen geprägt, gleichwohl gab es keinen einzigen Fehltritt. Die Darsteller füllten ihre Rollen mit großem Ernst aus, ohne sich bewußt zu sein, daß die Tanzvorführung wohl eher zum Unterhaltungsteil des Abends gehörte.

Zuvor hatten botahistische Mönche zur Feier des Ersten Mondes uralte Riten vollzogen, die ein erfolgreiches und harmonisches Jahr einleiten sollten – sie hatten in alle vier Himmelsrichtungen Räucherwerk verbrannt und das Gebet des Frühlingsregens gesungen. Im Anschluß daran nahm die Feier allerdings einen festlicheren Charakter an. Bunte Seidenbanner regten sich im flauen Wind, was auch für die prachtvollen Gewänder der anwesenden Männer und Frauen galt. Parfümduft mischte sich mit dem Geruch verbrannten Öls und dem beißenden Holzkohlegeruch, als wäre der Hof ein einziges großes Duftbecken.

Der Tanz der Kinder endete, und Fürst Shonto in seiner Eigenschaft als offizieller Gastgeber gratulierte den Darstellern, als wären sie die beste Sonsatruppe von ganz Wa. Geschenke wurden verteilt, und die Tänzer bekundeten ihren Dank mit einer anmutigen Verneigung.

Bedienstete eilten mit Kesseln voll dampfenden Reisweins umher, denn der gehörte zum Erscheinen des Ersten Mondes unbedingt dazu. Bange Blicke suchten den Himmel ab, in der Hoffnung, an einer günstigen Stelle werde sich eine Lücke in der Wolkendecke auftun, doch bald schon fanden sie ein anderes Ziel.

Eine plötzlich auflodernde Flamme kündigte das Erscheinen des Drachen an, der von einer der besten Tänzerinnen von Seh dargestellt wurde. Die hohe Dame Okara hatte persönlich Hand an das Kostüm gelegt, und ihre Bemühungen im Verein mit der Kunstfertigkeit der Tänzerin erzielten eine verblüffende Wirkung. Das langschwänzige, blaugeschuppte Ungeheuer glitt zum Vergnügen von Männern, Frauen und Kindern auf höchst überzeugende Weise von Schatten zu Schatten. Nach mehreren vergeblichen Versuchen gelang es dem Drachen, den Mond einzufangen, eine von einer Laterne erhellte silberne Scheibe. Bedienstete hatten derweil die meisten Laternen gelöscht, so daß der Hof im Halbdunkel lag.

In der Ferne ertönte ein Muschelhorn, ein langer, trauriger Ton, gedämpft vom fallenden Schnee. Der Drache glitt weiter und ergötzte sich an seiner Beute. Abermals der Ton, diesmal aus größerer Nähe. Der Drache spitzte die Ohren, fuhr dann aber mit der Erkundung des Hofes fort und stürzte plötzlich auf eine Gruppe von Kindern zu, die johlend flohen.

Von einer nahe gelegenen Mauer erscholl ein langanhaltender Ton. Der Drache blieb unvermittelt stehen, wandte sich dramatisch um. Flammen loderten aus einem strategisch plazierten Kessel, als speite der Drache Feuer.

Von hinten angestrahlt, tauchte unter einem großen Bogen Yoshinaga auf, der Siebte Prinz, der sein graues Roß am Zügel nachführte. Der Drache schlug mit dem Schwanz und schwankte hin und her.

Der zweite Tänzer ließ sein Pferd zurück, zog das Schwert und trat auf den Hof. Es entspann sich ein Kampf – die Verschlagenheit des klauenbewehrten Drachen gegen menschlichen Mut und stählerne Klinge. Der Tanz war uralt, und es verwunderte die Besucher aus der Hauptstadt, daß man sich in Seh einige Freiheiten herausgenommen hatte.

Holztrommeln dröhnten in einem unheilkündenden Rhythmus. Der Höhepunkt des Kampfes bestand darin, daß Yoshinaga, eingewickelt in den Drachenschwanz, dem Untier das Schwert in die ungeschützte Brust rammte. Als der Drache über ihm zusammenbrach, schleuderte der Prinz mit letzter Kraft die Mondscheibe in die Dunkelheit.

Alle drehten sich um, denn eigentlich hätte nun der Erste Mond über der Mauer aufgehen sollen. Ein schwacher Schimmer in der Wolkendecke wurde immer stärker, und dann erschien, begleitet von einem erleichterten Aufseufzen, der Mond in einer kleinen Wolkenlücke, und die Schalen mit Reiswein wurden gehoben. Daraufhin wandten sich die Blicke zur Erde nieder, wo der Geist Yoshinagas, der mittlerweile in ein weiß fließendes Gewand gekleidet war, sein graues Roß bestieg und in die Nacht davonritt. Der Drache war verschwunden.

Im Anschluß an die Vorführung begab sich die Gesellschaft allmählich nach drinnen, und nur wenige harrten auf dem Hof aus, um vielleicht noch einen Blick auf eine Glück verheißende Sternschnuppe – der Sage nach der über den Himmel reitende Yoshinaga – zu erhaschen.

Es bildeten sich einzelne Grüppchen, die sich in drei Sälen verteilten. Musik und Tanz, Gedichte und endloses Geplauder standen auf dem Speiseplan, und es gab niemanden, der sich über die zu üppige Kost beklagt hätte.

Nishima plante ihre Aktivitäten so, daß sie General Jaku Katta aus dem Weg ging, und legte dabei eine solche Raffinesse an den Tag, daß dem General allmählich dämmerte, daß das hohe Fräulein als Taktikerin größeres Geschick bewies, als er jemals angestrebt hatte. Einmal, als er dicht davor stand, mit ihr zu sprechen, verwickelte Nishima ihn in eine Unterhaltung mit einigen der größten Langeweilern der Provinz Seh und ließ ihn dann stehen, ohne daß es ihm möglich gewesen wäre, sich auf ebenso höfliche Weise zu entschuldigen wie sie.

Nishimas geübtem Blick entging nicht, daß einige der einflußreicheren Fürsten sowie die meisten von Fürst Shontos Beratern sich zurückgezogen hatten. Als sie sich zum Podest des Gouverneurs umwandte, schlüpfte ihr Vater, gefolgt von seiner Leibgarde und Bruder Shuyun, gerade durch einen geöffneten Wandschirm hinaus. Nishima sandte ein Stoßgebet gen Himmel.

In dem Raum hatten sich etwa anderthalb Dutzend Personen versammelt, die – alle mit den kostbarsten Gewändern bekleidet – sich auf Seidenkissen niedergelassen hatten. Shonto saß vor ihnen auf einem niedrigen Podest, und zu seiner Rechten und Linken knieten der Lordkanzler, Fürst Gitoyo und der alte Fürst Akima, der Kriegsminister. Kamu, General Hojo und Bruder Shuyun sowie die höheren Berater des Fürsten saßen ganz in der Nähe, während General Jaku und Fürst Komawara gleich dahinter kamen.

Vor dem Podest saßen die Fürsten der wichtigsten Adelshäuser von Seh, ein jeder in Begleitung von Verwandten und höheren Stabsangehörigen. Besonders hervorzuheben waren der Fürst des Hauses Toshaki in Begleitung seines ältesten Sohns und General Toshaki Shinga, der Befehlshaber der Garnison von Seh. Shonto hatte bereits viel von Fürst Toshaki gehört und war erstaunt über dessen jugendliche Erscheinung. Toshaki hatte schon mindestens siebzig Mondfeste erlebt, machte aber den Eindruck eines Mannes, dessen Haar und Bart viel zu früh ergraut waren. Fürst Toshaki war sich seiner Stellung in Seh wohl bewußt, und obwohl er keinen besonderen Abstand zu den anderen einhielt, schien er gleichwohl für sich allein zu sitzen. Wenn Shonto ihn richtig einschätzte, würde Fürst Toshaki seinen Verwandten Toshaki Shinga für sich sprechen lassen.

Als einziger Vertreter eines der größeren Adelshäuser der Provinz war Fürst Taiki Kiyorama lediglich in Begleitung seines höchsten Offiziers erschienen, und in Anerkennung der Verdienste, die Shuyun und Kamu sich um seinen Sohn erworben hatten, der im Palastgarten beinahe ums Leben gekommen wäre, verneigte er sich tiefer vor ihnen, als die Etikette es erfordert hätte.

Fürst Ranan stand auf einem anderen Blatt. Das Haus Ranan war zweihundert Jahre lang in Seh die rechte Hand der Hanama-Kaiser gewesen und hatte sich entsprechend bereichert. Zu behaupten, sie würden im Norden verabscheut, wäre stark untertrieben gewesen. Aber sie waren reich und hatten in der Provinz noch immer eine mächtige Stellung inne, wenngleich die Toshaki mittlerweile in der Gunst des Kaisers nominell höher standen.

Wenn Shonto eine Armee aufstellen wollte, mußte er die Unterstützung dieser Gruppe gewinnen. Fürst Taiki bereitete seine Streitkräfte bereits vor, doch die Rivalität zwischen den Toshaki und den Ranan stellte eine schlechte Voraussetzung für ein mögliches Bündnis dar.

Shonto nickte Kamu zu, der sich draufhin vor den versammelten Fürsten und Würdenträgern verneigte.

»Fürst Shonto Motoru, kaiserlicher Gouverneur der Provinz Seh.«

Alle Anwesenden verneigten sich so tief, wie ihre Stellung es erforderte, dann richteten sie sich wieder auf.

Shonto erwiderte ihre Verneigungen mit einem Kopfnicken und musterte eine Weile schweigend die Versammlung. »Es bedeutet eine Ehre für das Haus Shonto, daß Ihr gekommen seid, Fürsten von Seh. Der Ahne, dessen Namen ich trage, ist zusammen mit Euren Großvätern und Urgroßvätern in die Schlacht geritten.« Shonto griff hinter sich und nahm das Schwert vom Ständer. »Dies ist das Schwert, das mein Großvater dem Kaiser Jirri schenkte – um beide ranken sich mittlerweile Legenden –, doch ein Kaiser ritt mit diesem Schwert in die Schlacht, und Seh hat seine Grenzen verteidigt.« Er hielt inne und blickte von einem zu anderen.

»Der Kaiser hat mich beauftragt, den Übergriffen seitens der Barbaren ein Ende zu machen, und auf diese Aufgabe habe ich mich konzentriert. Schon bald stellte sich heraus, daß wir uns einen Überblick über die Lage in der Wüste verschaffen mußten. Wir entschieden uns für den direkten Weg – und schickten Männer in die Wüste, damit sie sich mit eigenen Augen ein Bild von der Lage machen konnten.«

Ein Ruck lief durch die Versammlung, Blicke wurden gewechselt, dann sahen alle wieder Shonto an.

»Ihr sollt gleich erfahren, was wir dort vorfanden, und Ihr werdet die Neuigkeiten sicherlich ebenso beunruhigend finden wie ich. Wir stehen vor großen Entscheidungen, da unser Handeln Auswirkungen auf das Geschick des ganzen Reichs haben wird. Mögen zukünftige Generationen einmal von uns sagen können, wir wären erfüllt gewesen von der Weisheit Hakatas und dem Mut Kaiser Jirris.

Wir sollten offen miteinander reden, verehrte Fürsten, denn falsche Zurückhaltung und verborgene Absichten wären für uns ebenso tödlich wie ein Barbarenschwert. Ich würde Eure geheimsten Gedanken gern erfahren, Fürsten von Seh, wenn Ihr mir denn die Ehre erweisen wollt, sie mir anzuvertrauen.« Shonto schwieg einen Augenblick, und ehe er fortfahren konnte, verneigte sich ein Kusin des Fürsten Ranan und ergriff das Wort.

»In diesem Sinne, Fürst Gouverneur, möchte ich mich nach den Gerüchten erkundigen, die man sich in Seh hinter vorgehaltener Hand erzählt.« Er war bereits älter und offenbar wegen seiner Sprechweise ausgewählt worden, denn er hörte sich an wie ein alter Gelehrter, wirkte aber so zäh wie ein alter Bauer. »Die

Leute fragen: Wo sind die Kintari? Außerdem heißt es, Ihr hättet einen Barbaren in Euren Diensten.«

Obwohl diese kühnen Fragen offener vorgebracht wurden als einem kaiserlichen Gouverneur gegenüber angemessen gewesen wäre, von einem solch mächtigen Fürsten ganz zu schweigen, ließen die Männer von Seh Zustimmung erkennen.

»Fürst Ranan«, erwiderte Shonto mit leiser Stimme, »die gleiche Frage hinsichtlich der Kintari stelle ich mir auch …« Er legte sich das Schwert über die Knie. »Was den Barbaren angeht, so werden wir gleich über ihn sprechen, wenn Ihr damit einverstanden seid, von unserem Vorstoß in die Wüste zu erfahren.«

Als die Fürsten nickten, fuhr Shonto fort.

»Da es für Einwohner von Seh schwer ist, das Barbarenland zu bereisen, sind wir ein gewisses Risiko eingegangen. Die einzigen Bewohner des Reichs, die darauf hoffen können, eine Begegnung mit Stammesleuten unbeschadet zu überstehen, sind die heilkundigen Brüder. Daher ist Bruder Shuyun, mein Berater, über unsere Grenze hinaus in die Wüste vorgestoßen. Ihn begleitete Fürst Komawara, der sich als botahistischer Mönch verkleidet hatte.«

Als Shonto Komawara zunickte, verneigte sich dieser. Den Verband hatte er abgenommen, und die kleine, gerötete Narbe, die er von seiner Verletzung zurückbehalten hatte, verbarg das nachgewachsene Haar.

»Bruder Shuyun und ich sind zur Zeit des Feldbrandfests aufgebrochen«, begann Komawara in gespreiztem, aber kräftigem Ton. »Obwohl wir auf immer mehr Spuren von Barbarenpatrouillen stießen, je weiter wir kamen, begegneten wir doch tagelang keinen Stammesleuten. An der Quelle der Brüder fanden wir Hinweise darauf, daß sie von den Barbaren als Lager genutzt wurde, wenngleich zu dem Zeitpunkt niemand zugegen war. Über ihren Verbleib lassen sich nur Mutmaßungen anstellen.

Wir drangen weiter in die Steppe vor und näherten uns allmählich dem Rand der eigentlichen Wüste. Dabei gerieten wir in den Hinterhalt einer Bande von Barbaren, konnten die Angreifer aufgrund der besonderen Fertigkeiten Bruder Shuyuns aber überwältigen. Einen verhörten wir – Bruder Shuyun spricht ihre Sprache – und erfuhren, daß sie einem Stamm angehörten, der sich vor dem Khan verborgen hält, da er sich dessen Streitmacht nicht anschließen will.

Nachdem wir uns überzeugt hatten, daß diese Leute nicht auf dem Gebiet von Seh auf Raub ausgingen, erklärten wir uns bereit, ihnen als Gegenleistung dafür, daß einer von ihnen uns führen würde, das Leben zu schenken.«

Abermals wechselten die Fürsten Blicke, sagten aber nichts.

»Dies ist der Nomade, auf den sich die Gerüchte beziehen, die Euch zu Ohren gekommen sind, Fürst Ranan. Aufgrund unserer lückenhaften Kenntnisse über die Gebräuche der Nomaden wußten wir nicht, daß dieser Barbar sein Leben und seine Ehre für das Leben seiner Stammesgenossen eingetauscht hatte. Aus diesem Grund ist er noch immer bei uns. Seine Ehre gebietet es ihm, Bruder Shuyun zu dienen, und zwar unwiderruflich.«

»Barbarenehre?« höhnte General Toshaki. »Wohl eher ein Spion in unserer Mitte, Fürst Komawara.«

»Ich habe mein Leben schon mehr als einmal in die Hände dieses Barbaren gelegt, General. Ich lebe immer noch. Nach eigener Aussage ist er nicht allein durch die Ehre gebunden. Er fürchtet den Stammeshäuptling, der der Goldene Khan genannt wird, und glaubt, dieser Mann werde Unheil über die Stämme bringen.«

»In diesem Punkt immerhin erweist er sich als klug«, bemerkte General Toshaki, und die übrigen Fürsten lächelten dazu.

Komawara fuhr mit seinem Bericht fort, ohne aber

den Drachenschrein oder die Goldmünzen zu erwähnen. Die Fürsten von Seh hörten ihn höflich an, bis Komawara das Heerlager beschrieb, das sie in der Wüste entdeckt hatten.

»Verzeiht, Fürst Shonto, Fürst Komawara«, fiel ihm Akima ins Wort. »Aber ich habe Schwierigkeiten, mir eine Barbarenstreitmacht vorzustellen, die mehr Krieger umfaßt, als die gesamte Barbarenpopulation überhaupt Köpfe zählt. Wie erklärt Ihr das?«

»Da mir das Ergebnis der letzten kaiserlichen Volkszählung auf dem Gebiet der Barbaren unbekannt ist«, entgegnete Komawara sarkastisch, »kann ich Eure Frage nicht beantworten, Fürst Akima. Wann wurden diese Zahlen erhoben?«

»Verehrte Herren«, mischte Kamu sich ein, »ehe wir anfangen, darüber zu streiten, was möglich ist und was nicht, sollten wir uns vielleicht anhören, was Fürst Komawara und Bruder Shuyun mit eigenen Augen gesehen haben.«

Akima und Komawara deuteten eine Verneigung zum Podest hin an.

»Nachdem wir das Lager inspiziert hatten, folgten wir der Spur, die die Streitmacht auf dem Weg zur Grenze zurückgelassen hatte. Nach einem Tag hatten wir sie eingeholt. Von einer Anhöhe aus erblickten wir eine Barbarenstreitmacht von mindestens vierzigtausend Kriegern. Es war heller Tag – ein Irrtum schien ausgeschlossen. Die Armee wandte sich nach Osten, wahrscheinlich um bei den Stämmen der Steppe zu überwintern. Anschließend ritten wir so rasch wie möglich nach Seh zurück.« Komawara verneigte sich vor Shonto und den anwesenden Fürsten, dann wartete er in angespannter Haltung.

»Ich danke Euch, Fürst Komawara. Ich spreche Euch und Bruder Shuyun meine Anerkennung dafür aus, daß Ihr in diesen schwierigen Zeiten ein solches Wagnis auf Euch genommen habt.« Shonto wandte sich an die versammelten Fürsten. »Wie Ihr seht, verlangt die Lage nach entschlossenen Maßnahmen. Jetzt ist der richtige Zeitpunkt, Fragen zu stellen und zu diskutieren, meine Herren.«

Niemand sagte etwas. Shonto fragte sich, wer wohl zum Sprecher auserkoren würde, und verfolgte mit Interesse den lautlosen Auswahlprozeß. Schließlich verneigte sich General Toshaki Shinga vor dem Gouverneur. Aha, dachte Shonto, dann führt Toshaki also hier das Wort.

»Das ist eine heikle Situation, Gouverneur Shonto. Man hat uns gebeten, freimütig unsere Gedanken zu äußern, doch ich für mein Teil möchte keinen der Anwesenden dadurch beleidigen, daß ich seine Überzeugungen anfechte ... oder seine Urteilsfähigkeit in Zweifel ziehe.«

»General Toshaki, bei den Beratungen der Shonto ist es Brauch, sich freimütig auszusprechen – alles andere wäre von Übel. Sollte dies bedeuten, daß Ihr mir oder einem Angehörigen meines Stabes widersprechen müßt, so möge es denn sein. Bitte sprecht ebenso offen, als würdet Ihr Euch mit Eurem eigenen Stab beraten.«

Toshaki verneigte sich. »Der geschätzte Umfang der Barbarenstreitmacht scheint mir außerhalb des Möglichen zu liegen, wenngleich ich zögere, die Beobachtungen Fürst Komawaras und Bruder Shuyuns in Zweifel zu ziehen«, setzte er eilig hinzu. »Wäre es vielleicht möglich, daß sich die Barbaren untereinander bekriegen?«

Shonto wandte sich an Shuyun, der sich zweimal in rascher Folge verneigte.

Seine Stimme überraschte die Gesellschaft; er sprach leise und ruhig, als habe er es nicht nötig, irgend jemanden von seinen Ansichten zu überzeugen. »Der von Fürst Komawara erwähnte Nomade ist der Ansicht, der Khan sei entschlossen, im Frühjahr in Seh einzufallen. Nur wenige Stämme verweigern ihm die Gefolgschaft,

Fürst Toshaki, und sie sind weit verstreut. Sie stellen keine Bedrohung für den Khan dar. Der einzige einleuchtende Grund, eine solche Streitmacht aufzustellen, ist meiner Ansicht nach der, daß er beabsichtigt, gegen das Reich Krieg zu führen.«

»Verzeiht, Bruder, doch es fällt mir schwer, einem Barbaren zu glauben«, entgegnete General Toshaki in ruhigem Ton.

Shuyun verzog keine Miene, während Komawaras Haut leicht eindunkelte.

Als sich Fürst Ranans Verwandter verneigte, nickte Kamu ihm zu.

»Fürst«, sagte der Jüngling in respektvollem Ton, »es gibt noch eine Frage, die wir Euch gern stellen würden.« Er holte einen kleinen Lederbeutel aus dem Ärmel und öffnete ihn umständlich. Er holte etwas heraus, reichte es einem Offizier der Ranan, der es wiederum an Kamu weitergab.

Shontos Haushofmeister legte den kleinen Gegenstand auf das Podest, doch der Fürst nahm ihn kaum zur Kenntnis.

»Nun, Fürst Ranan?« fragte Shonto. Die Anwesenden versuchten zu erkennen, was da auf dem Podest lag.

»Solche Münzen wurden bei einem Barbaren gefunden, der auf dem Westlehen meines Fürsten auf Raub aus war. Auf einer Seite ist ein merkwürdiger Drache eingeprägt. Mein Fürst würde gern wissen, was das zu bedeuten hat. Unseres Wissens wurde bislang noch nie Gold bei den Barbaren gefunden.«

Shonto stupste die Münze mit der Schwertspitze an. »Zeigt sie den anderen«, befahl Shonto ruhig, worauf Kamu die Münze Fürst Akima reichte.

»Was Ihr da seht, Fürsten von Seh, ist ein Talisman des Kults, der in Verbindung mit dem Khan steht, der in letzter Zeit in Erscheinung trat.«

»Dann seht Ihr derartige Münzen also nicht zum erstenmal, Fürst Shonto?«

Shonto nickte. »Sie wurden bereits bei ähnlichen Übergriffen der Barbaren sichergestellt.«

»Ihr scheint eine Menge zu wissen, Fürst Shonto«, bemerkte der ältere Ranan-Fürst. Seine Stimme war tief und volltönend und hatte von den Stimmen, die bislang zu hören gewesen waren, das größte Gewicht. »Schürfen die Barbaren also Gold? Oder haben sie das Gold irgendwo gestohlen? Stammt es vielleicht aus dem geheimen Schatz eines Fürsten?«

Shonto besann sich kurz. »Das Gold stammt aus Yankura, Fürst Ranan, mehr wissen wir nicht. Wie es in die Wüste gelangt, ist bislang noch unklar. Ebensowenig ist bekannt, welchem Zweck es dient.«

Man meinte beinahe, den Schnee auf dem Hof fallen zu hören. Der ältere Ranan-Fürst fixierte seine Handfläche, als stünde dort geschrieben, was er als nächstes sagen sollte. Eine Lampe zischte, als ein Tropfen niedergeschlagener Feuchtigkeit in die Flamme geriet.

»Wollt Ihr etwa behaupten, ein Angehöriger des Reichs leiste den Barbaren in irgendeiner Form Tribut, Gouverneur?« fragte der Ranan-Fürst mit plötzlich sehr leiser Stimme.

»Das könnte die Erklärung sein«, antwortete Shonto gelassen, als wäre dies nicht gleichbedeutend mit Hochverrat. Gegen wen seine Anschuldigung gerichtet war, danach brauchte keiner der Anwesenden zu fragen.

Ranan nickte. Die Münze war mittlerweile bei General Toshaki angelangt.

»Ist der Zweck dieses Kultes bekannt?« fragte General Toshaki.

»Er scheint den Khan zu legitimieren, General.«

»Woher wißt Ihr das alles, Fürst Shonto?«

Shonto nickte Komawara zu.

Dieser verneigte sich steif. »Der Kalam, der Nomade in Shuyuns Diensten, hat uns von dem Drachenkult berichtet. In der Wüste sahen wir außerdem einen Drachenschrein.«

»Fürst Komawara«, nahm der General das Stichwort auf. »In Seh wird noch mehr gemunkelt.« Der Anflug eines Lächelns spielte um seine Mundwinkel. »Es heißt, Ihr wärt unterwegs auf die Überreste eines Drachen gestoßen. Kann das denn sein?«

Hojo wandte sich unmittelbar an seinen Herrn, ohne den General zu beachten. »Gerüchte, Fürst, sind bisweilen das gleiche wie ein Rauch ohne Flamme.«

Der ältere Toshaki-Fürst hielt Hojos Blick einen Moment lang fest, dann wandte er sich an Komawara. »Fürst Komawara, bei Eurer Familienehre, glaubt Ihr, daß Ihr in der Wüste die Überreste eines Drachen gesehen habt?«

Komawara zögerte und schaute kurz zu Shonto. »Ich habe das Skelett eines großen Tieres gesehen, Fürst Toshaki.«

»Ein großes Tier, Fürst Komawara?« wiederholte der Fürst, als redete er mit einem Kind. »Was für ein Tier?«

»Ein Tier, das dem auf der Münze abgebildeten Drachen ähnelt, Fürst Toshaki«, antwortete Komawara, ohne die Stimme zu erheben.

General Toshaki schüttelte den Kopf und senkte ihn, als wollte er ein Lächeln verbergen. Unvermittelt fragte er: »Einen Drachen, Fürst Komawara, oder vierzigtausend?«

Gedämpftes Gelächter war zu vernehmen.

»Ein Tier, Fürst Toshaki. Nur eines«, erwiderte Komawara allzu ruhig.

Toshaki nickte dem jungen Fürsten zu, beinahe eine spöttische Verneigung.

Der ältere Toshaki-Fürst bedeutete seinem Verwandten, er solle schweigen.

»Die geschilderte Lage hat Auswirkungen auf das ganze Reich. General Jaku, hat der Sohn des Himmels bereits damit begonnen, eine Armee aufzustellen?«

»Das hoffen wir, Fürst Toshaki, doch wir wissen es nicht.« Jaku fixierte den alten Mann mit kaltem Blick.

»Ah«, machte der Fürst und schaute weg. »Fürst Shonto, das ist eine ernste Angelegenheit. Ich möchte mit meinen Verwandten und Beratern beratschlagen.« Er verneigte sich vor Fürst Shonto.

Fürst Taiki ergriff das Wort. »Fürst Toshaki, Fürsten von Seh. Ich möchte mit aller Klarheit darauf hinweisen, daß wir Seh unserem Erbfeind überlassen, wenn wir nicht unverzüglich damit beginnen, eine Armee aufzustellen. Diesen Nachruf möchte ich nicht auf meinem Grabstein lesen.«

Eine Weile wurde geschwiegen.

»Auch mein Fürst wünscht, seine Berater zu konsultieren, Fürst Shonto«, erklärte schließlich der junge Ranan-Fürst.

Die Beratung war beendet. Shonto nickte den Anwesenden mit großer Würde zu, erhob sich und ging hinaus. Sein Schwert nahm er mit.

Kurz nachdem die Fürsten von Seh gegangen waren, kehrte Fürst Shonto zurück, um sich mit seinem Stab zu beraten. Jaku und Fürst Akima waren nicht zugegen. Komawara, Fürst Taiki und Gitoyo, der Lordkanzler, waren die einzigen Außenstehenden. Shonto nahm auf dem Podest Platz und musterte die Männer, die sich um ihn versammelt hatten. *»Blind sind die Sehenden und taub die Hörenden ... nur wer nach innen blickt, findet die Wahrheit.«*

Shuyun schlug das Zeichen Botaharas, als er das Zitat vernahm.

Shonto schüttelte bedächtig den Kopf. »General Hojo?«

»Mir scheint, die Fürsten von Seh glauben, eine Streitmacht bezahlter Barbaren habe es auf Euch abgesehen, eine Streitmacht, die von unserem verehrten Kaiser in Gold bezahlt wird. Die Fürsten von Seh nehmen wohl an, Ihr wolltet eine Armee zu Eurer Verteidigung aufstellen. Sie können sich nicht vorstellen, daß der Kaiser einen Teil des Reiches aufs Spiel setzen würde, bloß um die Shonto zu vernichten. Von diesen Männern habt Ihr keine Unterstützung zu erwarten. Fürst Toshaki würde wohl nur dann etwas unternehmen, wenn es vom Kaiser angeordnet würde. Und Fürst Ranan haßt zwar die Yamaku, wird aber kein unnötiges Risiko eingehen. Die kleineren Adelshäuser würden selbst dann, wenn es gelingen sollte, sie zu überzeugen, kaum etwas ausrichten können.«

Als Shonto die Anwesenden fragend anschaute, nickten sie zustimmend. Shonto klatschte laut in die Hände.

»Und die Unterstützung des Kaisers? Sagt mir Eure wahre Meinung.«

»Die hängt einzig und allein von Jaku Katta ab. Aber ehrlich gesagt, rechne ich nicht damit. Nach den Ereignissen in der Denji-Schlucht hat der Kaiser guten Grund, dem Befehlshaber der Kaisergarde zu mißtrauen – und es braucht nur wenig, den Argwohn des Kaisers zu wecken. Die Gerüchte, nach denen Jaku beim Kaiser in Ungnade gefallen ist, enthalten ein Körnchen Wahrheit. Es könnte sogar sein, daß nicht einmal Katta-sum sich über seine Lage im klaren ist.«

Shonto blickte Kamu an.

»Das sehe ich auch so, Herr. Wir mögen weiterhin auf die Unterstützung des Kaisers hoffen, aber wir sollten uns so verhalten, als sei von ihm nichts zu erwarten. Wir dürfen nicht länger zögern.«

Shonto sann über das Gesagte nach, als meditiere er über den nächsten Zug bei einer Partie Gii – und wie bei einem wahren Gii-Meister deutete auch bei ihm nichts darauf hin, daß er sich unter Druck gesetzt fühlte. Dies stimmte seine Gefolgsleute hoffnungsvoll.

»Fürst Komawara«, begann Shonto warmherzig, »Ihr hattet keine andere Wahl, als die Wahrheit zu sagen. Das ließ sich nicht ändern. Ich bedaure es zutiefst, aber morgen treffen wir uns, um unseren Rückzug aus Seh zu planen.« Er zog das Schwert, das ihm der Kaiser geschenkt hatte, ein Stück weit aus der Scheide. »Kamusum, ab sofort nehmen solange nur die Anwesenden an Beratungen teil, bis ich neue Anweisungen gebe. Diese Scharade muß ein Ende haben – die Regierung von Seh scheint vor allem aus Informanten zu bestehen. Nur Angehörige meiner Leibgarde werden in die Nähe unserer Gemächer gelassen.« Shonto schob das Schwert in der Scheide hin und her.

»Es bleibt uns noch ein Zug in diesem Spiel, bevor wir uns zurückziehen. Kamu-sum, bereitet einen Erlaß vor, worin die Regierung der Provinz Seh allen Bewaffneten, die in ihre Dienste treten, einen Sold in Gold verspricht. Sie werden sich vielleicht nicht mehr rechtzeitig melden, aber auf dem Weg nach Süden zu uns stoßen.«

Fürst Gitoyo, der Lordkanzler, nickte eifrig.

»Meine Herren, Fürst … der Kaiser wartet auf die Steuern, wir dürfen sie nicht länger zurückbehalten. Und dann bleibt bestimmt kein Gold mehr übrig, um eine Armee aufzustellen.«

»Hm.« Shonto untersuchte die makellose Schwertklinge. »Wir dürfen den Kaiser nicht auf seine Steuern warten lassen. Das wäre einfach undenkbar.« Er lächelte die Anwesenden an. »Vollkommen undenkbar.«

Komawara machte eine tiefe Verneigung. »Da wäre noch eine Maßnahme, die wir in Erwägung ziehen sollten, Fürst Shonto.«

Shonto nickte.

»Die Quellen in Grenznähe – wir sollten sie bis Winterende vergiften.«

Komawara kehrte zu den Festlichkeiten zurück, war mit dem Herzen aber nicht mehr bei der Sache. Er verspürte einen überwältigenden Drang, über die Hügel zu galoppieren, als könnte er seine Gefühle auf diese Weise abschütteln. *Seine eigenen Landsleute, Nordländer wie er, überließen Seh den Barbaren!* Wenn der Khan mit seiner Armee über die Grenze einfiele, würden sie kampfbereit sein – während die einzige vernünftige Maßnahme darin bestanden hätte, sich wie Fürst Shonto beizeiten zurückziehen. Sie würden alle sterben, damit man später, den Tatsachen zum Trotz, nicht würde sagen können, sie hätten Seh dem Feind überlassen. Die Tapferkeit der Narren …

Er versuchte, an etwas anderes zu denken, und hielt im Gewühl Ausschau nach dem edlen Fräulein Nishima. Sie hatte früher am Abend mit ihm gesprochen, und seitdem fühlte er sich abwechselnd aufgekratzt und verzweifelt. Ihr tiefblaues Gewand, auf dem der Berg des Reinen Geistes im fallenden Schnee dargestellt war, blieb verschwunden. Verzweiflung.

Toshaki Yashihira, Fürst Toshakis ältester Sohn, der inmitten einer Gruppe ausgelassener Landsleute an einem niedrigen Tisch saß, wollte sich gerade erheben. Als er Komawara bemerkte, hielt er inne. Er grinste und machte eine übertriebene Verneigung, das Gesicht gerötet vom Wein.

»Fürst Komawara«, sagte er mit der sorgfältigen Aussprache eines Mannes, der zuviel getrunken hat, »ich möchte der Hoffnung Ausdruck verleihen, daß beim nächsten Fest des Ersten Mondes nicht mehr Prinz Yoshinaga den Drachen erschlägt, sondern daß Fürst Komawara dem Drachen *entgegentritt*.«

Toshakis Kusins reagierten verhalten auf diese Beleidigung; ihr Gelächter klang gedämpft. Komawara stand im Ruf, ein guter Schwertkämpfer zu sein.

»Vielleicht sollte man statt dessen zeigen, wie Fürst Toshaki Tollkühnheit aus einer Weinschale schöpft«, erwiderte Komawara gelassen.

Plötzlich waren Shuyun und Fürst Gitoyos Sohn an seiner Seite. »Es gilt wichtigere Kämpfe als diesen zu bestehen, Fürst Komawara«, bemerkte Hauptmann Gitoyo leise.

»Hört auf Euren Freund, Fürst Komawara«, sagte Toshaki mit schwerer Zunge. »Ihr müßt Euch Euren Mut für die Barbarenhorden aufheben.«

Komawara fühlte sich an beiden Armen festgehalten. »Ich würde mein Schwert nicht mit dem Blut eines solchen Narren besudeln wollen«, flüsterte Gitoyo. »Kommt weg von hier. Ihr seid der letzte, der seine Tapferkeit unter Beweis stellen müßte.«

Komawara gab dem Druck auf seinem Arm nach und wollte sich abwenden.

Toshaki beugte sich über den Tisch und hob ein lackiertes Eßstäbchen hoch. Er fuchtelte damit herum, als wäre es ein Schwert, und nahm Kampfhaltung ein. »Fürst Komawara, Ihr braucht eine Waffe, um gegen Drachen und Barbarenhorden zu kämpfen. Es wäre mir eine Ehre, wenn Ihr meine nehmen würdet.«

Komawara machte sich von seinen Begleitern los und wirbelte zu Toshaki herum, doch plötzlich stand Shuyun vor Toshaki und versperrte Komawara den Weg.

»Mein Fürst«, sagte Shuyun ruhig, »das ist eine gefährliche Waffe, die Ihr da im Saal des Gouverneurs schwingt.«

Toshaki, der das Eßstäbchen wie ein Schwert vor sich hielt, wirkte auf einmal verunsichert. Botahistische Mönche legten sich gewöhnlich nicht mit Adligen an.

Der Arm des Mönchs stieß blitzschnell zu, und das Eßstäbchen verschwand aus Toshakis Hand. Toshaki trat einen Schritt zurück, als suchte er unter seinen Verwandten Schutz.

»Eine solche Waffe sollte bei einer gesellschaftlichen Zusammenkunft unter keinen Umständen gezogen werden.«

Abermals bewegte Shuyun sich so schnell, daß die Augen ihm nicht folgen konnten. Man vernahm das Geräusch splitternden Holzes, nicht laut, aber seltsam durchdringend. Shuyun verneigte sich leicht vor Toshaki, während dieser das Eßstäbchen anstarrte, das Shuyun in die Tischplatte getrieben hatte.

»Möget Ihr auf Eurem Lebensweg Weisheit erlangen, Fürst«, sagte Shuyun leise.

Toshaki fixierte Shuyun eine Weile mit undurchdringlicher, verzerrter Miene. Dann, als ihm bewußt wurde, daß seine Unterstützer zurückwichen, wandte er sich ab und verschwand im Gewühl.

Shuyun beobachtete den Rückzug des Fürsten Toshaki, dann wandte er sich seinen Begleitern zu.

Komawara starrte unverwandt auf die Stelle, wo Fürst Toshaki verschwunden war. Plötzlich blickte er Shuyun an und schüttelte den Kopf. »Das hättet Ihr nicht tun sollen, Bruder«, flüsterte er. »So etwas ist unter Eurer Würde.«

Er nickte Gitoyo zu und entfernte sich in die entgegengesetzte Richtung wie Toshaki. Die Anwesenden verwandelten sich in verschwommene Schemen aus bunter Seide, und die Stimmen wurden zu einem dumpfen, unverständlichen Dröhnen. Komawara zitterte vor Zorn.

*Ich bin bei meinen eigenen Landsleuten zur lächerlichen Person geworden,* dachte der Fürst. *Und trotz allem, was ich getan habe, wird meine Provinz Schwert und Feuer zum Opfer fallen.*

Er taumelte zwischen den Säulenreihen auf die Türen zu. Und dort erblickte er auf einmal das edle Fräulein Nishima, vertieft in eine Unterhaltung mit General Jaku Katta, dem Befehlshaber der Kaisergarde. Sie stand Komawara zugewandt, jedoch ohne ihn zu sehen.

Einen Augenblick lang ließ er die Szene auf sich wirken, dann trat er durch die großen Türen auf den Hof hinaus. Wie zuvor Yoshinaga verschwand er im nächtlichen Dunkel.

Es war Nishima nicht leichtgefallen, sich davonzustehlen; schließlich war sie die Tochter des Gouverneurs, doch andererseits hatte sie in derlei Dingen Erfahrung. Der Lärm der Musik und der Unterhaltungen wurde durch die Säule, hinter der sie stand, kaum gedämpft. Doch sie wollte sich nicht in die Kälte hinausbegeben.

Sie klopfte sich mit dem geschlossenen Fächer auf die Hand, als wäre sie ungeduldig, während sie in Wahrheit doch nur ihre Befangenheit zu kaschieren suchte. Nachdem sie Jaku Katta den ganzen Abend lang erfolgreich aus dem Weg gegangen war, hatte er ihr nun ein Gedicht übermittelt, von dem er wußte, daß sie darauf würde reagieren müssen.

Im gedämpften Licht hatte sie Mühe gehabt, es zu entziffern:

*Jahreszeit der kalten Herzen*
*Das weiße Gewand wärmt nicht,*
*Schnee liegt auf den Shintablättern.*
*Wer weiß schon, wie tief der Frost reichen wird?*

*Ich muß Euch etwas sagen*

Nishima hatte Herzklopfen. Ein Teil von ihr hoffte, Jaku werde sich als Ehrenmann erweisen, und das hatte etwas Verstörendes. Im Grunde war es abgrundtiefe Torheit. Man mußte sich bloß einmal vorstellen, wie er Kitsu-sum behandelt hatte! Sie wollte gerade wieder zur Gesellschaft zurückkehren, als eine dunkle Gestalt zwischen den Säulenreihen hervortrat. Wenngleich es sie einige Anstrengung kostete, wartete Nishima in einer Pose erzwungener Gelassenheit.

Während Jaku sich ihr näherte, wechselte seine kräftige, wohlgeformte Gestalt ständig zwischen Schatten und Licht hin und her. Schließlich hatte er Nishimas Schatteninsel erreicht. Seine grauen Augen schienen in dem schwachen Licht zu glühen. Jaku verneigte sich tief.

Nishima nickte. »General …« Sie wollte bereits eine höfliche Unterhaltung beginnen, dann aber faßte sie sich. »Worauf habt Ihr in Eurem Brief angespielt, General Jaku?«

Falls Jaku dies als beleidigend empfand, so ließ er es sich nicht anmerken.

»Es handelt sich um eine Angelegenheit, über die wir in einer etwas privateren Umgebung sprechen sollten«, antwortete Jaku in gedämpftem Ton.

»Vielleicht sollten wir es in Gegenwart meines Onkels tun«, erwiderte Nishima kurz angebunden.

»Diese Information ist nur für Eure Ohren bestimmt, edles Fräulein. Sie soll Euch zeigen, daß meine Absichten ehrenhaft sind, wenngleich ich fürchte, Ihr könntet sie ebenso mißverstehen wie in der Vergangenheit.«

»Ihr tut mir Unrecht, General – bislang war mir gar nicht bewußt, daß Eure Absichten falsch verstanden wurden.« Nishima klappte den Fächer auf. »Von welcher Information sprecht Ihr? Es wird allmählich spät, General Jaku.«

Jaku nickte und blickte sich rasch über die Schulter um. »Ich bin in Sorge, Nishima-sum.« Ihre Augen begegneten sich kurz, doch als Nishima auf die persönliche Anrede nicht reagierte, fuhr er eilig fort: »Ich fürchte, der Kaiser wird meiner Bitte um Soldaten nicht entsprechen: Die Intrigen bei Hofe übersteigen alle Vorstellungskraft und sind selbst für die, die im Palast leben, nur schwer zu entwirren. Wie es aussieht, bin ich mit meinem Schreiben ein großes Risiko eingegangen, für mich und meine Familie.«

»Wollt Ihr damit andeuten, General, der Kaiser könnte anders auf Euer Schreiben reagieren als erhofft?«

Jaku zögerte. »Dies ist nicht auszuschließen, edles Fräulein.«

»Hm.« Sie wartete.

Als offenbar wurde, daß sie nicht mehr sagen würde, fuhr Jaku fort. »Ich weiß, wir sind auf die Unterstützung des Kaisers dringend angewiesen, aber falls wir sie nicht bekommen, edles Fräulein, werde ich nicht in aller Stille in die Hauptstadt zurückkehren.« Abermals suchte er ihren Blick. »Ich werde meine Familie warnen, in Seh bleiben und tun, was ich kann. Manche glauben zwar, Jaku Katta sei ein unverbesserlicher Opportunist, doch ich werde auch dann an Shontos Seite kämpfen, wenn ich mir dadurch die Feindschaft des Kaisers zuziehe.«

Nishima wandte den Blick ab. In einiger Entfernung kam jemand hinter einer Säule zum Vorschein, zögerte und trat dann auf den Hof hinaus.

»Sagt mir die Wahrheit, Katta-sum«, flüsterte Nishima. »Wird uns der Kaiser Soldaten schicken? Besteht Anlaß zu hoffen?«

Sie sah den General unverwandt an.

»Ich bin nicht ohne Einfluß bei Hofe, Nishima-sum, doch meine Gegner werden nicht tatenlos zusehen – während ich hier bin. Es ist … es ist möglich, daß man nicht auf mich hören wird, es schmerzt mich, das sagen zu müssen.«

Nishima nickte betrübt, mit niedergeschlagenem Blick. »Und an dem wahnsinnigen Plan, meinen Vater zu vernichten, hattet Ihr keinen Anteil?«

»Als ich davon erfuhr« – Jaku trat näher und senkte die Stimme –, »habe ich zunächst gezaudert, das ist wahr. Meine Loyalität wurde auf eine harte Probe gestellt … bis ich bei der Feier der Thronbesteigung des Kaisers mit Euch sprach. Es beschämt mich, daß ich mich nicht eher davon distanziert habe.«

Nishimas Fächer verharrte mitten in der Bewegung. Als eine warme Hand ihre Wange berührte, wich sie zurück. Sie blickte auf in Jakus graue Augen, die so undurchdringlich wie Wolken waren. Dann wandte sie sich ab und ging zurück in den hellerleuchteten Saal.

# 16

Nishima entfaltete zum zweitenmal den Brief und las noch einmal das Gedicht.

*Jahreszeit der kalten Herzen*
*Das weiße Gewand wärmt nicht,*
*Schnee liegt auf den Shintablättern.*
*Wer weiß schon, wie tief der Frost reichen wird?*

*Ich muß Euch etwas sagen*

Nishima schwirrte der Kopf, als sei der Nagana hineingefahren und wirbele alles durcheinander. Jaku hatte sie angelogen. Das wußte sie mit ebensolcher Gewißheit wie ihren Namen; ihrer Gefühle war sie sich schon weniger sicher. Wenngleich sie erst dann Beweise haben würde, wenn Kitsuras Familie geschrieben hatte, zweifelte sie nicht daran. Jaku Katta war bei Hofe in Ungnade gefallen. Es war alles nur Pose. Abermals fragte sie sich, ob ihr Vater sich wirklich darauf verließ, daß der General die Unterstützung des Kaisers gewinnen würde – während Jakus Bitte mit an Sicherheit grenzender Wahrscheinlichkeit vom Kaiser abgelehnt werden würde.

Aber trotzdem, aber trotzdem. Nishima hatte Jakus Hand zwar abgeschüttelt … aber nicht deshalb, weil ihr die Berührung zuwider gewesen wäre. Er brauchte sie bloß anzufassen, und schon übte ihr Körper Verrat. Sie mußte sich eingestehen, daß sie ihm glauben wollte, oder schlimmer noch, daß sie wußte, was für ein Mensch er war, und daß es ihr nichts ausmachte. Nein, sie durfte ihn nie wieder in ihre Nähe lassen. Er war schlimmer als ein Opportunist, er war ehrlos. Gegen die zu intrigieren, die ihr teuer waren, und dann als ihr Retter zu posieren! Sie zog den Brief aus dem Ärmel und zerfetzte ihn mutwillig. Das war zwar kindisch, doch es tat ihr gut.

In der Ferne erklang eine Glocke, gedämpft von der handdicken Schneeschicht, die Rhojo-ma bedeckte. Es war fast schon Morgen, und sie hatte nicht geschlafen und trug unter dem gefütterten Überkleid, das sie wegen der Kälte angelegt hatte, noch immer das Festgewand. Sie stocherte im Holzkohlebecken, damit die Glut besser durchlüftet wurde. Ein Wärmeschwall wehte ihr entgegen, und Nishima raffte die edle Seide ihrer Gewänder zusammen und steckte die Hände in die Ärmel.

Sie legte sich auf die Kissen nieder und schloß die Augen, doch an Schlaf war nicht zu denken. Sie betrachtete das Zimmer, das man ihr zugeteilt hatte. Ein hübscher Raum, nahezu kahl bis auf den Arbeitstisch, ein kleines Gestell mit einem Arrangement von Winterpflanzen darauf und einem dreiteiligen bemalten Wandschirm, auf dem eine Frühlingsgesellschaft unter blühenden Pflaumenbäumen dargestellt war. Ein dicker Nomadenteppich lag genau in der Mitte des mit Strohmatten ausgelegten Raums, und darauf waren die Kissen verteilt. Drei Lampen hüllten das Zimmer in ein warmes Licht, das von den lackierten Deckenbalken und Stützpfosten reflektiert wurde.

Ein schlichter Raum, ohne das ganze Gerümpel, das manchen Leuten teuer war. Als sie noch ein Kind gewesen war, hatte Nishimas leiblicher Vater sie einmal zu Tanaka, Shontos Handelsbeauftragtem, mit nach Hause genommen. Im Laufe seiner jahrelangen Tätigkeit hatte er ein erstaunliches Sammelsurium aus Möbelstücken zusammengetragen. Schränke und Kommoden, Truhen mit Schubladen und, worüber Nishima sich am meisten gewundert hatte, *Stühle*. Bis dahin hatte sie noch nie auf einem Stuhl gesessen. Nishima erinnerte sich deutlich, wie sie auf eines dieser merkwürdigen Geräte hinaufgeklettert war, dann die Beine baumeln ließ und so tat, als sei sie eine Prinzessin. Damals hatte die Vorstellung, eine Prinzessin zu sein, sie noch nicht erschreckt.

Nishima schloß wieder die Augen. Ihre Gedanken schweiften weiter: zu Jaku Kattas Tigeraugen, einem Kasten aus dunklem Holz mit winzigen Schubladen darin, die wahre Schätze enthalten hatten, zu dem Ausblick, der sich von Okaras Terrasse aus bot, dem Geräusch des Frühlingsregens auf Steinfliesen, der Berührung einer Männerhand an ihrer Brust. Als sie am frühen Morgen erwachte, hatte sie alles wieder vergessen.

Ihr war *kalt*! Die Holzkohle spendete schon lange keine Wärme mehr. Sie setzte sich steif auf und achtete sorgsam darauf, die Hände nicht in die frostige Luft hinauszustrecken. Eine Bedienstete spähte durch einen Spalt zwischen den Wandschirmen.

»Ein heißes Bad ist angerichtet, Herrin.«

»Möge Botahara deinen Namen preisen«, erwiderte Nishima, worauf die Bedienstete sich verneigte.

Sie fühlte sich wie ein Eisblock, als sie sich ins dampfende Wasser gleiten ließ, und hätte sich nicht gewundert, wäre sie gleich wieder hinausgesprungen, wie sie es einmal bei einem Eisblock beobachtet hatte, der vom Ufer in den Fluß gefallen war.

Mir wird nie wieder warm werden, dachte sie, zumindest nicht vor dem Frühjahr.

Nishima wandte sich erneut der Frage zu, die sie am Abend zuvor beschäftigt hatte: soll ich Vater von Jakus Lage bei Hofe in Kenntnis setzen? Und wenn ja, wie soll ich es ihm beibringen, ohne den Eindruck zu erwecken, ich würde sein Urteilsvermögen in Zweifel ziehen? Das war eine heikle Situation. Ihr Onkel sah ihr vieles nach, das wußte sie, doch andererseits kannte er sich hervorragend mit den Hofintrigen aus, und seine Fähigkeit, sich Informationen zu beschaffen und sie einzuschätzen, war legendär. Nishima wunderte sich ein wenig, weshalb sie davor zurückscheute, dem Gii-Meister zu raten.

Er muß sich um so vieles kümmern, dachte sie, und Jaku hat eine Schwäche für mich, die ich zum Vorteil meines Vaters ausgenutzt habe. Ich will ihm doch nur helfen. Ich bin bloß eine Informationsquelle unter vielen, und was ich ihm mitzuteilen habe, kann er bewerten, wie er es mit allen anderen Berichten auch tut. Wenn ich ihm den reinen Sachverhalt schildere, wird er mir bestimmt nicht grollen.

Während das Gefühl allmählich in ihren Körper zurückkehrte, faßte Nishima den Entschluß, in der Hoffnung, daß Kitsura bald Nachricht von ihren Eltern bekommen würde, noch ein paar Tage zu warten. Dies wäre zwar nur ein schwaches Indiz, würde ihre Argumente aber zumindest ein wenig untermauern. Außerdem würde sie zu einer List aus Kindertagen Zuflucht nehmen und sich erst vergewissern, in welcher Stimmung ihr Vater war, bevor sie ihre Absichten in die Tat umsetzte.

Shuyun wartete mit gewohnter Gelassenheit. Es war früh am Morgen, kurz nach Tagesanbruch, doch bisweilen hatte der Mönch den Eindruck, Fürst Shonto schlafe nicht länger als die Botahisten. Ein verschlafener Bediensteter hatte ihn gebeten, in den Gemächern des Fürsten zu erscheinen – das Fest des Ersten Mondes hatte von den Palastbediensteten Tribut gefordert.

Trotz des Anscheins von Gelassenheit, den er nach außen hin wahrte, hoffte Shuyun, die Unterredung mit seinem Lehnsfürsten werde nicht lange dauern, denn er mußte sich dringend um eine andere Angelegenheit kümmern: Fürst Komawara war seit dem Zwischenfall mit dem jungen Toshaki-Fürsten vom Vorabend nicht mehr gesehen worden.

Ein Gardist betrat den Raum und verneigte sich vor Shuyun. Fürst Shonto erwarte ihn.

Der kaiserliche Gouverneur der Provinz Seh saß heute morgen auf einem Kissen, nicht auf einem Podest, und war offenbar damit beschäftigt, eine Frucht zu schälen. Er erwiderte Shuyuns Verneigung mit einem Nicken und deutete auf ein zweites Kissen.

Zu Shontos Linken stand ein zweiter Tisch, in dessen Platte ein lackiertes Eßstäbchen steckte.

»Allmählich beginne ich mich zu fragen, ob Ihr vielleicht eine besondere Abneigung gegen Tische hegt, Bruder Shuyun«, bemerkte Shonto. Der Fürst blickte auf und hob eine Braue, dann fuhr er mit dem Schälen fort.

Shuyun deutete eine Verneigung an. »Ich hatte Sorge, Fürst Komawara könnte den Sohn eines potentiellen Verbündeten verletzen oder gar töten, Fürst Shonto.«

»Hm.« Shonto nickte. »Eigentlich sollte man von Fürst Komawara unter den gegebenen Umständen ein wenig Zurückhaltung erwarten dürfen. War Toshaki sehr beleidigend?«

»Nach allem, was ich von den hier herrschenden Umgangsformen weiß, hätte er kaum verletzender sein können, Herr.«

Shonto war mit dem Schälen fertig und brach die Frucht in Stücke. »Wenn Yoshihira davon ausgehen würde, daß sein Vater sich uns anzuschließen gedenkt, hätte er sich gewiß anders verhalten.« Er steckte sich ein Stück in den Mund und kaute mit geschlossenen Augen. »Es läßt sich schwer entscheiden, wer von beiden sich törichter benommen hat.« Er öffnete die Augen und lächelte. »Aber die Jugend neigt nun einmal dazu, Torheit mit Weisheit zu verwechseln. Vielleicht wäre es in Zukunft möglich, bei ähnlichen Anlässen weniger auffällig zu reagieren.«

Shuyun verneigte sich. »Ich entschuldige mich für mein Verhalten.«

Shonto winkte ab. »Mein Bedauern darüber, daß ich dabei nicht zugegen war, ist größer als meine Sorge um Toshakis Ruf.«

»Wenn Ihr es wünscht, könnte ich es Euch jederzeit vorführen, Herr.«

Shonto hob abwehrend die Hände. »Wir sollten die Möbel besser eine Weile in Ruhe lassen, Shuyun-sum, ich danke Euch.«

Der Mönch nickte.

»Wie ich höre, wurde Fürst Komawara heute morgen noch nicht gesehen?« Shonto verzehrte das nächste Obststück.

»Mir hat man das gleiche gesagt, Herr.«

Shonto ließ sich mit einer Entgegnung Zeit. »Wenn er bis zum Mittag nicht wieder aufgetaucht ist, lasse ich nach ihm suchen. Wir sind auf seine Wüstenerfahrung angewiesen. Wie Fürst Komawara vorgeschlagen hat, werde ich die Brunnen in Grenznähe von Stoßtrupps vergiften lassen. Dieser Pfeil muß gut gezielt sein. Wir werden Soldaten losschicken, bevor die Armee des Khans vorrückt, doch wenn wir zu früh handeln, werden die Quellen vom Frühlingsregen überflutet und sind dann, wenn die Barbaren darauf angewiesen sind, womöglich wieder sauber.

Verzögerungstaktik«, erklärte Shonto, während er sich ein weiteres Stück Obst in den Mund steckte. »Nicht zu verwechseln mit Verzweiflungstaten.«

# 17

Fürst Komawara Samyamu lenkte sein Pferd von der Straße hinunter auf einen schmalen Pfad, der zwischen schneebedeckten Bäumen einherführte. Es war ein grauer, windstiller Tag, und Schneewolken erstreckten sich in monotoner Einförmigkeit von Horizont zu Horizont.

Die kalte Luft war so unbewegt, daß der Atem des Pferdes Dampfwolken bildete, die ebenso reglos verharrten wie die Wolken am Himmel. Die Vogelrufe und das Knarren der Bäume wurden vom Schnee gedämpft, als kämen sie aus weiter Ferne. Es war früher Morgen: der erste Tag nach dem Fest des Ersten Mondes.

Komawara, der sich im Sattel weit vorgebeugt hatte, war froh darüber, daß er der Jahreszeit entsprechend gekleidet war. Er hatte sich bei Dunkelheit aus Rhojo-ma davongestohlen und seiner eigenen Leibgarde, die noch immer nicht verwunden hatte, daß sie ihren Fürsten in den Jai Lung-Bergen verloren hatte, ein Schnippchen geschlagen. Darüber würde sie gar nicht erfreut sein.

Als er aus dem Wald ins Freie gelangte, zügelte Komawara sein Pferd. Sein Ziel: die Kuppe eines flachen Hügels im Norden der Hauptstadt Sehs, die Ausblick bot auf die Stadt und das umliegende Land.

Inmitten eines von Eis und Schnee bedeckten Sees klammerte sich Rhojo-ma an eine Insel – ein kompliziertes geometrisches Muster labyrinthisch verschachtelter weißer Wände und geneigter Dächer. Dort, wo der Schnee keinen Halt fand, schimmerten himmelblaue Ziegel durch die Löcher in der weißen Decke. Die einzige Brücke, die zum Festland hinüberführte, überspannte die Kluft mit einer Reihe von Bögen, die beinahe zu anmutig wirkten, als daß man ihnen zugetraut hätte, daß sie der Schwerkraft zu trotzen vermochten.

Jenseits der Stadt erstreckte sich das wogende Hügelland Sehs gen Süden, wo es in den Wolken verschwand. Komawara befand sich nicht hoch genug, um so weit sehen zu können, wie es ihm lieb gewesen wäre, doch das vor ihm ausgebreitete, schneebedeckte Land bot einen wunderschönen Anblick. Kleine Wäldchen schmiegten sich an Felsgrate und Hügelkuppen und bildeten graue Flecken inmitten der allumfassenden Weiße. In der Ferne konnte er ein Dorf erkennen, von dem Rauchfahnen zu den Wolken aufstiegen.

Komawara saß ab und ließ die Zügel einfach herabhängen. Er ging noch ein paar Schritte weiter hügelan, dann blieb er stehen und lehnte sich an einen Baumstamm. Die frisch verheilte Verletzung in seiner Seite machte sich noch bei jedem Schritt bemerkbar, doch er achtete nicht darauf.

Schon so bald, so bald … dann wird das alles verloren sein, dachte er. Meine Heimat, mein Volk. Und ich werde mich über den Großen Kanal zurückziehen, um die anderen Provinzen und den Thron eines Verräters und Verbrechers zu verteidigen.

Als die Sonne durch eine Wolkenlücke hindurchlugte und Schatten warf, trat ein Teil der Landschaft auf einmal reliefartig hervor. Ein paar Schneeflocken fielen aus den Baumkronen herab, was Komawara an das Gewand erinnerte, das Nishima bei der Zeremonie getragen hatte – fallender Schnee auf dem Berg des Reinen Geistes. Vor allem aber erinnerte er sich daran, wie sie hinter der Säule gestanden und mit Jaku Katta getuschelt hatte. Ein Irrtum war ausgeschlossen: Sie hatte Komawara angesehen und ihn dennoch nicht erkannt. Ich bin ihrer Beachtung unwürdig, dachte er voller Bitterkeit. Mir gegenüber verhält sie sich höflich, und das ist auch schon alles.

Er blickte auf seine schneebedeckten Stiefel nieder. In Seh waren sie ein ganz gewöhnliches Kleidungsstück: schmucklos und abgenutzt. Jetzt aber kamen sie ihm schäbig vor, die Fußbedeckung eines Provinzfürsten.

»Ich bin, was ich bin«, sagte er laut, »ein anderer kann ich nicht sein.« Er blickte auf die vertraute Landschaft hinaus. »Ein Provinzfürst – und nicht einmal das, denn schon bald werde ich alles verlieren.« Zweimal schlug er mit der behandschuhten Hand gegen den Baumstamm, als prüfe er dessen Festigkeit, und das Geräusch hallte durch den stillen Wald.

Er dachte wieder an die Auseinandersetzung mit Toshaki Yoshihira. Es hätte ihm eine große Genugtuung bereitet, gegen ihn das Schwert zu erheben. Die Fähigkeit zu kämpfen wäre das letzte, was Komawara verlieren würde. Vielleicht blieb ihm nichts anderes übrig, als auf eine Gelegenheit zu warten, sich in der Schlacht zu bewähren. Auch damit würde er die Dame aus der Hauptstadt vielleicht nicht beeindrucken, doch das lag wenigstens in seinem Einflußbereich.

Komawara scharrte mit den Füßen über den Boden. Er würde Feuer machen und eine Weile hier sitzen bleiben, ehe er nach Rhojo-ma zurückkehrte. Er konnte sich von Seh noch nicht losreißen.

# 18

Der Schnee, der beim Fest des Ersten Mondes gefallen war, stellte zu Anbruch des Zweiten Mondes nur mehr eine Erinnerung dar. Vom Meer her war Wind aufgekommen und hatte vergleichsweise milde Temperaturen und scheinbar endlosen Regen mitgeführt. Die strenge Kälte hatte durchdringender Feuchtigkeit Platz gemacht, und wenngleich die Nächte kaum warm genannt werden konnten, waren sie doch weitaus erträglicher als noch vor wenigen Wochen.

Es wurde rasch Frühling in Wa, selbst im Norden. Bis zum Dritten Mond würde der Regen nachlassen, und zum Anbruch des Vierten Mondes würden die Pflaumenblütenwinde wie ein Seufzer herannahen.

Nishima saß allein in ihren Gemächern und versuchte, sich auf die Gedichte der hohen Dame Nikko zu konzentrieren. Doch obwohl sie die Papierrolle stetig drehte und ihre Augen von einem Schriftzeichen zum nächsten wanderten, drang der Text doch nicht über ihre Augen hinaus.

Kitsuras Familie hatte nicht geantwortet, und dies bedrückte sie von Tag zu Tag mehr. Da sich die Dinge ganz anders entwickelten, als sie gehofft hatte, verwandelte sich ihr Vorsatz, das Gespräch mit ihrem Vater über Jaku Katta aufzuschieben, in den Entschluß, ihren Argwohn für sich zu behalten. An dem Abend, als sie mit Jaku gesprochen hatte, war sie sich sicher gewesen – doch nun verblaßte diese Gewißheit von Tag zu Tag mehr. Was sollte sie ihrem Vater sagen? Etwa – daß sie auf einmal ein untrügliches Gespür für die Wahrheit entwickelt habe? Sollte ein Brief von Kitsuras Familie eintreffen, würde sie sich vielleicht wieder anders besinnen.

Wenn Jaku den Brief aber nun gar nicht übermittelt hatte? Das alles war ausgesprochen verwirrend. Natürlich war nicht ausgeschlossen, daß der Brief abgefangen worden war. Wenn dem so sein sollte, und der Brief war dem Kaiser in die Hände gefallen, dann war Jaku mittlerweile ganz sicher in Ungnade gefallen, ganz gleich, wie es zuvor ausgesehen haben mochte.

Ich werde warten, sagte sie sich, Satake-sum hat immer gesagt, meine Ungeduld wäre noch einmal mein Verderben, und obwohl ich damals dachte, er necke mich, scheint mir jetzt doch, er habe das nicht nur im Scherz dahergesagt. Ich werde warten.

Aber sie verstand sich nicht aufs Warten, und das wußte sie auch. »Gelassene Zielstrebigkeit widerstrebt meinem Wesen ebenso sehr wie den Kröten die Erleuchtung«, murmelte sie vor sich hin.

Nishima las noch einmal das letzte Gedicht, von dem sie kein einziges Wort verstanden hatte. Der Lampendocht mußte nachgestellt werden, doch sie wollte die Bediensteten nicht stören … und wollte auch nicht gestört werden. Der Regen fiel mit solcher Wucht, daß man meinte, es prasselten Kiesel aufs Dach, doch anstatt sich davon deprimieren zu lassen, war ihr der Regen gerade recht – als isolierte er sie von der Außenwelt. Er war tröstlich.

Das Klopfen am Shoji war ihr gewiß nicht recht, dennoch bemühte sich Nishima, höflich darauf zu antworten: »Herein.«

In der Öffnung zeigte sich das Gesicht einer Magd. »Bruder Shuyun ist erschienen, um einen Gedichtband zurückzubringen, Herrin. Wünscht Ihr, mit ihm zu sprechen?«

»Ja, gewiß.« Auf einmal klang Nishimas Ton gar nicht mehr gezwungen. »Bitte ihn herein.«

Kurz darauf trat Shuyun ein und entzückte sie wieder einmal mit seinen Bewegungen, die so anmutig wie die eines Tänzers waren. Alles wirkte ganz unbewußt, während sie doch wußte, daß er sich im Zustand vollkommener Bewußtheit befand. Er kniete auf dem Kissen nieder, das sie ihm anbot, und verneigte sich zweimal nach Art der Botahisten.

»Bruder Shuyun«, Nishima schenkte ihm ihr reizendstes Lächeln, »ich hoffe, Ihr habt die Arbeiten, die ich Euch mitgab, aufschlußreich oder zumindest unterhaltsam gefunden.«

Shuyun nickte. »Die Gedichte der edlen Dame Nikko sind zweifellos aufschlußreich für mich. Während meiner Ausbildung habe ich vor allem botahistische Texte gelesen, edles Fräulein. Die Gedichte der hohen Dame Nikko geben einen guten Einblick in die Welt, in der ich jetzt lebe.«

Nishima deutete auf die Schriftrolle, die sie zu lesen versucht hatte. »Sie hat soviel geschrieben, und ich glaube, alles ist gleichermaßen erhellend.«

Es entstand ein verlegenes Schweigen.

Er ist nicht gekommen, um mir die Schriftrollen zurückzugeben, dachte Nishima, und diese Erkenntnis erschütterte ein wenig die Unbefangenheit, die ihr sonst im Umgang mit anderen zu eigen war. Sie blickte in diese alten, kindlichen Augen auf und suchte nach einer Erklärung für ihre Verwirrung, nach einer Reaktion auf das, was sie empfand. Als sie seinem Blick begegnete, schaute Nishima jedoch weg, aus Angst, ihre eigenen Augen könnten zuviel verraten.

»Shuyun-sum, ich ...« Unwillkürlich schluckte sie. »Als Satake-sum mich unterrichtete, wußte ich nicht, was ich tat. Damals war ich noch ein Kind ... Ich wollte den botahistischen Orden nicht beleidigen. Als Satakesum mir sagte, die Lehren seien geheim, dachte ich, es handele sich um ein Geheimnis zwischen Satake-sum und mir.« Sie stockte. »Ich kann mich dafür entschuldigen, Bruder, aber ich kann nicht vergessen, was ich gelernt habe.«

»Edles Fräulein, Euer Verhalten hat mich keineswegs schockiert. Ich möchte kein Urteil darüber fällen. Was mir zu schaffen machte, war der Umstand, daß Bruder Satake seinen Eid brach. Ich muß mich entschuldigen, sollte ich den Eindruck erweckt haben, ich machte Euch deswegen Vorwürfe.«

Abermals blickte Nishima auf, doch seine Augen wirkten wie immer – erfüllt von undurchdringlicher Gelassenheit. Sie rang sich ein Lächeln ab. »Satake-sum war ein sehr wißbegieriger Mensch, Shuyun-sum. Er wollte wissen, was eine Frau alles zu lernen vermag … wenngleich ich, als ich anfing, schon zu alt war, um es bis zu der Meisterschaft zu bringen, die Ihr erreicht habt.«

Abermals ein peinlicher Moment. Der Regen fiel ohne Unterlaß und umrahmte das Schweigen im Raum.

»Satake-sum sagte mir, die Wißbegier werde von Eurem Orden nicht gefördert«, meinte Nishima vorsichtig, als fürchtete sie, an ein heikles Thema zu rühren.

Shuyun nickte bloß.

Nishima raffte das Gewand fester zusammen. Sie sammelte sich und ließ nicht locker. »Ist es richtig, Shuyun-sum, daß es in der Vergangenheit widerstreitende botahistische Lehren gab? Beispielsweise die, die am See der Sieben Meister beheimatet war?«

»Das stimmt, wenngleich uns der eine wahre Pfad noch immer leitet, während die anderen verschwunden sind.«

»Aber – hat die Sekte aus der Denji-Schlucht nicht ebenfalls geglaubt, sie befolge die Lehren des Vollkommenen Meisters? Waren ihre Überzeugungen nicht ebenfalls von den Worten Botaharas abgeleitet?«

Shuyun zuckte mit den Schultern. »Ihre Überzeugungen waren ketzerisch, edles Fräulein.«

»Ah.« Nishima sah auf ihre Hände nieder. »Es scheint mir schwierig zu sein, über ihre Überzeugungen zu urteilen, da doch niemand so genau weiß, worin diese Überzeugungen eigentlich bestanden.«

Shuyun holte tief Luft und atmete langsam wieder aus. »Andere haben über die Lehre des Achtfachen Pfads geurteilt, edles Fräulein. Dieser Vorgang muß nicht in jeder Generation wiederholt werden.«

Nishimas Nicken war nicht unbedingt zustimmend gemeint. »Zweifelt Ihr denn niemals, Bruder? Seid Ihr Euch Eures Weges vollkommen sicher? Ich zweifle an dem meinen – oft sogar.«

Shuyun legte die Fingerspitzen aneinander, als meditiere er. »Meine Lehrer haben mich davor gewarnt, daß die Welt jenseits des Klosters meinen Glauben auf die Probe stellen könnte, edles Fräulein.« Er stockte, tief in Gedanken versunken. Dann setzte er hinzu: »Ich habe nicht erwartet, daß die Prüfung so schwer sein würde.«

Nishima nickte, ließ sich mit einer Erwiderung aber Zeit. Das Regenprasseln auf den Fliesen kam ihr vor wie eine Antwort auf die Traurigkeit, die den Raum erfüllte. Vielleicht waren ja alle Pfade beschwerlich.

Ein Klopfen am Shoji unterbrach Nishimas Gedankengang. Eine kniende Magd öffnete den Shoji einen Handbreit. »Das edle Fräulein Kitsura ist erschienen, Herrin.«

Nishima gab sich große Mühe, ihre Verärgerung zu verbergen, denn sie war sich wohl bewußt, welch gutes Gespür der botahistische Mönch für Tonfälle hatte.

»Wie freundlich von ihr. Bitte das edle Fräulein Kitsura herein.«

Nishima lächelte beim Eintreten ihrer Kusine, während Kitsuras Aufgekratztheit rasch in Verlegenheit überging. Sie trug ein ungemustertes, pfirsichfarbenes Seidengewand und nur einen einzigen Unterkimono. Als Schärpe hatte sie sich ein seidenes Kopftuch um die Hüfte gebunden, und das Haar trug sie offen. Offenbar hatte sich nicht erwartet, Nishima in Gesellschaft eines Mannes anzutreffen.

»Ich bitte um Verzeihung, Kusine, Bruder Shuyun. Ich wußte nicht, daß Ihr hier seid, Bruder. Ich bitte um Entschuldigung.«

»Kitsura-sum«, entgegnete Nishima lächelnd, »du brauchst dich nicht zu entschuldigen. Durch dich kann unser Gespräch nur gewinnen. Bitte setz dich zu uns.« Sie deutete einladend auf die unbenutzten Kissen, und Kitsura nahm ein wenig befangen Platz.

»Bruder Shuyun und ich haben uns soeben über die Entwicklung der botahistischen Lehre unterhalten.« Nishima blickte ihre Kusine an und stellte plötzlich fest, daß die wenigen Gewänder, die sie trug, Kitsuras Brüste kaum zu verbergen vermochten. Sie blickte rasch zu Shuyun und fragte sich, ob es ihm wohl aufgefallen war. Falls das Begehren tatsächlich das Wesen des Scheins ausmachte, wie kam es dann, daß er gar nicht davon betroffen war? Nishima blickte wieder zu ihrer Kusine. Gewöhnlich wurden die Männer in Kitsuras Anwesenheit von Begierde schier überwältigt – dies hatte Nishima schon häufig erlebt, und sie war sich bewußt, daß sie ein wenig neidisch auf die Wirkung war, die ihre Kusine auf die Männer des Reiches ausübte.

»Ach, das hohe Fräulein Nikko«, bemerkte Kitsura, beugte sich vor und ergriff die Schriftrolle. Dabei öffnete sich ihr nachlässig gegürtetes Gewand, und Nishima meinte bemerkt zu haben, daß Shuyuns Blick einen Moment lang in diese Richtung gewandert war.

Shuyun verneigte sich plötzlich. »Hohes Fräulein Nishima, edles Fräulein Kitsura, bitte entschuldigt mich. Die Pflicht ruft.« Er verneigte sich erneut und antwortete mit einer höflichen Entgegnung, als die beiden

Frauen ihr Bedauern ausdrückten. Der Wandschirm schloß sich leise hinter ihm.

Nishima lächelte ihre Kusine ein wenig dümmlich an. »Pflaumenwein?« fragte sie.

»Jetzt, da ich dir den Abend verdorben habe«, erwiderte Kitsura, »weil ich wie eine Gemeine von der Straße gekleidet zu dir gekommen bin.« Sie raffte ihr Gewand am Hals.

Nishima lachte. »Du hast völlig überrascht gewirkt, als du Bruder Shuyun gesehen hast.« Abermals lachte sie.

»Nun, ich habe bestimmt nicht damit gerechnet, daß du einen Herrn zu Besuch hättest. Deine Dienstmagd hat mich gleich eingelassen. Hätte sie mir gesagt, daß Bruder Shuyun bei dir ist, wäre ich niemals eingetreten – nicht in diesem Aufzug. Wirklich, du hättest mit dem Mädchen reden sollen.«

»Kitsu-sum, als Straßenfegerin würdest du dich hervorragend machen.«

»Nun ja ...«, Kitsura schaute verlegen drein, »das bedeutet wohl kaum, daß man halbbekleidet in Gesellschaft erscheinen sollte.«

Nishima lachte erneut. Kitsuras Verlegenheit bereitete ihr anscheinend Vergnügen.

»Aber ich muß dir was sagen! Ich habe soeben Nachricht von meiner Familie erhalten. Jaku Katta hat den Brief übermittelt!« Kitsura strahlte. »Das muß dein Vater unbedingt erfahren. Der stattliche Befehlshaber der Kaisergarde ist ganz gewiß in Ungnade gefallen. Sonst hätte er es niemals gewagt, meiner Familie eine Nachricht zukommen zu lassen – zumal er den Inhalt meines Briefes nicht kannte. Daran gibt es jetzt keinen Zweifel mehr.«

Nishima nickte. »Nicht den geringsten«, sagte sie leise. »Da hast du ganz recht.«

# 19

Die Nachricht erreichte den amtierenden Befehlshaber der Kaisergarde in kürzester Zeit. Jaku Tadamoto eilte einen Flur entlang und bog dann auf den großen Korridor ab, der den eigentlichen Palast mit dem Verwaltungstrakt verband. Wie der größte Teil des Inselpalasts war auch dieser Gang in einem übermenschlichen Maßstab erbaut – breit, mit einer hohen Decke aus poliertem Stein, der im milden Winterlicht schimmerte.

In einiger Entfernung sah er eine Gruppe von Beamten, die sich mit höchst unstandesgemäßer Eile bewegten. Mindestens zwei von ihnen waren an ihren spitzen roten Hüten als höhere Minister zu erkennen, und auch die Gewänder der anderen deuteten auf hohe Staatsbeamte hin. Inmitten der Gruppe wurde eine Sänfte mitgeschleppt, die anscheinend aber leer war. Tadamoto beschleunigte seine Schritte. Ein Kaiser, der zu ungeduldig war, um sich tragen zu lassen, wie es seiner Stellung entsprochen hätte, war kein gutes Zeichen.

Tadamoto holte die schweigende Gruppe ein und paßte sein Schrittempo wortlos an. Der Minister der Linken, der nur schnaufend schritthielt, nickte ihm kaum merklich zu. Das Schweigen hing über der Gruppe wie ein scharfes Schwert.

Wachposten, Beamte und Höflinge knieten nieder und berührten den Boden mit der Stirn, als der Kaiser vorbeikam. Die Gerüchte würden sich in Windeseile im ganzen Palast verbreiten – so, wie der Kaiser sich verhielt, war es von vornherein aussichtslos, ihnen Einhalt gebieten zu wollen.

Sie betraten den Verwaltungspalast und bogen in einen weiteren Gang ab. Das Schlurfen von Füßen auf Stein, der rauhe Atem der umhereilenden Beamten, über den Boden schleifende Gewänder aus Seide und Brokat, Gespräche, die unvermittelt abbrachen, wenn der Kaiser in Sichtweite kam.

Ein weiterer, schmalerer Gang, Gedränge an der Tür, dann ein großer Raum im Herzen des Gebäudes. Angespannte, bleiche Gesichter wandten sich den Eintretenden entgegen, dann verneigten sie sich bis auf den Boden. Eine kleine, mit Metallbändern verstärkte Truhe stand in der Mitte des Raums, und die Verneigungen der Würdenträger vermittelten Tadamoto den flüchtigen Eindruck, es handele sich dabei um einen Gegenstand der Verehrung. Er zwängte sich an den Sänftenträgern vorbei und bedeutete den Wachposten mit einem Kopfnicken, die Türen zu schließen.

Der Kaiser umklammerte sein Schwert mit beiden Händen. »Das ist die Truhe?«

Mehrfaches Kopfnicken. Der Kaiser trat einen Schritt vor und hob den Truhendeckel mit der Spitze der Scheide an, bis er mit lautem Gepolter auf den Boden fiel. Er beugte sich vor, warf einen Blick hinein und wich zurück, als stellte der Inhalt eine persönliche Beleidigung dar. Der Sohn des Himmels sah sich über die Schulter um, erblickte Tadamoto und nickte ihm zu.

»Oberst.« Der Kaiser deutete mit dem Schwert auf die Truhe.

Tadamoto trat an den verängstigten Beamten vorbei, hielt aber einen respektvollen Abstand zum Kaiser ein. Er umrundete die Truhe und spähte hinein, schloß einen Moment lang die Augen, dann bückte er sich und holte einen kleinen Brokatbeutel hervor – den einzigen

Gegenstand, der sich in der Truhe befand. Mit zitternden Fingern löste Tadamoto die Verschnürung und schüttete sich den Inhalt auf die flache Hand. Ein Dutzend Goldmünzen, quadratisch, mit jeweils einem runden Loch in der Mitte.

Der Kaiser drehte sich um und musterte die versammelten Würdenträger, von denen die meisten verschreckt zurückwichen.

»Und niemand hat etwas aus der Truhe genommen? Sie ist genau so aus Seh eingetroffen?«

Allgemeines Kopfnicken. »In diesem Zustand«, sagte ein höherer Beamter, »allerdings war das Siegel ursprünglich unversehrt.« Es handelte sich um einen alten Mann, dessen Stimme hörbar zitterte. »Der Diebstahl muß auf dem Kanal stattgefunden haben, obwohl die Truhe von Soldaten der Kaisergarde bewacht wurde.«

Der Kaiser tippte mit dem Schwert gegen den Rand der Truhe, hob auf einmal die Scheide, als wollte er zuschlagen, hielt dann aber inne. »Schafft sie her«, sagte der Kaiser an niemand Bestimmten gewandt, drehte sich um und eilte durch die auseinanderspritzenden Beamten davon.

Tadamoto schaute eine Weile in die leere Truhe hinein. Dann wanderte sein Blick zu den Münzen. Er schob eine beiseite – darunter kam eine weitere Münze mit einem seltsamen eingeprägten Drachen zum Vorschein.

»Oberst«, sagte der Minister der Linken, dessen Stimme in der Stille des Raums widerhallte, »Ihr solltet die Soldaten besser rasch herschaffen lassen.«

Tadamoto drückte dem alten Mann Beutel und Münzen in die Hand und stürmte hinaus. Auf dem Gang angelangt, fiel er in einen nicht besonders würdevollen Trab. An einen Diebstahl glaubte er nicht. Die Truhe und ihr Inhalt waren eine Botschaft von Shonto – eine Kriegserklärung. Bislang unbestätigten Gerüchten zufolge hatte Shonto einen Erlaß veröffentlicht, worin er jedem Bewaffneten einen Sold in Gold versprach.

Ein Bürgerkrieg war kaum mehr zu vermeiden. Und wie stand es mit der Barbarenstreitmacht? Wenn Jaku die Wahrheit gesagt hatte, dann würde es beim Bürgerkrieg nicht bleiben; es würde einen Krieg geben, der das Ende des Reiches bedeuten konnte. Tadamoto begann zu rennen.

Der Große Audienzsaal des Reiches wurde lediglich von einem halben Dutzend Lampen erhellt, die am äußeren Umkreis des Raums aufgestellt waren und nur wenig gegen die Dunkelheit auszurichten vermochten. Es herrschte eine unheimliche Atmosphäre, die den Orientierungssinn stark beeinträchtigte. Tadamoto verharrte unmittelbar hinter einer Tür seitlich des Podiums und wartete darauf, daß seine Augen sich an die Dunkelheit gewöhnten. Er vernahm das Geräusch von Schritten. Sie schienen näherzukommen, dann brachen sie ab, wichen wieder zurück. Irgend jemand murmelte etwas – unverständliche Worte.

Tadamoto gelang es schließlich, die Silhouette eines Mannes auszumachen, der vor dem Podest auf und ab ging. Er wußte nicht, wie er sich verhalten sollte. Nachdem er eine Weile im Dunkeln gewartet hatte, kniete er an Ort und Stelle nieder, während die Schritte abermals näherkamen und dann abbrachen.

»Hoheit?« fragte er leise.

Ein Schwert wurde aus der Scheide gezogen.

»Hoheit? Ich bringe den gewünschten Bericht. Ich bin's, Oberst Jaku.«

»Tadamoto-sum?«

»Ja, Hoheit. Bitte verzeiht die Störung.«

»Ihr seid allein?« tönte die Stimme aus der Dunkelheit.

»Ja, Hoheit.«

»Erhebt Euch«, befahl der Kaiser.

Jaku verneigte sich und stand auf.

»Kommt her«, sagte die Stimme.

Tadamoto ging in die Richtung, aus der die Stimme kam. Die Gestalt des Kaisers tauchte aus der Dunkelheit hervor. Tadamoto sah, wie er das Schwert in der Scheide bewegte.

»Geht ein Stück mit uns, Oberst.« Daraufhin machte der Kaiser kehrt und wandte sich raschen Schritts in den Saal hinein. Als er in der Mitte des Saals angekommen war, brach er das Schweigen.

»Die Shonto-Soldaten sind nicht mehr auffindbar?«

»So ist es, Hoheit. Es sieht ganz danach aus, als ob sich auch die meisten von Shontos Gefolgsleuten davongemacht hätten, wenngleich man noch den Anschein zu erwecken versucht, sie hielten sich in ihren Residenzen auf. Ich habe versagt …«

»Die Götter sollen sie holen!« fiel der Kaiser ihm ins Wort. »Ich habe eigentlich nicht damit gerechnet, daß man sie finden würde. Außerdem haben nicht sie die Steuern der Provinz Seh gestohlen – das hat ihr Fürst getan.«

Tadomoto nickte. Als sie an einer Lampe vorbeikamen, sah er das Gesicht des Kaisers, das in der trüben Beleuchtung eigentümlich verzerrt wirkte. Die Augen saßen in tiefen Höhlen, und die Stirn wirkte seltsam zerdrückt. Der junge Soldat wandte den Blick ab.

*Dieser Mann berührt die Frau, die ich liebe.*

»Ich hatte gehofft, ein Bürgerkrieg ließe sich vermeiden«, sagte der Kaiser leise. »Ich habe es wirklich nicht gewollt.

Shonto wird das Reich unweigerlich in einen Krieg hineintreiben. Das hätte ich vorhersehen müssen.« Seine Stimme klang betrübt, als spräche er von einem ungezogenen Kind.

*Sie verbringt die Nächte in seinen Armen.*

»Jetzt sind wir gezwungen, eine Armee aufzustellen. Sollte Shonto versuchen, das Reich zu spalten und sich in Seh festzusetzen, müssen wir nach Norden vorstoßen. Sollte er beschließen, in den Süden zu kommen, werden wir ihn erwarten. Was auch geschieht, das Reich wird einen hohen Preis zahlen müssen.«

Sie kehrten wieder um, bis sie zu den mächtigen Eingangstüren kamen, wo der Kaiser unvermittelt abschwenkte und zum Podest zurückging.

*Ich habe es so weit kommen lassen; ich war wie gelähmt.*

»Sind die Vorbereitungen zur Entsendung des Prinzen nach Norden abgeschlossen?«

Tadamoto kämpfte seinen aufwallenden Zorn nieder. »Schon seit mehreren Tagen, Hoheit«, antwortete er gepreßt.

»Dann soll er nicht länger zaudern. Schickt ihn los, selbst wenn Ihr Gewalt anwenden müßt.«

Abermals nickte Tadamoto.

»Und wie steht es mit den Omawara? Werden sie sorgfältig beobachtet?«

»Tag und Nacht, Hoheit.«

»Laßt sie nicht entwischen, Oberst. Ich habe noch etwas mit ihnen vor.«

Sie gingen schweigend bis zum Drachenthron, dann machten sie wieder kehrt. Bis zur Mitte des Saals waren nur das Geräusch ihrer Schritte und das Schleifen des kaiserlichen Brokatgewands auf dem Boden zu vernehmen. Hin und wieder fing die juwelenbesetzte Scheide, die der Sohn des Himmels mit sich trug, einen Lichtstrahl auf, so daß man beinahe meinen mochte, er schwinge das Schwert gegen einen unsichtbaren Gegner.

»Hoheit ...?« Jaku hatte Mühe, seine Gedanken zu sammeln.

»Sagt, was Ihr denkt, Oberst«, bemerkte ungeduldig der Kaiser.

»Verzeiht mir die Bemerkung, Hoheit, aber vielleicht sind unsere Spielzüge allzu durchsichtig.« Er holte tief Luft. »Sollten wir Shontos Gefolgsleute ausfindig machen und sie von kaiserlichen Soldaten festnehmen lassen, wird es bald das ganze Reich erfahren. Wir laufen Gefahr, die großen Adelshäuser zu spalten.« Tadamoto blickte den Kaiser an, vermochte seinen Gesichtsausdruck in der trüben Beleuchtung jedoch nicht zu deuten. »Es gibt auch noch andere Möglichkeiten. Wir könnten verkünden, wir wollten eine Armee aufstellen, um sie nach Norden zu entsenden – die Lage in Seh sei zwar nicht kritisch, aber doch nicht so, wie wir ursprünglich dachten. Natürlich behalten wir die Armee dann solange hier unter unserer Kontrolle, bis wir wissen, was Shonto unternimmt. Das wäre eine Botschaft an die Adresse von Shontos Verbündeten.«

Tadamoto sah, daß der Kaiser nickte. »Aber wie steht es mit den Goldmünzen, die Shonto uns schickte?« Der Kaiser wandte sich ihm im Dunkeln zu. »Ihr begreift doch, was das bedeutet, Tadamoto-sum?«

»Das tue ich, Hoheit.« Sie gingen ein paar Schritte weiter. »Wir könnten Shonto mitteilen, wir seien ein wenig ratlos. Das kaiserliche Schatzamt werde sicherlich gern zu den Verteidigungsmaßnahmen gegen die Barbaren beitragen, doch dieses Verhalten seitens Shontos Stab sei in höchstem Maße unangemessen. Ob der Gouverneur sich nicht darum kümmern und uns mitteilen könne, was die Provinz brauche?«

Der Kaiser überlegte einen Augenblick lang. »Ach, Tadamoto-sum, das sind weise Worte. Weshalb raten mir die anderen Berater nicht so gut wie Ihr?« Er schlug mit der flachen Hand auf die Schwertscheide. »Wir werden Euren Empfehlungen folgen, wenngleich Shontos Gefolgsleute unter allen Umständen ergriffen werden sollten. Ich bin sicher, Tanaka könnte uns wertvolle Auskünfte geben, nicht bloß über seinen Herrn.«

Sie schritten bis zum Ende des Saals und machten vor dem Thron kehrt.

»Was macht eigentlich Euer Bruder? Hat er Euren Brief beantwortet?«

»Dafür ist es vielleicht noch zu früh, Hoheit.«

»Ah.« Der Kaiser schritt am Rande des Podests entlang und blieb dann stehen.

»Beginnt damit, eine Armee aufzustellen. Mein Sohn soll unverzüglich in den Norden aufbrechen … um Shonto solange beizustehen, bis die ganze Streitmacht einsatzbereit ist.« Der Kaiser stieg die Treppenstufen hoch und verschwand in der tiefen Dunkelheit, die den Drachenthron einhüllte. Tadamoto hörte, wie er sich auf den Kissen niederließ.

»Entwerft ein Schreiben an den Gouverneur«, sagte die Stimme im Dunkeln. »Sagt ihm, wir seien bestürzt über das Verhalten seines Stabes. Sagt ihm, wir würden so rasch wie möglich eine Armee aufstellen. Soll er sich ruhig den Kopf darüber zerbrechen, was wir vorhaben, soll er sich ruhig um den Schlaf bringen.

Oberst«, im Tonfall des Kaisers schwang jetzt aufrichtige Wärme mit, »ich möchte Euch für all das reich belohnen. Sagt mir, was Ihr Euch wünscht, Tadamoto-sum.«

Während Tadamoto niederkniete und sich verneigte, sank ihm der Mut. »Ich wünsche mir nichts weiter, als dem Kaiser zu dienen«, preßte er hervor.

*Dieser Mann …*

»Ihr seid ein Ehrenmann, Tadamoto-sum, aber ich bin sicher, es wird sich etwas finden, das Euer würdig ist. Wir werden sehen.«

Tadamoto saß auf der untersten Stufe des Podests und brütete im Dunkeln vor sich hin. Der Kaiser hatte sich zurückgezogen und den jungen Offizier in einem Aufruhr der Gefühle zurückgelassen.

*Osha, Osha,* dachte er. Er hatte die Tänzerin seit mehreren Tagen nicht mehr gesehen, hatte ihr, ohne den Grund dafür zu kennen, nicht vor die Augen treten können. Osha aus dem Weg zu gehen, war eine Sache, doch allmählich begann er zu glauben, daß auch sie ihm auswich.

Soweit ist es mit uns gekommen, dachte er, mit zwei Menschen, die gefühlt und gedacht haben wie einer.

Verflucht soll er sein! Ich wünsche ihm alle Übel der Welt!

Tadamoto stand auf und ging ein paar Schritte weit, dann setzte er sich wieder hin. Eine Armee ließ sich notfalls aufstellen. Wenn Katta auch nur annähernd die Wahrheit gesagt hatte, dann hatte Tadamoto getan, was er konnte. Der Kaiser würde nicht ganz unvorbereitet sein. Und wenn Katta sich nun mit den Shonto verbündete, um die Yamaku zu stürzen …? Tadamoto schlug die Hände vors Gesicht.

»Osha-sum«, flüsterte er, und der Laut verschwand im dunklen Saal, ohne ein Echo zu hinterlassen.

# 20

Der Gouverneurspalast schwirrte von Vorbereitungen, und wenngleich die meisten Beteiligten, von Shontos eigenem Stab einmal abgesehen, den Gouverneur für verrückt hielten, so achteten sie doch darauf, daß ihre Arbeit nicht beeinträchtigt wurde. Dafür sorgten schon Shontos Gefolgsleute.

Shuyun hatte nur wenig zu tun, denn außer seinen Fürsten auf Verlangen zu beraten, hatte er keine besonderen Aufgaben. Fürst Shontos Bedienstete verstanden sich aufs Organisieren, daher war der Rat eines Mönchs, der so gut wie nichts besaß und in seinem kurzen Leben nur zweimal den Wohnort gewechselt hatte, höchst überflüssig.

Es war ein recht milder Tag, doch wehte von Westen her ein starker Wind, der Shuyuns Gewand kräftig durchpeitschte, als dieser auf der Palastmauer entlangging. Er hatte den Weg über die verschiedenen Mauerabschnitte und durch die Wehrtürme des Palasts nur deshalb eingeschlagen, weil er den Winter über zuviel Zeit in geschlossenen Räumen verbracht hatte und frische Luft brauchte. Auch wenn es auf einen Mangel an Erleuchtung hindeuten mochte, so hob sich Shuyuns Stimmung doch mit jedem Schritt ein bißchen mehr.

Der Palast lag auf einer kleinen Anhöhe am Ostrand der Stadt, dem höchsten Punkt der natürlichen Insel, die einmal den Ausgangspunkt der Stadt Rhojo-ma gebildet hatte. Der überwiegende Teil der Stadt war auf künstlichen Inseln erbaut, die sich über einer Felsplatte erhoben, die knapp unterhalb der Wasseroberfläche lag. Der Palast bot keinen weiten Ausblick, doch waren einige Stellen durchaus verweilenswert, und an jeder hatte Shuyun auch eine Weile Halt gemacht.

In der Tiefe sah Shuyun zwei Soldaten in der blauen Uniform der Shonto, die nach oben schauten und in seine Richtung zeigten, dann trabte der eine zu einer nahe gelegenen Treppe. Fürst Shonto will wohl seinen spirituellen Berater sprechen, dachte der Mönch und beschleunigte seine Schritte.

»Bruder ... Shuyun.« Der Soldat schnaufte, als er am Kopf der Treppe auftauchte, das Schwert hielt er im Laufen fest. »Ein Sendschreiben wurde für Euch abgegeben.« Er verneigte sich. »Mein Vorgesetzter war sich über seine Bedeutung nicht klar, daher hat er mich gleich losgeschickt.«

Shuyun deutete zur Treppe. »Ich werde Euch folgen.«

Sie brauchten nicht weit zu gehen, denn der Soldat geleitete ihn zu einem nahen Tor, das auf die Straßen hinter dem Palast hinausführte – auf stille Straßen. Wachposten verneigten sich vor dem Berater des Gouverneurs, und die wenigen Passanten machten ihm Platz. Im Innern eines Wachhäuschens machte der Offizier, von dem der Soldat gesprochen hatte, vor Shuyun eine tiefe Verbeugung.

»Verzeiht, wenn ich Euch in Euren Betrachtungen störe, Bruder, aber ich dachte mir, es könnte vielleicht wichtig sein.«

Der Unteroffizier hieß Rohku; Shuyun hatte seinen Vater während seines kurzen Aufenthalts in der Hauptstadt kennengelernt. Der Soldat nahm eine in schlichtes graues Papier gewickelte Schriftrolle vom Tisch und reichte sie dem Mönch.

Shuyun bedankte sich mit einem Kopfnicken. Es war

jedenfalls kein Sendschreiben, denn es trug nicht den Stempel seines Ordens.

Der Obergefreite Rohku verneigte sich ein zweites Mal – die Kunde von Shuyuns Auseinandersetzung mit dem jungen Fürsten Toshaki hatte sich auch in Shontos Leibgarde verbreitet und dem Mönch noch größeren Respekt eingebracht. »Das Schreiben wurde von einem botahistischen Bruder abgegeben.«

Als Shuyun es umdrehte, entdeckte er ein Wachssiegel mit einem eingeprägten Namen.

*Hitara.*

Shuyun hatte das Gefühl, sein Zeitempfinden dehne sich, obwohl er gar kein Chi-Ten praktizierte.

»Wann war er da?« fragte Shuyun, der auf einmal einen trockenen Mund bekam.

»Gerade eben, Bruder Shuyun.«

»Habt Ihr gesehen, in welche Richtung er sich entfernte?«

»Zu den Marktstraßen hin ...«

Shuyun reichte ihm die Schriftrolle. »Paßt gut darauf auf«, wies er Rohku an, dann rannte er hinaus, ehe der Obergefreite Einwände erheben konnte.

»Folge ihm«, befahl Rohku. »Er darf den Palast nicht ohne Eskorte verlassen.«

Der junge Soldat rannte los, wurde vom kleinen Mönch aber bald schon abgehängt. Als er die Marktstraßen erreichte, hatte er Shuyun aus den Augen verloren.

Shuyun rannte.

»Ein botahistischer Bruder? Ist er hier vorbeigekommen?« rief er einem Bauern zu, der ein Maultier führte. Der Mann nickte und zeigte in eine schmale Nebengasse hinein. Shuyun wurde noch schneller.

An der nächsten Kreuzung holte er abermals Erkundigungen ein und wurde nach links gewiesen. Dann nach rechts. Dann eine Treppe hoch und über eine Brücke. Schließlich gelangte er zu einem kleinen Platz, auf den zahlreiche Straßen, Treppen und Gassen mündeten.

Auf einer Treppenstufe saß ein alter Mann, der gerade den Riemen einer alten Sandale ausbesserte. »Ein Bruder«, japste Shuyun, »ist er hier vorbeigekommen?«

Der alte Mann zerrte am Riemen und blickte dabei in die Ferne. Nach kurzem Nachdenken nickte er.

»Welchen Weg hat er eingeschlagen?«

Der Alte antwortete, ohne Shuyun eines Blickes zu würdigen. »Ich bin bloß ein armer, alter Mann, Bruder, Ihr solltet mich nicht nach dem Weg fragen.«

»Ich habe keine Münzen dabei, alter Mann, aber ich werde dafür sorgen, daß Ihr eine Belohnung erhaltet, wenn Ihr meine Frage beantwortet.«

Der Alte lächelte. »Der Weg, Bruder, ist nicht so leicht zu finden.« Er beschäftigte sich wieder eine Weile lang mit der Sandale. »Und ich bin kein Lehrer.«

Shuyun wollte seine Frage gerade wiederholen, da sah er, was ihm sogleich hätte aufgefallen sein müssen – der Mann war blind. Kopfschüttelnd schaute er sich um. Sonst war niemand zu sehen, den er hätte fragen können.

»Wen sollte ich sonst fragen, wenn nicht Euch, weiser Mann?« Shuyun lehnte sich an die Wand, um zu verschnaufen.

»Das ist das Schlimme daran, Bruder. Bis der Lehrer kommt, gibt es niemanden.« Endlich gelang es ihm, den schadhaften Riemen abzureißen. Er untersuchte den Schaden mit gichtverkrümmten Fingern. Was er da fühlte, gefiel ihm nicht. »Sagt mir Euren Namen, Bruder.«

»Shuyun.«

Abermals lächelte er dünn. »Der Lastenträger. Was ist es, was Ihr tragt, Bruder Shuyun?«

Shuyun starrte den Mann einen Augenblick lang an – dieser verschrumpelte Schatten eines Mannes war einmal Gelehrter gewesen. Nur ein Gelehrter konnte die

Bedeutung seines Namens wissen. Er blickte auf die Füße des Mannes herab. Die andere Sandale befand sich in keinem besseren Zustand als die, die er in Händen hielt.

Shuyun schlüpfte rasch aus seinen eigenen Schuhen und legte sie dem Mann in die Hand. »Damit Ihr den Weg leichter finden mögt, alter Weiser.«

Der Mann betastete das weiche Leder und lächelte wieder. Shuyun ging den Weg zurück, den er gekommen war, mit bloßen Füßen übers kalte Pflaster. Er war noch keine drei Schritte weit gekommen, als der Alte ihn wieder ansprach.

»Wenn Ihr nicht wißt, was Ihr tragt, Bruder, dann lauft Ihr Gefahr, in die Irre zu gehen.«

Shuyun sah sich über die Schulter um. Der Alte blickte noch immer in die Ferne und streichelte die Schuhe.

»Ich entblöße meine Füße, alter Weiser, und bete zu Botahara, daß er mich leiten möge.«

Der Alte schaukelte lächelnd den Oberkörper, wie ein Kind. Er lachte leise.

Auf dem Rückweg zum Palast begegnete Shuyun ein besorgter junger Soldat, dem die Erleichterung darüber, daß dem spirituellen Berater des Fürsten nichts passiert war, deutlich anzusehen war. Als er bemerkte, daß der Mönch barfuß war, wollte er ihm sogleich seine eigenen Sandalen geben und reagierte leicht verwirrt, als Shuyun sie zurückwies.

Am Palasttor nahm Shuyun von Rohku die Schriftrolle entgegen und zog sich anschließend in sein abgeschiedenes Gemach zurück. Nachdem ihm ein hartnäckiger Bediensteter die Füße gewaschen hatte, war Shuyun endlich allein. Er trat mit dem Schreiben auf den Balkon, brach sorgfältig das Siegel und entrollte das Schreiben mit angehaltenem Atem, was ihn sehr verwunderte.

Die Schriftrolle war neu, womit Shuyuns schlimmste Befürchtungen hinfällig waren – Shimekos Äußerungen hatten ihn tiefer getroffen, als ihm bewußt gewesen war. Das Papier war schlicht, eigentlich alltäglich, und zeigte ein stumpfes Gelbbraun. Die Schriftzeichen waren sorgfältig ausgeführt, aber in keiner Weise bemerkenswert. Er las:

*Bruder Shuyun:*

*Ich bedaure, daß wir nicht persönlich miteinander sprechen können, doch hoffe ich, daß ich Eure Fragen auch so beantworten kann. Ich bin kürzlich aus der Wüste gekommen und weiß nicht, wann ich werde zurückkehren können.*

*Die Armee, nach der Ihr im Norden gesucht habt, nähert sich der Grenze von Seh. Die tapferen Männer, die auf Erkundung ausgeritten waren, sind wieder in den ewigen Kreislauf eingegangen, möge Botahara ihren Seelen gnädig sein.*

*Wenngleich die Armee des Khans schon nahe ist, wird sie aufgrund ihrer Größe noch zehn Tage bis zur Grenze brauchen. Über hunderttausend Krieger folgen dem Khan, Bruder, und sie sind gut bewaffnet.*

*Nach dem Überqueren der Grenze wird die Barbarenstreitmacht weitere sechs Tage bis nach Rhojo-ma brauchen. Es scheint so, als würde sie nördlich von Kyo die Grenze überschreiten. Es bleibt nur noch wenig Zeit, Bruder.*

*Botahara zog sein Schwert und zerschmetterte es an einem großen Stein. Seine Rüstung versenkte er im rauschenden Fluß, und sein Streitroß entließ er in den Hügeln in die Freiheit.*

*»In den bevorstehenden Kämpfen«, sprach er, »werden derlei Waffen wie Kinderspielzeug sein.« Nach diesen Worten verließ der Fürst seine Armee und schritt den Hügel hinunter. Und er begann, um die Seelen der Menschen zu kämpfen.*

*Möge Botahara Euch gnädig sein, Bruder*
*Hitara*

Shuyun saß lange Zeit da und blickte über die Palastdächer hinweg. Der Wind wehte noch und dehnte die

Wolken zu langen, zerfetzten Bannern. Als Shuyun das Schreiben noch ein Stück weiter entrollte, fiel ihm etwas Weiches auf die Knie. Er senkte den Blick, schloß die Augen und begann zu beten. Währenddessen strömten ihm Tränen über die Wangen, doch er spürte es nicht. Lautlos sprach er das lange Gebet um Vergebung und dann das der Danksagung. Noch immer wagte er nicht, die Augen zu öffnen.

Als er die Gabe schließlich ansah, meinte er, ihm schwelle die Seele an und breite sich über den Himmel aus. Mit zitternden Fingern ergriff er Hitaras Geschenk. Eine schlichte weiße Blüte mit fünf länglichen, zartrosa gefärbten Blütenblättern, so zart und geschmeidig, als sei sie soeben gepflückt worden.

»Botahara sei gepriesen«, flüsterte Shuyun. »Die Blüte des Udumbara.«

# 21

Shonto rollte das Schreiben so sorgfältig zusammen, als sei es sehr alt und wertvoll. Er saß in der Nähe eines teilweise geöffneten Wandschirms, durch den kühle Luft hereindrang, und trug wie die anderen Anwesenden immer noch Straßenkleidung. Die Vorbereitungen für den Rückzug waren angelaufen, und Shonto hatte einen Inspektionsgang am Kai entlang unternommen, um sich selbst ein Bild von den Fortschritten zu machen. Es war typisch für ihn, daß er sich auch in schwierigen Zeiten blicken ließ.

Shonto machte einen ernsteren Eindruck als gewöhnlich, wenngleich man ihm die Bürde, die er trug, oder das Arbeitspensum, das er erledigte, nicht ansah. Dies war Teil seiner Persönlichkeit – seine scheinbare Jugendlichkeit war weniger auf seine äußere Erscheinung, als vielmehr auf sein Verhalten und seinen Überschwang zurückzuführen. Heute aber wurde dieser Überschwang durch eine dicke Schicht Ernsthaftigkeit gedämpft.

»Seid Ihr Euch da auch ganz sicher, Shuyun?«

Der Mönch nickte. »Dieser Mann ist meinem Orden zwar unbekannt, gleichwohl steht vollkommen außer Zweifel, daß er ein wahrer Anhänger Botaharas ist. Ich bin sicher, Hitara hat wahrheitsgemäß berichtet.«

Shonto blickte General Hojo Masakado an.

Der General zögerte nicht. »Sollte diese Information

falsch sein, so wüßte ich nicht, welche Absicht dahinterstecken könnte. Daher würde ich raten, Herr, uns so zu verhalten, als stünde der Wahrheitsgehalt von Bruder Hitaras Schreiben außer Zweifel.«

Shonto nickte, dann wandte er sich an Kamu.

»Ich bin auch dieser Meinung, Fürst Shonto, wenngleich ich mich wohler fühlen würde, wenn ich mehr über diesen Bruder aus der Wüste wüßte.« Kamu hob resigniert die Hand. Von allen höheren Bediensteten Shontos machten Kamu die Vorbereitungen am meisten zu schaffen. Das Alter machte sich bei ihm immer stärker bemerkbar. Gleichwohl ging er seiner Arbeit mit gewohnter Tüchtigkeit nach, und obschon er von Tag zu Tag älter zu werden schien, klagte er doch nie.

Nun wandte Shonto sich an Komawara.

»Ich behaupte nicht, über ein untrügliches Gespür für die Wahrheit zu verfügen, Herr, aber ich bin Bruder Hitara in der Wüste begegnet und halte es für ausgeschlossen, daß er uns belügt. Die Beschreibung der Wachposten paßt auf Bruder Hitara, und wie General Hojo kann auch ich mir nicht vorstellen, wem es nützen sollte, wenn er uns falsche Informationen gäbe. Sogar den Barbaren wäre es lieber, wenn wir in Seh blieben, wo sie uns schlagen könnten. Uns bleiben nur ein paar Tage, Fürst, ich glaube, wir sollten unverzüglich handeln.« Komawara verneigte sich.

Shonto blickte Nishima an.

»Gewiß sollten wir handeln, Herr, doch ich glaube, wir können uns erst dann aus Seh zurückziehen, wenn die Barbaren die Grenze überquert haben. Ich will Euch nicht Eure Pflichten als Gouverneur erklären, doch ich glaube, wir können das Volk von Seh nicht vollständig im Stich lassen.«

Shonto ließ sich das durch den Kopf gehen. »Wir können den Rückzug über den Kanal bereits einleiten, während ein Teil unserer Soldaten solange hierbleibt, bis sich Seh über die Lage bewußt geworden ist. Eine kleine Streitmacht kann eine große Armee jederzeit abhängen.« Shonto verneigte sich vor Nishima, dann wandte er sich an den Offizier des Kaisers. »General Jaku?«

Die Anwesenheit Jaku Kattas gab jedermann Rätsel auf. Doppelt rätselhaft war, daß man Jaku den Vorfall mit Hitara zunächst verschwiegen hatte. Wahrscheinlich wunderte es Jaku am wenigsten, daß man ihm nicht alles sagte – schließlich hatte er lange Zeit im Kaiserpalast gelebt. Der Befehlshaber der Kaisergarde verneigte sich förmlich.

»Fürst Shonto, ich stimme dem edlen Fräulein Nishima zu. Wir können unsere Streitkräfte erst dann nach Süden verlegen, wenn dem Volk von Seh die Bedrohung durch die Barbaren bewußt geworden ist. Ich muß zugeben, dies ist eine Frage des Stolzes und der Klugheit. Wenn wir uns zurückziehen, nachdem sich die Menschen der Größe des Barbarenheers bewußt geworden sind, wird man die Fürsten dieser Provinz mit anderen Augen betrachten. Wie ich schon sagte, das ist eine Frage des Stolzes – ich bin ein Soldat, wenn Ihr mir verzeihen mögt.«

Mehrere Anwesende nickten. Mit Ausnahme von Shuyun und vielleicht noch Nishima war Stolz ein wichtiges Thema für sie, auch wenn bislang niemand davon gesprochen hatte.

Shonto nickte nachdenklich. »Fürst Komawara, was glaubt Ihr, werden Eure Landsleute tun, wenn sie sich erst einmal über die Größe der Barbarenstreitmacht im klaren sind?«

Der junge Fürst überlegte einen Augenblick; in der Vergangenheit hatte er sich mehrfach bei Fürst Shontos Beratungen in Verlegenheit gebracht und wollte eine Wiederholung unbedingt vermeiden. »Ich fürchte, daß weniger Männer bereit sein werden, uns in den Süden zu folgen, als uns lieb wäre, Fürst Shonto. Die Taiki treffen bereits erste Vorbereitungen, doch wie General Jaku schon sagte, werden sich viele von ihrem Stolz leiten lassen. Einige werden bleiben und kämpfen, obwohl sie sich darüber im klaren sind, daß es aussichtslos ist.«

Shonto zog die Armstütze näher zu sich heran. »Kamu-sum, wann können wir mit einer Reaktion auf den Erlaß rechnen, den Ihr verbreitet habt?«

Kamu zählte lautlos die Tage. »Schon bald, würde ich meinen, Herr. Gold stellt eine große Verlockung dar. In diesem Augenblick sind wohl schon die ersten Männer aus Itsa und Chiba hierher unterwegs.«

»Sendet über den Kanal Rekrutierungsoffiziere und Helfer aus«, sagte Shonto, »und zwar so rasch wie möglich – am besten gleich morgen. Sie sollen südlich der Provinzgrenze Stellung beziehen und ihre Arbeit aufnehmen. In sieben Tagen werden sie weiterziehen. Sie sollen vor uns bleiben, denn wir wollen vermeiden, daß sich eine Unzahl von Soldaten unserer Flottille anschließt und uns am Vorwärtskommen hindert. Für diese Männer müssen an strategisch günstigen Orten Lager eingerichtet werden. Das bedeutet, daß sich unsere Reihen lichten werden. Trotzdem müssen wir den Rekruten Offiziere zuteilen – schließlich sollen sie rasch einsatzfähig sein und ihr Handwerk verstehen. General Hojo, das bringt für viele Unteroffiziere Beförderungen mit sich – kümmert Euch darum.«

Kamu und Hojo verneigten sich.

Shonto blickte eine Weile durch den offenen Shoji ins Freie.

»Es gibt noch weitere Neuigkeiten.« Shonto verschob die Schriftrolle Hitaras, als wollte er sie besser ins Licht rücken. »Ich habe ein Schreiben des Kaisers erhalten«, erklärte Shonto ruhig. Er sah auf. »Der Sohn des Himmels schreibt, er wolle eine Armee zur Verteidigung Sehs aufstellen.«

Shonto schien die allgemeine Überraschung zu genießen; vielleicht schätzte er aber auch nur die Reaktionen auf das Unerwartete ein.

Das edle Fräulein Nishima starrte Jaku Katta unverhohlen und mit einiger Verachtung an, während sie insgeheim dachte, er habe sich abermals als unfähig erwiesen, die Wahrheit zu sagen.

Kamu hatte sich zwar nicht als erster erholt, ergriff aber als erster das Wort. »He-Herr, hat der Kaiser denn nicht die leere Steuertruhe erhalten?«

»Der Sohn des Himmels bat mich, mich der Angelegenheit anzunehmen. Er deutete an, der Stab des Gouverneurs habe möglicherweise eine Dummheit gemacht. Seh müsse sicherlich einen Teil der Einnahmen für Verteidigungszwecke zurückbehalten, aber ...« Shonto zuckte die Achseln. »Man hat uns gebeten, ein Dokument vorzubereiten, worin unser Bedarf genau aufgeführt ist. Daß wir uns außerstande sehen, die Steuern zu bezahlen, wurde übersehen. Daher werden wir wie gewünscht einen Bericht anfertigen und dem Kaiser unsere militärischen Wünsche darlegen.«

»Was sollen wir ihm schreiben?« fragte Hojo.

»Die Wahrheit.« Shonto lächelte. »Überrascht Euch das, General?«

Alle lachten, auch Hojo.

»General Jaku, vielleicht könnt Ihr den Entschluß des Kaisers erläutern.«

Jaku verneigte sich. »Ich hatte die Hoffnung bereits aufgegeben, Fürst. Meine Freunde am Hof konnten sich im Rat mit der Forderung, eine Armee zur Verteidigung Sehs aufzustellen, nicht durchsetzen. Den Grund werdet Ihr Euch denken können. Die Armee, von der der Kaiser schreibt, soll dazu dienen, die Hauptstadt vor Shontos Streitmacht zu schützen – das Angebot, Bewaffnete mit Gold zu bezahlen, hat sicherlich zu regen Spekulationen Anlaß gegeben. Der Sohn des Himmels fürchtet, andere Adelshäuser könnten sich uns anschließen.

Die kaiserliche Armee soll zwar nicht den Khan bekämpfen, doch handelt es sich gleichwohl um eine

Armee. Wer aber wird diese Armee kontrollieren, wenn das wahre Ausmaß der Bedrohung erst einmal sichtbar ist? Das ist die Frage.«

Shontos Stab verneigte sich vor Jaku.

»Das ist immerhin ein Hoffnungszeichen, General Jaku. Zumindest wird das Reich nicht ganz unvorbereitet sein. Wie groß mag die Streitmacht sein, die der Kaiser aufstellen wird, was meint Ihr?«

Jaku breitete die Arme aus. »Das ist noch unklar. Ich hoffe, ich werde es bald erfahren.«

Shuyun verneigte sich vor seinem Lehnsfürsten. »Die Streitmacht des Kaisers wird zweifellos groß genug sein, um Shontos Armee besiegen zu können – denn das ist die Bedrohung, die der Thron wahrnimmt. Wenn es uns zum Vorteil gereicht, daß der Kaiser eine große Streitmacht aufstellt, dann könnten wir unserer Sache dadurch nützen, daß wir die Zahl unserer Soldaten übertreiben.«

Komawara hätte beinahe gegrinst. »Bruder Shuyun, Ihr überrascht mich. Lernt man dies aus den Schriften Botaharas?«

Shuyun reagierte, als habe keiner der Anwesenden gelächelt. »Ich habe meine Kenntnisse kürzlich erweitert, Fürst Komawara. Ich habe sagen gehört, die Lüge, an der niemand zweifelt, stamme aus dem Mund eines Ehrenmanns. Wir könnten eine starke Lüge auftischen und dennoch Glauben finden.«

»Wir werden an dem Tag, da das Barbarenheer die Grenze überquert, damit beginnen, unsere Leute in den Süden zu verlegen«, sagte Shonto. »Im Augenblick lacht man noch über uns, weil wir so viele Boote sammeln … doch das wird sich bald ändern. Mit den Booten können wir die Soldaten, die uns dann zur Verfügung stehen, rascher transportieren, als die Barbaren zu reiten vermögen. Und Flöße, die von Männern gelenkt werden, die ihr Leben in der Wüste verbracht haben, werden langsam sein – zumal wenn die Kanalschleusen zuvor unpassierbar gemacht wurden. Wir müssen Vorsorge treffen, daß sämtliche verbliebenen Boote verbrannt werden und daß wir auf dem Kanal freie Durchfahrt haben. Sobald uns die Nachricht vom Vormarsch des Barbarenheers unterwegs einholt, werden wir es mit Tausenden von Menschen zu tun haben, die in die inneren Provinzen flüchten. Wir müssen verhindern, unterwegs aufgehalten zu werden.«

Jaku Katta verneigte sich rasch und weniger tief als zuvor. »Ich habe entlang des Kanals Garnisonen angelegt. Wir könnten sie beauftragen, die Wasserstraße offen zu halten.«

Shonto nickte. »Ausgezeichnet.« Er überlegte kurz. »Der Kaiser schickt seinen nichtsnutzigen Sohn in Begleitung einer zweifellos unbedeutenden Streitmacht nach Norden. Der Prinz wird uns bestimmt bloß lästig fallen, gleichwohl werden wir ihn respektvoll behandeln. Wer weiß, welche Rolle er in Zukunft noch spielen wird.«

»Jedenfalls würde er sich gewiß nicht als Geisel eignen«, bemerkte Hojo. »Dem Kaiser liegt nichts am Prinzen. Eher hofft er darauf, daß wir seinen Sohn in einen aussichtslosen Kampf gegen die Barbaren schicken.« Der General besann sich kurz. »Und das sollten wir vielleicht auch tun.«

Shonto nickte. »Zu viele werden ein solches Ende finden, Masakado-sum, und das wünsche ich niemandem.«

# 22

*Leuchtsignale*
*Springen von der Anhöhe zum Wehrturm*
*Und zur nächsten Anhöhe*
*Wie Funkenschauer aus der Kohlenpfanne*
*In einem Haus, trocken wie Zunder*

Fürst Komawara stand am Fenster in der Spitze des Westturms und blickte in die Ferne. In gewissen Abständen flammten am Horizont mit entfernter Dringlichkeit Leuchtfeuer auf. Bis zum Morgen würde sich die Nachricht bis in die abgelegensten Winkel der Provinz verbreitet haben.

Es war ein kühler Abend, und es wehte ein schneidender Wind, doch der Fürst schien nichts davon zu bemerken. Er stand nun schon seit über einer Stunde hier, doch wenn er durchfroren war bis ins Mark, so lag dies nicht an der Kälte.

*Sie kommen*, dachte er, *sie kommen.*

Er vermochte sich nicht zu konzentrieren. Hatte er eben noch an seine Gefolgsleute gedacht, die unterwegs waren zu einer Festung in den Bergen, so sah er plötzlich Reiter vor sich, die von der Nordgrenze kommend auf Rhojo-ma zugaloppierten, um die Nachricht vom Eintreffen des Barbarenheers zu überbringen. Ob es wirklich so groß war, wie Bruder Hitara behauptet hatte?

Im Osten flammte auf einer Anhöhe ein Feuer auf, dann etwas weiter entfernt das nächste.

Fürst Toshaki wartete zu Pferd vor einem kleinen Gasthof. Dahinter strömte ein schmaler Fluß vorbei, auf dessen Oberfläche das Spiegelbild des Vollmonds tanzte – flüssiges Mondlicht, das in die Nacht fortgerissen wurde. Yoshihira, Toshakis Sohn, saß nahebei auf dem Stumpf einer Kiefer, während sein Pferd dürres Wintergras rupfte. Beide Männer schwiegen. Die sie begleitenden Soldaten saßen entweder zu Pferd oder hatten sich auf der Lichtung verteilt, ohne daß man ihnen ihre Ungeduld oder auch nur ihre Absichten angemerkt hätte. Aus dem Gasthof ergoß sich warmer Lichtschein, der hier und da von einer Rüstung, einem Helm widergespiegelt wurde. Ein kalter Wind peitschte die Kiefern, die knarrend schwankten.

Der Mond wanderte nach Westen. Der Gastwirt trat mit Bechern und einer Schale dampfenden Reisweins ins Freie, doch seine Bemerkung, den Fürsten käme die Nacht drinnen weniger abweisend vor, stieß auf Ablehnung. Die im Dunkeln wartenden Reiter hatten das Gefühl, die wilde Nacht verleihe ihrer Wache eine gewisse Reinheit.

Sich näherndes Hufgetrappel. An der schmalen Straße tauchte ein Wachposten auf und stieß einen Pfiff aus. Toshakis Sohn sprang in den Sattel und gesellte sich zu seinem Vater.

Soldaten stürzten aus dem Gasthof hervor und verschwanden im Stall. Dies waren die Männer, mit denen Toshaki zuvor gesprochen hatte – Gefolgsleute des Fürsten Taiki Kiyorama, wenngleich auf den Übermänteln das fliegende Pferd des Gouverneurs von Seh abgebildet war. Kurz darauf erschienen sie wieder mit drei gesattelten Pferden und überprüften im Licht, das aus dem Gasthof fiel, kurz Sattelgurte und Zaumzeug.

Drei Reiter brachen aus dem Wald hervor und zügelten vor dem Gasthof ihre schäumenden Pferde. Mehrere Personen erschienen auf der Veranda und unterhielten sich. Die Reiter waren abgesessen, um etwas zu trinken, bevor sie auf frischen Pferden weiterreiten würden.

Fürst Toshaki und seine Männer kamen herbeigeritten und bildeten einen Halbkreis um die Boten.

»Was gibt's Neues?« rief Fürst Toshakis Sohn. »Wie groß ist die Armee?«

Die drei Boten musterten kurz die Reiter, dann flüsterte ihnen einer der Taiki-Stallburschen etwas zu, und sie wandten sich wieder den Getränken zu und reichten die Schalen den Bediensteten, um sie ein zweites und ein drittes Mal füllen zu lassen.

Der junge Toshaki ritt ein Stück näher an sie heran. »Der Fürst der Toshaki will wissen, wie groß das Barbarenheer ist«, sagte er verärgert.

Einer der Boten, ein junger Hauptmann, schwang sich in den Sattel, während sein Pferd, das sich von der Erregung der Männer hatte anstecken lassen, seitwärts tänzelte. »Will Euer Fürst die Streitmacht, die er den Winter über aufgestellt hat, etwa mit dem Barbarenheer messen?« fragte er nicht sonderlich respektvoll. »Geht zurück zu Eurem Gii-Brett, junger Fürst, wir handeln im Auftrag des Gouverneurs.«

Nun ritt Fürst Toshaki, dessen langes Haar sich im Wind aus dem Ring gelöst hatte, in die Nähe seines Sohnes und ergriff das Wort. »Ungeachtet dessen, was geschehen ist, werden wir nun alle Seite an Seite kämpfen. Wir sind Einwohner von Seh, sagt uns, womit wir es zu tun haben.«

Der Hauptmann ritt ein Stück vor, damit beschäftigt, sein Pferd zu zügeln, das den Kopf schüttelte und am liebsten losgaloppiert wäre. Seine Stimme war gepreßt vor Zorn. »Ihr werdet Euch Fürst Komawara zu Füßen werfen und um Verzeihung betteln, Fürst«, sagte er, an Toshakis Sohn gewandt. »So groß ist das Heer.«

Die Boten gaben ihren Pferden die Sporen, drängten sich durch Toshakis Leibgarde hindurch und verschwanden in der Dunkelheit des Waldes, wo die

Bäume wie aufgewühlte Meereswogen schwankten, die ein gewaltiger Sturm vor sich hertrieb.

Am Morgen, nachdem die Leuchtfeuer entzündet worden waren, traf der erste Reiter mit den Berichten der Frontoffiziere in Rhojo-ma ein. Mit dem ersten Tageslicht ergoß sich ein gewaltiger Strom von Flüchtlingen aus den umliegenden Dörfern in die Provinzhauptstadt. Diese Leute vermochten sich nicht vorzustellen, daß Rhojo-ma fallen könnte, und daher suchten sie dort Zuflucht und schleppten soviel ihrer Habseligkeiten mit, wie die Handkarren faßten oder wie sie zu tragen vermochten.

Der Winter neigte sich dem Ende zu, und es war noch immer kalt, doch am Himmel zeigte sich tagsüber das klare Blau des Nordens, während man nachts die Sterne sah. Diejenigen, die über Erfahrungen mit Truppenbewegungen verfügten, beteten um den Regen, der für diese Jahreszeit typisch war. Regen würde die Eroberung verlangsamen, sie womöglich sogar vorübergehend zum Stillstand bringen. Der Horizont wurde so aufmerksam beobachtet wie noch nie zuvor, Wolken aber zeigten sich keine.

Die Berichte der Frontoffiziere wurden dem Gouverneur Shonto überbracht, worauf dieser sich mit seinem Stab fast einen ganzen Tag lang in Klausur begab. Sie warteten auf die bedeutenderen Fürsten von Seh, die gegen Abend eintreffen sollten. Zum erstenmal seit zwei Generationen hatte der Gouverneur von Seh einen Kriegsrat einberufen.

Der Fischer stand mit seiner Familie am schlammigen Ufer des Chousa und schaute zu, wie die Flammen sein Leben von grundauf veränderten. Qualm und Dampfwolken stiegen von den nassen Planken auf und besudelten den klaren Himmel. Der Fluß zerrte am brennenden Bootsrumpf, schwappte gegen das Ufer und floß weiter, bedeckt mit einer öligen Rußschicht. Die Frau des Fischers vergoß bittere Tränen und umklammerte ihre beiden kleinen Kinder, der Fischer aber gab keinen Laut von sich, tiefe Trauer in den Augen.

Flußabwärts, an der Biegung des Flusses, wurde gerade ein weiteres Boot aufs Ufer gezogen und den Flammen übergeben. Die Soldaten des Gouverneurs ruderten weiter. Der Fischer beobachtete, wie sie die von Trauerweiden überwucherte Mündung eines Zuflusses absuchten und wie ein Soldat den Vorhang der Zweige mit dem Schwert teilte.

Das brennende Boot des Fischers schüttelte sich wie im Todeskampf. Dies lenkte ihn ab, und einen Augenblick lang sah es so aus, als würde auch er in Tränen ausbrechen. Doch der Augenblick ging vorüber. Der brennende Mast stürzte langsam aufs Ufer und zischte auf, als er den feuchten Morast berührte. Weitere Planken gaben nach, und das Boot legte sich noch mehr auf die Seite.

Der Fischer wandte sich ab und ging zu einem Stapel hinüber, den zur Hälfte ein mehrfach geflicktes Segel bedeckte – alles, was ihm noch geblieben war. Er zog das Segel beiseite und zerrte ein Netz unter einer Truhe hervor. Irgendwo mußten Holzschwimmer sein. Krieg hin oder her, der Mensch mußte essen.

Shonto saß in seinem Gemach und schrieb im Licht zweier Lampen. Er malte die Zeichen bedächtig, jedoch nicht langsam. Das Gouverneursgewand aus Brokat und Seide war ihm lästig, zumal seine blaubetreßte Rüstung schon bereitlag. Er tauchte den Pinsel in die Tinte und schrieb:

*Shokan-sum:*

*Ich hoffe sehr, daß Dich mein Schreiben erreicht. Ich beabsichtige, Männer über den Fluß und an die Küste zu entsenden, in der Hoffnung, daß sie ein Boot finden werden, das sie über die Meerenge trägt. Jetzt, da sich ganz Seh auf der Flucht vor den Barbaren befindet, wäre es schon ein Wunder, wenn sie durchkämen.*

*Die Barbaren haben die Grenze überquert und werden Rhojoma in spätestens sechs Tagen erreicht haben. Ich werde mich über den Großen Kanal zurückziehen und darauf hoffen, daß die Barbaren so langsam vorankommen, daß Akantsu noch genug Zeit bleibt, eine Armee aufzustellen. Der Kaiser wird mir die Befehlsgewalt natürlich entziehen, wenn er irgend kann. Du mußt Dich selber schützen. Ich werde mich bemühen, den Oberbefehl über die Armee möglichst lange zu behalten, doch man weiß nie, was kommt – den Yamaku blieb ausreichend Zeit, sich ihre weitere Vorgehensweise sorgfältig zu überlegen.*

*Du mußt Dich selber schützen. Falls der Krieg verloren geht, sind unsere Ländereien nichts mehr wert. Verschwende weder Zeit noch Soldaten darauf, sie zu verteidigen.*

*Nishi-sum bleibt bei mir und ist mir eine große Stütze. Sie sorgt sich um Dich.*

*Ich habe Schreiben in die Hauptstadt und nach Yankura geschickt. Am besten wäre es, wenn Tanaka bei Dir wäre, aber wenn das nicht möglich ist, mach Dir deswegen keine Sorgen – unser Handelsbeauftragter ist um guten Rat nie verlegen.*

*Möge Botahara Dich schützen.*

Shonto unterzeichnete den Brief, faltete ihn sorgfältig und versiegelte ihn. Es war schon spät, nach Mitternacht. Er erhob sich und ging zur Tür. Der Kriegsrat wartete auf ihn.

Im Großen Saal des Gouverneurspalasts waren etwa hundert Personen zugegen, und obwohl sie an die Unwägbarkeiten des Lebens im Norden gewöhnt waren, zeigten doch die meisten Anzeichen eines Schocks. Shonto hatte diesen Ausdruck schon bei Schwertkämpfern gesehen – in dem Augenblick, da ihnen bewußt wurde, daß sie einen nicht wiedergutzumachenden Fehler gemacht hatten – und auf den unvermeidlichen Hieb warteten.

Shonto beobachtete distanziert, wie sich die versammelten Fürsten verneigten. Ein jeder von ihnen stand für eine Zahl, und diese Zahl bezeichnete die Größe der Streitmacht, die er aufzustellen vermochte. Einige Fürsten brachten es nicht einmal auf fünfzig Krieger. Komawaras Streitmacht umfaßte dreihundertfünfzig Männer, und er hatte seine Zukunft verpfändet, um sie anzuheuern. Die bedeutenderen Fürsten vermochten tausend Krieger zu stellen, Toshaki und Fürst Ranan brachten es auf etwa zweitausend.

Hojos und Shontos Schätzung belief sich auf fünfzehntausend Soldaten insgesamt. Dazu kamen die dreieinhalbtausend Krieger, die Shonto mit nach Seh gebracht hatte. Und das war alles, was sie einem Barbarenheer von hunderttausend Mann entgegenzusetzen hatten.

Shonto nickte den versammelten Fürsten zu. Die Lampen an den Wänden flackerten, und der Geruch nach brennendem Öl überdeckte beinahe den Pferdegeruch – viele waren erst im letzten Augenblick eingetroffen. Es war nicht zu übersehen, daß dies nicht die kaiserliche Hauptstadt war, wo eine solche Versammlung in die erlesensten Gewänder gekleidet gewesen wäre. Viele der Fürsten von Seh trugen ein Jagdkostüm, das zum Reiten geeignet war und große Bewegungsfreiheit bot – ein Aufzug, wie man ihn im Kaiserpalast noch nie zu sehen bekommen hatte.

Ganz von selbst hatten sich die Anwesenden entsprechend ihren früheren Überzeugungen geordnet: Shontos Berater und Verbündete saßen zur Rechten des Gouverneurs, abgesondert von den übrigen Fürsten, die in Reihen vor dem Podest des Gouverneurs Platz genommen hatten. Shonto blickte zu Komawara hinüber, der in steifer Haltung inmitten seiner Verbündeten kniete. Dies ist ein Augenblick der Genugtuung, dachte Shonto, kein anderer hat soviel erleiden müssen wie Komawara. Gleichwohl verbarg Komawara seine Gefühle hinter einer Maske tiefer Betroffenheit.

Zur Linken bemerkte der Gouverneur die Fürsten der Toshaki, die in der Nähe der Ranan saßen, geeint allein durch den Umstand, daß sie sich alle grundlegend getäuscht hatten. Ja, dachte Shonto, in Komawaras Leben wird es nur wenige Augenblicke geben, da ihm eine solche Genugtuung widerfahren mag wie heute.

Shonto nickte Fürst Gitoyo zu, dem Lordkanzler von Seh, der sich verneigte und jemandem, der nicht zu sehen war, ein Zeichen gab. Außerhalb des Saals erscholl eine gewaltige Trommel, zwölf gleichmäßige Schläge, die noch lange, nachdem längst wieder Ruhe herrschte, über der Stadt und dem See widerhallten.

Fürst Gitoyo verneigte sich erneut und richtete sich zu voller Sitzhöhe auf, damit er bis in den hintersten Winkel zu hören war. »Der Kriegsrat der Provinz Seh wurde einberufen. Der kaiserliche Gouverneur, Fürst Shonto Motoru, hat Euch hierher bestellt. Gibt es jemanden, der dem Gouverneur des Kaisers das Recht streitig macht, uns in Kriegszeiten zu führen?«

Einige wenige schüttelten den Kopf, die meisten aber bekundeten schweigend ihre Zustimmung.

»Solange, bis der Kriegszustand für beendet erklärt wird, stehen in Seh die Befehle des kaiserlichen Gouverneurs, des Fürsten Shonto Motoru, über dem Gebot des Kaisers.«

Die versammelten Fürsten verneigten sich.

Der Kanzler verstummte und wartete. Shonto nickte, worauf der Kanzler sich wieder aufrichtete. »Die Berichte der Frontoffiziere sind eingetroffen und werden Euch nun bekanntgemacht. Fürst Akima …«

Der alte Mann, der Komawara wegen des angeblichen ›Unsinns‹, den er vertrete, so lange zugesetzt hatte, machte, im Gegensatz zu den übrigen Anwesenden, nicht den Eindruck, als werde er für seinen Irrtum die Klinge zu spüren bekommen – eher wirkte er so, als sei er bereits tödlich getroffen.

Akima sammelte sich, doch klang seine Stimme kleinlaut und alt. »Die Berichte von ... die von der Nordgrenze kommen, sind in der Tat sehr ernst. Eine Barbarenstreitmacht ist gestern abend westlich von Kyo in Seh eingefallen. Sie umfaßt Kavallerie, Fußsoldaten, Bogenschützen und Troß. Die Gesamtstärke ... die Gesamtstärke beläuft sich auf einhunderttausend Kämpfer.« Es dauerte eine Weile, bis er weitersprechen konnte, doch fiel dies kaum auf. Einige, die diese Zahl für ein bloßes Gerücht gehalten hatten, waren ebenso betroffen wie Akima.

Die Willensanstrengung war Akima deutlich anzumerken, als er in etwas energischerem Ton fortfuhr: »Gouverneur Shontos Stab hat mir versichert, daß die Barbarenstreitmacht sechs Tage benötigen wird, um Rhojo-ma zu erreichen – ihr voraussichtliches Ziel. Die Streitmacht ist gut bewaffnet und zu einem gut Teil beritten, der Troß groß genug, um auch eine längere Belagerung durchzustehen.« Akima ließ die Hände auf die Knie fallen. Er sah niemandem in die Augen, sondern blickte ins Leere, zur fernen Grenze von Seh. »Und ich wollte auf keine Argumente hören«, sagte er in verwundertem Ton.

»Fürst Akima«, zischte der Lordkanzler.

Akima schien plötzlich wieder zu sich zu kommen und verneigte sich in Richtung des Podests. Er kniete erneut nieder, vermochte die steife Teilnahmslosigkeit der anderen Fürsten trotz aller Anstrengungen aber nicht nachzuahmen.

Shonto blickte die vor ihm Versammelten an. Gegenwärtig wirkten sie nicht sonderlich stolz, doch er wußte, daß das eine Täuschung war. Wie viele würde er dazu bewegen können, sich mit ihm über den Großen Kanal zurückzuziehen? Das war die Frage. Stolze Nordländer, ohne jede Todesfurcht. Wenn sie einmal in den Balladen einer großen Schlacht besungen würden, wäre dies Lohn genug für sie – zumal jetzt. Seh würde fallen, weil sie sich für zu schlau gehalten hatten, um auf andere zu hören, und nun stellte sich heraus, daß sie sich geirrt hatten.

Shonto nahm sein Schwert vom Ständer und legte es sich in der Scheide über die Knie. Seh wäre auch dann verloren, wenn sie ihm von Anfang an geglaubt hätten – davon war Shonto überzeugt. Das Barbarenheer war einfach zu groß. Wie sollte er sie dazu bewegen, Seh aufzugeben, um das Reich zu retten?

Shonto schöpfte tief Atem und hob zu sprechen an. »Fürsten von Seh, wir haben des öfteren über das Ausmaß der Bedrohung debattiert, die von den Barbaren ausgeht ... diese Debatte ist nun gegenstandslos geworden. Diejenigen, die die Ansicht vertraten, die Barbaren stellten keine Bedrohung dar, glauben nun, ihr Mangel an Weitblick habe uns in diese Lage gebracht, doch sie täuschen sich. Selbst wenn wir am Tag nach meiner Ankunft in Seh mit den Kriegsvorbereitungen begonnen hätten, könnten wir die Armee, die sich unserer Hauptstadt nähert, dennoch nicht aufhalten. Einhunderttausend Barbarenkrieger.« Er ließ die Zahl in der unbewegten Luft des Großen Saales schweben.

»Ohne die Unterstützung des Kaisers und sämtlicher Fürsten von Wa können wir keine Streitmacht aufstellen, die stark genug wäre, der Barbarengefahr zu trotzen. Rhojo-ma ist eine gut befestigte Stadt, doch im Falle einer Belagerung wäre die Übermacht einfach zu groß. Einhunderttausend Angreifer und lediglich fünfzigtausend Verteidiger. Ungeachtet der Tapferkeit der Männer von Seh würde die Schlacht nicht lange genug währen, daß der Rest von Wa eine Armee aufstellen könnte. Und genau dies müssen wir tun ... die Barbaren solange aufhalten, bis eine Armee aufgestellt ist.

Der Khan, der die zahllosen Stämme der Wüste um sich geschart hat, hätte die unvorbereitete Provinz Seh im Herbst mühelos einnehmen können. Dann aber hätte das Reich den Winter über Zeit gehabt, eine Armee aufzustellen. Nicht Seh ist das Ziel des Khans.

Mit seinen hunderttausend Soldaten hat er es auf den Thron von Wa abgesehen.« Shonto blickte in den Saal und versuchte, die Antwort der Fürsten einzuschätzen, vermochte in ihren Gesichtern aber nicht zu lesen. Dies alles überforderte sie – es stand zuviel auf dem Spiel. »Gleichwohl bin ich sicher, daß wir die Provinz Seh retten können.« Shonto legte eine Pause ein, um seinen Worten Nachdruck zu verleihen. »Der Khan muß die Innenprovinzen erreichen, bevor eine Armee bereitsteht, um ihn aufzuhalten. Wenn sich ihm in Seh keine Armee entgegenstellt, wird der Khan nicht hier verweilen, sondern möglichst rasch nach Süden vordringen. Eine andere Wahl hat er nicht. Mit einer solch gewaltigen Streitmacht das ganze Reich zu durchqueren, wird mehrere Wochen in Anspruch nehmen – außerdem muß die Armee verpflegt werden. Wir können den Vormarsch nach Süden verlangsamen, da gibt es immer Mittel und Wege. Es gibt Orte, die geeignet sind, eine Übermacht in Unterzahl anzugreifen. Sollten die Barbaren in Chiba oder Dentou geschlagen werden, würde Seh unter den Barbaren weniger zu leiden haben als andere Provinzen von Wa.«

Ja, dachte Shonto, da merken sie auf, zumindest einige von ihnen. »Ich werde mich mit meinen Soldaten und mit denen, die sich mir anschließen mögen, nach Süden zurückziehen. Alle in Seh verbleibenden Wasserfahrzeuge werden verbrannt. Ich beabsichtige, den Vormarsch des Barbarenheers zu verlangsamen und alles zu vernichten, was zur Versorgung einer Armee beitragen könnte. Wenn die Barbaren weit nach Wa vorgedrungen sind, werden sie sehr hungrig sein.«

Shonto blickte Hojo an, der kaum merklich nickte.

»Ich kann Euch nicht zwingen, mir zu folgen. Der Pfad der Ehre ist nicht für alle gleich. Bis Sonnenaufgang will ich wissen, wie Ihr Euch entschieden habt.« Shonto erhob sich und ging hinaus, während die anwesenden Fürsten sich verneigten.

Nachdem er leise an den Wandschirm geklopft hatte, betrat der Kalam Shuyuns Gemach. Shuyun hatte sich noch immer nicht an den Anblick des mit der Uniform der Shonto bekleideten Nomaden gewöhnt, wenngleich er weniger Schwierigkeiten damit hatte als manch anderer. Die Uniform trug der Kalam aus Sicherheitsgründen – die Zeiten waren so. Die Emotionen schlugen in Seh hohe Wogen, und man konnte von den Einheimischen nicht erwarten, daß sie zwischen dem Angehörigen eines unabhängigen Stammes und einem Gefolgsmann des Khans unterschieden.

Der Nomade machte eine Verbeugung, die seiner blauen Uniform zur Ehre gereichte. Shuyun konnte sich den Grund für die Störung denken – es gab nur eines, was den Kalam erröten ließ: Offenbar bat das edle Fräulein Nishima darum, eingelassen zu werden.

»Ja?« fragte Shuyun.

»Das edle Fräulein Nishima«, antwortete der Nomade, indem er das ›sh‹ stärker entstellte als gewöhnlich.

Seit er Nishima zum ersten Mal gesehen hatte, glaubte der Kalam, sie sei eine große Prinzessin, und ließ sich nicht davon abbringen, daß die Anrede ›edles Fräulein‹ mehr bedeute als eine unsinnige Förmlichkeit.

Es war schon recht spät für einen Besuch des edlen Fräuleins, doch in der einen Stunde, die seit dem Kriegsrat verstrichen war, hatten wohl nur wenige bereits Schlaf gefunden.

»Sag ihr, sie möge eintreten.«

Im nächsten Augenblick erschien Nishima in der Türöffnung, wo sie zögerte, als sei sie auf einmal unsicher geworden. Shuyun hatte bereits am Geräusch ihrer Schritte gehört, daß sie ohne die Begleitung von Bediensteten oder Hofdamen erschienen war, und das wunderte ihn.

Im Schein der Lampe wirkte das edle Fräulein Nishima sehr zart. Heute abend hatte sie das gebieterische Verhalten, das Shuyuns Barbarendiener so beeindruckte, gänzlich abgelegt. Statt dessen wirkte sie zerbrechlich und verwundbar. Dunkle Augen blickten Shuyun an, der keine Ahnung hatte, welche Frage sich dahinter verbarg – denn eine Frage hatte sie bestimmt.

»Niemand schläft, Shuyun-sum«, sagte sie leise. Keine Entschuldigung wegen der Störung, und die erschien Shuyun in der Tat auch unnötig.

Er deutete auf die Kissen. »Bitte, edles Fräulein, ich habe gegrübelt, wie jedermann sonst auch …«

Nishima hatte sich ihre gewohnte Anmut trotz alledem bewahrt und ließ sich so geschmeidig wie eine Tänzerin auf den Kissen nieder. Sie raffte das Gewand am Hals zusammen und schaute sich um. »Ihr habt kein Holzkohlebecken?«

Shuyun zuckte die Achseln. »Mir ist nicht kalt«, sagte er, erhob sich und verließ den Raum durch einen anderen Wandschirm. Kurz darauf kehrte er mit einer dicken Decke zurück, die er Nishima reichte. Sie lächelte dankbar und wickelte sich ein.

Eine Zeitlang schwiegen sie. Mehr als einmal glaubte Shuyun, Nishima werde das Schweigen brechen, doch jedesmal hielt sie sich zurück. Es schien beinahe so, als seien die Umwälzungen im Reich zu gewaltig – als reichten Worte nicht aus, sie zu fassen. Shuyun hatte den Eindruck, die allgemeine Verwirrung sei so groß, daß niemand wußte, wie er seinen Empfindungen und Gedanken Ausdruck verleihen sollte.

Nishima sah beinahe scheu zu Shuyun auf. »Ich frage mich, was sie wohl alle tun?«

»Das gleiche wie wir«, antwortete Shuyun ruhig. »Sie sitzen allein oder zu mehreren in ihren Zimmern und sagen wenig.«

Nishima nickte. Das kam ihr einleuchtend vor. Sie ordnete die Kissen neu, rollte sich zusammen und stützte sich mit einem Ellbogen auf. Eine Hängelampe verlöschte und begann zu qualmen, doch beide achteten nicht darauf. Nishima streckte die Hand zur zweiten Lampe aus und fragte: »Darf ich?« Als Shuyun nickte, stellte sie die Flamme niedriger. Sie legte sich hin und verschränkte die Hände unter dem Kopf, behielt die Augen aber offen.

»Falls die Yamaku stürzen …« setzte Nishima mit leiser, beinahe kindlicher Stimme an. »Falls die Yamaku stürzen, muß jemand anders den Thron besteigen.« Dies war keine Frage, und Nishima erwartete von Shuyun auch keine Antwort. Lange Zeit schaute sie in die Flamme der noch brennenden Lampe, und Shuyun folgte ihrem Blick. Als er wieder zu seinem Gast hinsah, hatte Nishima die Augen geschlossen. Er wollte sie nicht wecken, doch da er es unschicklich fand, sich mit ihr in einem Zimmer aufzuhalten, während sie schlief, machte er Anstalten, sich zu erheben.

In diesem Augenblick regte sich Nishima. Sie ergriff mit beiden Händen seine Hand und legte sich wieder zurück, die Stirn an seinem Handgelenk. Sie schlief wieder ein.

Ich muß gehen, dachte Shuyun, rührte sich aber nicht. Nishimas zarte Hand hielt ihn fester als jedes Gelöbnis, und er kämpfte mit Empfindungen, über die er sich nicht im klaren war.

Nach einer Weile fand Shuyun sich damit ab, daß Nishima seine Hand nicht loslassen würde, und streckte sich auf den Kissen aus. Schließlich lag er Kopf an Kopf mit ihr und zwang sich zu schlafen, um am Morgen ausgeruht seinen Pflichten nachkommen zu können.

Als eine Glocke die Stunde der Eule einläutete, hörte Shuyun, wie Nishima sich bewegte. Ihre Hand glitt aus seiner, und die Wärme der Decke senkte sich auf ihn herab. Schritte wanderten zum Shoji hinüber, doch war nicht zu hören, daß er geöffnet worden wäre. Nach einer Weile kehrten die Schritte zurück. Shuyun spürte, wie Nishima unter die Decke kroch und sich sanft an seinen Rücken schmiegte. Ihr Arm glitt um ihn herum, sie suchte, bis sie seine Hand gefunden hatte, und drückte sie. Ihr Atem war wie eine Liebkosung an seinem Hals.

Shuyun spürte, wie Nishima ihren Atem zu beruhigen suchte, doch das ging vorüber. Dann lagen sie beieinander, ohne daß sie Schlaf gefunden hätten. Schließlich schlief Nishima ein, zweifellos erschöpft von ihren Sorgen, und Shuyun lag noch wach, spürte ihren sanften Atem, die Wärme ihrer Hand in seiner und noch etwas anderes, das er nicht benennen konnte.

Aufgrund seiner botahistischen Erziehung war ihm bewußt, daß Nishima ihn in die Welt des Scheins hinüberzuziehen suchte, und er hatte das Gefühl, er leiste nicht genug Widerstand und betrete einen Nebel des Verlangens, der Zärtlichkeit und des Gefühls, den kein botahistischer Mönch kennen sollte. Der Pfad, auf dem er wandeln sollte, verlor sich in diesem Nebel.

Rohku Tadamori, ehemals Obergefreiter Rohku, jetzt Oberst, blickte im ersten Licht des Tages auf das Heerlager der Barbaren hinunter. Es war noch mindestens fünf Rih entfernt, doch von seinem Ausguck auf einem Steilfelsen aus hatte er ungehinderte Sicht, und was er sah, ließ ihm das Blut in den Adern gefrieren. Er hatte den Auftrag, die Möglichkeit eines Angriffs auf den Troß der Barbaren zu erkunden – eine große Armee war äußerst unbeweglich und leicht anfällig für Überfälle.

Rohku reichte die Zügel seines Pferdes an einen seiner Männer weiter und beugte sich über den Felsrand vor, um einen Blick in die Ecke zu werfen, die sie bereits von unten gesehen hatten. Es war beinahe ein Kamin; der Fels schien dort in unregelmäßige Blöcke geborsten. Zehn Körperlängen weiter unten befand sich eine Felsleiste, auf der ein recht großer Busch wuchs. Aus Rohkus Blickwinkel schien die Stelle günstig.

Er wandte sich von der Steilwand ab und begann die Rüstung abzulegen. Jedes einzelne Stück reichte er einem Soldaten der Shonto. Dann legte er wärmere Unterkleidung an, zog darüber einen Übermantel an und schnallte sich zuletzt das Schwert auf den Rücken. Anschließend nickte er den Soldaten zu und ging zurück zum Felsrand.

Zwei der besten Spurenleser aus ganz Seh halfen ihm über den Rand, damit sich nicht etwa ein Stück der Grasnarbe löste, die am Fels haftete. Er vergegenwärtigte sich Shuyuns und Fürst Komawaras Heldentat in der Denji-Schlucht und machte sich ungeachtet seiner Höhenangst an den Abstieg. Er konzentrierte sich auf jeden einzelnen Schritt und hörte, wie die Spurenleser oben auf der Felskante ihre Spuren verwischten.

Die Armee des Khans würde unmittelbar unter ihm vorbeikommen. Eine bessere Gelegenheit, sie auszukundschaften, würde sich ihnen nicht bieten.

Wenngleich der Fels teilweise bröckelig war, erreichte er sein Ziel, ohne daß ein Unglück geschah. Die Felsleiste war durch einen überhängenden Fels, der hinter dem Gestrüpp eine natürliche Höhle bildete, zur Hälfte sichtgeschützt. Er hockte sich hin und begann zu warten. Es würde mindestens zwei Tage dauern, bis die ganze Barbarenstreitmacht vorbeigezogen wäre – und dann befände er sich im Barbarengebiet.

Das Tageslicht war nicht mehr gern gesehen in der Provinz Seh, denn es bedeutete, daß die Armee des Khans wieder auf dem Vormarsch war und sich Rhojo-ma näherte. Shontos Mitarbeiter waren sich dessen so sehr bewußt, daß sie in Gesprächspausen unwillkürlich lauschten, ob die Armee bereits zu hören sei. Die Fürsten von Seh trafen ihre Entscheidung, und Shonto beriet mit seinem Stab, was als nächstes zu tun sei.

General Hojo hielt die Zählrolle in Händen. »Zehntausend Bewaffnete, die meisten beritten. Zusammen mit unseren eigenen Soldaten können wir somit dreizehntausendfünfhundert Krieger aufbieten.«

Daß sie einer Streitmacht von hunderttausend Soldaten gegenüberstanden, blieb ungesagt.

Shonto bedeutete Hojo mit einem Kopfnicken fortzufahren.

»Wir wissen noch nicht, ob es möglich ist, den Troß der Barbaren anzugreifen, doch angesichts der Größe der Streitmacht erscheint mir dies unwahrscheinlich. Fürst Toshaki Hirikawa und Fürst Ranan haben sich dafür entschieden, in Seh zu bleiben, haben ihre Söhne allerdings angewiesen, sich der Streitmacht des Gouverneurs anzuschließen. Die Fürsten, die entschlossen sind, in Rhojo-ma auszuharren, hoffen, den Vormarsch der Barbaren um mehrere Tage aufhalten zu können. Sollte es gelingen, den Khan davon zu überzeugen, daß Rhojo-ma mit starken Kräften gesichert ist, wäre er gezwungen, eine Belagerung vorzubereiten und Flöße zu bauen – worin die Barbaren sicherlich keine Meister sind. Der Tod in der Schlacht, Herr, wäre die Strafe für ihren Irrtum.«

Shonto schüttelte den Kopf. »Hm.« Er klopfte mit dem Daumen auf die Armstütze. »Es ist bedauerlich, daß sie ihren Stolz über die Sicherheit des Reiches stellen. Einen ruhmreichen Tod – ihren ruhmreichen Tod – ziehen sie dem Rückzug vor. Ein Nachhutgefecht, das lediglich dazu dient, anderen Zeit zu geben, eine Armee aufzustellen, und sich selbst in der Schlacht auszuzeichnen.« Shonto schlug mit der Faust auf die Armstütze, seine Miene aber blieb gelassen. »Das läßt sich nicht ändern. Es bleibt nur wenig Zeit, einen Angriff auf den gegnerischen Troß vorzubereiten, bevor er Rhojo-ma erreicht. Wie steht es mit der Zählung der Barbarenstreitmacht?«

»Die dürfte noch zwei Tage in Anspruch nehmen, Fürst, falls alles glatt läuft«, antwortete Hojo.

Shonto wandte sich an Kamu. Der alte Haushofmeister kniete so steif wie eine Bronzestatue, doch meinte Shonto ein Zittern wahrzunehmen, was darauf hindeutete, wie erschöpft er war.

Der Haushofmeister verneigte sich. »Die ersten Boote befinden sich inzwischen auf dem Kanal, Fürst Shonto, und machen den Weg frei. Ich habe das Boot meines Fürsten persönlich inspiziert.«

Shonto nickte. »Ich werde solange warten, bis genaue Zahlen über die Stärke der Barbarenstreitmacht vorliegen. General Hojo, sprecht mit Fürst Toshaki und Fürst Ranan – wenn sie schon ihr Leben wegwerfen wollen, dann sollen sie es wenigstens so teuer wie möglich verkaufen.«

# 23

Ein blasser Regenbogen erschien im Westen über den Bergen, ein hoher, reiner Bogen, der einen aufgewühlten Himmel überspannte – dunkle Wolkenfetzen kündeten von fernem Regen.

Dort, wo der kürzlich beförderte Hauptmann Rohku lag – auf einer Felsleiste hoch über einem breiten Tal –, war von Regen nichts zu merken. Vielmehr schien die Sonne, und es versprach ein angenehmer Vorfrühlingstag zu werden. Bedauerlicherweise lag Rohkus Höhle nach Norden, so daß die Sonne sein Versteck nicht wärmte. Doch obwohl der Fels unnachgiebig und kalt war, würde er sich die nächsten Stunden über nicht zu rühren wagen. Es war früher Morgen, der zweite Tag seiner Wache.

Das Barbarenlager endete nicht weit zur Rechten und erstreckte sich durchs Tal Richtung Grenze. Rohkus anfängliche Bestürzung über die Größe der Streitmacht des Khans hatte wachsender Verzweiflung Platz gemacht. *Einhunderttausend Krieger*. Seit die Pest den Norden heimgesucht hatte, zählte die ganze Bevölkerung von Seh kaum mehr Köpfe. Früher einmal hatten allein in Rhojo-ma mehr als hundertvierzigtausend Menschen gelebt, doch nun waren es kaum mehr halb so viele.

Wo kommen sie nur alle her? fragte sich Rohku zum wiederholten Mal. Auf diese Frage gab es keine Antwort: die gleiche Frage hatte die Fürsten von Seh dazu verleitet, alle Warnungen vor einer Barbareninvasion in den Wind zu schlagen.

Rohku konnte nicht sagen, wann das Barbarenheer verstörender war – bei Tag oder bei Nacht. Die Feuer waren zahllos gewesen. Die Feuer im Heerlager! Wieso waren es so viele?

Vor Tagesanbruch waren Patrouillen ausgeschwärmt. Rohku konnte sie nicht sehen, hatte sie aber vorbeikommen gehört. Der Khan sandte große und kleine Erkundungstrupps aus. Etwa dreißig Männer in jeder kleinen Patrouille und über zweihundert in einer großen. Die Strategie war altbewährt; die kleinen Gruppen sollten weiter vorstoßen und sich zu den größeren Verbänden zurückziehen, falls sie irgendwo auf Gegenwehr stießen. Und dies fand Rohku ebenfalls beunruhigend: daß eine so große Streitmacht so wenig riskierte. Dies war nicht die Tollkühnheit, die er von Barbarenkriegern erwartet hätte.

Die Armee aus der Wüste war erwacht wie ein Drache, der langsam vom Kopf bis zur weit entfernten Schwanzspitze erschauerte. Der Kopf regte sich, bevor die Extremitäten auch nur erbebten. Jetzt war der Drache auf der Hut und schlängelte sich wie ein riesenhafter Wurm durchs Gelände.

In der Tiefe zog die Vorhut vorbei, Reiter auf edlen Pferden, gerüstet nach Art des Reiches und bewaffnet mit Schwertern und Kurzlanzen. Rohku machte reichverzierte Bronzehelme aus, die im Sonnenschein funkelten, doch ihre Form konnte er nicht erkennen.

Bunte Fahnen flatterten im Wind und stellten Zeichen und Symbole zur Schau, die Rohku unbekannt waren. Fahnen, auf denen alle möglichen Tiere abgebildet waren; ein galoppierendes Pferd, ein geflügelter Tiger, der blaue Wüstenfalke, eine zusammengerollte Viper. Auffällig waren die Standarten aus goldfarbener Seide, auf denen ein merkwürdig verkrümmter Drache dargestellt war.

Hinter diesen Kriegern folgte die Kavallerie, die überwiegend auf Steppenponies ritt, während die Offiziere oder Stammeshäuptlinge Pferde besaßen.

Rohku bemühte sich, seinen Zorn zu bezähmen: Woher sollten die Barbaren die Pferde haben, wenn nicht aus Seh? Und bei den Überfällen konnten sie kaum so viele Tiere erbeutet haben.

Die Kavallerie war nicht so einheitlich ausgerüstet wie die Vorhut. Es fehlte ihr an den aufeinander abgestimmten Rüstungen und kunstvollen Helmen – doch darauf kam es wohl kaum an. Ihre Bewaffnung war mehr als ausreichend und schien auch schon benutzt worden zu sein. Als die Kavallerie Rohku passiert hatte, stand die Sonne im Zenith.

Die Gesichter der Nomaden waren nicht zu erkennen, gleichwohl sah Rohku, daß in der Armee alle Altersstufen vertreten waren – angefangen von Jünglingen bis zu erfahrenen Kämpfern in Shontos Alter; manche waren sogar noch älter. Keiner wirkte schwächlich; dafür sorgte schon das harte Leben in der Wüste. Die Wüste stellte die Menschen vor eine harte Bewährungsprobe, und die Stämme hatten ganz eigene Gebräuche, die gewährleisteten, daß sie die Prüfung auch bestanden. Die Schwachen, gleich welchen Alters, fanden keinen Platz am Lagerfeuer.

Hinter der Kavallerie kamen Bogenschützen und Fußsoldaten, die so dicht beieinander marschierten, daß sie kaum mehr menschlich wirkten; vielmehr hatte man den Eindruck, ein Ameisennest habe den Talboden überschwemmt. Eine gewaltige, sich bewegende Menschenmasse – und selbst diese Krieger waren mit Rüstungen und Helmen ausgestattet.

Auf die Fußsoldaten folgte ein Fahnenmeer, und dahinter ritten graugekleidete Männer mit Turbanen. Es gab Gerüchte über diese Männer in Grau – es hieß, sie bewachten das Gerippe eines uralten Drachen. Als sich der Shonto-Soldat dabei ertappte, daß er den Kopf vorstreckte, um besser sehen zu können, zog er sich sogleich ein Stück weit zurück. Die Grauen waren nur zu wenigen und wurden gefolgt von einer Art Ehrengarde mit schwarzen, gold- und rotbetreßten Rüstungen. Dann sah Rohku die Rücken der Reiter. Es war das kaiserliche Rot, wurde ihm plötzlich klar – *sie trugen die Farben des Reiches Wa.*

Ein Stammeshäuptling ritt in ihrer Mitte, ein Mann auf einem großen Braunen – ein Pferd, das den Neid eines Fürsten von Seh geweckt haben würde. Seine Rüstung war im Stil des Reiches gearbeitet, und dazu trug er die hohen Stiefel, wie sie bei den Nomaden gebräuchlich waren. Trotz der Entfernung blieb Rohkus kundigem Blick nicht verborgen, daß die Rüstung von einem Meister seines Fachs gefertigt worden war – eine Rüstung, die eines Kaisers würdig gewesen wäre. Rohku blickte dem Mann, der eine in kaiserlichem Rot betreßte Rüstung mit goldfarbener Zierleiste und Schärpe trug, kopfschüttelnd nach. Der Barbarenkrieger trug einen Helm mit einem tiefroten Federnbusch, der beim Reiten auf und nieder wippte. Abermals beugte Rohku sich vor, als ihm schlagartig klar wurde: Vor ihm ritt der Goldene Khan, der sich als Kaiser von Wa gekleidet hatte. Rohku preßte kurz die Augen zusammen. Die Männer von Seh glauben, sie kämpften um ihre Provinz, dachte er, dabei haben es die Barbaren auf viel mehr abgesehen.

Im Innern des Kreises, den die Leibgarde des Khans bildete, machte Rohku noch weitere Anführer aus, und wenngleich keiner von ihnen das kaiserliche Rot zur Schau stellte, waren sie doch alle bestens ausgerüstet und trugen betreßte und lackierte Rüstungen mit Übermänteln aus Wolfs- und Tigerfell. Sie unterhielten sich miteinander und lachten, als handelte es sich um einen munteren Jagdausflug. Bisweilen kamen Reiter an der Kolonne vorbeigeritten und erstatteten einem Anführer in der Nähe des Khans Bericht.

Als vor Rohku ein Kiesel auf die Felsleiste prallte, rutschte er auf dem kalten Stein eilig zurück. Er hielt den Atem an. Ein Erdschauer ging auf das Moos nieder. Oben auf der Felswand war jemand. *Hatte er etwa gerade halblaut mit sich gesprochen?*

Von oben waren jetzt Stimmen zu vernehmen. Obwohl Rohku im Süden aufgewachsen war, kannte er die Sprache – er hatte bereits häufig mitangehört, wie Shuyun sich mit seinem Barbarendiener unterhalten hatte. Pferde waren zu hören und mehrere Männer. Möge Botahara mich schützen. Rohku preßte sich eng gegen den Fels und hoffte, daß er nicht zu sehen wäre. Der Hauptmann hatte die Felsleiste, auf der er lag, mit großer Sorgfalt, aber wenig Sachverstand untersucht – hatte einen Fußabdruck im Moos verborgen und darauf geachtet, keine Zweige zu brechen. Er hoffte, die Fährtenleser der Barbaren würden aus der Höhe keine Spuren entdecken, doch überzeugt war er nicht davon.

Die Spurenleser der Barbaren genossen bei den Männern, die Rohku in Seh kennengelernt hatte, einen legendären Ruf, und dies veranlaßte den jungen Hauptmann, den Dolch behutsam aus der Scheide zu ziehen. Die Leiste war zu schmal, um das Schwert zu gebrauchen. Sein linkes Bein war eingeschlafen, und er wußte, daß es ihm nicht gehorchen würde, wenn er plötzlich aufspringen müßte. Er sandte ein Stoßgebet gen Himmel.

Weitere Kiesel prasselten auf die Leiste herab, und in der Höhe wurde immer noch geredet. Wenn er sich nur die Zeit genommen hätte, sich vom Kalam die Sprache der Nomaden beibringen zu lassen!

Hufgetrappel hallte am Fels wider, dann wurde es leiser. Es waren keine Stimmen mehr zu hören. Rohku wagte eine Zeitlang nicht, sich zu rühren, denn wenn er jemanden aufspüren wollte, der sich auf einer Felsleiste versteckte, würde er genau dasselbe tun: Er würde wegreiten und den Mann im Glauben wiegen, er befinde sich in Sicherheit, um ihn anschließend zu überwältigen.

Etwas in der langen Reihe der Barbaren erregte seine Aufmerksamkeit. Zu seinem Erstaunen erblickte er in einem weiteren Kreis, der von der Leibgarde des Khans gebildet wurde, Frauen. Sie ritten wie die Männer der Wüste, wenngleich Rohku unter den Gewändern aus grobem Stoff feine Seide hervorlugen sah. Alles in allem waren es etwa hundert Frauen, und alle hatten sich den Kopf mit hellfarbenen Tüchern umwickelt, die nur Augen und Stirn freiließen.

So ziehen sie also in den Krieg, dachte Rohku, wirklich erstaunlich.

Es wurde Abend, die über den Himmel verteilten Wolken formierten sich für einen Angriff auf das weite Blau, und der Tag wurde grau. Rohku fröstelte. Er aß etwas und stillte seinen Durst aus dem Wasserschlauch, doch da er sich aus Platzmangel nicht bewegen konnte, fror er heftig. Er würde noch mindestens einen Tag ausharren müssen, bis er die Felsleiste verlassen konnte, und allmählich machte er sich Sorgen, ob er den Aufstieg schaffen würde.

Hinter einer weiteren Gruppe bewaffneter Reiter folgte schließlich der Troß. Die Barbaren verfügten anscheinend weder über Handkarren noch Pferdewagen, so daß alles auf dem Rücken von Ponies oder Maultieren transportiert wurde. Es wurde dunkel, ehe der Troß vorbei war, und der Mann aus Wa verbrachte die halbe Nacht damit, auf die Flöten der Barbaren zu lauschen, deren Klang von den zahllosen Lagerfeuern zu ihm aufstieg.

Nieselregen setzte ein, doch Rohkus Bitte um einen richtigen Schauer wurde nicht erhört.

Shonto saß auf der Balkonbrüstung vor seinen Gemächern im Gouverneurspalast. Es war bereits ein schöner Tag, der von noch wärmeren Tagen kündete.

Weiße Wolkenbäusche verteilten sich über den weiten, frühlingsblauen Himmel. Es war ein Tag, dazu geeignet, einem das Herz leicht zu machen – vorausgesetzt, es wurde nicht von Sorgen beschwert.

Shonto sah die lange Schlange der Menschen, die gezwungen waren, die Stadt zu verlassen, und von denen viele erst vor kurzem eingetroffen waren. Es gab keine Boote, die die Bevölkerung von Rhojo-ma hätten aufnehmen können, und Lasttiere wurden von der Armee gebraucht, so daß die Flüchtlinge zu Fuß das Weite suchen mußten. Sie überquerten die lange Brücke und stiegen dann eine Anhöhe hinauf, wo die Straße sich teilte. Etwa die Hälfte der Menschen wandten sich nach Süden zu den inneren Provinzen, während die übrigen den Weg nach Osten wählten, der zum Meer führte. Man meinte geradezu sehen zu können, wie sie auf der Hügelkuppe zauderten – in ihrer Entscheidung plötzlich schwankend geworden.

Es ist ohnehin ein Glücksspiel, dachte Shonto. Seine Entscheidung war bereits gefallen – er würde sich auf dem gleichen Weg zurückziehen, den er hergekommen war, und zwar über den Großen Kanal. Auch dies war ein Glücksspiel.

Shonto las Fürst Toshakis Brief zum zweiten Mal.

*Fürst Shonto,*
*kaiserlicher Gouverneur der Provinz Seh:*

*Es war Euer eigener Ahnherr, der einmal sagte: ›Wie jemand stirbt, ist ebenso wichtig wie er gelebt hat.‹ Ich ehre sein Andenken.*

*Nachdem mir bewußt geworden ist, wie kläglich mein Leben verlief, werde ich meinem Tod größere Aufmerksamkeit schenken. Wenn Ihr diesen Brief erhaltet, werde ich bereits wieder in den Kreislauf des Lebens eingegangen sein. Ich habe diesen Entschluß gefaßt, um meine Schande zu tilgen und weil ich unwürdig bin, im Kampf gegen die Barbaren an der Seite meiner Kameraden zu sterben.*

*Ihr müßt nämlich wissen, Fürst Gouverneur, daß ich mich mit dem Kaiser verschworen habe, einem Shonto Motoru das Leben zu nehmen. Der Plan ist Euch zweifellos bekannt, wenngleich Euch die Rolle, die ich dabei gespielt habe, noch verborgen sein mag. Fürst Shonto sollte mit dem Auftrag in den Norden entsandt werden, den Übergriffen der Barbaren ein Ende zu setzen, was natürlich ein Ding der Unmöglichkeit war – zumal da die Barbaren vom Kaiser dafür bezahlt wurden, daß sie die Grenze unsicher machten. Euer Scheitern war unvermeidbar, Fürst. Ich glaube sogar, daß sich die Lage noch weiter hätte verschlimmern können.*

*Man hätte Euch abgesetzt und in die Hauptstadt zurückbeordert – zumindest hätte es so geheißen. In Wahrheit sollte ich Euch mit Gewalt aus dem Palast vertreiben. Der Kaiser hätte dann behauptet, Ihr hättet Euch geweigert, in die Hauptstadt zurückzukehren und die Konsequenzen aus Eurem Versagen zu ziehen. In Eurer Verzweiflung hättet Ihr versucht, Euch in Seh festzusetzen. Fürst Toshaki, der loyale Untertan des Kaisers, hätte dies jedoch nicht zugelassen – und hätte das Reich vor einem Bürgerkrieg bewahrt. Unter anderem wäre ich – und nach mir mein Sohn – mit dem Gouverneursamt belohnt worden.*

*Ich habe Seh und das Volk von Wa verraten, und beides habe ich nicht gewollt. Was die Rolle betrifft, die ich bei der Verschwörung gegen das Haus Shonto gespielt habe, muß ich hinzufügen: Es war nicht meine Absicht, den Barbaren eine Invasion zu erleichtern. Wie die übrigen Fürsten von Seh konnte auch ich mir nicht vorstellen, daß die Barbaren imstande wären, eine solch gewaltige Streitmacht aufzustellen – und ich kann es noch immer kaum glauben. Noch während Ihr Euch bemüht habt, meine Provinz zu retten, habe ich gegen Euch gearbeitet.*

*Ich schwöre, daß Yoshihira, mein Sohn, nichts davon gewußt hat, und habe ihm daher befohlen, sich mit Eurer Armee nach Süden zurückzuziehen, auf daß unser Haus entweder fortdauern oder ein ehrenhaftes Ende finden möge. Ich hoffe sehr, daß Ihr dies gestatten werdet. Meine Landsleute werden meinen, ich hätte diesen Entschluß gefaßt, um für meine Irrtümer zu büßen: weil ich nicht zulassen wollte, daß Seh eine Armee aufstellt, und weil ich alle vernünftigen Argumente in den Wind geschlagen habe. Ich hoffe, Ihr werdet sie in dem Glauben lassen. Als Gegenleistung gebe ich Euch einen Wink. Der Mann, der die Verschwörung gegen Euch angezettelt und geleitet hat, befindet sich in Eurer Mitte:*

*Jaku Katta hat Euren Sturz in allen Einzelheiten geplant, Fürst Shonto. Weshalb er sich jetzt hier aufhält, vermag ich nicht zu sagen – Ihr habt die gleichen Gerüchte vernommen wie ich auch.*

*Am Gii-Brett*
*Ist es nicht möglich*
*Die Ehre gegen eine bessere Stellung einzutauschen.*
*Ich nehme meinen Platz auf den Zinnen ein.*
*Der Sturz so kalt wie Stahl*
*So weich wie Asche.*

*Fürst Toshaki Hirikawa*

Shonto blickte zu der langen Menschenschlange hinüber, die sich den Hügel hinaufmühte. Sehr betrüblich.

Stimmte es wirklich, daß Toshakis nichtsnutziger Sohn unschuldig war? Vielleicht. Toshaki Shinga hatte sicherlich an der Verschwörung teilgehabt – daran bestand kaum Zweifel. Aber Toshaki Shinga hatte sich entschlossen, in Rhojo-ma zu bleiben – wo er die Garnison befehligte. Das hieß, bessere Verwendung von seinem Leben zu machen als sein Fürst! Der Narr hätte noch eine Weile am Leben bleiben und den Vormarsch der Barbaren verlangsamen sollen.

Shonto kletterte von der Brüstung und begab sich wieder ins Zimmer. Die offizielle Gouverneurskleidung hatte er am Morgen abgelegt und war nun bequemer gekleidet – reisefertig. Er stocherte in der Holzkohle und erweckte das Feuer zu neuem Leben, dann wollte er Toshakis Brief hineinwerfen, hielt aber im letzten Moment inne. Nein, er würde ihn aufbewahren – eines Tages könnte er durchaus noch von Interesse sein – und sei es von historischem.

Die letzten Bewohner Rhojo-mas verließen das Stadttor und überquerten die Brücke. Von vielen Türmen tönte Glockengeläut durch die leere Stadt – bald würden sich die Tore zum letzten Mal schließen. Shonto stand am Kai, der sich bald schon am Grund des Sees wiederfinden würde – so war es geplant. In der Ferne machten sich Männer an der einzigen Brücke zu schaffen, die zum Festland hinüberführte. Auch sie würde sich binnen Stundenfrist unter Wasser wiederfinden.

Am Nordende des Kais stand Fürst Toshakis Sohn inmitten seiner Gefolgsleute. Die Nachricht vom Selbstmord des alten Toshaki hatte sich bereits verbreitet – er hatte sich von den Mauerzinnen in den See gestürzt. Der Fürst hatte eine komplette Rüstung getragen. Es war ein seltsamer Selbstmord – einer, der auf große Schande hindeutete. Gleichwohl hatte Fürst Toshaki in Seh großes Ansehen genossen, und die Anwesenden waren offenbar in Sorge um seinen Sohn, wenngleich sie als Nordländer auch seinen Stolz achteten. Alle Beileidsbekundungen bewegten sich daher im Rahmen eines ungeschriebenen Gesetzes, das besagte: *Der junge Toshaki ist ein Krieger und ein Fürst aus Seh und daher stark. Alle Beileidsbekundungen müssen also förmlich bleiben – die Toshaki bedürfen nicht des Trostes. Dies ist allein eine Frage des Respekts.*

In der Nähe arbeiteten Shontos höhere Beamten und kümmerten sich um die zahllosen Details, die zu regeln waren, um eine Armee von dreizehntausend Kriegern in Begleitung einiger tausend Zivilpersonen rasch nach Süden zu verlegen. Das Barbarenheer würde fünf Rih am Tag zurücklegen, doch Shonto käme auf dem Kanal erheblich schneller voran.

Männer schnitten die Äste einer alten Lintelpflanze ab, die sich rund ums Stadttor ans Gemäuer klammerte. Dies erschien Shonto als böses Vorzeichen, und er wandte den Blick ab.

Am Tor traf eine Delegation ein. Schwer bewaffnete Soldaten mit Bannern drängten hindurch. Die Fürsten von Seh waren eingetroffen – und würden ausharren. Die meisten Angehörigen der älteren Generation hatten sich dafür entschieden, dadurch Abbitte zu leisten, daß sie Rhojo-ma verteidigten – ein Unterfangen, dessen

Ausgang ebenso sicher war, wie daß auf die Nacht der Morgen folgte. Fünftausend Krieger harrten mit diesen Männern aus, die eigens für diese große Ehre ausgewählt worden waren: um zusammen mit ihren Fürsten in einer Schlacht zu sterben, die nicht zu gewinnen war.

Ein Ausrufer ging den zum Tode verurteilten Kriegern voran.

»Macht Platz! Macht Platz! Platz für die Fürsten von Seh. Macht Platz!«

Die Narren von Seh, dachte Shonto, tapfere Narren.

Als ältester Vertreter des bedeutendsten Adelshauses führte Fürst Ranan die Delegation an. Er verneigte sich, als er sich Fürst Shonto näherte, und der Fürst erwiderte seinen Gruß mit einer tiefen, respektvollen Verneigung, anstatt lediglich zu nicken, wie es seiner Stellung gemäß gewesen wäre.

»Die Vorbereitungen laufen wie geplant, Fürst Shonto«, sagte Ranan mit bedeutsamer Miene. »Sie werden abgeschlossen sein, ehe die Vorhut des Khans eintrifft.«

*Narr*, dachte Shonto, *arroganter Narr!*

»Es gereicht Euch wie allen anderen zur Ehre, Fürst Ranan, daß Ihr die … Verteidigung Rhojo-mas vorbereitet.«

Ranan verneigte sich erneut. »Es ist unsere Absicht, den Vormarsch der Barbarenstreitmacht so lange aufzuhalten, wie es unsere Stärke erlaubt. Möget Ihr die Tage gut nutzen, Fürst.«

Alle am Kai verneigten sich vor denen, die zurückbleiben würden.

Shonto wollte sich soeben zu seinem Boot umwenden, als sich in der Menge eine Gasse auftat und der junge Fürst Toshaki hindurchtrat. Er verneigte sich eilig vor Shonto und Fürst Ranan, dann wandte er sich an Komawara, der, von Shonto unbemerkt, hinzugekommen war. Angehörige seiner Leibgarde rückten näher an ihren Fürsten – Hajiwara, wurde Shonto bewußt. Wenngleich sie die Farben der Komawara trugen, dunkles Blau und goldgerändertes Schwarz, hatten sich die ehemaligen Bewohner der Provinz Itsa doch ein Stück Schultertresse bewahrt, das das Grün der Hajiwara zur Schau stellte. »Fürst Komawara«, begann Toshaki mit großer Förmlichkeit, als trüge er eine sorgfältig eingeübte Rede vor, »ich habe einmal gemeint, Ihr bräuchtet eine gute Waffe, um gegen die Barbarenhorden zu kämpfen.« Er streckte die Hand zu einem hinter ihm stehenden Gefolgsmann aus, der ihm ein Schwert in einer Scheide übergab. Er umfaßte es mit beiden Händen, als handele es sich um einen Schatz. »Dieses Schwert hat einmal meinem Vater gehört, Toshaki Hirikawa. Es wurde von Toyotomi dem Jüngeren geschmiedet und hat sich im Ona-Krieg große Verdienste erworben. Dieses Schwert befindet sich bereits seit sieben Generationen im Besitz des Hauses Toshaki und hat sich in zahlreichen Schlachten gegen die Barbaren bewährt. Es würde mich freuen, wenn ich es Euch als Zeichen meines Respekts überreichen dürfte. Unter den Fürsten von Seh wart Ihr der erste, der unsere Lage erkannt hat, obwohl sich viele gegen Euch aussprachen.« Er bot das Schwert mit einer leichten Verneigung dar.

Komawara wirkte wie erstarrt, und Shonto meinte bereits, er werde das Geschenk zurückweisen. Dann aber verneigte sich Komawara und nahm das Schwert mit angemessener Ehrerbietung entgegen.

Als er das Wort ergriff, klang Fürst Komawaras Stimme gepreßt, als werde er seiner Gefühle nur mit Mühe Herr. »Dies bedeutet eine große Ehre für mich, Fürst Toshaki. Ich hoffe, die Komawara werden diese Waffe mit ebensolchem Geschick zu führen wissen wie Eure Ahnen. Wenn dies gelingt, so wird sie auch ihnen zum Ruhme gereichen.«

Toshaki verneigte sich erneut, worauf sich Shontos Leute auf ein Zeichen des Gouverneurs hin auf die Boote zurückzogen. Wir befinden uns im Krieg, dachte Shonto, wir haben keine Zeit, herumzusitzen, Wein zu trinken und Lügen über die Wertschätzung zu fabrizieren, die unsere Ahnen einander angeblich entgegenbrachten.

Während die Boote ablegten, begab Shonto sich aufs Achterdeck. Die Segel wurden gesetzt und schlugen, bis die Steuermänner abfielen und die Schoten dichtgeholt wurden. Shonto bemerkte Nishima, die hohe Dame Okara und das edle Fräulein Kitsura, die ihm von einem nahen Boot aus zum Abschied winkten. Ein Bootsmann deutete in die Ferne, und als Shonto aufsah, erbebte gerade am höchsten Wehrturm von Rhojo-ma die Shintablume – dann wurde sie herabgelassen. Kurz darauf nahm das Fliegende Pferd von Seh ihre Stelle ein.

Die kleine Flottille kreuzte gegen den Wind und wandte sich zur Kanalmündung und den ersten Schleusen. Shontos Boot reihte sich weit hinten ein, denn das Kommando mußte engen Kontakt zur abziehenden Nachhut halten. Eine merkwürdige Vorstellung.

Das edle Fräulein Nishima lehnte an der Reling, dankbar für die Stütze, denn sie litt unter einer verstörenden Willensschwäche. Trotz all ihrer Gebete gab es Krieg. Als sie die Stadt hinter sich gelassen hatten, blickte Nishima nach Norden. Von dort würde in wenigen Tagen das Barbarenheer kommen. Auf einmal kamen ihr alle anderen Sorgen nichtig vor. Menschen würden sterben – und nicht bloß im Kampf.

Sie dachte an die Bewohner Sehs, die nach Süden oder zum Meer unterwegs waren. Nicht alle würden entkommen, und längst nicht alle würden sich der Gefahr bewußt sein, in der sie schwebten. Sie würden versuchen, sich zu verstecken und darauf hoffen, daß das Unwetter an ihnen vorüberzog. Aus diesem Grund hatte ihr Vater eine kleine Streitmacht zurückgelassen, die sich in den Bergen versteckt hielt. Diese Soldaten sollten dafür Sorge tragen, daß die Barbaren nirgends Nahrung fänden. Sie würden gegen ihre eigenen Landsleute vorgehen und wahrscheinlich gezwungen sein, einige von ihnen zu töten. *Überlaßt nichts dem Feind*, hatte ihr Vater befohlen. Was bedeutete, daß auch den Bauern nichts bleiben würde.

Eine Detonation hallte wie Donnergrollen über den See, und als Nishima sich umdrehte, stürzte gerade der erste Brückenbogen in sich zusammen. Einen Augenblick lang erschien im weißen Gischt ein Regenbogen, dann schloß sich das Wasser wieder wie eine heilende Wunde. Rhojo-mas Landverbindung existierte nicht mehr.

Am südlichen Stadtrand tauchte ein Totenkahn auf, bedeckt mit den weißen Blüten der Schneelilie. Die schwache Brise hob die Blüten empor und verstreute sie wie eine Schleppe auf dem ruhigen Wasser. Fürst Toshaki, dachte Nishima. Der Kahn näherte sich scheinbar zielstrebig dem Südwestufer des Sees. Nishima wollte die Hände vors Gesicht schlagen, doch als ihr bewußt wurde, was sie da tat, hielt sie inne. Statt dessen schlug sie das Zeichen Botaharas und sprach lautlos ein Gebet.

Auf einmal schwankte das Boot in den Wellen, die die einstürzende Brücke ausgelöst hatte. Nishima umklammerte die Reling, bis sich das Wasser wieder beruhigt hatte, dann begab sie sich eilig unter Deck. In der Abgeschiedenheit ihrer kleinen Kajüte holte Nishima ihre Schreibutensilien hervor und bereitete auf beinahe rituelle Weise Tinte zu.

*Unser Boot aus Eukalyptusholz und dunkler Akazie –*
*Seine Bemalung schuppt wie Schlangenhaut –*
*Begibt sich ins Gewühl des Großen Kanals.*
*Zahllose Reisende,*
*Zahllose Begierden,*
*Getragen von blauem Wasser.*
*Allein der Totenkahn,*
*Bedeckt mit weißen Blüten,*
*Kennt sein Ziel.*

# 24

Ein ehemaliger Stall, vor kurzem für die Aufführung von Schauspielen umgebaut, war von den Rekrutierungsoffizieren Shontos in Beschlag genommen worden. Das Strohdach leckte dort, wo Regen und Wind ihre Kräfte vereinigten, und in einer Ecke haftete noch ein unverkennbarer Geruch, doch ansonsten war alles bestens.

Zwei Offiziere saßen auf der Bühne hinter einem großen, niedrigen Arbeitstisch. An drei Seiten knieten Männer in mehr oder weniger ordentlich ausgerichteten Reihen. Im Schein der Hängelampen wirkten sie ausgesprochen gleichartig, doch bei näherem Hinsehen wurde offenbar, daß verschiedene Altersstufen, Körpergrößen, Dialekte und Temperamente vertreten waren.

Eines aber hatten sie gemeinsam. Sie waren Krieger, die keinem Adelshaus angehörten, und wenngleich manche durchaus mit Waffen umzugehen verstanden, so stammten viele doch aus Bauern- oder Kaufmannsfamilien und hatten mit ihrer Vergangenheit gebrochen, um ein neues Leben zu beginnen. Sämtliche Anwesenden mußten zuvor eine Prüfung im Schwertkampf und im Bogenschießen bestehen. Wer dabei versagte, wurde anderswo hingeschickt – im kommenden Krieg war für jeden Platz.

Von den etwa hundert Männern, die die Waffenprüfung bestanden hatten, waren anscheinend die meisten ohne kriminelle Vergangenheit. Der ranghöchste Rekrutierungsoffizier, ein Shonto-Feldwebel, sah auf die Liste und deutete auf einen Namen, den sein Adjutant daraufhin ausrief. Ein Mann um die vierzig richtete sich auf, kam herüber und kniete vor ihm nieder. Wie die meisten im Raum trug er schlichte Kleidung, doch schien sie sauber und ordentlich genäht. Er war groß, gut gebaut, und sein Gesicht blieb hinter einem dunklen Bart verborgen. Die sichtbaren Teile waren vom vielen Aufenthalt im Freien dunkelgebräunt und von tiefen Falten durchfurcht, zumal an der Stirn und in den Augenwinkeln.

»Shinga Kyoshi?«

Der Mann nickte, beinahe eine Verneigung.

»Sind deine Waffen in Ordnung?« fragte der Feldwebel.

Abermals nickte der Mann. »Ich habe eine komplette Rüstung und ein Schwert. Einen … einen Bogen besitze ich nicht.« Eine tiefe Baßstimme.

Der Feldwebel nickte. Neben dem Namen war eine Notiz beigefügt – offenbar war er besonders tüchtig im Umgang mit dem Schwert. »Dein Schwert«, sagte der Feldwebel und streckte die Hand aus.

Der kniende Mann zögerte einen Augenblick, dann zog er das Schwert und reichte es mit dem Knauf voran dem Offizier.

Es war eine gute Waffe, wundervoll ausbalanciert, die Klinge scharf geschliffen. Die Parierstange stellte ein kleines Kunstwerk dar – eine lackierte Schriftrolle aus Meeresmuscheln über polierter Bronze. Der Name des Waffenschmieds, der auf der Klinge eingraviert war, lautete *Kentoka*, mit Sicherheit eine Fälschung. Gleichwohl war es eine wundervolle Waffe, die man bei einem Söldner nicht erwartet hätte. Der Feldwebel musterte den Mann – mit einem Blick, der starken, jungen Männern für gewöhnlich den Schneid abkaufte. »Hier steht, du wärst aus Nitashi.«

Der Mann nickte.

»Ich bin aus Nitashi«, erklärte der Feldwebel. »Du sprichst nicht unseren Dialekt.«

»Es ist viele Jahre her, Feldwebel.«

Der Offizier fixierte ihn. Er hätte darauf gewettet, daß unter dem Brustpanzer des Mannes neue Tressen in einer neutralen Farbe zum Vorschein kommen würden.

Er gab dem Mann das Schwert zurück. Starrte ihn noch einen Augenblick lang an, dann sah er wieder auf die Liste. Er schob eine Schriftrolle über den Tisch und reichte dem Bewerber einen Pinsel. »Wende dich als nächstes an den Quartiermeister«, sagte der Feldwebel. Der Mann unterschrieb mit seinem Namen, verneigte sich tief und eilte davon.

Der Rekrutierungsoffizier beherrschte sich, als er die Unterschrift betrachtete. Dies war bereits der dritte Bewerber in den vergangenen zwei Tagen, von dem der Feldwebel annahm, daß er bei den Hajiwara gedient hatte – und dieser hier war sogar Offizier gewesen! Er schüttelte den Kopf. Wenn es zu viele wurden, würde er möglicherweise einige abweisen müssen. Man mußte schließlich auch an die Butto denken.

»Ujima Nyatomi!« rief der Adjutant des Feldwebels.

Ein weiterer bärtiger Mann eilte herbei und kniete vor dem Feldwebel nieder, der sich über die Berichte beugte.

»Ujima Nyatomi?«

Der Soldat nickte. Wenn der Feldwebel aufgeblickt hätte, so wäre ihm aufgefallen, daß dieser Mann älter als der vorhergehende und weniger kräftig gebaut war.

»Sind deine Waffen in Ordnung?«

Abermals nickte der Mann.

»Dein Schwert.«

Der Mann legte dem Offizier den Knauf in die Hand. Der Feldwebel sah von der Liste auf und machte große Augen. Das war nun wirklich ein Schwert! Es lag traumhaft in der Hand. Der Knauf war mit der Haut eines Riesenrochens überzogen und mit blauer Seidenschnur umwickelt, und die Parierstange war geformt wie eine Shintablüte!

Der Feldwebel musterte den vor ihm knienden Mann. Ehe er etwas sagen konnte, ergriff der Mann das Wort. »Meine Rüstung ist von ähnlich guter Qualität, Feldwebel, außerdem besitze ich noch einen Bogen, eine Lanze und ein Pferd.« Er schüttelte kaum merklich den Kopf.

Der Feldwebel reichte ihm das Schwert zurück und sah in die Liste. Er schob Papier und Pinsel über den Tisch und sagte: »Wende dich an den Quartiermeister.«

Der Mann seufzte, verneigte sich und eilte davon, doch der Feldwebel bekam nichts davon mit. Soeben hatte er Rohku Saicha, den Hauptmann von Shontos Leibgarde, für die Armee von Seh angeworben. Er fragte sich, wie viele wohl aus der Hauptstadt entwischt sein mochten. Unwillkürlich lächelte er.

Seit die Flottille in den Großen Kanal eingefahren war, bewegte sie sich nur noch im Schrittempo voran. Kamu wußte, daß sie nach Süden wesentlich langsamer vorankommen würden als auf der Herreise – auf dem Kanal waren zu viele Flüchtlinge unterwegs, und die abziehende Armee umfaßte wesentlich mehr Boote als auf dem Hinweg. Jedenfalls konnte eine Streitmacht von hunderttausend Mann über Land kaum mehr als sieben bis acht Rih pro Tag zurücklegen.

Die Barbaren würden drei Monate brauchen, um die Kaiserstadt auf dem Landweg zu erreichen. Bei günstigen Winden war die Entfernung zwischen Seh und der Hauptstadt bisweilen in weniger als dreißig Tagen zurückzulegen – in der Hälfte der Zeit, wenn die Besatzung ausreichte, um Tag und Nacht zu fahren.

Mit unserer gegenwärtigen Geschwindigkeit, überlegte Kamu, kommen wir doppelt so schnell voran wie die Barbaren. Sie würden Rhojo-ma in zwei, wahrscheinlich sogar erst in drei Tagen erreichen. Dies bedeutete einen beachtlichen Vorsprung für Shontos Flotte.

Kamus Kajüte war mit Papieren vollgestopft; die Schriftrollen waren in Ständern gestapelt wie Feuerholz, Blätter und Briefe waren zu Stapeln geordnet und mit Gewichten beschwert. Akten, Schriftrollen, Notizzettel, Reis- und Maulbeerbaumpapier – an wertvollem Papier herrschte wirklich kein Mangel. Und jeder einzelne Schnipsel war mit unentbehrlichen Mitteilungen beschriftet. Bisweilen ertappte Kamu sich dabei, daß er Tagträumen von einem kleinen strohgedeckten Landhaus an einem stillen Flußufer inmitten von Hügeln nachhing.

An der Tür wurde geklopft, dann trat Kamus Adjutant Toko ein und brachte eine Mappe mit, die noch mehr Papier zu enthalten schien. In den Monaten seit dem vereitelten Mordanschlag in Shontos Garten hatte sich der junge Mann als unentbehrlich erwiesen. Oh, er mußte noch vieles lernen, keine Frage, aber er lernte gut und machte nur selten denselben Fehler zweimal.

Kamu musterte seinen Assistenten mit hochgezogener Braue, womit er unbewußt Fürst Shonto nachahmte.

»Anfragen von Leuten, die entweder um freie Durchfahrt ersuchen oder sich der Flottille anschließen wollen, Hofmeister Kamu«, sagte Toko leise. Er hatte das Dienstbotenverhalten noch nicht abgeschüttelt und war nach wie vor äußerst diskret – er bewegte sich lautlos und sprach mit leiser Stimme.

Kamu nickte. Er deutete mit dem Pinsel: »Dort ist noch Platz.«

Toko legte die Mappe auf den bezeichneten Stapel, dann verharrte er schweigend. Kamu wurde bewußt, daß der junge Mann darauf wartete, zur Kenntnis genommen zu werden, was dem alten Krieger beinahe ein Lächeln entlockt hätte.

»Toko?«

»Hofmeister Kamu«, setzte der Jüngling an, und seine Stimme verriet, daß es ihm noch an Selbstsicherheit mangelte. »Einige der Anfragen stammen von botahistischen Glaubensbrüdern. Ich war mir nicht sicher, ob man sie warten lassen sollte.«

»Hm.« Kamu blickte auf die Zahlenreihe in dem vor ihm liegenden Bericht. »Wie viele genau?«

»Zwei Schwestern und fünf botahistische Mönche – einer behauptet, früher einmal Bruder Shuyun unterrichtet zu haben.«

»Ah ja, Soto …« Kamu wußte nicht mehr weiter.

»Bruder Sotura, glaube ich, Hofmeister.«

Kamu betrachtete mit zusammengekniffenen Augen eine Zahl. »Ja, ich bin ihm bereits einmal begegnet. Gebt ihnen Quartiere, wo sie niemandem im Weg sind. Das ist eine Armee im Krieg – und keine kaiserliche Ausflugsgesellschaft.«

Toko nickte. Er schlug rasch eine weitere Mappe auf, machte sich eine Notiz und zog sich zurück.

Kamu schüttelte den Kopf. Nein, das ist kein Spaziergang, dachte der alte Haushofmeister, möge Botahara uns schützen.

Nebel und Regen. Der junge Hauptmann Rohku war ganz steif von der Kälte und dem Mangel an Bewegung. Er hörte auf zu klettern und bemühte sich, das Zittern in seinem linken Bein unter Kontrolle zu bringen. Hätte man ihm nicht ein Seil heruntergelassen, wäre er aus eigener Kraft nicht mehr hochgekommen. Fünf Schritte, dann legte er wieder eine Pause ein. Wasser rann an der Stelle herunter, die er hochkletterte, und machte den Fels so schlüpfrig wie Eis.

Er kletterte weiter, und plötzlich verlor er den Halt unter den Füßen – er stürzte ab. Zum dritten Mal hielt ihn das Seil. Es dauerte eine Weile, ehe er wieder festen Halt an Händen und Füßen spürte. Rohku lehnte die

Wange an den kalten Fels. Noch drei Körperlängen, dachte er. Es wäre eine Schande, wenn er sich von seinen Männern hochziehen lassen müßte. Dieser Gedanke verlieh ihm wieder ein wenig Kraft und trieb ihn vorwärts.

In der Nähe waren Patrouillen der Barbaren unterwegs, daher wurde Rohku schweigend begrüßt, als er über die Felskante kletterte. Er setzte sich auf einen Stein und aß etwas Kaltes. Er sehnte sich nach einem heißen Getränk, doch selbst, wenn sie trockenes Holz gefunden hätten, wäre ein Feuer zu riskant gewesen. Schließlich nickte Rohku seinen Männer zu, erhob sich steif und ging zum Pferd. Er mußte zwar all seine Kräfte aufbieten, schaffte es aber, ohne fremde Hilfe aufzusitzen. Es waren Soldaten aus Seh zugegen, und es schien wichtig, sich ihren Respekt zu bewahren.

Ein langer Ritt stand ihnen bevor. Zunächst mußten sie sich in Rhojo-ma melden, dann ginge es zum Kanal. Binnen drei Tagen hätten sie Shontos Flotte eingeholt. Rohku hatte eine Menge zu berichten. Eine ganze Menge.

Tadamoto traf den Kaiser am Drachenteich an, wo er auf und ab wandelte. Man hatte ein Blumenarrangement hergerichtet, denn die sich erwärmende Sonne lockte bereits die ersten Frühlingsblumen hervor. Wenngleich der Kaiser scheinbar in Gesellschaft von Höflingen war, hielt er sich doch abseits, und niemand wagte es, ihn in seiner trüben Stimmung zu stören.

Tadamoto musterte die versammelten Höflinge und stellte mit einer gewissen Genugtuung fest, daß mehrere junge Frauen von großer Schönheit zugegen waren, die sich erst seit kurzer Zeit bei Hofe aufhielten. Möge eine seinen Geschmack treffen, dachte Tadamoto geradezu flehentlich.

Dann aber erblickte er inmitten der jungen Gesichter und erlesenen Gewänder Osha. Sie schaute mit so traurigem Blick zu ihm herüber, daß ihm beinahe die Tränen gekommen wären. *Osha, Osha…* Tadamoto sah in ihrem Gesicht eine große Geistestiefe gespiegelt, während ihm die Gesichter der anderen jungen Frauen beinahe wie Masken vorkamen, alle mit ein und demselben unbestimmten Gesichtsausdruck bemalt.

Tadamoto wäre beinahe gestrauchelt. Er wandte den Blick ab, bevor jemand aufmerksam werden konnte, und näherte sich weiter dem Kaiser. Mittlerweile war er daran gewöhnt, seine Gefühle zu verschließen. Bisweilen kam Tadamoto sich wie ein geistiger Eremit vor, der mittels Meditation Selbstbeherrschung erlangt hatte. Er brachte es fertig, kaum noch etwas zu empfinden. Als er vor dem Kaiser niederkniete, war er so empfindungslos wie ein Stein.

Der Kaiser nickte, dann bedeutete er Tadamoto, sich zu erheben und mit ihm weiterzugehen. Der Oberst zögerte und blickte rasch zu den versammelten Höflingen, die so taten, als hätten sie nichts bemerkt. Ein einfacher Oberst, der eingeladen wurde, mit dem Himmelssohn zu wandeln – das mochte schon ein gewisses Stirnrunzeln hervorrufen.

Sie entfernten sich langsam von den anderen, dann blieb der Kaiser kurz stehen, um eine Schneelilie zu betrachten, die sich im Schatten eines Chakubuschs behauptete. Noch ein paar Tage Sonnenschein, und sie wäre verblüht.

Es war warm für die Jahreszeit. Der schwache Wind, der die Oberfläche des Drachenteichs kaum merklich kräuselte, fühlte sich so sinnlich und betörend an wie die Berührung einer Geliebten. Der Himmel schien so klar wie ein klingendes Glöckchen und wie von Echos und Obertönen mit Federwölkchen gesprenkelt.

»Ihr habt etwas zu berichten, Oberst.« Der Kaiser betrachtete unverwandt die Schneelilien. Sollten sich die Höflinge ruhig wundern, was sie zu besprechen hatten, vom Kaiser würden sie nichts erfahren.

»Allerdings, Hoheit. Es ist uns endlich gelungen, verläßliche Leute in die Provinz Ika Cho zu schaffen. Fürst Shonto Shokan ist zusammen mit einer ansehnlichen Streitmacht von etwa viertausend Bewaffneten verschwunden.«

»Das ist schon eine erstaunliche Leistung – mit so vielen Bewaffneten einfach zu verschwinden. Und wir wissen nicht, wie er das bewerkstelligt hat?«

»Es deutet einiges darauf hin, daß Shontos Sohn die Streitmacht über den Hochwindpaß geführt hat, Hoheit.«

Der Kaiser nickte. »Es ist noch früh im Jahr für eine solche Paßüberquerung. Besteht Aussicht, daß er es trotzdem schafft?« Frauengelächter tönte über den Teich her.

»Das scheint unwahrscheinlich, Hoheit. In diesem Winter hat es eine Menge Schnee gegeben.« Tadamoto blickte unwillkürlich zu den Hofdamen hinüber, faßte sich aber sogleich wieder. »Ich finde es eigenartig, daß er sich nicht mit dem Schiff nach Seh abgesetzt hat. Die Stürme wären doch wohl kaum gefährlicher als die Bergüberquerung.«

Der Kaiser pflückte eine Schneelilie und betrachtete sie eingehend. »Über den Hochwindpaß würde Shokan von Norden her nach Chiba gelangen, nicht wahr?«

Tadamoto nickte.

»Hm.« Der Kaiser reichte die Blüte Tadamoto. »Für Eure verehrte Frau, Tadamoto-sum.« Der Kaiser lächelte zerstreut. »Laßt das Westende des Passes überwachen. Wäre er kein Shonto, würde ich für seine Seele beten, aber so ...« Der Kaiser zuckte mit den Schultern und ging davon, während Tadamoto sich eilig verneigte, die Schneelilie in der Hand.

Die Stimmen mehrerer hundert Frauen schwangen sich zu einem melodischen Singsang empor, der aus Boden und Wänden zu kommen schien. Die Priorin ruhte mit geschlossenen Augen in der Sänfte. Es war schwer zu sagen, ob sie nun schlief oder in einem Zustand vollkommener Konzentration lauschte, denn man merkte kaum, daß sie atmete. Schwester Sutso zögerte, sich ihr zu nähern.

Der Gesang schwebte aus dem Saal ins Gebälk empor, wo sich ein Balkon befand, der an ein gut verstecktes Nest erinnerte. Der Raum, der auf diesen Balkon hinausging, war einer der Lieblingszufluchtsorte der Priorin, und ihre Mitarbeiterinnen störten sie dort nur ungern.

Sutso entschied, es sei besser zu warten, und trat einen Schritt auf den Balkon zu. Die Priorin regte sich nicht, doch ihre Stimme übertönte kaum hörbar den Gesang.

»Sutso-sum?«

»Ja, Priorin.«

Die alte Frau schlug weder die Augen auf, noch bewegte sie sich. »Ich glaube, unsere Sängerinnen klingen von Jahr zu Jahr erleuchteter«, sagte sie mit einer Stimme, die trocken und spröde klang.

Die Sekretärin der Priorin kniete neben der Sänfte nieder. »Das finde ich auch, Priorin. Ich fühle mich Botahara im Augenblick ebenfalls näher.«

»Das kommt von der Höhe, mein Kind«, sagte die Priorin, und ein strahlendes Lächeln flog über ihre verschrumpelten Züge. Sutso wagte nicht zu lachen, war sich aber ziemlich sicher, daß die Priorin gescherzt hatte. Ja, diese alte Frau war der Vollendung näher als jeder andere Mensch, dem Sutso jemals begegnet war. In Gegenwart der Priorin war einfach kein Platz für Respektlosigkeiten jeglicher Art.

»Irgend etwas bedrückt Euch, Sutso-sum.« Das war nicht als Frage gemeint.

Sutso nickte, obwohl die Oberin die Augen noch immer geschlossen hatte. »Ich habe Morima-sum geschrieben, wie Ihr befohlen habt, aber ich mache mir Sorgen. Sie hat noch immer nicht geantwortet.«

*Ganz still* lag die Priorin da. »Wir können uns auf Morima-sum verlassen, Sutso-sum, macht Euch keine Sorgen. In Seh geschieht so allerlei. Einen Brief zu schreiben, mag ihr weniger wichtig erscheinen als uns. Geduldet Euch noch ein wenig.«

Sutso verneigte sich und wollte sich gerade aufrichten, als die Priorin weitersprach.

»Ihr macht Euch Sorgen wegen des bevorstehenden Krieges.«

Sutso sank wieder auf die Knie nieder. »Jeder macht sich deswegen Sorgen, Priorin. Dies ist nicht der Interimskrieg, in dem alle Beteiligten Anhänger des Wahren Pfads waren. Die Barbaren werden keine Rücksicht auf uns nehmen. Unsere Schwestern sind in Gefahr.«

Die Priorin klappte ihre großen, dunklen Augen auf und musterte einen Moment lang ihre Sekretärin. Dann schloß sie die Augen wieder. »Wenn die Männer, die im Interimskrieg gekämpft haben, wahre Anhänger Botaharas gewesen wären, hätte es keinen Krieg gegeben, Sutso-sum.« Sie schwieg eine Weile. Der Gesang wurde getragen und sanft. »Das Reich ist groß. Dieser Krieg wird sein wie jeder andere – Teile von Wa werden furchtbar leiden, während andere Regionen überhaupt nicht in Mitleidenschaft gezogen werden. Das betrübt mich … Solange, bis die Menschen dem Wahren Pfad folgen, wird es immer wieder Kriege geben. Wir haben uns so gut vorbereitet, wie wir konnten. Sollen sich andere mit dem Krieg beschäftigen. Wir befassen uns mit den Lehren Botaharas.« Sie lächelte.

»Aber stellt Euch vor, Kind, der *Lehrer* – zu unseren Lebzeiten! Das ist ein unglaubliches Wunder. Wir dürfen in unseren Anstrengungen nicht nachlassen, selbst wenn das Reich um uns herum zusammenbricht. Tausend Jahre ist es her, mein Kind – vierzig Generationen! Der Lehrer … wir müssen ihn finden. Zu diesem Zweck leben wir.«

Die kollektive Stimme schwoll an und strebte empor wie zum Beten erhobene Hände. Sie rührte Sutso mit ihrer Schönheit, und die Schwester bekam feuchte Augen. Sie berührte den Ärmel des Gewands der Priorin so sanft, als liebkoste sie ein schlafendes Kind.

# 25

*Die ersten Frühlingsschwalben*
*Gleiten vom Winterhimmel herab.*
*Sie segeln die Flüsse entlang*
*Und genießen jede einzelne Biegung.*

*Zwielicht verweilt wie ein Liebender*
*Der sich nicht losreißen*
*Und nicht sagen kann,*
*Was ihm auf dem Herzen liegt.*

Aus dem ›Palastbuch‹
der erlauchten Dame Nikko

Die Gemächer der Kaiserin Jenna. Jaku Tadamoto saß auf dem früheren Bett der Kaiserin und fragte sich, ob Osha wohl kommen werde – es war so lange her. Vielleicht konnte sie ihre Gemächer nicht unbemerkt verlassen oder war von irgendwelchen Beauftragten des Kaisers abgefangen worden. Oder, was am schlimmsten wäre, sie war zum Kaiser bestellt worden. Weil ihn diese Vorstellung am meisten bedrückte, stellte er sich Osha in der Umarmung des Kaisers vor.

Reagierte sie auf seine Berührung? In seiner Vorstellung erklomm Osha Höhen der Leidenschaft, die ihr mit Tadamoto unzugänglich gewesen waren. Allmählich kam er sich vor wie ein Narr.

Die Laterne, die Tadamoto mitgebracht hatte, stand auf dem Boden und warf einen schwachen Lichtkreis in den großen Raum. Hier hatten sie ihre erste Liebesnacht verbracht. Tadamoto hoffte, sie könnten dadurch, daß sie an diesen Ort zurückkehrten, wieder an die Vergangenheit anknüpfen.

Er streichelte das Bettlaken mit seinen langen Fingern und erinnerte sich daran, wie er in einer warmen Herbstnacht zum erstenmal Oshas Brüste berührt hatte.

Seit einigen Wochen schon gingen sie einander aus dem Weg, doch als er Osha am Nachmittag unter den Höflingen am Drachenteich erblickte, da hatte ihn dies eigentümlich berührt. Auf einmal konnte er es gar nicht mehr erwarten, sie zu sehen – er hatte keinen Appetit mehr und fand keinen Schlaf.

Und so saß er da und überlegte, ob er sich wohl zum Narren machte – ob Osha womöglich gerade in den Armen des Kaisers Lust empfand, während er nach ihr schmachtete. Gleichwohl vermochte er sich nicht zum Aufbruch aufzuraffen.

Um irgend etwas zu tun, ging der junge Oberst zu den Wandschirmen hinüber, die auf den Balkon hinausgingen, und schob sie beiseite. Er hatte keine Angst, in dem ungenutzten Palastflügel entdeckt zu werden, denn selbst wenn ihn jemand sah, würde er lediglich glauben, er habe eines der Gespenster erblickt, die angeblich die Gemächer der Hanama bewohnten.

Tadamoto schaute hinaus auf die verschachtelten Palastdächer, die vom abnehmenden Mond erhellt wurden. Alles wirkte so friedlich. Man vermochte sich kaum vorzustellen, daß Wa in Kürze von einem Krieg erschüttert werden würde; daß es soweit käme, daran hatte Tadamoto nicht den geringsten Zweifel. Entweder von einem Bürgerkrieg der Shonto gegen die Yamaku, oder vom Krieg gegen die Barbaren, vor dem Shonto und Katta gewarnt hatten; in jedem Fall aber gäbe es Krieg. Seit der Thronbesteigung durch die Yamaku waren noch keine zehn Jahre vergangen, und schon flammte der Krieg auf wie ein Feuer, das man nur vorübergehend ausgetreten hatte.

Als er sich dabei ertappte, wie er an den Zimmerwänden entlangschritt, wurde Tadamoto bewußt, wie schlecht es um seine Selbstbeherrschung bestellt war. Und er zwang sich dazu, sich hinzusetzen und ruhiger zu werden.

Als der Wandschirm zum Flur einen Handbreit aufglitt, schreckte Tadamoto zusammen. Osha! Er konnte sie im Dunkeln nicht genau erkennen, doch er kannte sie so gut, daß ein Irrtum ausgeschlossen war. Sie schlüpfte durch den Spalt und schob den Shoji hinter sich zu. Tadamoto konnte ihre Augen nicht sehen, und dies beunruhigte ihn. Er hatte das Gefühl, er müsse ihr in die Augen schauen, um zu erkennen, was sie im Innersten bewegte.

Osha nickte ihm zu, dann näherte sie sich den offenen Wandschirmen, ganz langsam und bedächtig, als stünde ihre Lebenskraft kurz vor dem Erlöschen.

Sie gleitet nicht mehr, ging es Tadamoto durch den Sinn.

Als Silhouette vom Hintergrund der Nacht abgehoben, kam Osha ihm wunderschön vor – geradezu vollkommen. Klein und ungewöhnlich zart. Er meinte beinahe, ihre Wärme und die Weichheit ihrer Haut zu spüren. Der Himmel hinter Osha war nicht schwarz, sondern zeigte ein Blau, wie man es sich dunkler nicht vorstellen konnte. Wolkenfahnen, so fern, als seien sie im Himmel angelangt, schimmerten schwach im Mondschein. Und die Sterne verschwammen, als betrachtete man ihr Spiegelbild in einem dunklen Wasser.

Osha wandte sich um und lehnte sich an den Rahmen, die Hände hinter dem Rücken verschränkt. »Dieses Zimmer …« setzte sie mit ausdrucksloser Stimme an, »macht mich immer traurig.«

Tadamoto blieb sitzen, die Hände auf die Schenkel gelegt. Auf einmal fühlte er sich unbehaglich. »Ja«, sagte er, »ich habe es mir anders vorgestellt.«

Osha holte tief Luft, als wollte sie etwas sagen, dann

aber atmete sie langsam wieder aus. Sie drehte sich um und blickte in die Nacht hinaus, ohne die Kälte zu beachten. »Mein Herz …« setzte sie an, »mein Herz ist gebrochen, Tado-sum, und ich weiß nicht, ob ich das überleben werde.« Sie schien beinahe in ihre vorherige Haltung zurückzufallen.

Lange Zeit schwiegen sie, dann endlich rang Tadamoto sich die Frage ab, die ihn quälte. »Dann liebst du also den Kaiser?«

Osha sah auf ihre Füße und schüttelte langsam den Kopf. Als sie wieder aufsah, waren ihre Wangen tränenüberströmt. »Ich liebe ihn nicht.«

Tadamoto nickte; eine sanfte Bewegung, voller Resignation. Er wirkte so beschwert von Traurigkeit, daß er sich kaum noch rühren konnte – und so saß er auf dem Bett, zusammengesackt, als sei irgend etwas in seinem Innern kaputtgegangen. Oshas Weinen schmerzte ihn noch mehr, gleichwohl brachte er es nicht über sich, zu ihr zu gehen. Selbst als sie auf die Knie niedersank und das Gesicht in Händen barg, rührte er sich nicht.

# 26

*Der Kanal, von Gerüchten verstopft,*
*Tritt über die Ufer,*
*Breitet sich aus*
*In alle vier Himmelsrichtungen.*
*Intrigen und Verrat*
*Überfluten das Land,*
*Verbannen die Wahrheit auf die Dächer.*

Die hohe Dame Okara Haroshu

Ein junger Offizier erteilte die Befehle, die von Soldaten mit versteinerten Mienen und entsetzten Bauern ausgeführt wurden. Die ganze Frühjahrsaussaat wurde vernichtet. Das vom Winter übriggebliebene Heu wurde auf dem Hof mit Fackeln angesteckt. Verbrannt wurden auch Saat- und Getreidevorräte und die sorgfältig gehegten Sämlinge. Die Soldaten schienen entschlossen, nichts für die Barbaren übrigzulassen. Und auch nichts für die Dorfbewohner und die Bauern.

Shimeko sah es jedem Bauern ins Gesicht geschrieben: *Wir werden verhungern. Was haben wir davon, wenn uns unsere eigenen Leute das Leben nehmen?* Diesen Anblick hatte sie nicht ertragen können, daher war sie der Straße, die von den flüchtenden Bauern benutzt wurde, ausgewichen. Ich stehe im Dienst der Familie, die sie aus ihren Häusern vertreibt, hatte sie gedacht, und das war kein tröstlicher Gedanke.

Shimeko mußte ein Stück weit den Kanal entlanggehen, bis sie einen Platz fand, wo sie allein sein konnte, ohne unfreiwillig Zeuge der Zerstörungen sein zu müssen. Ein Teil der Flotte hatte in diesem Tal Halt gemacht, um das Land ›in eine Wüste zu verwandeln‹, wie sich ein Soldat ausgedrückt hatte, daher kam Nishimas Boot nicht weiter.

Unter den Zweigen einer Weide, die sich auf den Kanal hinausneigte, setzte Shimeko sich ins Gras und machte es sich bequem. Der Weidenvorhang war mit zarten grünen Knospen bedeckt, aus denen in wenigen Tagen Blätter sprießen würden. Am gegenüberliegenden Ufer hatten Boote der Flottille festgemacht, und Shimeko konnte erkennen, daß sie Ladung von den umliegenden Bauernhöfen aufnahmen. *Laßt nichts übrig für die Barbaren.*

Eine Familie kam auf einem kleinen Flußboot vorbei, das Segel geschwellt vom mäßigen Ostwind – Pflaumenblütenwind wurde er genannt und von den Bewohnern des Reiches Wa sehnsüchtig erwartet. Wenngleich er – so wie stets – wärmere Tage mit sich brachte und von der bevorstehenden Kirsch-, Pflaumen- und Apfelblüte kündete, wurde er dieses Jahr nicht gefeiert. Zumindest nicht im Gefolge von Shontos Armee.

Shimeko bemerkte die ängstlichen Blicke des Ehepaars auf dem Flußboot. Der Mann blickte zum Segel hoch und dann nach Osten. Aufgrund ihres jahrelangen Aufenthalts im Kloster wußte sie, daß er um beständigen Wind betete. Sämtliche Boote, die hinter der Flottille zurückblieben, wurden zerstört.

Ein Eisvogel stürzte sich ins Kielwasser des Boots und tauchte als irisierender Blitz wieder hervor. Er schoß mit seiner Beute davon und verschwand im Gezweig einer Weide.

An dem abgeschiedenen Plätzchen versuchte sie zu meditieren, gab den Vorsatz aber nach kurzer Zeit auf. Anscheinend war ihr selbst dieser Trost nicht mehr zugänglich. Sie holte einen Kamm aus dem Ärmel, fuhr sich damit durchs nach wie vor kurze Haar. Das edle Fräulein Nishima hatte ihr gesagt, es werde kein Jahr dauern, bis sie ihr Haar auf eine Weise hochstecken könne, daß ihm nicht mehr anzusehen wäre, wie lang es war. Das ist dumme Eitelkeit, dachte sie, ohne mit dem Kämmen innezuhalten, als könnte sie das Wirken der Natur auf diese Weise beschleunigen.

Wieder einmal wandten sich ihre Gedanken dem edlen Fräulein Nishima zu. Shimeko fand, es sei schwer, sie nicht zu mögen, obwohl sie ursprünglich ganz darauf eingestellt gewesen war. Das übrige Gesinde verehrte sie offenbar. Gleichwohl kam dies Shimeko ein wenig seltsam vor. Das edle Fräulein Nishima war so jung und hatte Disziplin und die Selbstverleugnung, in der die älteren Schwestern sich jahrelang geübt hatten, niemals kennengelernt – gleichwohl wurde sie im ganzen Reich ihrer vielen Vorzüge wegen gerühmt.

Shimeko schüttelte den Kopf. Das edle Fräulein Nishima war gewiß eine ausgezeichnete Harfenspielerin, und ihre Handschrift fand kaum ihresgleichen. Im gesellschaftlichen Umgang war sie sicherlich reizend und geistreich, doch ging es dabei lediglich um lockere Plaudereien. Shimeko schleuderte einen Kiesel ins Wasser. In der Welt, aus der sie kam, wäre Nishima ungeachtet all ihrer Vorzüge eine ältere Novizin gewesen und noch Jahre davon entfernt, zur älteren Schwester aufzusteigen. In der höfischen Welt von Wa hingegen war Nishima etwas ganz Besonderes, obwohl sie doch eigentlich noch ein Mädchen war.

Shimeko warf dem ersten Kiesel einen zweiten hinterher, was das Interesse des Eisvogels weckte, der über den Ringen verharrte, die der untergegangene Kiesel auf der Wasseroberfläche zurückgelassen hatte.

Das Interesse, welches das edle Fräulein Nishima Bruder Shuyun entgegenbrachte … Allmählich fragte sich Shimeko, welche Bewandtnis es damit haben mochte. Die ehemalige Nonne war sich bewußt, daß sie nicht viel wußte über die Welt, aber trotzdem – die Art und Weise, wie Nishima strahlte, wenn Bruder Shuyun auftauchte, sprach eigentlich für sich. Wenn Bruder Shuyun der angekündigte Lehrer war, dann brachte sich die Tochter Shontos wirklich in eine peinliche Lage.

Shimeko dachte an die Nachforschungen, die sie in den Archiven für das edle Fräulein angestellt hatte, und dies erinnerte sie wieder an das Bildnis der beiden Liebenden – das sie in höchstem Maße verstörend fand. Während sie in Wahrheit kaum die Augen davon hatte abwenden können, als sie in der Denji-Schlucht davor festgemacht hatten. Das Bildnis hatte sie stärker angezogen, als sie sich eingestehen wollte.

Wenn Bruder Shuyun nun tatsächlich der angekündigte Lehrer ist? überlegte sie immer wieder. Wenn man ihn bloß einer Prüfung unterziehen könnte … Wie man das hätte anstellen sollen, wußte sie allerdings nicht.

Allmählich gewann sie den Eindruck, sie müsse wieder zurückgehen. Man hatte ihr freigegeben, damit sie sich die Beine vertrat; mit ihrer längeren Abwesenheit rechnete niemand.

Sie stand auf, rollte die Matte zusammen und zwängte sich durch den Weidenvorhang. Nach ein paar Schritten hatte sie den Weg erreicht, der an der Uferböschung entlangführte. Hier wuchsen Pflaumenbäume, die in wenigen Tagen blühen würden – ein in ganz Wa sehnlich erwartetes Ereignis. Plötzlich erblickte sie in ihrer Vorstellung einen Flüchtlingstreck inmitten der Pflaumenbäume und zuckte zusammen, als habe sie sich geschnitten.

In einiger Entfernung näherte sich Shimeko eine hochgewachsene Bauersfrau, gekleidet in ein Baumwollgewand und mehrere Schals. Dabei hatte sie den Flüchtlingen, die man aus ihren Häusern vertrieben hatte, eigentlich ausweichen wollen. Dann aber reckte sie den Kopf. Das war doch nicht möglich! Dieser Gang – eigentlich war ein Irrtum ausgeschlossen.

Die Frau kam näher und hob den verhüllten Kopf. »Schwester Morima?« fragte Shimeko.

Die Nonne nickte und rang sich ein kurzes Lächeln ab. Ehe ihr bewußt wurde, was sie da eigentlich tat, verneigte sich Shimeko wie eine Novizin vor der älteren Schwester. Dann aber richtete sie sich langsam auf und zwang sich dazu, Morima in die Augen zu blicken.

»Das ist ja eine freudige Überraschung, Schwester«, sagte Shimeko.

Abermals nickte Morima. Sie deutete zur Seite, und sie gingen ein paar Schritte in die Pflanzung hinein. »Ihr braucht Euch nicht zu wundern, Tesseko-sum, die Schwesternschaft gibt nur wenige jemals wieder ganz frei.«

Als Shimeko merkte, daß Morima außer Atem war, breitete sie die Matte aus und half der Nonne, sich zu setzen. Shimeko kniete vor ihr nieder und widerstand dem Impuls, eine demütigere Haltung einzunehmen.

»Ich danke Euch«, japste Morima. »Einen Augenblick.« Sie wartete, bis sie wieder Luft bekam, dann versuchte sie abermals zu lächeln – was ihr aber nur teilweise gelang.

»Die Schwestern wollen nicht einmal mich freigeben, dabei habe ich den Wahren Pfad weitgehend aus den Augen verloren.« Sie schaute Shimeko unverwandt an, bis diese den Blick abwenden mußte.

»Ist der Pfad, dem Ihr folgt, leichter, mein Kind?« erkundigte sie sich mit Besorgnis in der Stimme.

Shimeko zuckte die Achseln. »Das weiß ich noch nicht, Schwester.«

Morima nickte verständnisvoll. »Es scheint Euch recht gut zu gehen.« Diesmal wirkte ihr Lächeln entspannter. »Und bald schon wird Euer Haar wieder nachgewachsen sein.«

Shimeko errötete. »Ich muß allmählich wieder zurückgehen, Schwester Morima. Ich habe zu tun.«

»Ach, wirklich?« fragte Morima. »Darf ich Euch kurz etwas fragen, Tesseko-sum?«

Die junge Frau nickte. »Ich heiße jetzt Shimeko, Schwester – Shimeko.«

Diesmal gelang Morima ihr Lächeln. »Die Schwesternschaft hat mich beauftragt, mit Euch zu sprechen. Man hat mir geraten, mich als Bäuerin zu verkleiden und so zu tun, als hätte auch ich den Orden verlassen. Man verlangt nach Neuigkeiten über Fürst Shontos spirituellen Berater und möchte möglichst viel über den Barbarenkrieg und die Intrigen im Reich in Erfahrung bringen.«

Die ältere Schwester blickte zu ihrer ehemaligen Schutzbefohlenen auf und zuckte verlegen die Achseln. »Das ist ausgesprochen töricht. Man sollte eigentlich meinen, sie seien der Lügen und Intrigen überdrüssig, doch dem scheint nicht so.« Sie bückte sich und nestelte an den Sandalen herum. »Jetzt, da ich meine Pflicht erfüllt habe, muß ich mich allmählich wieder auf den Rückweg machen.« Sie erhob sich mit einiger Mühe und blickte auf Shimeko hinunter.

Shimeko vermochte ihre Verwirrung nicht zu verbergen. »Das ist alles, was Ihr zu sagen habt, Schwester?«

»Ja, mein Kind.« Die ältere Frau wischte sich mit dem Ende des Schals den Schweiß von der Stirn.

Shimeko nickte, ohne zu wissen warum. So verharrten sie einen Augenblick – ein Widerhall ihres früheren Lebens; die Jüngere in kniender Haltung, die Ältere aufrecht stehend.

»Morima-sum?« fragte plötzlich Shimeko. »Ihr habt Bruder Shuyun kennengelernt. Glaubt Ihr, er ist der Lehrer?«

Morima dachte kurz nach. »Das vermag ich nicht zu sagen, mein Kind.«

Shimeko riß einen frischen Grashalm ab und drehte ihn langsam zwischen den Fingern. »Bruder Shuyun meint, er sei es nicht. Wäre es möglich, daß er der Lehrer ist und es selbst nicht weiß?«

Morima schüttelte den Kopf. »Das vermag ich nicht zu sagen, Shimeko-sum. Wann hat der göttliche Botahara gewußt, daß er der Vollkommene Meister werden würde? Ich halte es für möglich, daß Bruder Shuyun es nicht weiß.«

Shimeko nickte. »Ich fürchte …«

Morima schnitt ihr mit einer Geste das Wort ab. »Paßt auf, was Ihr sagt, Shimeko-sum, ich weiß nicht, was ich den Schwestern alles berichten werde.«

Die junge Frau nickte bedächtig. Sie rollte die Matte mit übertriebener Sorgfalt ein.

»Geht«, sagte Morima. »Ich werde noch ein Weilchen warten.« Sie sah die ehemalige Novizin offen an.

Aus einem plötzlichen Impuls heraus ergriff Shimeko ihre Hände und drückte sie. Dann wandte sie sich ab und eilte zurück zum Weg.

Das Flußboot, auf dem Shimeko zusammen mit den beiden Damen aus der Hauptstadt reiste, hatte sich trotz ihrer Sorge, es könnte ohne sie weitergefahren sein, nicht von der Stelle bewegt. Sie ging an Bord und nickte den Wachposten zu. Als sie die Treppe zu ihrer Kajüte hinunterstieg, begegnete ihr eine Magd.

»Das edle Fräulein Nishima ist an Land gegangen und macht zusammen mit den anderen Damen einen Spaziergang, Shimeko-sum.«

Die junge Frau setzte sich tief in Gedanken versunken auf die unterste Stufe. Von der Unterhaltung mit Schwester Morima hatte sie ein leichtes Unbehagen zurückbehalten. Ich hätte das nicht tun sollen, dachte sie. Ich kann nicht zwei Herren gleichzeitig dienen und will es auch nicht. Nach einer Weile erhob sie sich und begab sich wieder an Deck.

Auf dem Boot, das ein Stück weiter am Ufer lag, hatte sie Shuyuns Barbarendiener bemerkt, woraus zu schließen war, daß sich auch sein Herr an Bord befand. Sie näherte sich den Wachposten, nannte die Losung und machte das entsprechende Handzeichen.

»Ist Bruder Shuyun an Bord?« fragte sie.

Der Soldat nickte.

»Würdet Ihr ihn fragen, ob ich ihn sprechen darf? Ich bin Shimeko, die Sekretärin des edlen Fräuleins Nishima.«

Der ältere Soldat nickte, und sein Kamerad eilte davon. Shimeko nickte dem Nomaden zu, der Bruder Shuyun diente. Er schritt an Deck umher, blickte zu den Zerstörungen hinüber, die auf den Feldern angerichtet wurden, dann sah er wieder auf seine Füße hinab.

Der Soldat kehrte kurz darauf zurück. »Shimeko-sum, bitte.« Er deutete zur Rampe. »Bruder Shuyun wird gleich erscheinen.«

Shimeko ging an Bord und sah, daß sich der Barbar ihr näherte. Sie waren sich ein-, zweimal im Palast begegnet, und die Hingabe, mit der er Bruder Shuyun diente, hatte einen starken Eindruck auf sie gemacht. Ihn mit der Uniform der Shonto bekleidet zu sehen, kam ihr allerdings unpassend vor.

Der Kalam deutete auf die Felder. »Schlimm, wie? Schlimme Sache.« Für den Fall, daß sie Schwierigkeiten mit seiner Aussprache hätte, schüttelte er heftig den Kopf.

Shimeko nickte. »Das ist wirklich übel. Sehr traurig.«

Der Nomade nickte zustimmend, offenbar erfreut darüber, daß sie ihn verstanden hatte.

Als Shuyun hinter dem Barbaren aus einer Luke hervorgeklettert kam, machte der Kalam eine tiefe Verneigung. Shuyun verneigte sich nach Art der Botahisten sowohl vor dem Kalam wie auch vor Shimeko.

»Wir uns unterhalten«, sagte der Kalam mit einigem Stolz und nickte Shimeko zu.

Shuyun erwiderte lächelnd etwas in einer anderen Sprache.

Der Kalam verneigte sich vor Shuyun und Shimeko und nahm seine Wanderung über Deck wieder auf.

»Shimeko-sum, es ist mir eine Freude, Euch zu sehen.

Wie geht es Euch in Eurer neuen Stellung?« Sie stellten sich an die Reling, wo man sie weder vom Deck noch vom Ufer aus belauschen konnte.

»Gut, Bruder. Ich danke Euch dafür, daß Ihr Euch für mich verwendet habt.«

»Das edle Fräulein Nishima meinte, Ihr wärt ihr mittlerweile so gut wie unersetzlich. Das ist ein großes Kompliment.«

Shimeko deutete eine Verneigung an.

Eine Zeitlang tauschten sie Höflichkeiten aus. Cha wurde angeboten und zurückgewiesen. Sie wechselten Bemerkungen über die bevorstehende Pflaumenblüte und die länger werdenden Tage. Schließlich war der Zeitpunkt gekommen, sich anderen Themen zuzuwenden.

»Wenn ich Euch irgendwie helfen kann, Shimeko-sum?«

Shimeko schüttelte langsam den Kopf, und Bruder Shuyun wartete darauf, daß sie zu sprechen begann.

»Bruder Shuyun ...« setzte sie an. »Bruder, heute habe ich mit Schwester Morima gesprochen, mit der Nonne, der ich auf dem Hinweg nach Seh gedient habe. Sie war nicht als Nonne gekleidet, sondern trug ein schlichtes Bauerngewand. Schwester Morima gab freimütig zu, von der Schwesternschaft geschickt worden zu sein.« Shimeko mußte plötzlich schlucken. »Sie sollte mich entweder ausfragen oder als Informantin gewinnen – was nun genau zutrifft, weiß ich nicht. Dies alles gab sie jedenfalls zu. Ihr Orden wollte erfahren, was ich über den Einzug der Barbaren, über die Intrigen im Reich und über Euch, Bruder, weiß.« Sie zögerte. »Ich dachte, das sollte ich Euch sagen.«

Shuyun nickte. Falls er diese Neuigkeit in irgendeiner Weise für besorgniserregend erachtete, so ließ er es sich nicht anmerken. »Hat sie Euch gesagt, was genau sie wissen wollte, Shimeko-sum?«

Die junge Frau breitete die Arme aus. »Ich bin nicht

weiter in sie gedrungen, Bruder, und Morima-sum hat das Thema auch nicht weiter verfolgt. Ich hatte den Eindruck, sie käme lediglich einer lästigen Pflicht nach. Ich glaube nicht, daß sie ernsthaft den Versuch unternehmen wollte, mich zur Mitarbeit zu gewinnen.«

»Hm. Das alles finde ich höchst eigenartig, und das Interesse am Hause Shonto … Was habt Ihr ihr gesagt?«

»Sie hat gar nicht erst versucht, mich unter Druck zu setzen, Bruder, daher brauchte ich sie auch nicht zurückzuweisen. Wir haben kurz miteinander gesprochen. Als Morima-sum fälschlicherweise den Eindruck gewann, ich wollte über die erwähnten Themen sprechen, warnte sie mich davor, daß die Schwestern davon erfahren könnten.«

»Erfahren?«

»So hat sie sich ausgedrückt, Bruder.«

»Sehr eigenartig.« Er blickte aufs Wasser des Kanals nieder. »Habt Ihr noch mehr zu berichten?«

Shimeko schüttelte den Kopf.

»Ich danke Euch dafür, daß Ihr mit mir gesprochen habt, Shimeko-sum. Ich weiß noch nicht, was ich tun werde, aber es könnte sein, daß Haushofmeister Kamu ebenfalls mit Euch sprechen möchte.«

Shimeko nickte fest.

»Sehr eigenartig«, wiederholte Shuyun.

# 27

*Der Pflaumenblütenwind*
*Verstreut Blätter und Blüten über die Täler,*
*Gelächter und Liedfetzen*
*Vom Hügel des Nordwinds,*
*Harfen- und Flötentöne*
*Vom Hügel des Westwinds.*

Das Tal zwischen den Hügeln des Nord- und des Westwinds wurde für die Männer aus Seh zum Gegenstand einer unheimlichen Meditation. Am Abend zuvor und dann wieder am Morgen waren Spähtrupps der Barbaren aufgetaucht. Jetzt warteten alle schweigend darauf, daß sich das eigentliche Barbarenheer zeigte.

General Toshaki Shinga stand an einer schmalen Fensteröffnung im Nordturm und blickte zu der Stelle hinab, die bei allen, die in der Stadt geblieben waren, morbide Begeisterung hervorrief. Das rhythmische Geräusch, mit dem die Männer die Schwerter polierten, drang bis zu ihm empor.

Der Tag ist zu schön, dachte der General. Er beugte sich vor und blickte an der Mauer entlang aufs Wasser hinunter, das gegen die Fundamente schwappte. Die Stadt ist gut befestigt, dachte Toshaki, aber sie wurde nicht dafür erbaut, von so wenigen verteidigt zu werden.

Unter den knospenden Bäumen am Fuß des Hügels des Nordwinds sah man einen kleinen Spähtrupp der

Barbaren. Seit Anbruch des Tages hatte er sich nicht von der Stelle bewegt.

Zwei Boote lagen am Nordufer des Sees vor Anker und warteten darauf, daß die letzten Kundschafter nach Rhojo-ma zurückkehrten. Toshaki überlegte, wie er sich wohl entschieden hätte, wenn er auf Patrouille unterwegs gewesen wäre. Würde er in die zum Untergang verurteilte Stadt zurückkehren, oder marschierte er weiter und hoffte darauf, Fürst Shontos Flotte einzuholen? Er stützte sich an der Mauer ab und schaukelte auf den Fersen vor und zurück. Die Warterei war am schlimmsten.

Die Männer, die in Rhojo-ma zurückgeblieben waren, hatten von einem Hauptmann der Shonto eine detaillierte Beschreibung des Barbarenheers bekommen. Toshaki schüttelte den Kopf. Das war der seltsamste Bericht, den er je erhalten hatte, denn anstatt ihnen zu helfen, ihre Strategie zu planen, hatte er all ihre Hoffnungen zunichte gemacht. Die schiere Größe des Barbarenheers machte die Verteidigung Rhojo-mas zur Farce. Der alleinige Zweck ihres Ausharrens bestand nun darin, den Khan davon zu überzeugen, daß die in Rhojo-ma verbliebene Streitmacht zu groß war, um sie im Rücken der eigenen Armee zu dulden. Falls die Barbaren sich die Mühe machten, einen Angriff zu Wasser vorzubereiten, hätte Shonto ein paar Tage länger Zeit, eine Armee aufzustellen. *Ein paar Tage*, dachte Toshaki, mehr ist unser Leben nicht wert! Zumindest wäre dies ein ehrenhafter Tod.

Die Wachen auf den Stadtmauern wurden ausgewechselt, um den Eindruck einer großen Streitmacht zu erwecken. *Die Vogelscheuchenarmee* hatte sie jemand genannt und mit seiner Bemerkung krampfhaftes Gelächter geerntet.

Toshaki inspizierte gerade die Verteidigungsstellungen, als die Vorhut des Barbarenheers zwischen den Hügeln auftauchte. Fahnen, so zahlreich wie Grashalme, ergossen sich durchs Tal und flatterten im Frühlingswind. Langsam, aber unerbittlich verteilten sich die Reiter über die Ebene nördlich des Sees. Erst als die Vorhut zwei Rih weit auseinandergezogen war, geriet sie ins Stocken, während sich weiterhin Barbarensoldaten auf die Ebene ergossen. Zelte wurden errichtet, und Pferde wurden angepflockt. Nichts deutete darauf hin, daß die Armee einen Angriff fürchtete. Mit den wehenden Fahnen und den Zelten bot das Heer einen beinahe festlichen Anblick.

Barbaren zu Fuß und zu Pferd begaben sich zum Rand des Lagers und blickten zur Stadt hinüber, dann kehrten sie ins Lager zurück, während andere ihre Stelle einnahmen.

Bis zum Abend trafen immer noch neue Soldaten ein. Als es zu dunkeln begann, wurden die ersten Bäume gefällt und zum Seeufer geschleppt.

# 28

Die Tischunterhaltung war ins Stocken geraten, und jeder Versuch, sie wieder zu beleben, hatte in verlegenem Lächeln und peinlichem Schweigen geendet. Die Nachricht, daß die Armee des Goldenen Khans sich auf die Eroberung Rhojo-mas vorbereitete, hatte alle aus dem Gleichgewicht gebracht.

Um ihre rastlos umherschweifenden Gedanken durch Musik zu sammeln, musizierten Nishima und Kitsura für die hohe Dame Okara auf Harfe und Flöte. Wenngleich sie berühmt war für ihre erlesenen Manieren, fiel es Okara doch schwer, sich auf die Musik ihrer jungen Gesellschafterinnen zu konzentrieren, was sich in ihrer Miene auch zeigte. In Wahrheit verspielten sich die beiden jungen Damen ständig, so daß von einer inspirierten Darbietung keine Rede sein konnte. Besonders Nishima schien mit ihren Gedanken woanders zu sein.

Ein Rumpeln an Deck des Flußboots genügte, um sie vollständig aus dem Takt zu bringen, worauf die Musik endgültig abbrach. Jemand polterte über die Kajüte hinweg und wieder zurück. Das Fahren bei Dunkelheit machte bisweilen Notmanöver notwendig, die eine Berührung des Grundes nicht immer verhindern konnten.

»Es wird schon nichts sein«, meinte die hohe Dame Okara mit einem aufmunternden Lächeln.

Weder Nishima noch Kitsura schienen in der Stimmung zu sein, mit der Musik fortzufahren, und nach kurzem Zögern murmelten sie eine Entschuldigung und legten die Instrumente weg.

»Obwohl wir seit vielen Monaten wußten, was passieren wird, fällt es mir immer noch schwer zu glauben, daß Krieg ist«, sagte Kitsura.

»Ja«, erwiderte Nishima leise. »So viele Soldaten sind in Rhojo-ma geblieben. Das ist eine törichte Verschwendung von Menschenleben angesichts der paar Tage Vorsprung.« Sie streifte mit der Hand über den Korpus der Harfe. »Ich bin froh, daß Fürst Komawara nicht dortgeblieben ist.«

Kitsura nickte und lächelte plötzlich. »Ich mag ihn mittlerweile richtig gern. Es scheint schon eine Ewigkeit her zu sein, seit wir ihn beim Fest des Kaisers kennengelernt haben.«

Okara ordnete ihre Kissen neu und griff nach ihrer Weinschale. »Damals hat er noch so jung gewirkt.« Sie schüttelte betrübt den Kopf. »Es fällt mir schwer zu glauben, daß dieser Fürst Komawara noch derselbe junge Mann sein soll. Er ist so hart geworden.«

Abermals versiegte die Unterhaltung, und schließlich sagten Kitsura und Nishima gute Nacht und ließen Okara allein in ihrer Kajüte zurück. Das Boot, auf dem sie jetzt reisten, unterschied sich von dem, das sie nach Norden gebracht hatte. Es war größer und viel eleganter – kein Frachtkahn mit ein paar wenigen Kajüten, sondern ein Schiff, das zur Beförderung wohlhabender Passagiere erbaut worden war.

An der Tür zu Nishimas Kajüte zögerten sie, einander gute Nacht zu sagen, und da beide noch nicht schläfrig waren, wurde Kitsura schließlich zum Eintreten aufgefordert. Nishimas Kajüte wurde von einer einzelnen, an der Decke befestigten Laterne erhellt, die ein warmes Licht auf die Holzwände und Deckenbalken warf. Da die Kajüte achtern lag, glichen die Sichtluken eher Fenstern, die allerdings bis auf eines alle verdunkelt waren. Über die Strohmatten waren zwei Nomadenteppiche gebreitet. Nishima bemühte sich, stets daran zu denken, was der Kalam ihr über die Nomaden gesagt hatte – nicht alle unterstützten schließlich den Khan. In ihrer Vorstellung waren die Teppiche von den Stämmen geknüpft worden, die sich vor diesem neuen Heerführer verbargen.

»Ach, Nishi-sum«, meinte Kitsura, als ihr Wein angeboten wurde, »ich habe für heute abend genug getrunken.«

Sie ließen sich auf den Kissen nieder und schwiegen wieder. Die nächtliche Kälte drang allmählich bis in die Kajüte vor, so daß Nishima eine Magd herbeirief und um ein Holzkohlebecken bat.

Als es gebracht wurde, wärmte Kitsura sich sogleich die Hände. »Das deutet darauf hin, daß es allmählich Frühling wird. Die Wärme der Glut versickert nicht gleich in der Nacht. Vielleicht wird es sogar warm in der Kajüte.« Sie lächelte auf ihre unvergleichliche Art.

Nishima nickte. Kitsura war kein Kind von Traurigkeit, ganz gleich, wie die Dinge lagen, und konnte es nicht ertragen, ihre Freundin betrübt zu sehen. Nishima aber fiel es schwerer, Munterkeit vorzuschützen; ihr Lächeln wäre unweigerlich zur Grimasse geronnen. Kitsura schwieg eine Weile, ehe sie fortfuhr.

»Fragst du dich nicht auch, welchen Anteil Jaku an der Entscheidung des Kaisers hatte, eine Armee aufzustellen? Er behauptet, er hätte auf seine Freunde bei Hofe eingewirkt, aber …«

Nishima öffnete ihren Fächer und betrachtete die darauf abgebildeten blühenden Pflaumenbäume. »Ich glaube, unser kleines Experiment hat die Wahrheit ans Licht gebracht, Kitsu-sum: Er ist bei Hofe in Ungnade gefallen. Ich glaube nicht, daß Jaku sich so tief mit meinem Vater einließe, wenn er sich um die Meinung des Kaisers noch scherte. Nein, er ist der gleiche Opportunist wie eh und je – als der Kaiser sich entschloß, eine

Armee aufzustellen, um Shontos Plänen zuvorzukommen, ist General Jaku in den Vordergrund getreten und hat das Verdienst für sich reklamiert. Ich traue ihm nicht, Kitsu-sum. Ich traue ihm überhaupt nicht.«

Kitsura zuckte die Achseln. »Aber er ist ein stattlicher Mann …«

»Du bist unmöglich«, sagte Nishima, und wenngleich sie scherzhaften Tadel hatte ausdrücken wollen, gelang ihr dies doch nur teilweise. »Jaku Katta ist so ans Intrigieren gewöhnt, daß es schon an ein Wunder grenzt, daß er noch weiß, wem er welche Lügen auftischen soll.«

Kitsura lächelte verkniffen. »Wir intrigieren alle, Kusine. Aus irgendwelchen Gründen glauben diejenigen von uns, die älteren Familien entstammen, sie hätten ein Recht dazu, und die, die erst kürzlich aufgestiegen sind, verletzten die Regeln des Anstands, wenn sie das gleiche tun.« Sie zuckte mit den Schultern.

Nishima wußte nicht, was sie darauf entgegnen sollte. »Ich habe den Fehler gemacht, mich von seiner äußeren Erscheinung blenden zu lassen, Kitsu-sum, und das war ausgesprochen töricht.«

Kitsura schaute ihre Kusine an, die ihrerseits das Muster auf der Holzkohlenwanne betrachtete. »Du wirst doch nicht etwa eine neue Vorliebe entwickelt haben, Kusine?«

Nishima sah auf, dann musterte sie wieder die Wanne. »Nein, natürlich nicht. Ich finde bloß, daß ich mich Jaku Katta gegenüber töricht verhalten habe.«

»Hm.« Kitsura holte eine Bürste hervor und begann, ihr langes Haar zu bürsten. »Wir werden wieder am Tempel der Liebenden vorbeikommen – schon in zwei Tagen, wenn wir keinen Zwischenhalt einlegen. Eine faszinierende Anlage, findest du nicht? Es wäre reizvoll, mehr darüber zu erfahren. Ich bedaure, daß ich nicht im Archiv nachgeschaut habe, als wir noch in Seh waren.«

Nishima strich sorgfältig eine Falte in ihrem Gewand glatt. »Ja, das wäre bestimmt reizvoll gewesen.«

Abermals kehrte Schweigen ein. Wasser schwappte gegen den Schiffsrumpf. Als an der Tür geklopft wurde, zuckten beide zusammen.

»Herein«, sagte Nishima.

In der Türöffnung erschien Shimekos Gesicht. Sie verneigte sich eilig. »Bruder Shuyun bittet darum, vorgelassen zu werden, Herrin.«

Nishima vermochte ihre Freude nicht ganz zu verbergen. »Ah. Bittet ihn herein.«

Kitsura nickte ihrer Freundin zu und machte Anstalten, sich zu erheben. »Ich muß gehen, Kusine.«

»Kitsu-sum, ich bin sicher, Bruder Shuyun würde sich über deine Gesellschaft freuen.«

In diesem Augenblick schwang die Tür auf, und Shuyun trat an der sich verneigenden Shimeko vorbei. Kniend verneigte er sich, und Nishima bemerkte, wie Shimeko das Zeichen Botaharas schlug, als sie die Tür schloß.

Kitsura und Nishima nickten dem Mönch zu.

»Es ist nett von Euch, daß Ihr hereinschaut, Bruder. Ich hatte Mühe, Kitsura-sum zum Bleiben zu überreden.«

Kitsura schenkte ihnen ihr reizendstes Lächeln. »Bitte, Kusine, Bruder Shuyun. Ich habe noch zu tun. Ich bedaure, bei Eurem Besuch nicht zugegen sein zu können«, wandte sie sich an Shuyun, dann neigte sie abermals den Kopf. »Wenn Ihr einmal Zeit für eine Partie Gii hättet, Bruder, wäre es mir ein Vergnügen.« Sie nickte Nishima zu. »Kusine.« Kitsura erhob sich, öffnete selbst die Tür und lächelte ihnen zum Abschied zu.

Das Wasserrauschen schien die ganze Kajüte auszufüllen.

»Ich habe eine Nachricht der hohen Dame Okara erhalten«, berichtete Shuyun in ruhigem Ton. »Sie macht sich Sorgen, die Nachrichten aus Seh könnten Euch und dem edlen Fräulein Kitsura schwer zugesetzt haben. Ich wollte mich nach Eurem Befinden erkundigen.«

»Ihr seid sehr freundlich, Shuyun-sum, und die hohe Dame Okara ist äußerst fürsorglich.« Sie deutete zu den Fenstern. »Jetzt, da in Wa Krieg herrscht, fällt es schwer, die Ruhe zu bewahren. So viele Männer sind in Rhojoma zurückgeblieben. Bloß damit wir ein paar Tage Vorsprung bekommen …« Sie schüttelte den Kopf. »Das ist beinahe so, als drohte eine Pestepidemie. Man schaut sich um und fragt sich: Wer wird überleben, und wer wird sterben? Ich bin sicher, diese Frage beschäftigt alle gleichermaßen.« Sie blickte auf und versuchte zu lächeln. »Nur keine Sorge, Bruder, das Entsetzen darüber, daß der befürchtete Schrecken eingetroffen ist, wird bald nachlassen.«

Shuyun nickte. »Das ist eine traurige Wahrheit, edles Fräulein. Der Schrecken des Krieges verblaßt mit der Zeit. Wenn er es nicht täte, würde es nicht so viele Kriege geben.«

Nishima verzog schmerzlich das Gesicht, faßte sich aber gleich wieder.

»Und Ihr, Shuyun-sum, wie fühlt Ihr Euch, jetzt, da uns der Krieg eingeholt hat?«

Shuyun überlegte einen Augenblick. »Der Mönch, den ich in der Wüste traf, meinte, der Krieg vermöchte niemandem Erleuchtung zu bringen. Die bevorstehenden Leiden – die Vorstellung fällt schwer, daß es das Karma so vieler Menschen sein soll, dermaßen zu leiden.« Er verstummte und blickte zu den Heckfenstern.

»Ich bin ein Anhänger Botaharas, und dennoch hat mich mein Orden angewiesen, Fürst Shonto in jeder Beziehung zu unterstützen – um der Bruderschaft willen, die die Lehren Botaharas bewahrt. Daher ziehe auch ich in den Krieg.« Er schaute hoch und begegnete Nishimas Blick. »Es ist nicht Aufgabe eines spirituellen Beraters, die ihm Anbefohlenen mit seinen eigenen Problemen zu belasten. Ich bitte um Verzeihung.« Er verneigte sich tief.

Nishima beugte sich vor und bekam seinen Ärmel zu fassen. »Shuyun-sum, bitte entschuldigt Euch nicht. Außerhalb dieses Raums muß ich das edle Fräulein Nishima Fanisan Shonto sein – ich habe meinem Onkel und unserem Haus gegenüber Verpflichtungen. Ich muß gestehen, daß mich diese Rolle bisweilen an die Grenzen meiner Belastbarkeit führt. Wenn ich niemanden hätte, mit dem ich offen sprechen könnte …« Sie zuckte mit den Schultern. »Eure Rolle ist ebenso schwer, daran zweifle ich nicht. Es scheint so, als sei unser Leben mit Widersprüchen befrachtet, und es ist mir eine Ehre, daß Ihr mit mir darüber sprecht.« Sie schwenkte den Ärmel. »Dieser Raum kommt mir vor wie ein sicherer Hafen, wo ich nicht gezwungen bin, die Rolle der Dame aus großem Haus zu spielen. In Wahrheit, Shuyun-sum, verlangt es mich wohl weniger nach einem spirituellen Berater, als vielmehr nach einem Freund.«

Sie ergriff seine Hand. »Was in diesem Raum geschieht, betrifft allein uns beide und sonst niemanden. Ich würde nicht einmal mit meinem Lehnsfürsten darüber sprechen. Seid ganz entspannt, Shuyun-sum. Es ist meine Hoffnung, daß das edle Fräulein und der Berater hier nur Nishi-sum und Shuyun-sum sind. Und nichts sonst.« Sie zupfte an seiner Hand, als wollte sie ihn näher zu sich ziehen, worauf er sich versteifte.

»Es fällt mir schwer zu vergessen, daß ich ein Bruder bin, edles Fräulein«, sagte er förmlich.

Nishima blickte ihm in die Augen, bis er wegschaute. »Es fällt mir nicht leicht zu vergessen, daß ich die Tochter zweier großer Häuser bin. Denn in diesem Sinne wurde ich erzogen.« Sie verneigte sich förmlich, dann richtete sie sich wieder in die kniende Haltung auf, entspannt, aber aufrecht. In ihrer Miene spiegelte sich ein Überdruß an der Umwelt wider – die Haltung einer kultivierten Aristokratin. Dann lächelte sie plötzlich.

»Und Ihr, mein Freund, seid immer so.« Sie machte eine zweifache Verneigung nach Art der Botahisten, dann legte sie die Hände auf die Schenkel, ihr Gesicht bot eine undurchdringliche Maske der Gelassenheit. Sie atmete langsam aus, als träte sie in den Zustand der Meditation ein.

Ihre Vorstellung war so treffend, daß Shuyun zunächst schockiert wirkte, bis er plötzlich grinsen mußte.

»So!« meinte Nishima triumphierend. Sie rückte rasch neben ihn, sah ihn immer noch an. »Eben habe ich den wahren Shuyun-sum gesehen.« Sie faßte seine Hände, worauf sein Lächeln ebenso rasch verflog, wie es aufgeblitzt war. »Bitte zieht Euch nicht gleich wieder zurück«, sagte sie mit leiser Stimme.

Shuyuns Gesicht flackerte beinahe wie eine Kerze, während es zwischen der Maske des botahistischen Bruders und dem ausdrucksvollen Gesicht des jungen Mannes, von dem Nishima soeben einen Blick erhascht hatte, hin und her wechselte.

»Das Unbehagen, das Ihr in Gegenwart von Frauen verspürt, Shuyun-sum, solltet Ihr unbedingt überwinden.«

Er wollte widersprechen, Nishsima aber streckte die Hand aus und drückte ihn weg, hätte ihn beinahe umgeworfen.

»Ah, Ihr bietet Widerstand! Eure Lehrer wären bestimmt sehr enttäuscht.« Sie glitt in seine Umarmung und vergrub das Gesicht an seinem Hals. »Das ist der Trost, den ich brauche. Der Trost eines Freundes«, flüsterte sie. »Und Ihr, Shuyun-sum, müßt lernen, Frauen zu trösten. Ich werde darin Eure Lehrerin sein.«

Sie verharrten eine Weile in dieser Haltung. »Atmet genau wie ich«, sagte Nishima, woraufhin sie eine Atemübung praktizierten, die dazu gedacht war, die Muskeln zu entspannen.

»An dem Abend, den wir zusammen verbracht haben – damals habe ich Euren Widerstand ebenso gespürt wie heute.« Sie drückte sich mit ihrem Körper gegen ihn, und wieder spürte sie einen Augenblick lang

Widerstand. Sie wich zurück, stand eilig auf und blies die Deckenlampe aus. Im Dunkeln – nur durch die Heckfenster fiel noch ein wenig Licht – ergriff sie seine Hände. »Versprecht Ihr mir, mich nicht alleinzulassen?«

Als Shuyun zögerte, preßte sie seine Hände, bis er nickte. Sie verschwand in einem anderen Teil der Kajüte und kehrte kurz darauf wieder zurück. Im Halbdunkel ordnete sie die Kissen neu und breitete eine Decke darüber. Dann wandte sie sich Shuyun zu, der wie eine steinerne Statue dasaß.

»Edles Fräulein, ich …«

Abermals faßte sie ihn bei den Händen. »Es gibt hier kein edles Fräulein Nishima, und daher sind alle spirituellen Berater aus meinem Gemach verbannt. Ihr, Shuyun-sum, seid willkommen.«

Er folgte ihrem sanften Zug, bis er sich im hastig bereiteten Bett befand. Sie schlüpfte neben ihn und zog die Decke hoch, ergriff seine Hände und sagte: »Das Ziel der heutigen Unterrichtsstunde besteht darin, in Gegenwart einer Frau Gelassenheit zu erfahren.« Sie drückte seine Schultermuskeln, die ganz verspannt waren. »Ihr müßt mit der Entspannung bei den Muskeln beginnen. Wißt Ihr, wie man das macht?«

Er nickte.

»Fangt an«, wies sie ihn an und spürte, wie er seinen Atem kontrollierte und sich in den Zustand der Meditation versenkte. Nach einer Weile drängte sie sich wieder in seine Umarmung. Sie war lediglich mit einem einzigen dünnen Seidengewand bekleidet, und als sie ihm nahe kam, verkrampfte er sich abermals. »Laßt Euch durch mich nicht aus der Ruhe bringen«, flüsterte sie ihm ins Ohr. »Ich beabsichtige, durch Eure Gegenwart nur noch ruhiger zu werden.« Sie holte tief Luft und atmete seufzend wieder aus. »Ihr habt die Arme um mich gelegt, aber Eure Hände schweben in der Luft. Auf diese Weise könnt Ihr Euch nicht entspannen … So ist es besser.«

Lange Zeit lagen sie im Dunkeln beieinander, ohne zu sprechen oder sich zu rühren. Dann fühlte Shuyun Nishimas Lippen an seinem Hals, und sie flüsterte ihm ins Ohr, kaum mehr als ein Hauch.

»Wir kommen bald wieder zu den Gesichtslosen Liebenden.«

Er nickte.

»Hat Botahara Frauen gekannt?«

Abermals nickte er, zögerlicher diesmal.

»Trotzdem erlangte er Vollkommenheit … Meditiert darüber, wenn Ihr nicht schlafen könnt.« Abermals küßte sie ihn auf den Hals, dann spürte er, wie sie sich in den Schlaf atmete.

Shuyun lag noch eine Weile wach und dachte an das Bildnis, das in die Felswände der Denji-Schlucht gemeißelt war, dann schlief auch er endlich ein.

Als Nishima nach einer Weile erwachte, spürte sie Shuyuns Wärme an ihrer Seite. Sie waren gleichgroß, und aufgrund der jahrelangen Ausbildung hatte er unvergleichliche Muskeln, obwohl er nicht so massig war wie die Kickboxer, die sie kannte. Sie wandte sich ihm ganz behutsam zu, da sie ihn nicht aufwecken wollte, was ihr jedoch nicht gelang. Als sie ihren Rücken sanft an seine Brust drückte, spürte sie, wie er sich bewegte.

»Pst, schlaft weiter«, wisperte sie. Sie nahm seine Hand und küßte sie zärtlich. Einen Augenblick lang zögerte sie, als sei sie noch unentschlossen, dann führte sie seine Hand durch ihr offenes Gewand zur Brust und hielt sie dort fest. Sie unterdrückte ein leises Stöhnen und begann mit einer Atemübung. Das reicht für heute, dachte sie, sonst verschrecke ich ihn noch. Noch während sie dies dachte, drückte sie seine Hand fester. Das Rauschen, mit dem das Boot das ruhige Wasser durchteilte, kam ihr vor wie eine wundervolle, unwiderstehliche Musik.

Als die Wache wechselte, erwachte Nishima erneut, erhitzt vom Schlaf und schmachtend. Shuyuns Hand liebkoste noch immer ihre Brust, und ihr ganzer Körper brannte, ihr Atem beschleunigte sich. Sie versuchte, sich zu beherrschen, dann aber spürte sie, wie Shuyun ebenfalls erwachte. Er bewegte die Hand über ihre Brust, und sie drehte sich zu ihm um, befreite ihren Arm aus dem Ärmel.

Während sie sich so eng an ihn preßte, wie es irgend möglich war, küßte sie ihn auf den Hals, dann auf die Wangen und die Augenwinkel. Unwillkürlich zog er sie noch dichter an sich heran, bis sie sich nicht mehr rühren konnte.

»Nishi-sum … Ich kann nicht …« Er wollte sich losmachen, sie aber gab ihn nicht frei.

»Nein, Shuyun-sum, bitte … bleibt noch hier. Wenn Ihr jetzt geht, werde ich mich furchtbar schämen. Ich würde mir mein Verhalten niemals verzeihen.«

Er hielt inne, und sie wiegten einander, bis sie wieder zu Atem gekommen waren. Nishima machte keinen Versuch, ihr Gewand zu schließen, sondern schwelgte in Shuyuns warmer Umarmung.

Er streichelte langsam ihr Rückgrat hoch, und sie konzentrierte sich auf die Berührung, als sei nichts anderes mehr wichtig auf der Welt. Hitze strahlte von seiner Hand aus. Langsam wanderten seine Finger ihren Rücken hinunter, und sie wollte nicht, daß er jetzt aufhörte. Als er die flache Hand auf ihr Gesäß preßte, spürte sie, wie das Chi auf sie überstrahlte, wie eine sanfte Glut, wie ein winziger Blitz.

Und dann strömte das Chi aus seiner Hand, die das Zentrum ihres Begehrens berührte. Nishima vermochte ihren Atem nicht mehr zu beherrschen. Sie unterdrückte ein Stöhnen, denn sie wollte nicht, daß er merkte, was sie empfand. Doch als habe ihr Körper einen eigenen Willen, preßte er sich fester an Shuyun. Blitze schlugen von seiner Hand auf sie über.

Nishima vergrub das Gesicht an Shuyuns Brust und stöhnte ungehemmt. Sie wand sich, seine Hand an ihrem Rücken war unerträglich heiß. Sie erschauerte für eine scheinbare Ewigkeit, dann lag sie reglos in Shuyuns Armen.

Botahara steh mir bei, dachte sie, hat er denn nichts gespürt? Sollte er wirklich nichts empfunden haben, während sich mir der Himmel öffnete?

Vor dem Morgengrauen schlüpfte Shuyun aufs Deck hinaus und suchte sich ein Plätzchen inmitten der Ladung, wo er sich hinsetzen konnte. Nishima schlief noch, denn er hatte Gebrauch von seiner botahistischen Ausbildung gemacht, um sie nicht zu wecken. Und nun bildeten die kalte Luft und die grenzenlose Nacht einen geradezu schmerzhaften Kontrast zu der Wärme von Nishimas Kajüte, zur Wärme ihres Körpers.

Shuyun setzte zu einem Gebet um Vergebung an, verlor jedoch nach kurzer Zeit den Faden. Was soll nur aus mir werden? dachte er. Für das, was ich getan habe, sollte man mir Schärpe und Anhänger nehmen und mich aus dem Orden ausschließen. Er bot seine ganze jahrelange Ausbildung auf, um das Chaos in seinem Innern zu bezwingen, doch der Aufruhr der Gefühle widersetzte sich dem Versuch, Ordnung hineinzubringen.

Shuyun saß da, als meditierte er, doch im Geiste sah er das Bildnis der Liebenden aus der Denji-Schlucht vor sich – deren Gesichtszüge allmählich hervortraten. Dabei war er erfüllt von der Erinnerung an Nishima, wie sie in seinen Armen gelegen und eine so überwältigende Lust verspürt hatte, daß es ihm wie eine große Entdeckung erschien.

# 29

Inmitten des weitläufigen Barbarenlagers war ein einzelner Pflaumenbaum erblüht, was wie ein trotziger Akt des Widerstands wirkte, wie eine Demonstration poetischer Reinheit. Die weiße Blütenwolke schwebte über den Zelten der umherwimmelnden Menschenscharen, als habe das Land selbst seine Standarte entfaltet.

Der zweite Tag der Belagerung von Rhojo-ma war angebrochen, wenngleich bislang kein einziger Pfeil abgeschossen und Schwerter höchstens zu dem Zweck gezückt worden waren, die Schärfe der Schneide zu prüfen. Ein schnelles Boot segelte außerhalb der Reichweite der feindlichen Bogen am Nordufer des Sees entlang. Toshaki Shinga hätte sich gern selbst in diesem Boot befunden, hätte dem Feind gern persönlich ins Gesicht geblickt, wenngleich er sich diesen Wunsch nicht erklären konnte.

Die Flöße der Barbaren säumten das Ufer, und die Verteidiger von Seh warteten. Der Wind war nicht besonders stark, sammelte hin und wieder jedoch seine Kräfte und sandte Böen über den See, die den erwarteten Angriff vielleicht noch hinauszögern mochten. *Sie warten auf den Pflaumenblütenwind*, diesen Satz hörte Toshaki immer wieder; vorgebracht wurde er mit einer gewissen Verachtung.

Die Männer, die am Ufer entlangsegelten, hatten berichtet, den Barbaren hätten sich auch zahlreiche Piraten angeschlossen. Dies deutete darauf hin, daß sich die Barbaren sorgfältiger vorbereitet hatten, als man ihnen zutraute – abermals hatte man sie unterschätzt. Toshaki machte sich Gedanken über den Khan – wo kam er wohl her, und wie hatte er es geschafft, so viele Männer um sich zu scharen?

Ein kürzlich zum Offizier beförderter junger Mann hatte die Treppe zum Turm erklommen, von dem aus Toshaki die Ebene beobachtete. Er verbeugte sich eilig.

»Fürst Ranan meldet, die Flotte sei in Bereitschaft, Herr.«

Toshaki verneigte sich. »Wir müssen Geduld haben. Die Barbaren lassen sich Zeit.« Mit einem Blick zur Armee des Feindes sagte Toshaki: »Man hat ihre Signale entschlüsselt.«

»So ist es, General.«

»Gut.« Er entließ den Offizier mit einem Kopfnicken, worauf dieser sich zurückzog.

Im Lager herrschte ein ständiges Kommen und Gehen von Berittenen; meist handelte es sich dabei um Spähtrupps von beachtlicher Größe. Mittlerweile hatten sie wohl gemerkt, daß sich die Armee von Seh nach Süden zurückgezogen hatte. Wie viele Verteidiger sie wohl in Rhojo-ma vermuten? überlegte Toshaki. Die Soldaten in der Stadt hatten gewissenhaft die Vogelscheuchenarmee gespielt, was vielleicht das Zögern der Barbaren erklärte.

Ein Boot näherte sich vom Ufer her der Stadt. Toshaki mußte zweimal hinschauen. Ein Boot! Sie hatten ein Boot gefunden, das Shontos Soldaten übersehen hatten. An einer Stange im Bug wehte eine Parlamentärsflagge, und als das Boot näherkam, sah Toshaki, daß es von erfahrenen Männern gerudert wurde. Ja, zu den Barbaren gehörten auch Piraten. Toshaki sah jetzt ihre bunten Turbane. Die Feinde Was hatten eine unheilige Allianz gebildet – Anhänger des Vollkommenen Meisters gehörten nicht dazu.

Das Boot der Stadt änderte den Kurs, bis es in Schußweite des Piratenbootes kam, und diesen Abstand behielt es bei, bis sie die Stadtmauer erreicht hatten.

Toshaki wandte sich um und rief nach einem Adjutanten. Sogleich tauchte am Kopf der Treppe ein junger Soldat auf.

»Lauf zu den Signalgasten!« befahl der General. »Sie sollen unserem Aufklärungsboot einen Befehl übermitteln. Wenn das fremde Boot die Stadt zu umrunden versucht, muß es unter allen Umständen aufgebracht werden.«

Bei den Göttern, dachte Toshaki, wir dürfen nicht zulassen, daß sie sich ein Bild von unseren Vorbereitungen machen.

Das Boot versuchte allerdings gar nicht erst, Rhojoma zu umrunden, sondern näherte sich weiter dem Turm, auf dem Toshaki seine Kommandostelle eingerichtet hatte. Als die Absicht des Gegners klar war, stieg der Fürst vom Turm zur Mauerkrone hinunter.

Nach einer Weile machte Toshaki einen Mann im Bug aus, der kein Ruder bediente. Der Fürst kniff die Augen zusammen.

»Der Mann im Bug«, wandte sich Toshaki an einen jungen Bogenschützen in der Nähe. »Siehst du ihn?«

Der Bogenschütze konzentrierte sich einen Augenblick. »Ja, ich sehe ihn.«

»Ist das ein Barbar?«

Der junge Soldat schüttelte den Kopf. »Nein, Herr, und er ist auch kein Pirat. Er ist gekleidet wie ein Einwohner von Seh.«

Toshaki stützte sich an der Mauer ab und beugte sich weit aufs Wasser hinaus. Als das Boot durch eine Bö abgetrieben wurde, brachte es der Steuermann wieder auf Kurs. Fünf weitere Ruderschläge, dann zehn. Am Fuße der Mauer erhob sich Gemurmel, das sich immer weiter fortpflanzte. Toshaki wandte sich an seinen Adjutanten.

»Einige meinen, dies sei Fürst Kintari, General.«

Toshaki blickte wieder aufs Wasser. Botahara steh mir bei, es könnte sein, dachte er. Eigentlich hatte der General geglaubt, Shonto habe mit dem Kintari-Clan abgerechnet.

Fürst Ranan erschien in Begleitung mehrerer alter Fürsten. »Fürst Kintari«, sagte Ranan, »ist wieder auferstanden. Botahara sei gepriesen.« Diese Bemerkung entlockte selbst Toshaki ein Lächeln.

»Wiederauferstanden als Verräter, Fürst«, sagte ein anderer, worauf schweigend genickt wurde.

Bald darauf befand sich das Boot in Rufweite. Der Steuermann drehte den Bug in den Wind, und die Ruderer hielten das Boot auf Position. Der Mann im Bug richtete sich auf, und falls noch jemand Zweifel gehabt hatte, so waren sie jetzt hinfällig geworden.

»Fürsten von Seh, ich habe eine Botschaft des Großen Khans der Stämme zu überbringen.« Kintari legte eine Pause ein, um seinen Worten Nachdruck zu verleihen. Seine Stimme vermochte den Lärm des Winds und der gegen die Steinmauer schwappenden Wellen kaum zu übertönen. Kintari war jetzt so nahe, daß Toshaki erkennen konnte, wie sein Gewand im Wind flatterte und daß ihm eine Haarsträhne in die Stirn hing.

»Er hat kein Schwert dabei«, bemerkte Ranan ruhig, und Toshaki nickte.

»Der Große Khan weiß über die Anzahl der Verteidiger Bescheid, verehrte Fürsten. Es ist aussichtslos, der Streitmacht der Stämme trotzen zu wollen. Was erhofft Ihr Euch von diesem nutzlosen Widerstand? Hat der Yamaku-Kaiser etwa eine Armee nach Seh entsandt? Ihr gebt Euer Leben für ein Reich hin, das Euer Opfer nicht einmal zur Kenntnis nehmen wird.« Abermals legte er eine Pause ein.

»Den Yamaku geht es allein um den Thron. Das sind keine Kaiser von ganz Wa – sie regieren nicht, sie teilen das Reich unter sich auf und rauben uns alle aus. Und für solche Blutsauger wollt Ihr Euer Leben lassen?«

Beim Wort ›Blutsauger‹ hatte er die Stimme gehoben, und das Echo hallte von den Mauern wider.

»Ich kenne Euch, Fürsten von Seh. Ihr seid tapfer – Ihr alle –, doch Pflichtgefühl ist hier fehl am Platz. Der Khan ist gekommen, die Yamaku zu stürzen, nicht um Wa zu vernichten. Der Khan ist ein großer Mann, wie man ihn nicht mehr gesehen hat, sei Kaiser Jirri über diese Ebene ritt.

Ihr seid eingeladen, mit dem Khan zu feiern, Fürsten. Ihr müßt selbst entscheiden. Die Yamaku haben Seh zehn Jahre lang ausbluten lassen. Der Khan wird uns Frieden und nie gekannten Wohlstand bringen. Wer an seiner Seite reitet, wird im kommenden Reich ein großer Mann werden. Denkt nur an seine Armee.« Er deutete zum Lager hinüber. »Unter den hunderttausend Soldaten verfügen allein der Khan und einige wenige andere über Bildung. Wenn die Yamaku gestürzt sind, wird der Khan tüchtige und erfahrene Männer brauchen, um das neue Reich zu regieren. Wenn Ihr diese Männer seid, wäre das nicht eine Garantie dafür, daß dies ein Reich der Gerechtigkeit und der Kultur werden wird?

Ein Fest, Fürsten, keine Falle – die habt Ihr Euch bereits selbst gestellt. Was soll ich dem Großen Khan ausrichten?«

Kurze Zeit herrschte Schweigen, während die Männer auf der Mauer fragende Blicke wechselten.

»Bogenschütze«, sagte Toshaki Shinga mit ruhiger Stimme.

»Herr?«

»Bring den Verräter zum Schweigen.«

Ein Pfeil flog von der Sehne und tauchte plötzlich in Kintaris Brust auf, als sei er dort ausgetreten. Der Fürst faßte sich nicht ans Herz, sondern stürzte langsam wie ein gefällter Baum über den Bootsrand. Die Piraten ruderten hektisch, um das Boot außer Schußweite zu bringen – doch es wurden keine weiteren Pfeile mehr abgefeuert.

Fürst Kintari schaukelte mit dem Gesicht nach unten in den Wellen. Das Piratenboot mit der Parlamentärsflagge fuhr zum anderen Ufer zurück, wo die Ruderer an Land rannten, als seien sie noch immer von Pfeilen bedroht.

Toshaki blickte auf den im Wasser treibenden Fürsten nieder. Auf der Mauer herrschte Schweigen.

»Dies war ein besserer Tod, als er verdient hatte«, erklärte Fürst Ranan so laut, daß alle ihn hören konnten, »doch mehr ließ sich nicht bewerkstelligen.« Er verneigte sich vor Toshaki und nickte dem Bogenschützen zu, dann wandte er sich ab, um seinen Pflichten nachzugehen.

Ein Schrei hallte über den See, so laut wie ferner Donner, und als Toshaki den Blick hob, sah er, daß die Flöße zu Wasser gelassen wurden.

»Gebt das Signal«, wandte sich Toshaki mit ruhiger Stimme an seinen Adjutanten. »Es ist soweit.«

Entlang der Mauer schlugen Soldaten das Zeichen Botaharas, dann banden sie die Helmriemen fester – ein altes Kriegerritual.

Toshaki löste das Schwert in der Scheide und stieg zum Turm hoch, während auch er den Helmriemen festzog. Bald würde ihm nicht mehr viel zu tun bleiben, doch bis dahin wollte er die Verteidigung nach Kräften ordnen.

Offenbar reichte die Zahl der Piraten nicht aus, um alle Flöße zu bemannen, denn viele wurden unter der Aufsicht brüllender, gestikulierender Piraten von Barbaren gerudert. Auf einem Boot blitzten sogar Schwerter auf, und es wurde gekämpft.

Narren, dachte der Fürst, kommt nur ein Stückchen näher.

Die weit auseinandergezogene Flotte näherte sich langsam Rhojo-ma, während die ungeschlachten Flöße immer wieder zusammenstießen und sich gegenseitig behinderten. Trotz aller Anstrengungen trieb sie der

Seitenwind nach Westen ab, und bald schon war die Flotte weit auseinandergezogen, und die Ruderer paddelten gegen den Wind und näherten sich den Stadtmauern seitlich wie Krabben.

Toshaki hätte beinahe laut aufgelacht. Um möglichst viele Kämpfer gegen die Stadt aufzubieten, hatten die Anführer zu viele Flöße bauen lassen, und nun wandte sich diese Strategie gegen sie. Mindestens ein Floß brach auseinander, und die verängstigten Barbaren klammerten sich an den Baumstämmen fest, während die Rüstungen sie in die Tiefe zerren wollten.

Boote tauchten jenseits der Ostmauer der Stadt auf, die notdürftige Flöße nachschleppten, beladen mit zerkleinerten Möbeln und Strohmatten. Den Männern von Seh war das Wasser nicht fremd, und ihr Manöver wurde mit einer Genauigkeit ausgeführt, die jeden Marineoffizier mit Stolz erfüllt hätte. Sie plazierten die Flöße geschickt in Windrichtung vor dem Feind, zündeten sie an und gaben sie frei.

Toshaki schlug mit der Faust auf den Stein. Als die Barbaren auf den windzugewandten Flößen merkten, was ihnen da entgegenkam, hörten sie auf zu paddeln, so daß sie mit den nachfolgenden Flößen zusammenstießen.

Eine Böe fachte die Feuer weiter an und schob die brennenden Flöße dem Feind entgegen. Die Barbarenflotte geriet in völlige Unordnung, da die Männer der Vorhut auf die nachfolgenden Flöße sprangen. Die ersten Barbarenflöße fingen Feuer, und brennendes Stroh wurde vom Wind davongeweht.

Toshaki sah Männer mit brennenden Kleidern und Männer, die ins Wasser stürzten und ohne große Gegenwehr untergingen. Die Flotte wurde nun nach Osten geweht und hatte keine Aussicht mehr, die Stadtmauer von Rhojo-ma zu erreichen.

Hinter ihm kam jemand die Treppe heraufgepoltert, dann trat der atemlose Fürst Ranan an seine Seite.

»Ah, Admiral Ranan. Eure Männer haben gute Arbeit geleistet.«

»Wer hätte gedacht, daß sich daraus eine Seeschlacht entwickeln würde, General?« bemerkte voller Genugtuung Ranan. »Die Männer aus der Wüste geben jämmerliche Seeleute ab.« Ein bitteres Lachen drang hinter seiner Gesichtsmaske hervor.

Die Überreste der Barbarenflotte landeten schließlich am Westufer des Sees. Die meisten Baumstämme waren gerade erst gefällt worden und standen zu sehr unter Saft, als daß sie gebrannt hätten, daher hatten die Feuerflöße geringeren Schaden angerichtet als erhofft.

»Wir haben Fürst Shonto mindestens einen weiteren Tag Vorsprung verschafft«, erklärte Fürst Ranan. »Möge seine Armee um weitere tausend Mann wachsen.«

Toshaki wandte sich an seinen Adjutanten. »Unsere Patrouille soll wieder auf Erkundung ausfahren. Ich will über jeden Schritt der Barbaren informiert werden.«

Ranan lehnte sich mit dem Rücken an die Mauer und öffnete die Gesichtsmaske. »Ich frage mich, wie es wohl weitergeht. Ob sie das gleiche noch einmal wagen?«

Toshaki zuckte mit den Schultern. »Schon bald werden wir wissen, was vom großen Khan zu halten ist. Wenn er es nicht schafft, eine nahezu ungeschützte Stadt binnen weniger Tage einzunehmen, dann ist er Shonto Motoru nicht ebenbürtig. Der große Fürst ist ein erfahrener Gii-Spieler. Er wird es nicht zulassen, daß dieser Emporkömmling ihn mit seiner bloßen zahlenmäßigen Überlegenheit erdrückt.«

Er wandte sich wieder nach Norden. Inmitten des Barbarenlagers schwankte der Pflaumenbaum und übergab eine Wolke von Blütenblättern dem Wind.

# 30

Die Flottille, mit der Fürst Shontos Armee nachts nach Süden segelte, zog eine Spur der Verwüstung durchs Land. Die Kunde eilte ihr über den Kanal voraus, und die Menschen flohen vor Shontos Flotte, als handelte es sich um das Barbarenheer. An manchen Stellen war der Kanal von Flüchtlingsbooten verstopft, und als die Flottille davon aufgehalten wurde, schickte man Soldaten voraus, damit sie den Weg freimachten. Die Folgen davon waren am Abend zu beobachten gewesen, als sie an etwa fünfzig ausgebrannten Booten vorbeigekommen waren, die das Kanalufer säumten.

Ich habe das Gefühl, als gehörte ich der Nachhut des Krieges an und nicht der Vorhut, dachte Bruder Sotura. Er stand achtern an der Reling und beobachtete den im Kielwasser widergespiegelten Mondschein. In der Abenddämmerung hatte er eine Schar Kraniche vorbeifliegen hören, und dies hatte ihn unsagbar betrübt.

Es war eine wunderschöne Nacht. Der Pflaumenblütenwind schob das Flußboot mit sanfter Hand über die Wasserstraße, und der Duft der knospenden Bäume und der erblühenden Blumen schwängerte die Luft. Bei stetigem Wind und mit freier Wegstrecke vor sich hatten die Bootsleute nur wenig zu tun. Mittschiffs qualmte ein Holzkohlefeuer, und die Bootsleute kochten und brauten Cha und räkelten sich in ruhiger Unterhaltung an Deck, während sie darauf warteten, den Ausguck oder das Ruder zu übernehmen.

Ein Bootsmann näherte sich Sotura und bot dem älteren Bruder eine Schale Tee an, die dieser mit einem Kopfnicken entgegennahm. Er trank einen Schluck Tee und beobachtete, wie die nachtdunkle Landschaft vorbeiglitt. Das Sternbild des Zweiköpfigen Drachen ging über den Kalyptabäumen am Ufer auf, und der Wind rauschte im Geäst. Es war eine Nacht voller Schönheit.

Schritte näherten sich – nicht das Tappen bloßer Füße wie bei einem Bootsmann, sondern beherrschte Schritte, mit Bedacht gesetzt. Als Sotura sich umdrehte, erblickte er eine Frau. Zunächst wirkte sie gebeugt und erschöpft, doch der botahistische Meister merkte wohl, daß dies nicht der Wahrheit entsprach. Der Mondschein enthüllte einen kantigen Kiefer, der ihm bekannt vorkam.

»Schwester Morima«, sagte Sotura leise. Er verneigte sich. »Es ist mir eine Ehre, in Eurer Gesellschaft zu reisen.«

Sie war mit einem gelben Gewand und der purpurfarbenen Schärpe ihres Ordens bekleidet, trug darüber aber ein formloses graubraunes Gewand und hatte sich ein Tuch um den Kopf gewickelt. Sie nickte ihm zu und lehnte sich an die Reling, als hätte sie soeben eine große Anstrengung hinter sich gebracht.

Sotura hatte den Eindruck, sie sei seit ihrer letzten Begegnung im Kloster Jinjoh, als sie dem Öffnen der heiligen Schriftrollen beigewohnt hatte, dünner geworden. Dem ungeübten Auge wäre diese Veränderung aufgrund ihrer Kleidung verborgen geblieben.

»Ihr haltet Euren Schützling so gut im Auge, Bruder Sotura, daß man meinen könnte, Ihr trautet seinem Urteil nicht.«

Dies war eine beleidigende Bemerkung, und zwar um so mehr, als es höchst ungehörig schien, seine höfliche Begrüßung nicht zu erwidern.

»Shuyun-sum scheint von vielen beobachtet zu werden, Schwester, und die Frage nach dem Grund ist die eigentlich wichtige Frage.«

»So.« Schwester Morima stieß die Silbe hervor, als atmete sie scharf aus. »Sagt mir eines, Bruder, stellt Ihr Euch eigentlich keine Fragen, jetzt, da der Lehrer erschienen ist und es sich offenbar um keinen der älteren Brüder handelt?«

Sotura wandte sich um und betrachtete das Kielwasser des Bootes. »Ihr schenkt Gerüchten Gehör, Schwester. Das wundert mich.«

»Man hat die Blüten gesehen, Bruder«, flüsterte Morima, »meine Mitschwestern haben sie selbst berührt. Ihr solltet mich nicht für dumm verkaufen wollen, älterer Bruder Sotura.«

Er zuckte die Achseln. »Glaubt, was Ihr wollt, Schwester.

»Das habe ich mir auch schon gedacht, Bruder.« Sie verstummte, und das einzige Geräusch war das Rauschen, mit dem das Boot das Wasser durchteilte.

Sotura blickte zum Steuermann hinüber, doch der war zu weit entfernt und zu gut erzogen, um zu lauschen.

»Fragt Ihr Euch nicht, Bruder, wer Shuyun-sum in seinem vorherigen Leben gewesen sein mag? Ein so begabtes Kind kann nicht als Kaufmann oder Fürst gelebt haben. Das ist ausgeschlossen.«

Sotura zuckte die Achseln. »Wie Ihr wißt, gibt es in diesen Dingen keine Gewißheit.«

»Für die Unvollendeten mag dies zutreffen«, erwiderte Morima, führte den Gedanken aber nicht weiter. Auch sie wandte sich ab, beugte sich über die Reling und verschränkte die Hände. »Es muß schwer für Euch sein, Sotura-sum; der blühende Udumbara, die Schriftrollen, die, zurückhaltend formuliert, verschwunden sind, das Erscheinen des Lehrers, den Ihr nicht finden könnt, und ein junger Schützling mit einem untrüglichen Gespür für die Wahrheit.« Sie blickte aufs dunkle Wasser hinunter. »Zu lügen fällt anscheinend nicht einmal den Älteren Eures Ordens leicht. Was werdet Ihr antworten, wenn Shuyun-sum nach diesen Dingen fragt?«

Sotura trat einen Schritt von der Reling zurück und blickte die Frau an. »Es heißt«, sagte er in schneidendem Ton, »Ihr hättet eine Glaubenskrise durchgemacht. Ich bete zu Botahara, daß er Euch leiten möge.« Mit einer steifen Verneigung wandte er sich ab und ließ Morima an der Reling stehen.

Der Mönch begab sich zum Bug, wo er sich im Windschatten des Dollbords niederließ. Weiter konnte er nicht gehen und wurde gleichwohl das Gefühl nicht los, daß ihm die Lügen auf den Fersen folgten.

# 31

Zum hundertsten Mal an diesem Tag war die ganze Kolonne ins Stocken geraten. Fürst Shonto Shokan blickte auf die nachfolgenden Reiter hinunter. Wie ihr Fürst waren auch sie längst abgesessen und führten die Pferde an den Zügeln nach. Als Shokan einen Schritt nach rechts trat, um besser sehen zu können, brach er bis zum Oberschenkel in die tauende Schneekruste ein. Er fluchte.

Sie waren jetzt vollständig umgeben von Bergen, oberhalb der Schneegrenze und in einem Gebiet, das nachmittags wahrhaft schreckenerregend erschien. Die Führer hatten einen Halt befohlen und waren vorausgegangen, um sich ein Bild vom Ausmaß der Gefahr zu machen. Dreißig Männer hatten sie bereits durch Lawinen verloren, und weitere Verluste wollte Shokan vermeiden. Diese Überlegung erwies sich jedoch zunehmend als müßig. Sollten sie überhaupt weitergehen? Das war die Frage, die sich jetzt alle stellten.

Shokan versuchte, sich leicht zu machen, zog das Bein heraus und trat wieder auf die Kruste. Jetzt brach das andere Bein ein, und er versank bis zur Hüfte. Abermals fluchte er, dann lachte er.

Am Abend zuvor hatten sie darüber gesprochen, die Pferde zurückzulassen, da sie ohne die Tiere besser vorankommen würden. Morgens, wenn der Schnee von der bitteren Kälte der Bergnacht noch hart gefroren war, trug sie die Schneedecke auch dort, wo die Pferde nicht durchkamen.

Ein Knabe rannte leichtfüßig an der auseinandergezogenen Reihe der Männer entlang, was Shokans Neid erregte. Wenn wir nichts mehr zu essen haben, dachte er, dann werden wir vielleicht alle so leichtfüßig rennen. Der Knabe fiel vor dem Fürsten auf die Knie und verneigte sich. Shokan bedeutete ihm mit einem Kopfnicken, er solle sprechen.

»Herr, Fürst Jimas Männer haben das Ende der Kolonne erreicht, aber der Schnee hat sieben von ihnen in die Schlucht gerissen.«

Shokan schlug das Zeichen Botaharas. »Können sie noch weiter?«

Der Knabe zögerte. »Fürst Jima sagt, sie seien bereit weiterzugehen.«

Shokan nickte. Weiter würden sie heute wohl nicht mehr kommen, obwohl es gerade erst Mittag war. Mühsam richtete er sich auf und blickte den Paß hinauf. Über ihm waren noch etwa zwanzig Männer, dann verschwand die Spur der Kundschafter hinter einer Biegung im endlosen Schnee. Als er eine Bewegung wahrnahm, wandte er sich rasch um. Ja! Diesmal war er sich seiner Sache sicher.

»Ich habe es ebenfalls gesehen, Herr«, bestätigte zögerlich der Knabe. Er hatte den großen Fürsten angesprochen, ohne dazu aufgefordert worden zu sein.

Shokan schien es nicht bemerkt zu haben. Er deutete zum Bergkamm im Süden. »Dort?«

»Ja, Fürst Shonto.«

»Hm.« Seit zwei Tagen hatten sie sich hin und wieder blicken lassen. Es galt als Glückszeichen, einen Bergbewohner zu sehen, daher hatten die Männer angefangen, nach ihnen Ausschau zu halten. Entlang der Kolonne zeigten auch andere in die Richtung.

Shokan wandte sich wieder um und blickte den Hang hinauf. So geht es wohl nicht, dachte er, wir müssen die Rüstungen und sämtliche Pferde zurücklassen. Er blickte seinen Hengst an, den er von Seh mitgebracht hatte, und schüttelte traurig den Kopf. Sie würden die Pferde schlachten und soviel Fleisch wie möglich mitnehmen; es blieb ihnen keine andere Wahl. Er lächelte das Kind an.

»Sag Fürst Jima, daß ich auf eine Meldung der Kundschafter warte. Bis dahin rasten wir.«

Der Knabe verbeugte sich tief und rannte davon. Nach etwa dreißig Schritten brach er bis zur Brust ein und mußte von einem Reiter befreit werden.

# 32

*Ein zerstörter bewaldeter Hang,*
*Wunden des Herzens.*
*Der Pflaumenblütenwind*
*Flüstert über ruhigem Wasser.*
*Die sanfte Ankunft des Frühlings*
*Labt den unvergänglichen Geist.*

Fürst Akima

Fürst Ranan und Fürst Akima standen an der dem Ostrand der Stadt vorgelagerten Mauer und schauten zu, wie eine schwimmende Brücke errichtet wurde. Das Barbarenheer hatte einen Tag darauf verwandt, die Baumstämme herbeizuschaffen, die nach dem gescheiterten ersten Angriff ans Westende des Sees getrieben waren. Das Eintreffen des Pflaumenblütenwinds hatte die anfängliche Taktik vereitelt, und nun sahen die Männer von Rhojo-ma den Bauarbeiten beinahe anerkennend zu: das gleiche hätten sie an Stelle der Barbaren auch getan. Nun, da der Wind der Barbarenarmee in den Rücken wehte, würden die Verteidiger von Rhojo-ma die Flöße nicht mehr so leicht in Brand setzen können.

Die Schwimmbrücke wuchs mit jeder Stunde und streckte sich den Mauern von Rhojo-ma entgegen. Die letzten Brückenabschnitte wurden bereits am Ufer vorbereitet. Wenn sie fertig wären, würden sie schwimmend an Ort und Stelle bugsiert werden und das Ufer mit den Mauern von Rhojo-ma durch einen Fußweg verbinden, der fünfzig Männern nebeneinander Platz bot. Es war nur noch eine Frage der Zeit, wann es soweit sein würde.

»Sie haben zu viele einzelne Abschnitte, seht nur.« Fürst Akima deutete zu den Endpunkten der Schwimmbrücke, wo die Arbeiten in einem erstaunlichen Tempo vonstatten gingen.

Fürst Ranan sah kurz hin, dann nickte er. Ständig trafen Pferdegespanne mit Brettern im Schlepptau ein, die wahrscheinlich von nahe gelegenen Scheunen und Gehöften stammten. Die Bretter wurden dazu benutzt, die einzelnen Brückenteile miteinander zu verbinden und die Baumstämme abzudecken, damit die Angreifer einen sicheren Stand hätten. »Offenbar haben sie vor, die Brücke an diesem Ende breiter zu machen. Ich würde das gleiche tun.« Es bedeutete das höchste Maß an Anerkennung für die Barbaren, wenn man sagte: *Ich würde das gleiche tun*.

Akima blickte sich über die Schulter zur Sonne um. »Bis zum Anbruch der Dunkelheit könnten sie fertig sein.«

»Aber sie werden bestimmt erst morgen früh angreifen – denn dann blendet uns die Sonne. So würde ich mich jedenfalls entscheiden.«

Akima nickte.

Die meisten Männer, die in Rhojo-ma ausharrten, wurden nun vom leicht zu verteidigenden Gouverneurspalast und der Innenstadt abgezogen und im Osten der Stadt konzentriert. Durch die ganze Stadt zogen sich Rückzugslinien bis ans Westende – zerstörte Brücken, blockierte Straßen. Gleichwohl bereiteten sich die Verteidiger darauf vor, das Ostende der Stadt solange wie möglich zu halten.

Plötzlich verneigte sich Fürst Ranan. »Bitte entschuldigt mich, Fürst Akima. Ich habe noch zu tun.«

Akima verbeugte sich und blickte ihm nach. »Welch ein Fall«, murmelte Akima vor sich hin. Vor zehn Jahren waren die Ranan praktisch die Herrscher von Seh gewesen – kaiserliche Gouverneure in langer Folge. Und nun wohnte der oberste Fürst des Hauses als General dem Untergang der Hauptstadt bei.

Wir müssen einen hohen Preis für unsere Fehler zahlen, dachte der alte Mann und warf noch einen letzten Blick zum Ostufer, dann wandte er sich wieder seinen Pflichten zu.

Die Klänge der Flötenspieler hallten über den nächtlichen See. Es war eine melancholische Weise, gespielt in der fremdartigen Tonart der Wüstenstämme, und sie vermochte die Stimmung der Stadtverteidiger nicht zu heben. Ein Angriff bei Nacht war unwahrscheinlich, jedoch nicht ausgeschlossen, daher waren viele Wachen aufgestellt worden, während sich die übrigen Krieger in nahe gelegenen, verlassenen Gebäuden in Bereitschaft hielten.

Bootspatrouillen waren ausgesandt worden, um zu erkunden, ob die Barbaren die Brücke womöglich im Schutz der Dunkelheit verlagerten. Ein früher Angriff an einem anderen Abschnitt der Stadt hätte zu einer Katastrophe geführt. Die Zahl der Verteidiger reichte nicht aus, um ganz Rhojo-ma abzudecken.

Nach Monduntergang wurden weitere Boote bereit gemacht, die jedoch andere Aufgaben hatten. Gerüstete und bewaffnete Männer gingen an Bord. Schweigend legten sie ab und orientierten sich anhand der Sterne und der Lagerfeuer am Ufer. Der schwache Nachtwind kräuselte kaum die Segel. Es war ein schwieriges Unterfangen, denn sie durften keine Laternen entzünden, und es war nicht auszuschließen, daß sie getrennt wurden oder zusammenstießen.

Entlang der Schwimmbrücke hatte man in Sandgruben in regelmäßigen Abständen Feuer entzündet, die die Brücke vom einen Ende bis zum anderen erhellten.

Als auf der Stadtmauer eine Fackel gelöscht wurde,

wandten sich die Boote dem zuvor bestimmten Brükkenfeuer zu. Der Wind reichte nicht aus, um größere Geschwindigkeit aufzunehmen, daher lenkten die Steuerleute die Boote unmittelbar auf die Schwimmbrücke zu, fuhren mit dem Bug dagegen und zerrissen dabei die Ankerleinen.

Die Barbarenwächter gaben Alarm, und dann störte Schwerterklirren die friedliche Nacht und das Spiel der Flöten. Die Angreifer entzündeten Fackeln, um die Bretterabdeckung der Brücke in Brand zu setzen.

Fürst Ranan gesellte sich zu Akima und Toshaku auf der Mauerbrüstung.

»Sie brennt nicht«, sagte Ranan.

Der Lärm war mittlerweile beträchtlich angewachsen, und überall tauchten Männer auf den Treppen auf, da sie glaubten, der Sturm auf die Stadt habe begonnen. Im Schein der Fackeln sah man, wie Barbaren auf die schwimmende Brücke stürmten. Fackeln wurden ins Wasser getreten, während die Bretter an einigen Stellen bereits kokelten.

Hinter der Stelle, der der Angriff gegolten hatte, breitete sich plötzlich ein Wachfeuer aus; Männer verteilten brennendes Holz auf der Schwimmbrücke. Dann ertönte ein durchdringendes Geräusch, worauf die weiter entfernten Wachfeuer auf die Stadtmauern Rhojo-mas zuzutreiben begannen.

»Sie haben es geschafft!« rief Akima. »Seht nur!«

Auf den Mauern der Stadt brach Jubel aus, doch das Schwerterklirren hielt unvermindert an. Bogenschützen legten die Waffen an, um den Brückenteil, auf dem Barbaren und bedrängte Stadtverteidiger miteinander rangen, in Empfang zu nehmen. Der Brückenteil bewegte sich indes so langsam, daß den Bogenschützen vom Spannen der Sehnen allmählich die Arme schwer wurden.

Unvermittelt hörte das Schwerterklirren auf, auch die Rufe der Barbaren verstummten. Auf dem Brückenteil, der sich losgerissen hatte, fingen immer mehr trockene Bretter Feuer, und die Flammen breiteten sich aus. Er trieb auf die Stadtmauer zu wie eine riesige Fackel, die über ein Rih weit leuchtete. Ein kleines Boot fuhr unter Segel am brennenden Floß vorbei – offenbar ein Patrouillenboot, das Ausschau hielt nach Überlebenden.

Die Männer von Seh beobachteten, wie das brennende Floß auseinanderbrach. Einige schlugen das Zeichen Botaharas. Die ersten Verteidiger hatten ihr Leben gelassen und den Angriff um einen halben Tag verzögert.

Der Morgen eines klaren Frühlingstages brach an. Am Hang nördlich von Rhojo-ma war ein weiterer Baum erblüht. General Toshaki stand auf der Stadtmauer und ließ den Anblick auf sich wirken. Er bemühte sich, nicht an das Totenschiff seines Fürsten zu denken, das den See erst vor ein paar Tagen überquert hatte, denn auch dieses war weiß von Blüten gewesen.

Der Lärm des Barbarenheers, das sich auf den Sturm vorbereitete, schallte über den See und störte den vollkommenen Frieden. Jetzt würde es nur noch ein paar Stunden dauern. Toshaki löste zum hundertsten Mal das Schwert in der Scheide. Es gab keinen Grund, über Pläne und Strategien zu streiten – so kompliziert waren sie nicht.

Hauptmann Rohku stand auf einem Hügel im Süden der Stadt, verborgen hinter Büschen und Bäumen, die die Barbaren nicht für ihre gewaltige Schwimmbrücke verwendet hatten. Er wunderte sich darüber, weshalb gerade er für diese Aufgabe ausgewählt worden war. Vielleicht hatte alles damit angefangen, daß er die Ankunft Jaku Kattas gemeldet hatte. Rohku war sich bewußt, daß Menschenleben auch schon aus unbedeutenderen Anlässen riskiert worden waren. Wie dem auch sei, der junge Hauptmann war zum Beobachter geworden – zum Augenzeugen.

Rohku war es gewesen, der sich auf der Felsleiste versteckt und die Wüstenarmee hatte vorbeiziehen sehen. Nachdem er in Rhojo-ma Meldung erstattet und einen Bericht an Fürst Shonto gesandt hatte, war ihm ein versiegelter schriftlicher Befehl überreicht worden. Und nun sollte er zusammen mit ein paar anderen Männern den Fall von Sehs Hauptstadt beobachten. Seine Erkenntnisse würden Shonto und dessen Stab zweifellos erhellende Aufschlüsse über das Barbarenheer und seine Anführer geben, trotzdem gefiel Rohku seine Aufgabe nicht. So dumm die Fürsten von Seh seiner Meinung nach auch waren, er sah ihnen doch nur ungern beim Sterben zu.

In der vergangenen Nacht war viel geschehen, doch was genau, das ließ sich schwer sagen. Die Männer von Seh hatten offenbar einen Angriff gegen die Brücke unternommen und einen Teil davon abgetrennt und in Brand gesetzt. Rohku hatte beobachtet, wie sich das brennende Floß langsam im Kreis gedreht hatte und vor dem Erreichen der Stadtmauer auseinandergebrochen war. Was mit den Männern von Seh geschehen war, hatte er nicht erkennen können. Im Feuerschein des brennenden Brückenabschnitts hatten sie lediglich Barbarenkrieger gesehen, was Anlaß zu einigen Spekulationen gab. Seine Gefährten waren schließlich zu dem Schluß gekommen, daß die meisten oder sogar alle Soldaten aus Rhojo-ma sich mit Booten in Sicherheit gebracht hatten, Rohku aber glaubte das nicht. Die Angreifer aus der Stadt, dachte der Hauptmann, liegen auf dem Grund des frühlingskalten Sees, für alle Zeiten beschwert mit ihren Rüstungen – möge Botahara ihren Seelen gnädig sein.

Man hatte den letzten Brückenabschnitt, der bis zur Mauer der Inselstadt reichen würde, ans Brückenende bugsiert und bereitete sich nun darauf vor, ihn in Stellung zu bringen. Der Shonto-Hauptmann vergewisserte sich, daß seine Männer den Wald hinter seinem Rücken beobachteten und nicht das Drama, das sich auf dem See abspielte.

Gerade als er sich wieder umwenden wollte, tauchte ein Soldat an Rohkus Seite auf.

»Im Westen passiert uns gerade ein weiterer Spähtrupp der Barbaren. Er sollte unterhalb von uns auftauchen.« Er deutete nach links.

Rohku nickte. Die Barbaren erkundeten das umliegende Land mit großer Entschlossenheit, die bisweilen auch Resultate erbrachte. Sie hatten bereits Spähtrupps beobachtet, die irgendeinen glücklosen Einwohner von Wa in ihrer Mitte mitführten. Nicht alle waren schnell genug geflohen. Mittlerweile wußte der Khan bestimmt, daß Shontos Armee sich zurückgezogen hatte.

Die Patrouille tauchte an der vorausgesagten Stelle auf – diesmal ohne Gefangene. Rohku mußte zugeben, daß die Nomaden gute Reiter waren. Wenn sie mit Schwert und Bogen ebenso tüchtig waren, würden sie eine hervorragende Armee abgeben.

»Hauptmann«, sagte einer von Rohkus Männern und deutete zum See.

Der letzte Brückenabschnitt setzte sich in Bewegung. Mit Seilen und Stangen bugsierten Piraten und Barbaren das notdürftige Gebilde an Ort und Stelle. Da vom Meer her noch immer der schwache Pflaumenblütenwind wehte, hatten sie lediglich mit der Trägheit des Floßes zu kämpfen, und sie verfügten über tausendmal mehr Männer, als nötig waren, um damit fertigzuwerden. Das Floß bewegte sich so langsam, daß sich das Kielwasser kaum kräuselte.

Barbaren, die sich Schilder über den Kopf hielten, begaben sich ans Ende des Brückenabschnitts, um ihn vor einem Ausfall der Stadtverteidiger zu schützen. Pfeile flogen zur Brücke hinüber, als sie in die Reichweite der kräftigsten Bogenschützen gelangte, doch die

Barbaren knieten nieder, und die Schilder boten ihnen Deckung.

Als Rohku rasch zum Ufer blickte, bemerkte er an der Stelle, wo die Brücke begann, die Fahnen des Khans. Rotgekleidete Berittene hatten dort Aufstellung genommen, und der Shonto-Hauptmann nahm an, daß der Barbarenanführer persönlich zugegen war, um seine Krieger zu Heldentaten anzuspornen.

Kurz bevor die Brücke die Stadtmauer erreichte, wurde das Wasser wie von einer Wolke überschattet, doch es war eine Wolke aus Pfeilen. Als Rohku bewußt wurde, daß er den Atem anhielt, vergewisserte er sich kurz, daß sich die Wachposten nicht ablenken ließen, denn um Fürst Shonto einen möglichst umfassenden Bericht zu erstatten, würde er von jetzt an seine ganze Aufmerksamkeit auf die Schlacht verwenden müssen.

Als die Brücke gegen die Mauer stieß, schwärmten die Verteidiger gerade in dem Augenblick, da die Vorhut der Barbarenstreitmacht den letzten Brückenabschnitt betrat, über Leitern und Seile die Mauer hinunter. Die Barbaren, die den Brückenkopf bewachten, wurden zu Rohkus Genugtuung in kürzester Zeit zurückgedrängt. Das sind bestimmt ihre besten Kämpfer, dachte er, dennoch vermögen sie den Männern von Seh nicht standzuhalten.

Die Barbarenkrieger und die von der Stadt ausschwärmenden Soldaten trafen in der Mitte der Brücke aufeinander, wo sich großes Geschrei erhob. Das Waffenklirren hallte wie der Ton einer gewaltigen Glocke durchs Tal.

Toshaki übergab den Oberbefehl über die Stadt an Fürst Akima, packte ein Seil und ließ sich rasch an der Wand hinab. Als er mit den Füßen aufkam, schwankte die Schwimmbrücke wie das Deck eines Schiffes. Um ihn herum ließen sich Soldaten auf die Brücke fallen; dies war bereits die dritte Welle aus der Stadt, die die Gefallenen ersetzen sollte.

Trotz der großen Zahl an Barbaren vermochte der Khan seine Übermacht nicht zur Geltung zu bringen, denn die Brückenverbindung zur Stadt bot lediglich fünfzig Männern nebeneinander Platz. Die zweite Welle der Stadtverteidiger hatte ein weiteres Stück Boden gutgemacht, und zwar nicht etwa dadurch, daß sie die lange Reihe der Nomaden zurückgedrängt hätten, sondern indem sie die Gegner ins Wasser trieben oder sie an Ort und Stelle niedermachten.

Toshaki wandte sich um und bahnte sich über die von Wasser und Blut glitschigen Planken einen Weg zwischen den Gefallenen hindurch. Im Gehen zog er das Schwert und vermied es, in die Gesichter der Toten und Verletzten zu schauen. Er wollte nicht wissen, wer gefallen war. Als er hinter der Mauer der Kämpfenden angelangt war, sah er, daß einige Männer sich darauf vorbereitet hatten, einen möglichst großen Brückenteil abzutrennen, sollten sie von den Barbaren zurückgedrängt werden. Dabei verfolgten sie die Absicht, die Barbaren möglichst weit zum Ufer zurückzutreiben und dann erst die Brücke zu zerstören, so daß der Gegner gezwungen wäre, sie neu zu bauen.

Wir haben fünftausend Kämpfer, dachte Toshaki, und werden fünfhundert davon in dieser einen Stunde verlieren. Wie lange werden wir uns dann auf diese Weise verteidigen können?

Gleich darauf warf er sich ins Getümmel und machte einen Barbaren mit einem einzigen Hieb nieder. Anschließend war es, als sei er nicht mehr bei Sinnen – eine lebenslange Ausbildung gewann die Oberhand, und er kämpfte weiter, ohne daß ihm noch bewußt gewesen wäre, was eigentlich vorging.

Als ein Barbar strauchelte, spürte Toshaki, wie er den Mann mit einem Tritt in die Rippen ins kalte Wasser beförderte. Als er einen Hieb an der Schulter spürte, wurde ihm undeutlich bewußt, daß er verletzt war. Er rutschte aus, prallte schwer auf die Planken und wurde von einem ihm unbekannten jungen Hünen wieder hochgerissen. Er kämpfte weiter.

Als er nach einer Weile zurückfiel, um sich auszuruhen, nahmen andere seinen Platz ein. Nach kurzer Zeit rappelte er sich bereits wieder hoch und kämpfte weiter. Pfeile zischten über seinem Kopf vorbei, und auf einmal machten die Männer aus Seh wieder Boden gut. Plötzlich stolperte er über einen toten Barbaren, dem ein Pfeil in der Brust steckte. Qualmgestank. Ein hochgewachsener Krieger stieß ihn mit dem Schild um, doch ein Soldat aus Seh warf sich in die Bresche und fing den Hieb ab, während wieder ein anderer den Hünen niedermachte. Erst hinterher wurde dem Fürsten bewußt, daß diese Männer die Farben der Toshaki getragen hatten.

Knistern und Prasseln. Abermals zog Toshaki sich zurück, um sich auszuruhen. Die Männer aus Seh wurden nun zurückgetrieben. Als Toshaki sich nach der Verstärkung umblickte, sah er, daß die Brücke hinter ihm in Flammen stand, da Soldaten aus Seh die Verbindung gekappt hatten und ihren Brückenabschnitt nun wegbugsierten.

Wir sind abgeschnitten, wurde Toshaki verschwommen bewußt. Er blickte wieder zum Schlachtgetümmel hin und merkte, daß die Kämpfer alle erschöpft waren und kurz davor standen, niedergemacht zu werden. Der Fürst richtete sich mühsam auf und begab sich zum Rand der Plattform. Der Fürst wollte sich nicht gefangennehmen lassen; das Wasser durfte ihn haben, nicht aber die Barbaren.

*Ein ganzes Leben*
*Um eine einzige Wahrheit zu ergründen.*
*Ein weißes Blütenblatt,*
*Herangeweht vom Wind,*
*Kommt auf meiner Brustplatte zur Ruhe -*
*Schöner*
*Als jedes Menschenwerk.*

Fürst Toshaki Shinga

HEYNE BÜCHER

# Micha Pansi

Das Debüt einer hoch begabten Autorin! Das faszinierende Epos einer archaischen Welt auf den Trümmern unserer Gegenwart!

»Geschickt vermischt sich Realistisches mit Visionärem ... Ein gekonntes Spiel mit kruder Lust am Kitsch und viel Spannung.«

*Neue Zürcher Zeitung*

06/9111

HEYNE-TASCHENBÜCHER